당신이라서,
당신이 좋다

당신이라서, 당신이 좋다

1판 2쇄 찍음 2021년 9월 27일
1판 2쇄 펴냄 2021년 10월 5일

지은이 | 문수진
펴낸이 | 고운숙
펴낸곳 | 봄 미디어

기획 · 편집 | 박나영, 임지윤, 정지은
표지 디자인 | 우물

출판등록 | 2014년 08월 25일 (제387-2014-000040호)
주소 | 경기도 부천시 소향로13번길 14-11, 203호
영업부 | 070-5015-0818 편집부 | 070-5015-0817 팩스 | 032-712-2815
E-mail | bommedia@naver.com
소식창 | http://blog.naver.com/bommedia

값 12,000원

ISBN 979-11-5810-934-9 03810

※파본은 구입하신 서점에서 교환하여 드립니다.

당신이라서, 당신이 좋다

문수진 장편 소설

차례

프롤로그

2년 전

때마다 걸리는 신호가 원망스러웠다. 몇 번이나 속도위반을 했을 만큼 은하는 흥분한 상태였다. 걱정, 분노, 슬픔, 원망. 모든 감정들이 날카롭게 날을 세워 그녀를 찔러 댔다.

"그래서, 아버지가 기준이를 불렀어?"

—은하야, 그게.

"또 무슨 짓 했는데. 돈 줬어? 아니지? 아버지 나랑 약속했어. 분명!"

—……방금 나갔어. 아마 네 전화 안 받을 거야.

은규의 말대로 기준은 그녀의 전화를 받지 않았다. 목소리조차 들을 수 없다니, 마치 끝을 예고하는 것 같아 겁이 났다. 아무리 액셀을 밟아도 기준에게 닿지는 않았다. 그가 어디 있는지도 모르면서 무작정 집으로 향했다.

그때였다. 눈앞의 어느 지점에서 연기가 피어오르고 있었다. 구급차와 경찰차 소리가 한데 섞여 들려왔다. 어지럽게 섞인 차들의 행렬 앞에 어쩔 수 없이 브레이크를 밟은 은하가 핸들을 내리쳤다.

왜 하필 지금! 다시 기준에게 전화를 걸어 봤지만, 마찬가지였다. 마치 이 순간이 영원한 이별을 말하는 것 같아 더더욱 무서워지기 시작했다.

아버지는 분명 약속했다. 다시는 그에게 돈을 주지 않겠다고. 그런 식으로 헤어짐을 종용하는 일 따위는 없을 것이라고.

어리석게도 그 말을 철석같이 믿었다. 무심하지만 때로는 다정했던 아버지기에, 사랑을 표현하지는 않지만 항상 애정을 가진 아버지기에.

"기준아, 제발……."

답이 돌아오지 않는 휴대폰을 붙잡던 그녀가 조수석 쪽으로 휴대폰을 던졌다. 창에 부딪힌 휴대폰이 큰 소리를 냈지만, 밖의 소음이 더 심했다. 연달아 줄지어 선 차와 사거리 한가운데에 전복된 커다란 트럭이 눈에 들어왔다.

시간을 꽤 지체하겠다 싶어 뒤늦게 후진을 하려는데 뒤에도 이미 구급차와 경찰차로 꽉 막힌 게 보였다. 우선 상황을 살펴야겠다 싶어 휴대폰을 챙겨 차에서 내렸다. 차가 꼼짝할 수 없어 도로에 갇힌 사람들과 구조 대원, 경찰들이 한데 섞여 어지러운 풍경을 자아냈다.

동시에 손에 쥔 휴대폰이 길게 진동했다. 은규의 이름을 확인한 그녀가 전화를 받았다.

—지금 와도 소용없어. 그 남자 나갔고, 아버지는 너 안 보실 거야.

"대체 기준이한테 무슨 소리를 한 거야. 왜 내 전화를 안 받아?"

—집도 받고, 차도 받았어. 그 남자한테 연락하지 마.

하늘이, 억장이 동시에 무너졌다. 눈에 차오른 눈물을 감당하지 못한 그녀가 고개를 떨구자 옆에서 소란스러운 목소리들이 들려왔다.

"어떡해, 다리가 끼었나 봐."

"잘린 건 아닌 것 같은데. 살아 있는 거 아니야?"

"누가 먼저 잘못한 거야? 너 봤어?"

그녀의 시선이 불현듯 앞을 향했다. 멀리 보이는 차 운전석 문을 떼는 구급대원들과 주변을 둘러싼 의료진들이 보였다.

그 차가 눈에 익었다. 이내 차체 안에서 나오는, 낯익은 남자의 모습. 축 늘어진 몸이 바로 들것에 실리는 순간, 세상 모든 움직임이 멈춘 것 같았다. 아니, 그래야만 했다. 그래야 앞으로의 진실을 받아들이지 않아도 되니까.

"기준아……?"

아닐 거라고, 잘못 본 거라고 믿으며 앞으로 걸어 나갔다. 한 걸음, 한 걸음이 무겁고 또 애달팠다.

"유은하, 사랑해."

끊임없이 속삭이던 목소리가 아직도 선명했다.

"나한테 기대. 네가 아픈 것도, 감추고 싶은 것도 전부 다 안아 줄게."

상처를 드러내는 데 있어 망설임이 없었다. 너를 믿었으니까. 그만큼 우리는 서로를 신뢰했다. 그래서 더 믿을 수 없었다. 이건 현실이 아니야. 마치 죽은 사람처럼 아무 움직임도 없는 너는, 내가 아는 네가 아니다. 천천히 앞을 향해 걸어 나갔다.

피에 젖은 이마, 아무 의식도 없어 감긴 눈, 다물어진 입술, 끔찍하게 구겨진 다리. 들것 아래로 늘어진 다리는 이미 망가진 상태였다.

은하는 기준의 얼굴을 확인하기 무섭게 바닥에 주저앉았다.

온 세상이 출렁거리고, 의식이 흐려졌다.

1화

유은하

"너, 나랑 놀았냐?"

무심하게 창밖을 향했던 은하의 시선이 마주 앉은 남자를 향했다.

권승환. 서른셋, 여의도에서 아주 잘나가는 펀드 매니저. 제법 괜찮은 외모를 가진 남자는 깔끔한 진회색의 셔츠를 입은 채 그녀가 선물한 손목시계를 차고 있었다.

언젠가 지나가듯 남자가 갖고 싶다던 것이었다. 여자는 그 값비싼 시계를 선물했다. 아마 남자는 그녀가 사 줄 것이라 예상했을 것이다. 시계는 마음을 주지 못하는 대신 그에게 주는, 일종의 대가였다.

이런 식으로 애정 없이 남자를 만나는 것도 벌써 몇 번째인지. 슬슬 눈앞에 남자를 정리할 때가 됐다.

"뭘 또 그렇게 신파로 받아치실까. 식상하게."

분노로 이글거리는 남자와 시선을 맞춘 은하의 말투가 심드렁했다.

그녀의 가늘고 긴 손가락이 컵에 꽂힌 스트로를 만지작거렸다. 휘핑크림이 가득 올라간 아이스 카페모카. 화려한 외모와는 상반되는 취향이었다. 그녀는 샷을 세 개쯤 추가한 아이스 아메리카노만 마실 것 같은 차가운 얼굴로 다디단 음료를 꽤 즐겼다. 지금처럼 머리가 아픈 상황에서는 더더욱.

"유은하. 네가 어떻게 나한테 이럴 수가 있어?"

비련의 영화 주인공이라도 된 것 같은 모습에 은하가 실소를 내뱉자 남자의 표정이 잔뜩 일그러졌다.

"이러지 말자. 구차해."

"넌 어떨지 모르지만 나는……."

"우리 아버지가 불렀다며."

여자가 차갑게 응수했다. 서울에 아파트 한 채 정도 살 수 있는 돈봉투를 받지 않았다는 것도, 인생 역전 할 수 있는 기회를 날렸다는 것도, 이미 남자는 제 배경을 알고 있었다는 것도 전부 알았다.

그녀가 이런 식으로 남자를 만날 때마다 유 회장은 늘 같은 방식으로 남자들을 정리했다. 치사하고 아니꼽고 더러운 방식이지만 어쩌겠는가. 당신 딸을 지키겠다는 그만의 방식인 것을.

미련은 없었다. 아버지를 자극시키기에 충분했고, 더는 눈앞의 남자와 만날 이유가 없었다. 처음이야 무료한 시간을 견딜 수 있는 수단이었지, 지금은 그 역할조차 하지 못할 테니까.

이번에는 남자가 멍청했다. 금융권에서 제법 이름을 알리는 펀드 매니저라면서 수를 잘 헤아리지 못했다. 자신의 손에 들어올 숫자들이, 너무 거대해서 가늠조차 안 된 걸까.

만남의 시작이 쉬웠던 만큼 끝도 쉬워야 한다. 마지막 순간조차 은하는 아무렇지 않았다.

짧고 가벼웠던 관계는 깨면 그만이었다.

그녀가 만들어 놓은 무성한 소문들 중 그저 하나가 더해졌을 뿐.

그로 인해 아버지가 고통스럽다면, 그래서 아버지가 설계한 자신의 미래가 망가진다고 해도 그건 그것대로 만족스러울 것이다. 그녀가 원하는 바니까.

“준다고 할 때 그냥 받지 그랬어. 받았으면 제 주제 파악이 잘된 놈이라고 얼마 더 얹어 줬을지도 모르는데.”

“너 무슨 말을…….”

“정리하자, 이 관계.”

함께 지낸 시간을 굳이 사귄다고 표현하기는 거추장스러웠다. 은하의 말에 남자는 마치 이 순간을 믿을 수 없다는 듯 연기하고 있었다.

아니, 연기가 아닐 수도 있다. 일확천금을 노릴 수 있는 기회라고 생각했겠지. 한순간, 신데렐라의 꿈을 꾸기도 했겠지. 그게 헛꿈인 줄도 모르고.

“넌 어땠을지 몰라도 난 너랑 진지했어.”

“아. 그래? 나를 지갑으로 보진 않았고?”

은하가 악의 없는 웃음으로 대응했다.

4개월. 길지도, 그렇다고 짧다고 할 수도 없는 기간 남자를 만났다. 많게는 일주일에 한 번. 적게는 2주에 한 번 만나 밥을 먹었고, 영화를 봤고, 함께 시간을 보냈다.

그게 전부였다. 남자와의 관계에서 그녀가 얻을 수 있는 건 거짓된 애정. 돈으로 포장된 진심. 이런 가벼운 만남들을 지속하는 그녀에게 소현은 늘 얘기했다.

한 번뿐인 인생, 제대로 사랑받고 제대로 사랑할 수는 없는 거냐고.

“이제라도 정신 차리면 되겠네. 결혼은 다른 여자랑 제대로 해.”

우습다. 제대로 사랑받고, 할 수 없는 주제에 차 버린 남자에게 두는 훈수란.

은하가 싱긋 웃으며 몸을 일으키려고 하자 붉어진 얼굴로 고개를 든 남자가 여자를 노려봤다. 잔뜩 충혈 된 눈동자를 내려다보며 여자는 웃지도, 울지도 않았다.

"은하야, 그러지 말고……. 우리 지금부터 제대로 하면 되잖아."

이미 잘못된 길에 들어선 승환이 애처롭게 말했다. 무심한 은하의 시선이 카페 입구를 향했다. 익숙한 얼굴이 눈에 들어오자 희미하게 미간을 좁혔다.

하필 이럴 때.

"제대로 할게. 정식으로 만나, 나랑."

"……."

"결혼 전제로 만나자. 네가 그 호텔 사주 딸이라서 이러는 거 아니야. 네가 유산 한 푼도 못 받는다고 해도 난 상관없어. 사랑해, 은하야. 나 정말 진심이야."

믿기지도 않을 말을 참 달콤하게도 지껄였다. 하지만 아쉽게도 자존심을 다 버린 남자의 매력에는 관심이 없었다.

"착각하고 있구나?"

은하가 차가운 시선으로 남자를 내려다보며 몸을 일으켰다. 이별의 순간에는, 감정의 찌꺼기조차 없었다.

"너는 내가 돈이 많아서 만났어. 그리고."

죄책감 또한 없다. 남자가 가질 죄책감이 없듯이.

"난 부모님 반대하는 결혼을 할 만큼 뜨거운 여자 아니야. 그럴 열정도 없고."

"……너, 진짜."

승환의 분노가 피부로 느껴질 만큼 거셌지만 반응하지 않았다. 말을 정정하지도 않았다. 반대하는 결혼을 하지 않듯, 집에서 원하는 결혼 또한 치르지 않을 것이라는 것을.

은하는 차분한 얼굴로 가방과 계산서를 챙겼다. 커피 값을 계산하고, 여전히 미동도 않고 앉아 있는 승환의 뒷모습을 무심하게 흘겨보던 그녀의 시선에 우두커니 입구에 선 남자가 들어왔다.

사원증을 목에 걸고, 결재 판을 손에 들고 있는 모습이 퇴근 전인 듯했다.

그렇다면 아마.

"나 찾으러 왔어요?"

방금 전 이별한 여자라고는 느껴지지 않을 만큼 담백한 음성이었지만 남자는 알아차리지 못했다. 그의 시선이 향한 곳이 어디인지를 깨달은 은하가 힘없이 웃었다.

"차재완 대리."

"……."

"차재완 씨?"

은하가 다시 한번 남자를 불렀다. 남자의 시선은 이제 막 여자와 헤어진 남자에게서, 그녀로 옮겨졌다.

"……죄송합니다. 퇴근하셨는데."

재완은 묵직한 음성으로 말을 꺼냈다. 말해 보라는 듯 여자가 팔짱을 꼈다.

진한 레드 컬러의 슬랙스를 지나, 슈트 재킷을 입은 여자의 입술에 재완의 시선이 닿았다. 연한 다홍빛을 띠는 입술. 순간 흩뜨려지던 시선을 한데 모으며 그는 급하게 말을 읊었다.

"오늘 안으로 결재받아야 할 건입니다. 독일 정부 측에 넘길 예정이라 급합니다. 당장 30분 안에 외교부로 넘겨야 합니다."

"나 여기 있는 건 어떻게 알았어요?"

"아까 통화하실 때 제 옆에 계셨습니다."

승환과 약속 장소를 정할 때 엘리베이터 안이었다. 함께 회의에 다녀온 재완과 함께.

"조금만 늦었어도 큰일 날 뻔했네."

서류를 받아 든 은하가 빠르게 내용을 훑어 내렸다. 오전 회의 때 전부 보고 받은 내용이라 더 볼 것도, 살필 것도 없었다.

그녀는 촉박한 시간을 남겨 두고 결재를 받으러 온 부하 직원을 혼내지도, 다그치지도 않았다. 그렇다고 불편한 시선을 보내 재완을 주눅 들게 하지도 않았다.

유은하는 원래 그랬다. 너그러운 상사. 부하 직원의 잘못보다는 장점을 살려 주는 사람.

물론, 재완의 잘못으로 결재가 늦어진 것도 아니었다. 결재 담당을 맡았던 부하 직원이 차마 일을 마치지 못하고, 급히 반차를 낸 것이 일이라면 일이었다. 오히려 재완이 다시 확인하지 않았다면 아무도 몰랐을 일.

재완의 시선은 서류 파일을 살피는 여자에게서, 다시 그녀와 막 헤어진 듯한 남자로 향했다. 마침 남자가 이쪽을 노려보고 있었다.

불같이 번지는 시선 속에 자신과 은하가 나란히 서 있을 것이다.

이거 괜찮은 걸까.

"펜 있어요?"

"네?"

"내가 펜이 없어서."

이유도 없이 당황한 재완이 카운터에서 펜이라도 빌리려던 때였다. 별안간 그의 가슴 쪽으로 은하가 손을 뻗쳤다. 재완이 순간 뒷걸음질 치자, 은하가 보기 좋게 미소를 그렸다.

"차재완 씨. 지금 나 피해요?"

"……예?"

"왜, 내가 덮칠까 봐?"

은하는 무심한 손짓으로 그의 상의 포켓에 꽂힌 만년필을 빼냈다. 작년, 재완이 대리로 진급할 때 직접 선물한 만년필이었다.

자신만 받은 것도 아니었다. 신입 사원들이 입사하고 첫 진급을 하면, 은하는 늘 비서를 시켜 만년필을 선물로 준비하곤 했다.

나중에서야 안 사실이지만 그녀가 손수 주문하고 준비한 만년필을 받은 이는 재완이 유일했다. 당시 은하에게 비서가 없었기에 가능한 일이었다.

그래서 더 소중했다. 몇 번이나 펜촉을 갈아 끼우고, 잉크를 교체해 가며 쓸 만큼.

재완은 마치 비밀을 들킨 사람처럼 얼굴을 붉혔다. 그러거나 말거나, 은하는 결재 서류 맨 아래에 사인을 채웠다.

"여기."

펜과 결재 판을 받아 든 재완이 그녀의 사인을 바라보았다. 은하가 가진 분위기만큼이나 화려한 필기체였다.

"사무실 들어갈 거죠? 같이 가요."

무의식적으로 고개를 든 재완이 혼자 처리할 수 있다고 설명하려던 때였다.

별안간 앉아 있던 승환이 무서운 기세로 그들에게 다가왔다. 재완의 시선이 먼저 움직이고, 그다음 은하의 눈길이 닿았다. 살벌한 속도로 다가온 그가 주먹을 던진 건 정말 순식간에 일어난 일이었다.

"꺄악!"

카운터에 있던 아르바이트생의 비명 소리를 시작으로 근처 화분에 부딪힌 재완이 쓰러지는 소리, 동시에 의자가 넘어지는 소리, 카페 안 사람들의 수군거리는 소리, 승환의 씩씩거리는 소리가 연이어 들려왔다.

바닥에 너부러진 재완은 순간 깨달았다.

아, 맞아 버렸다.

그것도 좋아하는 여자 앞에서.

✦ ✦ ✦

업계에서는 신의 직장이라 불리는 유강 호텔 기획실 입사.

재완은 취직과 동시에 결심했다. 오직 일에만 매달리자. 빨리 승진해서 부모님께 효도하자.

그런데 예상 못 한 일이 터졌다.

사수가 이렇게.

"……예쁠 건 뭐야."

그가 작게 중얼거렸다. 첫눈에 반한다는 게 뭔지 지금껏 경험한 적 없었다. 적어도 제게는 그런 일이 없을 거라 생각했었다.

"차재완 씨?"

심지어 목소리까지 예쁜 여자의 눈길이 자신을 향할 때, 재완은 정말 숨이 막힐 듯했다.

진한 쌍꺼풀에 커다란 눈, 적당히 두터운 입술. 화려한 이목구비를 자랑하는 여자의 부름에 재완은 잔뜩 얼었다.

"신입 사원 차재완입니다. 잘 부탁드립니다."

구십도 가까이 허리를 숙여 하는 인사에 군기가 충만했다. 은하가 싱긋 웃으며 대답했다.

"유은하예요, 잘 부탁해요."

맥빠져 있을 시간도 없는 출근 첫날, 차재완은 유은하라는 여자에게 반했다.

처음 인사하는 순간 숨이 멎을 것 같았고, 악수를 하는 순간 세상이 멈춘 것 같았고, 그녀가 제게 첫 업무를 맡긴 순간에는 믿어지지 않았다.

자꾸만 시선이 가고, 향기를 쫓고, 목소리를 따라다녔다. 저도 모르게.

"대리님."

맡은 업무를 끝냈을 때는, 이제 은하에게 말을 걸 수 있겠다는 생각에 또 설레었다.

"말씀하신 업체 리스트 추합해서 보냈습니다."

주소와 연락처 복사 붙여넣기만 하면 되는 간단한 업무임에도 불구하고 그는 떨리지 않을 수 없었다. 지금의 그는 그저 그녀에게 잘 보이고 싶은 한 남자였으니까.

"네. 고생했어요."

"뭐 따로 또 시키실 건……."

컴퓨터 모니터를 향해 있던 은하의 시선이 그를 향했다. 따로 맡길 업무가 있나 머릿속으로 생각하는 눈이었다.

재완은 뭐든 열심히 할 준비가 돼 있다고 말한 면접장에서의 결심으로 그녀의 대답을 기다렸다.

하지만 은하는 자신의 책상 책꽂이에 꽂혀 있던 두꺼운 책 하나를 꺼내 그에게 내밀었다.

"읽어요."

책 제목은 간단했다.

호텔 백오피스 부서란?

얼떨결에 받아 든 책 두께를 가늠하는데 그 위로 다른 책이 올려졌다.

호텔리어의 모든 것

그리고 한 권이 더 추가됐다.

재완의 입가가 기울어지면서 미소를 그렸다.

우리 대리님도 이런 걸 읽고 공부했을까 싶어 귀여운 것도 잠시. 책 두께가 상당했다. 재완이 다시 고개를 돌리는 은하를 보며 경쾌하게 물었다.

"독후감도 씁니까?"

질문을 이해한 은하의 시선은 딱 그랬다. 별 미친놈을 봤나. 싱글벙글, 백과사전과 다름없는 책들을 받아 놓고 좋아하는 재완을 바라보며 은하가 작게 웃었다. 재밌다기보다는 황당해서, 웃기기보다는 어이가 없어서.

"안 써도 됩니다."

그의 출근 첫날이었다.

✣ ✣ ✣

유은하는 일 중독이었다. 재완은 출근한 지 일주일 만에 그녀가 입사 수석이라는 걸 알았고, 열흘 만에 동기들 중 가장 빠르게 진급했다는 사실을 알았다.

이해가 갔다. 그녀는 기획실 사람들 중 누구보다 일찍 출근했고, 누구보다 늦게 퇴근했다.

그녀와 함께할수록 재완은 깨달았다. 유은하를 좋아하지 않을 수 없다. 유은하를 사랑하지 않는 건 정말 미친 일이다.

일에 빠진 모습도 예뻤고, 회의 내내 자기 의견을 피력하는 모습은 멋졌고, 얼마 전 면세점 관련한 기획 PT를 진행했을 때는 심장이 터질 것 같았다.

그는 그녀가 예뻐서만 좋은 게 아니었다. 걸음걸이, 목소리, 손가락 마디 하나하나까지 예뻤다.

심지어 화려한 외향과 시니컬한 표정 뒤로 보여지는 배려심이란, 정말 환장할 정도였다.

"불편해 보이는데."

식음부와 미팅을 마친 후 사무실로 올라가는 길이었다. 로비부터 휠체어를 사용하는 손님과 직접 수행 중인 지배인을 지켜보던 은하는 무심코 그들을 따라갔다.

객실 복도까지 뒤를 따르면서 손님이 객실 안으로 들어서는 것까지 지켜본 그녀는 혼잣말로 중얼거렸다. 불편해 보인다며.

대체 뭐가?

재완이 모르겠다는 얼굴로 되물었다.

"뭐가 말입니까, 대리님?"

"휠체어 이동 가능한 객실이 너무 높아요."

"아."

"청각 장애인은 객실 내에서 비상벨도 못 들을 거고."

호텔 입구 경사로, 지하에 장애인 구역 주차장. 심지어 장애인 전용 객실에는 휠체어를 사용하는 이들의 편리함을 위한 낮은 옷걸이와 욕실에는 핸드레일까지 설치돼 있다.

특급 호텔 중에서도 꽤 장애인 우대 시설이 많은 편에 속한 유강 호텔인데 뭐가 더 부족할까 싶지만 은하의 눈에는 그것들이 다 보이는 모양이었다.

재완이 빙그레 웃으며 고개를 끄덕거렸다.

"왜 웃어요?"

은하의 물음에 그는 순간 당황했다.

"어, 아, 그냥 뭐. 실장님께 건의 드리실 거죠?"

"아니요. 일개 대리가 무슨 힘이 있다고."

"아아."

"예약할 때 전담 지배인도 배당되면 좋을 텐데."

힘이 없다던 대리님은 사무실로 돌아가는 와중에도 개선 방안에 대해 끊임없이 생각했다. 혼잣말로 중얼거리며, 혼자 생각하며, 그가 듣는 것도 생각 못 하고.

그녀는 자리에 도착하자마자 열심히 키보드를 두드렸다. 순식간에 집중하는 모습을 보는 그의 눈이 반짝거렸다.

요즘 계속 그랬다. 은하를 볼 때면, 심장은 쉼 없이 뛰고 눈은 반짝거린다.

재완은 말없이 해외 특급 호텔의 장애인 시설 사례를 뒤져 추합했다. 그녀에게 전해 주면 고맙다는 말이라도 들을 수 있지 않을까, 하는 마음에. 그것 하나면 오늘 밤은 또 그것대로 달콤할 것 같아서.

그는 자신감이 샘솟았다.

이 짝사랑을 멈추지 않을, 그런 자신감.

아직 한여름이 오지도 않았는데, 통유리창으로 쏟아지듯 내리쬐는 햇빛으로 집무실에 열기가 가득했다.

그 누구보다 일찍 출근한 은하는 개인 집무실에 들어서기 무섭게 에어컨 온도를 낮췄다. 팔에 오소소 소름이 돋을 정도의 시원한 바람이 만족스러운 그녀가 커피 머신기 앞으로 다가갔다.

어지럽게 섞인 캡슐 속에서 제일 진한 에스프레소 캡슐을 꺼내 쥐어 커피를 내렸다. 평소 같았으면 다디단 커피가 절실했지만, 지금은 잠을 깨워 줄 카페인이 시급했다.

추출되는 진한 커피를 멍하니 보는데, 휴대폰이 울렸다. 비서, 유나였다.

—실장님. 접니다.

"말해요."

—권승환 씨 지금 막 경찰서에서 나오는 것까지 확인했습니다. 일체의 연락도, 뒷말도 없어야 한다는 합의 조건도 전부 받아들였고, 조용히 마무리됐습니다. 김 변호사님이 준비한 각서에 서명까지 마쳤습니다.

그 남자는 대체 뭐에 그렇게 화가 났을까. 은하는 이해가 가질 않았다.

작은 스킨십조차 거부할 때마다 남자는 불만을 터트렸고, 그런 그에게 은하는 많은 것을 안겨 줬다. 마음과 몸을 주는 대신 지갑을 열었다. 짧은 만남이었지만 그 역시 아쉬울 게 없으리라 생각했다.

후. 은하가 짧은 숨을 가벼이 터트렸다.

"밤새 수고 많았어요. 금요일인데, 오늘 푹 쉬고 월요일에 나와요."

—아닙니다. 씻고 바로 출근하겠습니다.

"그렇게 해요. 나 이 비서 없다고 아무것도 못 할 사람 아니니까. 그럼 쉬어요."

짧은 통화를 끝내고 난 뒤, 때마침 커피가 모두 내려진 것을 확인했다. 잔 위를 채운 크레마를 멍하니 내려다보던 은하는 뒤늦게 재완에 대해 묻지 못한 것을 깨달았다.

"이 새끼랑 너 뭔데, 대체!"

"권승환."

"아, 다른 남자로 갈아타시겠다? 뒤로 이런 수작 부리는 중이었어? 대답해! 고귀하고 깨끗한 척은 혼자 다 하더니, 더럽게 놀아난 거야, 너?"

일은 생각지도 못한 곳으로 흘러갔다.

업무에 성실했을 뿐인 재완이 폭행을 당했고, 카페 매니저는 서둘러 신고했다. 속전속결. 경찰이 도착한 다음에야 신고가 접수됐다는 것을 알아차릴 정도로, 일은 빠르고 정확하게 정해진 수순으로 진행되었다.

경찰서로 연행된 승환을 비롯하여 현장에 있던 그녀와 재완 역시 짧은 조사를 받았고, 은하는 업무를 계속하겠다는 재완을 끌고 병원에 데려갔다.

재완은 아무 조건 없이 합의를 원했다. 입안이 터지고 어깨에는 타박상을 입었다. 바닥에 넘어질 때 지지대로 삼은 손목에는 찰과상이 남았다.

피해에 대한 보상을 요구할 법도 한데, 조건 없는 원만한 합의라니. 우스웠지만 그렇게 변호사에게 지시하겠노라, 응급실에서 치료를 받는 재완에게 직접 말했다.

하지만 뒤돌아서자마자 일을 틀었다. 허튼 수작을 부릴 게 분명한 승환을 그저 두고 볼 수만은 없었다.

상황을 최대한 과장하고 부풀려 붙일 수 있는 죄목이란 죄목은 다 갖다 붙이라 지시했다. 당연히 승환은 지레 겁을 먹었고, 그 후 변호사를 통해 합의 조건을 내밀었다.

깔끔한 처사였다. 어쩌면 뒷말이 나올 수도 있는 상대에게 그 입을 다물게 할 기회를 주겠다는 건. 펀드 매니저라는 그럴듯한 직업을 갖고 있는 남자이니, 커리어에 흠이 생기는 일은 원치 않았을 것이다.

그럼에도 찜찜한 건 그녀에게 달려들던 표정 때문이었다. 자존심 하나는 봐줄 만하던 그답지 않던 눈빛이 마음에 걸렸다.

상념에서 벗어난 은하가 휴대폰을 내려다봤다. 그리고 책상 앞에 앉아 또 한참을 고민했다.

직접 전화를 해 볼까. 오늘 병가 처리 하겠다고 했으니 아마 출근은 안 했을…….

"전 분명 노크했습니다."

은하의 시선이 집무실 문 앞으로 향했다. 그 앞에서 머쓱하게 서 있는 이는 다름 아닌 재완이었다.

"……난 분명 병가를 내라고 했고요."

"괜찮습니다. 새벽에 독일 쪽에서 넘어온 답신입니다."

아직 출근 시간도 안 된 오전 8시에, 아픈 몸으로 이른 출근을 한 이유가 일 때문이라니. 당연하다 싶으면서도 미간이 찌푸려질 만큼 답답했다.

원래 이렇게 융통성이 없었나.

"2주 후, 서울 공항에서 픽업 예정이고 독일 특사단은 전부 저희 호텔에 투숙하겠다는 내용입니다. 더 자세한 내용은 외교부와 조정하면 될 것 같습니다."

2년 만에 내방이었다. 특사단의 숙소가 유강 호텔이라는 것만으로도 충분한 홍보 효과를 불러일으킬 것이기 때문에 그 어느 때보다 이번 일에 공을 들였다.

열흘간의 방문 일정 동안 외교부와 협력해 호텔 측에서 성심성의껏 일정을 소화할 수 있도록 도울 것이라는 보도 자료가 나갔다. 그로 인해 홍보팀까지 바빠질 정도로 규모가 큰 프로젝트였다. 물론 3일 전에 결정이 난 사안이지만, 독일 쪽에서 확실한 답을 줬다는 것또한 의미가 컸다.

그렇게 모두가 최선을 다했다. 기획실 전체가 사활을 걸 정도로 열심이라는 건 알지만 뭔가 마음에 들지 않는다. 그 뭔가가 무엇인지 잘 알지 못해 더더욱.

"이 정도는 메일로 전달했어도 되는 내용인데요."

곱게 인쇄해서 파일까지 만들어 보여 줄 만큼 괜찮은 몸 상태가 아니지 않느냐고, 그녀는 돌려 말했다. 재완을 올려다보는 눈에 날이 섰다. 상대의 죄책감을 끄집어내는 눈치 없는 행동은 그녀가 제일 불편해하는 것 중의 하나였다.

상대는 기획실 내에서도 유능하기로 손꼽히는 차재완이었다. 그해 입사한 신입 사원들 중, 진급이 제일 빨랐으며 내부 평판도 좋았다.

작은 실수 하나 보이지 않는 깔끔한 일 처리로도 소문이 자자했지만 면접 때부터 기획실을 떠들썩하게 한 건 그의 준수한 외모였다. 재완에게 호감을 드러낸 직원들 역시 적지 않았다.

직속 사수였던 은하는 그가 첫 출근했을 때부터 꽤 많은 시간을 함께 보냈다.

성실하고, 능력도 있었고, 책임감이 강했다. 쉬어도 좋다는 상사의 말에도 출근을 감행하는 것 또한 그가 가진 책임감의 범위일 것이다.

남을 피곤하게 하는.

은하가 짧은 한숨을 감추며 넌지시 물었다.

"몸은 좀 괜찮아요?"

"네. 괜찮습니다."

기계적으로 튀어나온 대답이 영 마음에 들지 않았다.

그렇다고 아픈 몸을 이끌고 출근했다는데 화를 낼 수도 없지 않은가. 오히려 칭찬을 해 줘야 마땅한데, 지금 기분으로는 말이 곱게 나올 것 같지 않았다.

"더 보고할 사항, 없습니까?"

"네."

"그럼 퇴근하세요."

은하가 짧게 지시했다. 그녀의 손이 책상 위에 가지런히 놓인 결재 서류들을 뒤지는데, 재완은 걸음을 떼지 않았다.

"정말 괜찮습니다, 실장님."

"같은 말 두 번 하게 만드는 스타일인가 봐요, 차재완 대리."

그녀는 여러 의미로 호텔 직원들에게 유명했다. 재벌 3세답지 않은 독특한 행보. 대학 졸업 직후, 스물넷에 호텔 경영 기획실 평사원으로 입사. 우수한 성적으로 대리로 진급. 연차를 채울수록 성과는 도드라졌다.

호텔 내 최연소 팀장에 거론되기 시작했을 때, 유능한 그녀를 아버지와 은강은 가만두지 않았다.

그렇게 2년 전, 고작 스물아홉이라는 나이에 은하는 경영 기획실 실장 자리를 꿰찼다.

물론 유은하의 우수한 업무 능력과 오너의 하나뿐인 딸이라는 점이 시너지를 발휘했기에 가능한 승진이었다.

재완은 그녀가 신분을 감추었던 대리 시절, 1년간 직속 사수로 가르쳤던 신입 사원이었다.

그때부터 지금까지 그녀에게 싫은 소리 한번 들어 본 적 없는 인재였다.

처음 들어 보는 꾸중에 그의 귓불이 붉게 달아올랐다.

"그래도 남은 업무는……."

"가요, 어제 나 때문에 고생했는데."

그럼에도 보란 듯이 서 있는 그를 올려다보자, 재완은 참았던 숨을 터트리듯 입을 열었다.

"괜찮으십니까?"

괜찮다는 말을 입에 달고 사는 남자에게 역으로 듣는 괜찮으냐는 물음이 생소했다.

"뭐가요?"

순간 알은척을 해 버린 재완은 곧장 후회했다. 린치를 얻어맞은 남자의 앞에 선 살얼음 같던 은하의 표정은 처음 보는 것이었다. 그래서 자꾸만 기억에 남는다. 마치, 회사에서 보이는 모습들이 전부 가면 같아서.

"괜찮지 않은 건, 저보다 실장님이실 것 같아서요."

"기억이 잘 안 나는데, 혹시 내가 맞았어요?"

"그건 아니지만……."

"그럼, 내가 괜찮지 않을 이유가 뭐 있겠어요."

"……."

"어제는 고마웠어요. 쓸데없는 일에 끼어들게 해서 미안했고."

마치 무참하게 선을 긋듯 그녀가 말했다. 더는 입 다물고 궁금해 하지도 말라는 것처럼. 재완은 그녀의 말뜻을 곧장 알아듣고 입을 다물었다.

"들어가요, 그만. 팀원들 오기 전에."

더는 고집을 부릴 수도 없는 상황에 재완은 어쩔 수 없이 그녀의 집무실을 나왔다.

오전 8시를 갓 넘긴 시간. 널찍한 경영 기획팀 사무실에 출근한 이는 그와 그녀, 둘뿐이었다.

서늘했던 집무실 온기가 그대로 몸에 남은 듯 재완은 손끝마저 차가웠다.

왜 저렇게 춥게 있는 걸까. 몸도 약한 사람이.

시선이 불현듯 뒤쪽을 향했다. 기획팀의 넓은 사무실과 연결된 은하의 개인 집무실 문 옆은 전부 유리로 돼 있었다. 블라인드가 걷어져 있지만, 그렇다고 그녀가 보이지 않는 건 아니었다.

그가 나간 지 30초가 채 지나지 않았는데, 마치 원래 그랬던 것처럼 그녀는 일에 열중했다. 책상 한쪽에 쌓인 서류 더미들은 급한 것들도 아니었다. 시간을 두고 천천히 진행해도 될 일이었다.

다다음 달에 예정인 객실 인테리어 공사라든가, 호텔 수요층을 늘리기 위한 상부 회의 결과서 같은. 지금 당장 사인을 하고 결재서를 내민다 해도 실행될 수 없는 일들인데 뭐가 급한지 아침부터 나와 저러고 있었다.

그러니까, 굳이 저러고 있을 이유가 없었다.

"지금 집에 들어가야 할 사람이 누군데."

어제 응급실에서 은하가 돌아간 건 새벽 2시가 넘어서였다. 적어도 그보다 30분은 일찍 왔을 테니, 많이 잤다고 해도 네 시간 남짓. 그녀는 저 생활을 미련하게 반복했다.

자신이 신입 사원이었던 시절부터 지금까지 단 한 번도 그녀보다 먼저 출근한 적이 없었으니까.

걸음이 쉽게 떨어지지 않았다. 은하는 병가를 내라고 했지만, 참지 못 할 만큼 아픈 것도 아니었다.

이대로 버텨 볼까, 얼굴이나 보면서.

그러면 괜찮아질지도 몰라.

그런 허무맹랑한 생각에 빠져 있을 때, 기획실 안으로 들이닥친 이들이 있었다. 순간 굳은 얼굴로 재완이 블라인드 안을 돌아봤다. 평화롭기 그지없어 보이던 은하도 인기척을 느꼈는지 고개를 들었다.

일은 순식간에 벌어졌다. 마치 제집처럼 경영 기획실을 들이닥친 사람은 유강 호텔의 오너인 유동환 회장이었다. 그 뒤를 비서실장이 빠르게 따라잡고 있었는데, 그가 재완을 발견하고선 눈짓했다. 옆으로 비켜서라는 신호였다.

하나, 그러기도 전에 마치 재완을 보지 못한 듯 지나친 동환은 은하의 집무실을 문이 부서져라 거칠게 열고 들어갔다.

이내 들리는 커다란 소리. 그 장면을 목격한 재완의 눈가가 찌푸려졌다.
유은하가 맞았다.
그럼에도 그가 할 수 있는 건 아무것도 없었다.

✦ ✦ ✦

"조퇴가 아니라, 너 설마 이거 당한 거야?"
태광이 손으로 목을 가로 긋는 행동을 하며 물었다. 그러거나 말거나 이른 시간부터 태광의 북카페에 들이닥쳐 긴 테이블에 긴 팔 하나를 뻗은 채 엎드려 있는 재완에게는 그 모습이 보이지도, 목소리가 들리지도 않았다.
그의 머릿속은 몸이 휘청거리도록 뺨을 얻어맞고도 전혀 흔들림 없는 표정을 짓던 은하의 존재로 가득 찼다. 그래서 미칠 지경이었다.
"뭐야. 진짜 잘렸나 보네. 나 농담한 건데?"
꿈에 그리던 호텔 기획실에 입사해 잘 다닌다 싶더니, 이건 무슨 일인가 싶어 태광은 불안해졌다. 그도 그럴 것이 재완은 카페에 들어선 이후로 잠깐 쉬다 간다는 한마디만 던지고 내내 이 자세를 유지했다.
"야, 차재완."
"……."
"너 설마, 그 짝사랑한테 차였냐?"
잘 다니던 회사에서 갑자기 나왔을 리는 없으니, 방향은 또 한 가지로 유추가 됐다. 그리고 반응은 즉각적으로 나타났다. 벌떡 몸을 일으킨 재완이 미간을 좁히며 태광을 노려봤다.
"재수 없게."
"아니야?"
"고백도 못 했거든."

"쯧쯧. 그 나이에 짝사랑 길게 하면 몸에 사리만 쌓이지, 뭐 좋다고."

내 말이 그 말이다. 재완은 대답 없이 다시 테이블 위에 엎드렸다. 타이밍 좋게 들어온 대학생들이 카운터 앞으로 다가가자 태광 역시 자리를 피했다.

재완은 들려오는 커피 머신기 소리와 책장 넘기는 소리, 커피를 고르는 이들의 수다 소리 등 온갖 소리를 차단한 채 눈을 감았다. 동시에 신음 한번 내뱉지 않고 넘어진 몸을 일으키던, 그 행동마저 사람을 진저리 날 만큼 깔끔하던 은하가 떠올랐다.

보통은 비명을 지르거나, 하다못해 표정이라도 찡그릴 것이다. 사람이니까. 작은 아픔도 크게 받아들이는 게 사람이니까.

그런데 당신은 왜 아무렇지 않아 보이는 걸까. 마치 늘 그래 왔다는 듯.

자꾸만 그 모습이 눈에 밟혔다.

마치 모든 것을 놓아 버린 텅 빈 눈동자가.

자신과는 태생부터 다른, 정말 이상 세계에 살고 있는 여자에게 첫눈에 반해 짝사랑을 시작한 지도 벌써 3년째.

처음 봤을 때의 은하는 그에게 선배님 혹은 대리님이었다. 그녀가 당연하게 자기 자리를 찾아가면서 높아질수록, 그는 점점 더 먼 거리감을 느꼈다. 그럼에도 마음은 크기를 키우며 묵직해졌다.

머리는 안 된다는 걸 알면서도, 마음은 자꾸만 깊어졌다. 시선은 언제나 그녀를 좇고, 목소리에 심장이 먼저 반응했다. 은하의 발소리마저 구분할 수 있는 정도가 됐으니 정말 병이라면 약도 없는 병이었다.

경영 기획실의 중심축이며, 우리나라 호텔 업계에서 굳건히 1위를 지키는 유강 호텔 사주의 금지옥엽. 넘어야 할 산이 첩첩산중, 높아도 너무 높았다.

하지만 이런 생각조차 우스워진다.

유은하라는 산 하나를 넘지 못해 3년째 이러고 있는데 그깟 고민이 무슨 대수란 말인가.

아니, 넘을 생각이 있는지도 잘 모르겠다. 워낙 대단한 산이지 않은가. 높고, 단단하고, 심지어 꽁꽁 언 눈으로 뒤덮인.

끝나지 않을 것 같은 1년여 간의 짝사랑을 정리하고, 마음 한구석 내주지 않을 것 같은 차가운 여자에게 이제는 고백이라는 걸 해 봐야겠다며 마음먹었을 때가 있었다.

짝사랑 1년을 꽉 채우고 나서야 그는 그녀에게 고백하려 했다. 당신을 좋아한다고, 그러니 나와 따뜻한 봄날에 함께 연애나 하자고.

하지만 그녀는 갑자기 사라졌다. 팀장에게 조심스레 묻자 돌아온 말은 은하가 휴직계를 냈다는 소식이었다.

한참을 망설이다 연락을 해 보았지만 그녀는 전화도 받지 않았고, 메시지에 답장도 하지 않았다. 날이 갈수록 걱정으로 시들어 가고, 불안으로 애가 닳고, 그리움에 힘이 들었다. 팀원들은 금방 은하의 부재에 적응했지만, 재완은 그러지 못했다.

어디가 아픈 걸까. 아니면 사고라도 난 걸까, 혹시 집에 무슨 일이라도 있나. 그녀를 좋아한다면서 왜 이렇게 아는 게 없는 건지.

그의 자책이 커져 가던 어느 날. 유은하는 거짓말처럼 다시 돌아왔다.

유강 호텔 최고 경영자의 막내딸.

겨우 두 달 만에 완전히 새로운 사람이 되어.

그때의 그녀를 잊을 수 없다. 누구보다 눈부시게 빛나는 은하는 정말 말 그대로 로열 패밀리였다. 그녀는 은강의 자리였던 기획실 실장의 자리를 물려받았고, 재완의 짝사랑은 여전히 식을 줄 몰랐다.

이제 그만 잊어야지, 생각하면서도 매일 아침 보는 그 얼굴을 잊지 못해 발버둥치는 시간을 보냈다.

"시원한 거 마시고 정신이나 차리든가."

그때, 태광이 그의 얼굴 옆으로 얼음이 가득 든 아이스 아메리카노를 내려놨다.

언감생심 누굴 넘보냐, 냉수 먹고 속 차리라는 뜻일까.

재완이 생각을 갈무리하며 쓴웃음을 삼켰다.

✣ ✣ ✣

"얼굴 좀 봐."

호텔 내에 소문이라도 돈 건지, 아니면 은강이 기획실에 사람을 심어 둔 건지 알 수 없었다. 분명 팀장을 올려 보냈는데, 직접 결재 서류를 들고 오라는 상무실의 연락을 받았다. 결국 은하는 못마땅한 얼굴로 은강의 앞에 마주 앉았다.

"보고 싶으면 직접 내려오지 그랬어?"

"바빠."

긴 다리를 꼬며 은강은 소파 위에 턱을 괴었다. 맞은편에 앉은 은하를 바라보는 눈빛은 덤덤했다.

"오빠만 바빠?"

"쯧, 많이도 부었네."

목소리와 표정에는 막냇동생을 향한 걱정뿐이었다. 알고 있다. 큰오빠의 오늘 하루는, 온통 뺨을 얻어맞은 자신이라는 걸. 그게 그의 단점이라는 걸 알기에 은하는 굳이 콕 집어 말하지 않았다.

"아침에 맞았는데, 그게 그새 가라앉겠어?"

"너 대신 그놈한테 맞았다는 대리는 누군데?"

소식 한번 빠르네. 은하는 모른 척 결재 서류를 내밀었다.

"여기 사인이나 해."

"혹시 차재완 대리? 왜, 네 직속 후배였던."

은강의 입에서 익숙한 이름이 나오기 무섭게 그녀의 미간에 얼핏 주름이 서렸다.

"경영 기획실에 사람 심었어?"

"네 사람이 곧 내 사람이지. 안 그래?"

빙그레 웃는 은강의 얼굴이 퍽 얄미웠다.

무슨 말을 못 해, 말을. 은하는 그가 서류를 확인하는 동안 소파에 편히 등을 기대앉았다.

그는 말없이 사인을 마쳤다. 제주 한옥 호텔 건이었는데, 보고가 올라 온 지 얼마 되지 않아 꽤 시일이 걸릴 것이라 판단했다.

"쯧. 대체 얼마나 일에 파묻혀 살면 이걸 벌써 들고 올라오는지."

"오빠한테 들을 말은 아니야."

"……아버지, 화 많이 나셨더라."

"그러게."

성의 없는 대답에 은강의 눈썹이 삐죽 산을 그렸다.

"네 얘기 하는 거야."

"알아. 그냥 잠깐 만나다 헤어진 남자라는 것도 알아."

이러다 작은오빠, 은규의 귀에까지 들어갈까 염려스러웠다. 그만큼 귀찮은 일은 또 없었다.

"너 일부러 김 변 시켰지? 아버지 귀에 들어가라고."

그의 물음에 굳이 대답하지 않았다. 빤한 의도는 항상 먹혔다. 대답을 알고 있는 상대에게 대답할 필요조차 느끼지 못했다.

"조용히 넘어갈 수 있는 일을 꼭 크게 부풀려. 그렇게까지 해서 아버지랑 꼭 부딪쳐야겠냐?"

역시나 다물어진 입술은 열리지 않았다. 은강을 닮은, 깔끔한 그의 집무실 인테리어만이 눈에 들어왔다.

"나도 인테리어나 바꿀까."

"고집부리지 마. 어차피 넌 아버지 못 이겨."

"이거, 비용 얼마나 들었어? 임원실 인테리어는 다 같지 않나? 오빠만 다르네."

"유은하."

이름을 부르는 차가운 음성에 은하가 소파를 짚던 행동을 멈추고 그를 보았다.

장난기가 많고 늘 유연한 태도를 보이는 은규와 다르게 은강은 냉철했고, 또 예민했다. 오히려 동갑인 은규보다 그녀에 대해 더 잘 알고 있는 사람이었다.

"네가 이래 봤자 아버지는 꿈쩍도 안 해."

"……알아."

"아니, 너 몰라. 지금 네 행동은 고집으로밖에 안 보여."

고집. 그렇게 보인다는 걸 안다. 그래도 어쩔 수 없다.

이해받지 못할 행동을 한다고 해서, 이해를 원하는 건 아니니까.

"대체 내가 뭘 잘못했는지 모르겠네. 그저 짧고 가벼운 연애 몇 번, 그게 전부인데. 손가락으로 셀 수도 있어. 오빠가 만난 여자들보다 훨씬 적을걸?"

은강이 잇속으로 한숨을 삼켰다. 그 누구보다 진실 되게 사랑할 줄 알고, 사랑받았던 동생을 알기에 더 화가 났다.

"자꾸 네 스스로를 망치고 있잖아. 그걸 뻔히 아는데, 그럼 내가 어떻게 해야 해?"

동생을 향한 걱정 어린 한숨은 언제나 그랬듯이 부담스러웠다.

그저 지금, 몸부림치고 있을 뿐인데.

외롭지 않으려고, 생각하지 않으려고,

그리고 아버지가 원하는 누군가의 아내 따위는 되지 않으려고.

"아무것도 하지 마. 배다른 동생 뭐가 예쁘다고 그런 것까지 신경 써 주고 그래."

"인마, 내가 그렇게 말하지 말라고……."

"바빠, 잔소리는 나중에 모아서 한 번에 해 줘."

은하는 일부러 웃음기와 장난기를 담아 말했다. 어쩔 수 없다는 듯이 은강이 입을 다물었다.

더한 걱정을 끼치는 건 그녀 역시 원하지 않았다. 결재 서류를 되돌려 받은 그녀가 그의 사인을 내려다봤다. 동시에 떠오르는 얼굴에 은하의 입가가 굳어졌다.

"내가 차재완 대리한테 밥 한번 사야겠네."

"어련히 알아서 할까."

"너 혹시 그 대리랑……."

말도 안 되는 상상 따위 들을 가치도 없다는 듯 은하는 매정하게 돌아섰다.

너무하네, 진짜. 은강이 쓴웃음과 함께 몸을 일으켰다. 말 안 듣는 데는 국보급인 여동생 때문에 카페인이 절실했다.

✣ ✣ ✣

걱정하는 일은 실제로 일어났다. 작은오빠만 모르면 된다고 생각했는데, 생각보다 은규는 빨리 들이닥쳤다. 화가 나는 것도, 짜증을 내는 것도 아닌 안타깝다는 얼굴을 하고.

"잔소리 할 거면 가."

"너 진짜 언제까지 이렇게 살래?"

어느 순간부터 은하에게 삶이란 그저 태어난 김에 살아가는 대로 사는 것이 되어 버렸다.

그런데 굳이 잘 살 필요까지 있을까.

은하가 마우스 위로 손을 올렸다. 도착한 메일을 여는 손짓은 느릿하면서도 정확했다.

"내가 어떻게 사는데."

"좀 제대로 살아야 할 거 아니야. 그러니까 아버지도 이번에 그냥 못 넘어가신 거지. 어디서 주먹이나 휘두르는 놈을 만나 가지고."

메일을 확인하던 그녀가 짧게 비웃었다.

"누가 들으면 그 주먹에 내가 맞은 줄 알겠다. 난 아버지한테 맞았는데."

"그러니까, 너 대신 맞은 놈이 네 부하 직원이라며?"

내내 컴퓨터 모니터를 향했던 은하의 시선이 움직였다. 어쩐지 사진에 정신 팔린 그가 회사까지 찾아온 건 우연이 아닌 듯싶었다. 김 변호사가 이런 시시콜콜한 것까지 불었을 리 없다.

이 정도면 진짜.

"오빠들, 나 도청해?"

"뭘 도청까지. 여기저기 찔러 보면 금방 나올 건데."

"유은규."

"어허. 오빠."

은규는 곧장 그녀가 부르는 호칭을 정정했다. 은하가 짧게 노려보자, 은규가 씨익 웃으며 저 혼자 고개를 끄덕였다.

"그러니까 엄한 놈이랑 연애질 그만해. 마음도 없는 연애가 뭐 좋다고. 나도 그런 식으론 연애 안 한다."

"꼭 내가 어떻게 연애하는지 본 사람들처럼 얘기하네."

"뻔하지. 돈으로 마음 사는 짓, 그딴 건 왜 하는데? 너 진짜 아버지 호적에 파이고 싶어서 그래?"

은규는 그녀와 동갑으로, 올해 서른하나였지만 말수만큼은 동네 팔

순 어르신 못지않았다.

대외적으로 그들은 쌍둥이 남매였다. 둘째 아들과 같은 해에 태어난 사생아 딸. 출생을 감추기 위해 은하는 은규의 쌍둥이 동생으로 동환의 호적에 올랐고, 덕분에 최측근을 제외하고는 지금까지 비밀을 지킬 수 있었다.

고작 두 달 일찍 태어난 은규에게 오빠라 불러 본 적이 손가락에 꼽을 만큼 적었다. 그도 호칭에 대해 의의는 없었다. 확실히 사생아라는 이유로 형제들에게 문전박대 당하는 것보다야 나은 대우였다.

"소개팅 할래?"

"아니."

"그럼 선볼래?"

"됐어."

은하가 단호하게 대답했다. 그럴 줄 알았다는 듯이 더 말해 볼 생각도 없던 은규는 그녀의 책상 위에 잔뜩 쌓인 서류를 대충 들춰 보였다.

"그래, 결혼하지 마. 그냥 오빠랑 평생 부대끼고 살자."

어디서 말도 안 되는 악담을.

은하는 다시 모니터로 시선을 돌리고, 키보드 위로 두 손을 올렸다. 작성 중이던 보고서는 어느 정도 갈무리가 됐다. 턱을 괴고 앉은 은규는 그런 은하를 바라봤다.

마치 그래야만 하는 사람처럼.

"유은하."

"왜."

이제야 돌아보는 동생을 향해 은규가 씨익 웃어 보였다.

"우리 브런치 먹으러 갈까?"

"귀찮아. 혼자 먹어."

"그래? 그럼 너 대신 맞았다는 직원이나 찾아서……."

무릎을 탁 친 은규가 몸을 일으키자, 은하가 그를 찌릿 노려봤다. 지갑과 휴대폰을 챙기는 손길은 느리지 않았다. 쿡쿡, 웃은 은규가 먼저 앞장서서 은하의 집무실 문을 열자 기획실 풍경이 그대로 드러났다.

가만. 이중에 한 명이란 말이지.

눈짓으로 기획실을 쓱 훑어 내는 은규의 허리를 꼬집은 건 은하였다.

"아악!"

팀장인 경수가 어정쩡한 포즈로 일어나는 것과 동시에 은규가 비명을 질러 댔다. 업무를 보던 직원들의 시선이 그들에게 향했다. 찰나와도 같은 순간, 은하와 재완의 시선이 부딪혔다.

"식사하고 올게요."

짧은 시선을 두었다가 은하는 은규를 끌고 기획실을 나섰다. 일단은 재완의 존재가 은규의 눈에 들지 않게 하는 게 급선무였다.

2화

차재완

은하는 시간이 날 때마다 호텔을 바쁘게 돌아다녔다. 로비와 객실부터 시작해 레스토랑, 수영장 및 지하 피트니스 센터까지 하루에 몇 번씩이나 상태를 체크하고, 직원들과 고객들을 살폈다. 그녀가 해야 할 일이자, 할 수 있는 일이었다.

로비를 한 바퀴 돌아다니다 화장실을 찾는 고객에게 위치를 알려 주고, 호텔 내 카페를 찾는 중국인 관광객들을 직접 안내했다. 때때로 로비까지 내려와 호텔 직원들과 고객을 살피는 그녀의 행동은 일종의 업무 연장선이었다. 한두 번이 아니기에, 직원들도 익숙하게 그녀를 대했다.

은하는 기획실로 올라가기 위해 엘리베이터 앞에 섰다. 높은 하이힐을 신고 오래 걸어 다녔더니, 뒤꿈치에 무리가 간 모양이다. 한 번 인식한 뒤로 계속해서 느껴지는 찌릿한 통증에 눈살을 찌푸렸다.

"운동화를 신을 수도 없고."

구두를 벗고 발목을 당기며 그녀는 아주 잠시라도 높은 힐에서 자유로워졌다. 구두 굽을 조금 낮춰 볼까. 피곤한 마음에 지친 한숨을 내뱉었다.

"많이 불편하십니까?"

발을 향해 있던 그녀의 시선이 옆을 향했다. 퇴근한 줄 알았던 재완이었다. 땀에 젖은 앞머리에, 늘 정장하게 갖추고 있던 넥타이와 슈트 상의를 벗어 손에 들고 있었다.

당황한 은하가 다시 구두에 발을 넣었다. 여전히 통증은 있지만, 그래도 그의 앞에서 맨발로 서 있을 수는 없었다.

"어디 갔다 오나 봐요."

"주방이요. 식료품실 자재 나르는데 총주방장님한테 끌려갔습니다."

기획실 직원들에게 퇴근하라고 알릴 때, 사무실에서 그의 자리가 비어 있던 걸 떠올린 은하가 느리게 고개를 끄덕거렸다.

"총주방장님이 직접 신메뉴 기획안 올리셨거든요. 기획실 앞에서 마주쳤는데 도와 달라고 하셔서."

주방 직원이 대체 몇인데 그걸 차재완 씨가 해요. 은하는 아랫입술을 살짝 움직였다가, 이내 다시 앞으로 고개를 돌렸다. 꼭 닫힌 엘리베이터 문으로 재완이 비쳤다.

꽤 더운 모양인지 소매 단추를 풀어 팔뚝을 드러내고, 목 단추를 두어 개쯤 풀어헤친 모습이 주방에서 구른 티가 역력했다. 다행히도 얼굴의 상처는 희미해져 자세히 보지 않으면 눈치채지 못할 정도였다.

아픈 사람이 뭐 하러. 속으로 속삭이던 그녀가 무심히 고개를 돌릴 때였다. 엘리베이터 문을 통해 재완과 시선이 마주쳤고, 숨소리 하나 나지 않던 침묵 끝에 그가 입을 열었다.

"……하셨습니까?"

그녀의 시선이 천천히 움직여 그를 향했다. 듣지 못했다는 얼굴로.

눈이 마주치자, 재완이 옅게 웃었다.

"식사하셨는지 궁금해서요."

하지 않았다. 그녀가 저녁을 챙겨 먹는 건, 일주일에 잘해 봤자 두 번도 되지 않으니까. 재완은 마치 대답을 미리 알고 있다는 얼굴로 손목시계를 힐긋 보며 시간을 확인했다.

이어서 내뱉은 말은 꽤 뻔했다.

역시나 예상대로.

"저랑 저녁 드시겠습니까?"

✦ ✦ ✦

"더 맛있는 거 사 드리고 싶었는데."

당신이 왜? 먹음직스러운 깍두기를 입으로 가져간 은하가 어색해하는 재완을 마주 봤다. 기획실 직원들의 단골 식당인 이 설렁탕집은 '70년 전통 설렁탕'이라는 이름에 걸맞게 손님이 많았다. 시간이 시간인 만큼 꽤나 한산하리라 생각했는데 그녀의 오산이었다.

"먹어요. 맛있어요."

아삭아삭. 그녀가 깍두기 씹는 소리를 냈다. 설렁탕을 싫어하는 건 아니지만, 은하와 단둘이서 먹는 식사인데 메뉴가 설렁탕이라니.

괜히 허탈해진 재완은 마지못해 숟가락을 들었다.

"어디 불편한 덴 없고요?"

그 일이 있은 후로 일주일이 흘렀다. 안부 인사치고는 늦었지만 처음 묻는 것도 아니니, 은하는 죄책감을 덜어냈다.

"네. 괜찮습니다."

"병원은 그 후로 안 다녀온 것 같은데."

"평소에 운동을 다녀서 별로 무리 없습니다."

그렇다면 이 죄책감을 가장한 찝찝함을 완전히 털 수 있었지만, 그게 말처럼 쉽지만은 않았다.

나를 대신해 맞은 부하 직원. 앞으로 몇 년은 경영 기획실 안에서 계속 얼굴을 맞대야 할 사이기도 했다.

"입사 몇 년차죠?"

"다음 달이면 꽉 채워 3년입니다."

은하는 고개를 끄덕이며 그가 첫 출근하던 날을 떠올렸다. 직속 사수로 1년간 그를 가르쳤다. 갓 입사한 신입 사원은 어렸고, 패기와 열정이 넘쳤다.

그녀가 일반 평사원으로 입사하고 대리로 진급했을 때, 영문 이름이 새겨진 고급 만년필을 은강에게 선물 받았다. 좋았고, 뿌듯했다. 무엇보다 큰오빠가 아닌 상사에게 인정받은 느낌이 좋았다.

그 후 은강을 따라, 경영 기획실 후배로 들어온 신입 사원들의 첫 진급 시기가 오면 만년필을 선물했다. 지금은 유나가 알아서 체크하고 준비하지만, 비서가 없을 땐 은하가 직접 주문을 해야 했다. 그래 봤자 재완이 유일했지만.

지난번 카페에서 그에게 펜을 빌렸던 기억을 떠올리며 은하는 몇 번이나 바꿔 낀 흔적이 또렷한 펜촉을 떠올렸다.

"일은 할 만해요?"

재완이 어색하게 웃었다. 은하는 제멋대로 그가 상사인 자신을 불편해한다고 여겼다.

"네. 즐겁게 일하고 있습니다."

"다행이네요."

하나 마나 한 질문이 끝나고, 대화는 끊겼다. 평소 말이 많지 않은 은하가 재완과 나눌 대화는 그리 많지 않았다. 밥을 먹는 내내 간간이 일 얘기를 하다가, 또다시 찾아오는 침묵에 어색해하는 건 오로지 재완의 몫이었다.

그는 밥 먹는 내내 은하를 힐긋거리며 그녀가 컵을 비울 때마다 물을 따라 주고, 깍두기를 잘 먹는 그녀를 대신해 테이블에 있는 그릇에서 깍두기를 덜었다. 모두 부하 직원으로서 상사에게 할 수 있는 행동들이었지만, 그 행동은 내내 어설펐고, 서툴렀다.

불편하면서 밥은 왜 먹재. 덩달아 같이 먹는 사람도 불편해지게.

찬물을 세 잔째 비워 냈을 때였다. 먼저 말을 걸지 않는 한, 말이 없던 재완이 무심코 입을 열었다.

"물을 많이 드시네요."

설렁탕에 밥을 말고, 다시 컵을 들던 은하가 고개를 들었다.

"평소에도 식사 도중에 자주 물을 드시는 걸 봤는데, 소화에 별로 도움이 안 되는 걸로 압니다."

"……."

"주제, 넘었을까요?"

뭘 주제 운운할 것까지야. 들고 있는 컵을 내려놓은 은하는 어깨를 으쓱였다.

잔소리 비슷한 말을 내뱉어 놓고 본인이 놀란 얼굴을 하면 어쩌자는 거지.

"내가 차 대리한테 잔소리를 다 듣네요."

"그런 건 아닙니다."

"물 마시는 게 버릇이라 그래요. 앞으로 참고할게요."

은하가 다시 고개를 내리며 식사를 마저 했다. 물 한 모금 없이 천천히, 깨끗하게 그릇을 비워 가는 은하를 보며 재완은 뿌듯하면서도 은근한 미소를 지었다.

그는 그녀가 버거워하지 않게, 은하가 그릇을 비우는 속도에 맞춰 천천히 설렁탕 한 그릇을 비웠다. 설렁탕이 입으로 들어가는 건지, 코로 들어가는 건지, 눈앞의 여자가 너무 예쁘고 사랑스러워 알 수 없었지만 미각이 마비될 만큼이나 좋았다.

'나갈까요?' 라고 묻는 목소리가 아쉬울 만큼, 자연스럽게 계산서를 드는 그녀를 대신해 카드를 꺼내고 앞에 서서 계산하고 싶을 만큼, '커피 한잔하시겠습니까?' 차분하게 묻고 싶은 목소리가 목 끝까지 치밀 만큼.

그는 떨렸고, 설레었고, 함께하는 내내 구름 속을 거니는 기분이었다.

그렇다.

지금의 그는 상사 '유은하' 가 아닌 여자 '유은하' 와 함께였다.

"커피 드실래요?"

원래는 밥을 사려고 했다. 하지만 은하는 상사의 기본 됨됨이를 가진 여자였다. 부하 직원에게 절대 계산을 미루는 법이 없는. 그녀에게 고작 한 끼를 얻어먹었다는 사실이 못내 못마땅해진 재완은 내내 준비했던 말을 던졌다.

"지금, 이 시간에요?"

한눈에 봐도 그의 한 달 치 월급보다 비싸 보이는 시계로 시간을 확인한 그녀가 그렇게 되물었다. 보통 이 시간에 커피를 마시지는 않는다. 어떻게든 단둘이 있을 구실을 만들고 싶었을 뿐인데. 젠장, 시간이 안 도와줄 줄이야.

"그래요, 그럼."

멋없게 생과일주스라도 권해 볼까 고민하던 찰나에 은하는 그렇게 말하고 그를 스쳐 지나갔다.

뭐지? 안 마시겠다는 거 아니었나? 얼떨떨한 재완이 뒤를 돌아보는데, 은하는 이미 바로 옆 건물에 위치한 작은 카페로 들어간 후였다.

"와, 심장아."

그가 가슴을 짚으며 숨을 토했다. 담백한 대답 한마디가 뭐가 이렇게 설레는지. 재완은 놀란 심장을 쓰다듬으며 정신을 차렸다. 이러고 있을 시간이 없었다. 그녀와 무려 커피를 마시는 시간이다. 일분일초도 허투루 쓸 수는 없었다.

아주 가까이, 스치듯이 지나간 그녀의 향기를 되짚으며 그도 서둘러 카페로 들어갔다. 클래식이 나오고, 작은 테이블 다섯 개가 전부인 카페는 메뉴도 단출했다. 과일은 아까 낮에 떨어져 주스는 안 된다고 미리 써 붙여 놓기까지 했다. 그녀가 좋아하는 커피는 당연히 알고 있다.

"카페모카 드실 거죠?"

이번에는 기필코 계산을 하고 말 테다.

그는 서둘러 지갑을 꺼냈다. 전부 계산된 행동이지만, 누가 봐도 허술했고 어색했다.

"그럴까요."

하지만 재완에게 도통 관심이라고는 없는 은하는 의미를 두지 않았다. 슬쩍 그를 보다가 지갑을 꺼내는 것을 보고 희미하게 미간을 찌푸릴 뿐.

"됐어요, 내가 내요."

"아니요. 제가 내겠습니다."

"차재완 씨 월급이 나보다 많아요?"

많지 않다. 심지어 은하는 자기 월급이 얼마인지 모를 것이다. 재완이 1년 치 연봉을 전부 털어야 살 수 있는 외제차를 무려 현금으로 사는 여자니까.

"커피는 제가 사고 싶습니다. 식사도 사셨잖아요."

팔짱을 낀 은하가 빤히 그를 바라봤다. 상사가 부하 직원에게 지갑을 여는 거야 당연한데 뭘 저렇게 정색하고 나설까 싶었지만, 굳이 계산을 하겠다는데 말릴 열의는 없었다. 그러기엔 살짝 피곤했고, 자신을 불편해하면서 식사에 커피까지 제안하는 그의 의도가 조금은 궁금했다.

"휘핑크림 많이요. 아이스로."

"……많이요?"

"듬뿍."

저 차가운 얼굴로 듬뿍이라니. 묘하게 안 어울린다고 생각하지만, 또 그녀라서 어울렸다. 달달한 케이크나 초콜릿이 섞인 커피에 환장하는 은하는 재차 고개를 끄덕였다. 재완의 고집대로 그가 계산을 하고, 은하는 먼저 카페를 나섰다.

꽤 늦은 밤인데도, 호텔 근처는 상가 밀집 지역인 만큼 사람들이 꽤 지나다녔다. 그들을 관찰하며, 선선해진 바람을 온몸으로 느끼며 우두커니 밖에 서 있었다. 등 뒤를 따갑게 하는 누군가의 시선 역시 눈치채지 못한 채로.

기다림이 지루해질 때쯤, 휴대폰을 꺼낸 그녀가 부재중 메시지와 시간을 확인했다. 대학 동문회에 올 거냐는 소현의 메시지에 답장을 하려는 찰나, 그녀의 휴대폰이 갑자기 공중으로 붕 떴다. 곁에 선 누군가가 그녀의 손목을 잡아챘다.

"얘기 좀 해."

대체 어디서 나타난 건지, 면도도 제대로 하지 않아 턱 끝이 까무잡잡해진 승환이 갑자기 은하를 잡아당겼다. 힘이 너무 셌다. 잡힌 손목이 아려올 만큼이나.

"이게 뭐 하는 짓이야."

"짓? 너는 내가 하는 행동이 짓거리밖에 안 보이지?"

사납게 눈을 번뜩이는 승환을 보며 은하는 마른 입술을 깨물었다. 담배와 술 냄새가 섞여 금방이라도 구역질이 치밀어 오를 것 같았다.

"합의 조건 잊었어?"

"아, 그 빌어먹을 합의 조건? 내가 너랑 만났다고 동네방네 떠들었냐? 내가 너랑 잠을 잤어, 뭘 했어. 썅, 그렇게 도도하고 비싸게 굴더니 아주 끝까지 사람을 병신 취급하네. 내가 그 조건을 왜 들어줘야 하는데!"

승환의 커다란 몸이 달려들 듯 가까워지더니 곧 크게 팔을 휘둘렀다. 그 모양새가 꼭 자신에게 날아올 것 같았지만, 은하는 꿈쩍도 하지 않았다. 피하기 위해 뒷걸음질 치지도 않고, 눈을 감아 이 순간을 모면하려고도 하지 않았다.

그 순간, 뒤에서 나타난 손이 은하의 팔을 잡아끌었다.

"뭡니까."

왜 못 들었을까. 카페 문이 열렸을 때, 소리 정도는 들었을 텐데.

어느새 나타난 재완은 그녀를 뒤에 감추며 승환의 앞에 섰다. 승환의 눈빛이 다시 사납게 변하더니 그의 어깨 뒤로 숨은 은하를 향해 비아냥거리기 시작했다.

내용은 그러했다. 다른 남자가 있었냐, 처음 만날 때부터 알아봤다, 만나는 내내 비싸게 굴더니 뒤로 다리를 벌리고 있었냐, 너 같은 음탕한 애는 똑같은 새끼를 만나 봐야 정신을 차린다는 등의 저질스러운 말들.

지나가는 사람들이 수군거리며 한 번씩 돌아볼 정도로 목소리가 컸다. 말은 점점 다시 줍기가 더러울 정도로 지저분해졌다.

은하가 안전한지 확인한 재완이 단호히 말했다.

"계속하시면 경찰 부르겠습니다."

"너 지난번에 그 새끼지? 네 속내는 뭐 다를 줄 알아? 너도 저년 배경 때문에 놀아난 거 아니야. 여자다운 애교는 없어도 나한테 지갑 잘 여는 맛 하나 있었는데, 어디서 걸레 같은 것 때문에 내가……."

낯설고 폭력적인 모습에 새삼 놀라고, 지금껏 만났던 남자들의 생각이 전부 저랬을까 생각하느라 앞을 보지 못했다. 그게 화근이었다.

재완의 행동을 막지 못한 건.

⁂

기어코 재완을 경찰서 유치장에 처넣는 것에 성공한 승환은 기세등등했다. 그 어떤 요구 조건을 얘기한다고 해도 들어주지 않을 용의가 있어 보였지만 그것도 잠시였다.

얼마 전, 승환의 폭행 경력은 경찰들도 무시할 수 없었고, 겨우 전치 2주 정도의 상해에 어마어마한 합의금을 물고 늘어지는 승환의 편을 들어 주는 이는 아무도 없었다. 일이 잘못되면 공증받은 각서를 꺼내 들까 했는데 그럴 필요도 없었다.

승환의 행동에는 이유가 있었다. 그날 경찰서에 연행되는 순간, 우연히 승환의 회사 사람들이 그를 봤고 자연스레 소문이 났다. 클라이언트를 상대하는 직업인만큼, 회사는 사생활을 중요시하게 여겼다. 해고 통보를 받고, 갈 곳이 없어진 승환의 난동에 이유가 없진 않았다. 그렇다 해도 합리화가 되진 않지만.

김 변호사를 통해 적당한 금액의 합의금을 물고, 곧 재완이 나올 거라는 소식에 은하는 호텔에서 기다리다가 곧장 경찰서로 향했다.

새벽 3시. 이르다고, 늦다고도 할 수 없는 시간.

기다리는 내내 은하는 재완을 떠올렸다. 어젯밤부터 지금까지, 경찰서 유치장에 갇혀 있으면서 당신은 무슨 생각을 할까. 억울해할까, 아니면 나를 원망할까. 별거 아니라고 싱긋 웃으면서 고개를 저을까?

그러게, 사람은 왜 쳐. 평생 그래 본 적 없었을 것 같은 사람이.

모르겠다. 3년을 봐 왔던 부하 직원이지만, 정작 그에 대해 아는 게 많지 않았다.

낯설었다. 망설임 없이 자신을 뒤로 숨기던 그의 든든한 어깨가, 아플 듯이 손목을 죄어 오던 승환과는 다르게 부드럽게 잡아 주었던 그의 손이 상념처럼 스쳐 지나간다.

경찰을 부르겠다며 소리를 지르는 승환을 두고 재완은 그녀의 상태부터 확인했다.

"괜찮으세요?"

다급하게 물어 오던 표정이, 목소리가 왜인지 쉬이 잊히지 않는다. 내가 안 괜찮을 게 뭐 있어요, 대답하는 목소리 끝이 떨렸다. 그 순간은 마치 다른 공간에 놓인 기분이었다. 자신을 지키려 드는 남자 때문인지, 헛된 연애 때문인지 그 이유는 알 수 없었다.

"실장님."

재완은 뒤에서 나타났다. 순간 은하는 후회했다. 기사를 시키든, 유나를 시키든 경찰서로 보내면 될 것을 뭐 하러 기다렸을까. 난 그저 아이스 카페모카 그 한 잔을 욕심냈을 뿐인데.

은하가 뒤를 돌아 재완을 마주 봤다. 풀린 드레스 셔츠 단추와 손에 쥔 넥타이, 단정했던 머리는 약간 헝클어져 있었다.

크다.

눈앞에 다가오는 재완을 보며 은하는 생각했다. 원래부터 키가 크다는 건 알고 있었지만 새삼 제 앞을 막아서는 재완의 뒷모습에, 다가오는 그의 그림자에 문득 깨달았다.

생각보다 큰 사람이라는 것을.

"……왜 그렇게 보십니까?"

생각도 못 했던 얼굴을 보고 들뜬 마음에 기대감이 실린 목소리가 튀어나왔다. 은하는 아차 하는 얼굴로 턱 끝을 느리게 매만졌다. 재완은 가느다란 손가락에 가려는 시선을 억지로 참아 냈다.

"내가 계속 봤어요?"

"네, 뭐 조금."

"키가 커서 봤어요, 새삼."

갑자기 큰 키도 아니고, 지난 3년을 내리 봤을 제 키를? 어색해진 재완이 뒷목을 긁적거렸다. 하지만 아무 생각 없이 설렘을 안겨 준 장본인은 무심한 얼굴로 시간을 확인했다.

"고생했어요. 나 때문에 안 겪어도 될 일을 또 겪었네요."

"아닙니다. 그런데 왜 안 들어가시고……."

재완이 그녀의 주변을 확인했다. 아무리 경찰서 앞이라지만, 그녀는 혼자였다. 무얼 걱정하는지 눈치챈 은하가 애써 변명했다.

"호텔에 있다 나온 거예요. 집에 같이 가요, 태워 줄게요."

"아, 괜찮습니다. 차는 저도 있고……."

"알아요. 아는데, 왠지 그래야 할 것 같아서."

은하는 그렇게 말하고 주차해 놓은 차 쪽으로 걸어갔다. 끝내 거절하지 못한 재완은 어쩔 수 없이 그녀를 따라갔다. 값비싸 보이는 외제차에 오르고, 재완은 안전벨트를 맸다. 집이 어디냐 묻는 그녀에게 잠실이라고 대답하자 은하는 망설임 없이 시동을 걸었다.

조용한 침묵이 이어졌다. 은하는 정면을 주시한 채, 새벽 도로를 달리는 것에 집중했고 재완은 내내 창밖에 시선을 두다 옆을 훔쳐보기 바빴다. 저번에는 주먹에 맞고, 이번에는 주먹을 날리고. 사이좋게 주거니 받거니, 정말 우습기 그지없었다.

"합의금은 얼마 주셨습니까?"

잠실대교에 들어서기 전, 문득 재완이 물었고 은하의 시선이 잠시 그를 향했다. 그녀의 눈은 '네가 그걸 왜 묻냐' 라고 말하고 있었지만 재완은 재차 되물었다.

"계좌번호 알려 주시면 입금하겠습니다."

"신경 쓸 거 없어요."

"쓰입니다."

아주 잠깐의 쉼도 없이, 재완이 말했다. 신경이 쓰인다고. 적막해진 공기는 마치 둘 사이의 어색함을 대변하는 것 같았다. 살며시 아랫입술을 깨물던 은하가 핸들 위를 손가락으로 두드렸다.

"나 때문에 벌어진 일이니까, 책임도 내가 지는 게 맞아요."

잔고가 얼마인지도 모를 계좌에서 얼마쯤 빠져나가는 것뿐이다. 은하가 쉽게 대답하는데도 재완은 어렵게 돌아갔다.

"실장님 때문, 아닙니다."

이번에도 재완의 대답은 빨랐다. 속도 계기판이 올라가는 것을 응시하던 은하의 시선이 다시 정면을 향했다.

"나 때문인 게 맞아요."

"헤어진 연인에게, 누구나 다 그런 행동을 하진 않습니다."

연인. 때때로 아름답게 들리던 그 단어는 이 상황에서 전혀 어울리지 않았다.

은하는 내심 궁금해졌다.

과연 이 남자는 알까. 당신에게 주먹을 날리던 그 남자와 나는 필요에 의해서 만났을 뿐이라는 걸. 나는 그 남자의 애정과 시간을 돈으로 샀다는 걸.

그녀는 아버지의 욕심을 이용했다. 아버지에게 참을 수 없는 화를 심어 주고, 분노를 일게 하고, 비 내리는 처절한 밤 후회 속에 잠들게 하고 싶었다.

그 속에서 또 남자를 이용했다. 일부러 과장된 소문을 만들고, 마음에도 없는 남자에게 돈을 써 가며 시간을 보냈다. 소문을 만들고, 부풀리고, 아버지가 원하는 미래 따위 살지 않기 위해 노력했다.

남자와 잠을 자지 않은 이유는 단순했다. 정말 사랑하는 행위 같아서. 그런 건 그저 사치였다. 그저 자신의 단 하나뿐인 연인을 잃게 만든 아버지에게 자신을 망쳐 가며 복수하고 싶었다.

은하는 사뭇 떠오른 상념 속에서 고개를 저었다. 빤히 그 행동을 지켜보던 재완은 돌림말처럼 다시 내뱉었다.

"제가 내고 싶습니다."

뭐 이렇게 벽창호야. 은하는 한숨을 삼켰다. 뻥 뚫린 잠실대교 위를 지나는데 숨이 턱턱 막히는 느낌이었다. 목을 죄는 뭔가가 존재했다.

"정말 신경 쓸 거 없어요. 그냥 하는 말 아니에요."

"저도 그냥 하는 말은 아닙니다."

"……차재완 씨, 은근 고집 있네요."

끊어지듯 은하가 짧은 한숨들을 내뱉었다. 늦은 새벽이고, 피곤하고, 더는 말을 길게 하고 싶지는 않았다. 본인이 내고 싶다는데 뭐 뜯어말릴 수도 없고, 저래 봐야 본인만 손해 아닌가.

"금액이 꽤 커요."

"괜찮습니다."

"내가 찜찜해할 거란 생각은 안 드나 봐요."

재완은 굳이 대답하지 않았다. 그렇게 해서라도 당신의 기억 속에 오래 머물고 싶다는 말은 차마 뱉을 수 없기에.

그의 말대로 인적 드문 도로 앞에 차를 세운 은하가 차창 밖을 확인했다.

"집 앞은 아닌 것 같은데."

"여기서부턴 걸어가겠습니다."

"그래요, 그럼. 법인 카드 있죠? 출근할 때는 택시 타요. 나 때문에 차도 못 가지고 퇴근했잖아요."

안전벨트를 푼 재완은 금방 차에서 내리지 않았다. 더 할 말이 있어 보이는 그를 옆에서 흘기던 은하가 짧게 신음했다.

"아. 사과를 안 했네요. 미안해요, 자꾸 내 일에 끼어들게 해서. 다시는 그런 일 없을 거예요."

왜 자꾸 당신과 엮이는지 나도 모르겠지만.

뒷말을 삼킨 은하가 시트에 머리를 기댔다. 그런데도 재완은 움직이지 않았다.

화가 났을까? 성의 없는 사과 때문에?

그렇다고 해도 어쩔 수 없다. 지금은 너무 피곤하고, 더 성의 있게 사과를 하고 싶지만 굳이 자기 일이 아닌데 끼어든 건 본인의 몫 아닌가.

누군가는 이기적이라고, 자기 생각만 한다고 욕을 하겠지만 은하는 이 순간 자꾸만 재완이 제 일에 엮이는 것이 불만스러웠다.

"이제 찾아오지 않는 겁니까? 그 남자."

그게 궁금했던 걸까. 어떤 의미로? 설마 자기에게 해가 될 거라 생각했을까? 그럴 수도 있겠단 생각이 들었다. 살면서 유치장에 들어가는 게 흔한 경험은 아니니까.

"네. 잘 해결될 거예요."

"……얼마나 만나셨는지 물어도 됩니까?"

그의 물음이 조심스러웠다. 그게 왜 궁금하냐고 되묻고 싶지만 은하는 피곤한 마음에 무심히 툭 하고 내뱉었다.

"4개월쯤요."

"주제넘은 질문인 줄 알지만."

조심스럽게 말을 꺼내는 재완의 목소리에 은하는 희미하게 미간을 좁혔다. 이번에는 예감이 더 안 좋았다.

"늘 그런 식입니까?"

"뭘요."

"가볍게 만나다가 헤어지는 관계."

무슨 소리인가 싶었다. 결국 그날 카페에서 승환과 하는 얘기를 들은 걸까. 그게 아니라면 그녀가 없을 때 경찰서에서 승환이 언성을 높여 가며 쓸데없는 소리를 지껄였을 수도 있다.

아마 후자이지 않을까.

"실장님한테 좋아 보이진 않습니다."

늘 들었던 잔소리였다. 두 오빠에게 귀에 딱지가 앉도록 듣고, 하나뿐인 친구, 소현에게 만날 때마다 듣는 지겨운 잔소리.

그런데 따끔하다. 어딘가에 심장이 쿵, 하고 부딪힌 것처럼. 핸들을 쥔 손에 땀이 차고 굳게 다물린 입술이 바싹 말라왔다.

좋아 보이진 않는다고. 상대를 생각해서 뱉어 낸, 얼마나 순화된 말인가. 그러니까 지금 네 인생부터 똑바로 챙기라는 말과 다를 바가 없었다.

그녀는 부하 직원들에게 칭송받는 상사였지만, 선을 넘지는 않았다. 그런데 재완은 지극히 개인적인 상사의 골치 아픈 사생활에 두 번이나 엮였다. 그녀가 지키려고 한 선은 예전에 넘었고, 그게 재완에게 어떤 생각을 심어 줄지 알 수 없었다. 그럴 수도 있다 이해를 해야 할까, 그렇게 아무나 막 만나고 다니는 여자는 아니라고 변명을 해 볼까.

누군가에게 보여 주기 위해, 당신 때문에 망가지고 있다 몸으로 말하기 위해 속부터 썩고 있는 중인데, 고작 '좋아 보이진 않는다' 한마디를 온몸을 다해 부정하고 싶었다.

하지만 부정할 수 없었다. 이미 자신도 알고 있는 사실이니까.

인정하고 싶지 않았다. 사생활에 관해 고작 몇 마디 들었다고 해서 머리부터 발끝까지 불편한 기분이 드는 건, 분명 일시적인 현상에 지나지 않을 테니까.

말을 마친 은하가 자조 섞인 웃음을 내뱉었다. 우스웠다. 이 모든 상황이.

설마, 나 서운한가.

"주제넘을 줄 알면 보통은 안 하는 게 맞죠. 그게 충언이어도."

"실장님."

"차재완 씨 연애는 얼마나 깨끗하고 산뜻한지 모르겠지만, 이만하죠. 나 좀 피곤한데."

자신의 실수 때문에 경찰서 유치장까지 다녀온 사람을 함부로 대할 생각은 없었다. 귀찮다는 티가 역력한 말투로 내뱉고 나니, 실수라고 깨달았지만 다시 주울 수는 없어 그대로 두었다.

어떻게 생각하든 좋다. 집요하게 난동을 부리던 승환의 생각과 그의 생각이 크게 다를 바 없음을 이미 깨달았으니까.

한동안 재완은 자리에 가만히 앉아 있었다. 왜 내리지 않느냐며 은하 역시 재촉하지 않았다. 그러기엔 스스로가 너무 황당하고 혼란스러워 챙길 여유조차 없었다.

"죄송합니다."

그 와중에 재완의 목소리가 들렸지만, 은하는 무시했다. 그의 손이 문손잡이로 향했다.

"제가 실언했습니다."

그의 빠른 인정은 그녀의 한숨을 더 짙게 했다. 잠시 후, 그가 내리고 차에 홀로 남은 은하는 긴 한숨을 내뱉으며 좌석 시트에 머리를 기댔다.

숨이 턱턱 막히는 이 답답함의 원인을 도무지 알 수 없었다.

이른 새벽, 집은 썰렁했다. 아침을 준비하는 가사 도우미들 말고는

보이는 이가 없자 은하는 바로 2층 제 방으로 향했다.

온종일 몸을 옥죄던 옷을 벗어 던지고 찬물을 맞으며 오랜 시간 서 있었다. 비몽사몽, 잠은 쏟아져도 웬일인지 정신은 또렷했다. 아무래도 잠을 자기는 그른 듯했다.

화장대 앞에 앉은 은하는 생기라곤 전혀 없는 제 얼굴을 바라보다가 서랍을 열었다. 뒤집어 놓은 액자를 꺼내 반듯하게 세웠다.

2년 만이었다. 무려 이 사진을 꺼내 보는 건.

"박기준."

오랜만에 불렀다. 부르는 것조차 행복했던 그 이름을.

아버지는 기준을 마음에 들어 하지 않았다. 그렇다고 그녀의 앞에서 강한 반대를 보인 적도 없었다.

친어머니의 죽음 이후로 아버지와의 사이는 서먹해졌고, 반대를 한다면 그 틈이 더 벌어질 것이라 생각했을 게 뻔했다. 그런 이유로 딸의 연인을 못마땅해 하면서도 표면적으론 무관심을 선택했으리라.

오히려 기준에게는 다행인 일이라 생각한 게 제 착오였다. 뒤로 그런 수모를 당하는 줄도 모르고 혼자 행복에 빠져 있었다.

얼마나 힘들었을까. 몇 번이나 아버지에게 불려 가면서 무시당하고, 계좌번호에 모르는 이름으로 거액이 입금되고, 그런 식으로 이별을 종용받으면서도 그는 제게 내색하지 않았다.

함께 교외로 드라이브를 갔을 때였다. 카페에 앉아 경치를 보고 있는데 그의 휴대폰이 울렸다.

기준은 그녀가 보는 앞에서 휴대폰을 확인했다. 무려 1억이 입금되었다는 메시지에 기준은 당황했고, 그녀는 의심했다.

설마, 아버지가? 아니, 그럴 리 없어.

그리고 도착한 짤막한 메시지 한 통에 그녀는 분노했다.

〈회장님 지시 사항입니다.〉

그날 집에 가서 그녀는 처음으로 동환에게 소리를 질렀다. 울부짖으며 어떻게 그럴 수 있냐고, 대체 무슨 짓이냐고.

동환은 다시는 그러지 않겠노라 약속했지만, 그때뿐이었다.

하루는 기준이 바쁘다며 데이트를 취소했다.

느낌이 이상했다. 그저 불안한 마음에 그녀는 집으로 향했고, 동환과 함께 있는 기준을 보았다. 뒤돌아선 동환의 뒤에 무릎을 꿇고 있는 기준을 보는 순간 그녀는 눈이 뒤집어졌다.

그리고 그 앞에 놓인 흰 봉투는 그녀를 또다시 절망에 빠트렸다.

"네가 왜 무릎을 꿇어. 네가 뭘 잘못했다고!"

"……그냥 봐 달라고 했어. 너랑 나, 봐 달라고."

"무시하랬잖아. 나한테 얘기하랬잖아!"

"너 호텔 일로 바쁜데 어떻게 그래."

몇 번이고 제 아버지를 만나 괴로워하는 기준과 헤어질 뻔했다. 하지만 그와 이별할 수 없었다. 세상 처음 위로와도 같았던 남자를 놓치기에, 제 인생이 너무 가련하다고 생각했으니까.

"그 사람 다리, 아버지 때문이에요."

"원망해도 소용없다."

"아버지 아니었으면 멀쩡한 몸으로 잘 살았을 남자예요, 적어도 죄책감은 가지셔야죠! 우리가 뭐라고, 얼마나 잘났다고 한 사람 인생을 망가뜨려요, 그까짓 돈이 뭔데!"

"말은 바로 하지. 그놈 다리가 그렇게 된 건 지 탓이다. 욕심이 과해서 그대가를 치른 거야. 쯧, 어디서 그런 되먹지도 못한 놈을 만나서는."

"그 사람, 함부로 말하지 마요! 그럼 저도 아버지처럼 살까요? 밖에서 나 낳아 온 것처럼? 나도 기준이를 그런 식으로 만나야 속이 시원하시겠어요?"

"너, 이 자식!"

친어머니의 죽음 전에는, 아버지와의 사이가 나쁘지 않았다. 모든 건 새어머니와 오빠들의 노력 덕분이었다.

남편이 밖에서 낳아 온 자식임에도 불구하고 인자하게 품어 주던 새어머니와 갑작스럽게 생긴 여동생을 반겨 주던 오빠들. 꽤 화목했고, 평화로웠다.

무릎에 앉아 재롱을 떨던 딸은 아니었지만, 100점짜리 시험지를 어색하게 내밀기도 했다.

은강의 유학 전날, 혼자 울고 있는 제 앞에서 묵묵히 자리를 지켜 준 아버지이기도 했다.

생일, 대학교 입학, 성년의 날마다 아버지가 손수 고른 선물도 받았다. 어쩌면 꽤 사이가 좋은 부녀 사이였을지도 몰랐다.

외롭게 죽어 갔다는 친어머니의 죽음을 마주한 이후로 조금은 서먹해졌고, 기준의 사고 후로는 그 간극이 벌어져 이제는 다시 되돌릴 수 없었다.

그녀도, 동환도 되돌리려는 노력을 하지 않았다.

망가진 가족. 망가진 우리.

그것 말고 그럴듯한 표현이 어디 또 있을까.

사진 속 기준의 얼굴을 쓰다듬으며 은하가 애처롭게 웃었다.

"실장님한테 좋아 보이진 않습니다."

그러니 나는 행복하면 안 됐다.
누군가를 사랑할 수 없어. 절대 행복해선 안 돼.
그건 그녀가 스스로에게 내리는 가혹한 형벌이었다.

3화

속상해, 당신 때문에

"아, 이거 큰일인데."

팀원들의 시선이 책상 앞에 서서 곤란해하는 경수에게 향했다.

방금 전까지 통화 중인 것 같았는데, 무슨 일일까? 재완 역시 그를 바라보았다. 일이 나도 단단히 난 모양인지 표정이 영 좋지 않았다.

"팀장님. 무슨 일이세요?"

재완의 옆자리인 신입 여직원 현정이 경수를 향해 물었다.

"실장님 지금 응급실이래. 급성 위염이시라는데."

"네? 실장님이요?"

"어. 병원도 알아서 가셨다네. 당장 미팅부터 미뤄야겠는데. 아, 이걸 어쩌냐. 미팅도 미팅이지만, 실장님 지금 혼자일 텐데."

경수의 시선이 빠르게 기획실 안을 훑었다. 강원도 강릉까지 출장을 간 은하를 대신해 미팅에 참석할 사람을 찾는 게 분명했다.

이번 출장은 원래 상무인 은강이 갈 예정이었다. 원칙적으로는 강릉 쪽 체인 호텔 기획실에서 직접 보고를 받아야 하는 안건이었다. 더 급한 일정이 있던 은강은 출장을 미뤄야 했고, 은하는 자신이 가기를 고집했다.

쉬는 법이 없는 그녀였다. 당연히 체력은 거의 바닥이었다. 매일 새벽같이 출근하고 퇴근하기를 반복하는데 쓰러지지 않는 게 이상했다. 그런데도 이상한 건, 그녀의 강릉 출장을 은강이 흔쾌히 결재했다는 것. 무리하게 진행된 출장 스케줄이 원인이 되어 급성 위염으로 응급실에 갔단다.

상황을 들은 재완의 표정이 굳어졌다.

"어쩐지 요즘 너무 무리하시는 것 같았어요."

"나는 무슨 일 있는 줄 알았잖아. 실장님 너무 일만 하시길래."

"이 비서님은 같이 안 가셨대요?"

다른 직원의 물음에 팀장은 유나 역시 개인 휴가 중이라고 전했다. 아, 며칠 전부터 보이지 않더라니. 옆에 있던 직원이 탄식했다.

재완은 서로 눈치만 보기 바쁜 팀원들 사이에서 고민했다.

싫어하겠지, 정말 싫어할 텐데.

유치장 사건 이후로 그녀가 자신을 대하는 태도를 보면 알 수 있었다. 은하는 자신을 반기지 않을 것이다.

한마디로 고백 한번 못해 보고 차인 기분이었다.

그러니까 싫어할 게 뻔한 일. 하지만.

"……그래서, 달라지는 게 뭔데."

재완이 읊조리듯이 혼잣말을 중얼거렸다.

"그럼 제가 가겠습니다."

결정은 빨랐고, 행동 역시 빨랐다. 재완은 번쩍 손을 들었다. 경수를 포함한 모두의 시선이 그에게 닿았다.

경수의 표정이 조금 밝아졌다. 다행이라는 안도일 것이다. 어떻게 보면 당연히 재완이 가는 게 맞았다. 최근 들어 은하의 출장 때마다 경수와 동행했고, 급한 일도 없었다. 누가 봐도 재완이 가는 게 합당했다.

"어, 그래도 되겠어요? 차 대리?"

"네. 바로 출발하겠습니다."

팀원들이 안도의 한숨을 내뱉는 사이, 재완은 서둘렀다. 강릉까지 세 시간은 걸릴 것이다. 집에 들러 출장 준비물도 챙겨야 했기에, 마음이 급해졌다.

무엇보다 실장 자리가 공석이 된 미팅보다 응급실에 혼자 있을 그녀가 걱정됐으니까.

✦ ✦ ✦

그냥 가겠다는데도 의사와 간호사는 수액 전부를 맏고 가야 한다고 우겼다. 평소에 남의 말 잘 듣는 스타일은 또 아닌데, 몸은 천근만근이고 눈두덩은 자꾸만 내려왔으며, 배는 쿡쿡 찔러 오니 마음이 약해져 결국 눈을 감을 수밖에 없었다.

그리고 막 잠에서 깬 은하는 놀랄 수밖에 없었다. 무려 네 시간이 지나 있다는 것도, 제 옆을 지키고 있는 사람이 낯선 간호사가 아닌 재완이라는 점도.

"괜찮으십니까?"

그녀가 대답도 못 하고 몸을 일으키려 하는데, 수액 바늘이 들어간 손등에 통증이 느껴졌다. 혹시 바늘이 빠지진 않았나 재완이 확인을 위해 몸을 일으켰다. 누워 계세요. 짧고 단정한 톤의 목소리가 들렸지만 은하는 고집스레 몸을 일으켜 앉았다.

"차 대리가 여긴…… 어떻게 왔어요?"

다급하게 물어 오는 음성 끝이 미약하게 떨렸다.

재완은 다시 자리에 앉았다. 등에 베개라도 기대게 해 주어 편하게 있으라고 말하고 싶은 걸 꾹 참았다.

지난번 사건 이후로 약 2주 동안 은하는 철저하게 자신의 시선 안에 재완을 두지 않았다.

재완은 느낄 수 있었다. 그녀가 자신을 피하고 있다는 것을.

"이 비서님 개인 휴가 중이고, 미팅도 진행해야 할 것 같아서 제가 왔습니다."

"……."

"누우시죠. 아직 수액 더 맞으셔야 합니다."

은하는 불편했다. 그를 제 옆으로 데려다 놓은 이 모든 상황들이. 할 수만 있다면 돌려놓고만 싶었다.

피곤함이 몰려와 팔을 들어 눈을 가렸다. 주삿바늘이 들어간 손등은 여전히 따끔했다.

"보고는 나중에 받죠. 서울 올라가요, 그만."

"모레까지 실장님과 출장 일정 동행하기로 했습니다만."

"……누구 지시로요?"

놀란 은하가 팔을 내리고, 몸을 일으켰다. 그가 제지할 틈도 없이 빠른 행동이었다. 행여나 바늘이 빠지지 않았나 확인한 재완이 답했다.

"상무님 지시입니다."

"상무님이 알았어요, 나 병원에 있는 거?"

"네. 팀장님이 말씀드린 것 같습니다."

은하의 표정에 낭패가 서렸다. 대체 왜 쓸데없는 말을. 낮게 내쉬는 한숨이 마른 입술 사이로 빠져나왔다.

하얀 치아가 보일 듯 말 듯한 그녀의 입술이 눈에 띄었다. 동시에 풀어져 있는 하얀 셔츠의 단추까지. 그 안에 보이는 흰 살결은 말할 것도 없었다. 놀란 재완이 서둘러 시선을 돌렸다.

피곤해지겠네. 은하가 낮게 중얼거리는 목소리가 들려왔지만, 차마 붉어진 얼굴을 들킬까 재완은 눈을 피했다.

"……려 줘요."

희미하게 들려오는 그녀의 목소리에 정신을 차린 재완이 다시 고개를 들었다.

"죄송합니다. 못 들었습니다."

"휴대폰 좀 빌려 달라고요. 내 건 차에 있어서."

"아, 네."

그의 휴대폰을 건네받고, 은하는 은강의 번호를 기억하며 손가락으로 천천히 숫자들을 입력했다.

—유은강입니다.

"나야."

통화가 연결되자, 재완은 눈치 빠르게 자리에서 일어섰다. 응급실 데스크 쪽으로 가는 그의 뒷모습을 따라 은하의 시선이 움직였다.

—아하. 직원 동행하라는 말 무시하고 멋대로 혼자 강릉까지 내려가더니, 급성 위염 때문에 응급실 실려 갔다는 내 하나뿐인 여동생? 기특하네. 어쩐 일로 먼저 전화할 생각을 다 하고.

"실려 온 거 아니야. 알아서 온 거지."

—그러니까. 사고 날 수도 있는데 그 몸으로 운전을 해서 알아서 병원까지 갔다는 거잖아. 난 그 대목에서 제일 열 받았는데.

계속되는 지적에 은하는 할 말이 없어졌다. 매년 이 시기만 되면 그녀가 미친 듯이 일에만 빠지는 것도, 일부러 몸을 혹사시켜 잠을 줄이고, 끼니를 거르는 것도 은강은 모를 수 없었다.

오빠니까, 가족이니까. 은강은 동생을 생각하는 만큼 그녀를 잘 알았다. 그래서 이번 출장은 더욱 혼자 보내고 싶지 않았던 거고.

반면 은하는 불편했다. 이 순간, 하필 강릉에 내려온 사람이 다름 아닌 차재완이라서.

—이건 누구 번호인데. 차재완 대리?

"빌렸어."

—그 친구랑 꽤 엮인다. 듣기로는 자진해서 강릉에 가겠다고 했다던데.

자진했다는 대목에서 찰나지만 은하의 눈동자가 크게 흔들렸다.

"출장 같이 다닌 적 많아. 쓸데없는 소리 하지 말지?"

—아하. 그러세요.

은하는 여전히 재완을 바라봤다. 간호사에게 뭔가를 묻고 있는 모습이 자연스러웠다. 그의 질문에 간호사는 얼굴을 붉히며 이것저것 손짓과 함께 설명을 해 나갔다.

은하가 미간을 좁히며 남은 수액을 확인했다. 천천히 떨어지는 수액 방울들이 원망스럽기까지 했다.

그저 불편해서. 재완이 여기까지 왔다는 사실이. 그리고 이제 그와 단둘이 있어야 한다는 사실이.

"걱정할까 봐 전화한 거야. 그리고 박경수 팀장한테 다시 얘기해. 차재완 씨, 서울 복귀시키라고."

—그건 내 지시였는데.

"그럼 오빠가 전해 주든가."

—싫어. 가오 죽게 동생한테 휘둘리는 것처럼 보일 거 아니야.

"이봐요, 상무님."

—남은 출장은 예정대로 진행해. 쉬라고 해도 말 안 들을 거고. 아, 그리고 너 금요일 월차니까 주말까지 좀 쉬다 와.

재완이 돌아오는 모습을 보며 은하가 아랫입술을 깨물었다.

역시 오빠는 알고 있었다.

—금요일, 어머니 기일이잖아. 챙기고 와. 아버지께 내가 말씀드릴게.

아무것도 결정하지 못했는데, 재완이 점점 더 가까워졌다.

"알아서 할게."

—그러지 말고 다녀와. 안 다녀온 지 꽤 됐잖아.

"생각해 보고."

전화를 끊고, 은하는 다가온 재완에게 휴대폰을 내밀었다.

"잘 썼어요."

"네. 물어보니까 조금 더 있다가……."

"아뇨. 지금 가고 싶어요."

지친 한숨을 내쉬며, 은하는 고집을 부렸다. 오늘따라 더 작아 보이는 그녀의 어깨를 내려다보던 재완은 차마 안 된다는 말을 하지 못했다.

"다시 얘기해 보겠습니다."

애꿎은 상사의 변덕에, 지겹다는 표정을 보일 법도 한데 재완은 그러지 않았다. 물끄러미 다시 간호사에게 다가가 설명하는 그를 바라보다 은하는 바늘이 꽂힌 손등을 내려다봤다.

개인적으로 두 번이나 엮인 부하 직원. 불편한 게 당연했다. 쓸데없는 훈수까지 들었으니 웃는 낯으로 얘기할 수 없는 것도.

하지만 이렇게까지 불편할 건 또 뭐란 말인가. 동시에 당연하다는 듯 제 보호자를 자처한 재완을 말리지 못하는 자신이 이상했고, 낯설었다.

함께 엮여 버린 이 모든 순간들이, 전부.

은하는 아무것도 설명할 수 없었다.

⁂

"실장님 차는 호텔로 보냈습니다. 제 차 타세요."

어떻게든 재완을 호텔로 보내겠다는 결심은 무너지고, 은하는 그의 차에 올라탔다.

강릉 해변 가까이에 위치한 호텔까지는 멀지 않았다. 약 봉투를 손에 쥐고, 눈을 감은 은하가 차창에 머리를 기댔다. 옆에서 자신을 살피는 재완의 시선이 느껴졌지만 무시했다.

지금은 알고 싶지 않았다. 몇 년을 알고 지낸 부하 직원이 하는 충언, 걱정, 동정. 그 무엇도.

"출장 스케줄은 예정대로……."

"진행할 거예요. 차재완 씨는 내일 아침에 돌아가요."

지친 얼굴로 눈을 감은 은하가 말했다. 깜깜한 어둠 속을 달리며, 재완은 운전대를 잡은 손에 힘을 주었다.

"동행하겠습니다."

"괜찮아요."

"상무님 지시입니다."

"아, 그래서 내 말은 들을 필요가 없다?"

은하가 눈을 뜨고, 그를 돌아봤다. 날 선 시선이 다가오자, 재완이 헛기침을 내뱉었다. 속뜻은 그게 아니지만 아주 부정할 수도 없다는 반응에 은하가 피곤하다는 듯이 말했다.

"몰랐네요. 3년 동안 내 밑에서 일한 줄 알았는데."

"그건……."

"알아서 해요. 내 말은 들을 것 같지도 않고."

은강의 지시가 있어야 움직이겠다는 말인데, 큰오빠가 절대 그럴 리 없다는 걸 알기에 빨리 포기했다.

작은 한숨까지 섞인 목소리에 재완이 잠시 그녀를 돌아봤다. 하루 만에 핼쑥해진 얼굴이 마음에 걸렸다. 그래서일까. 정신을 차리려고 해도 자꾸만 그녀를 돌아보고 있었다.

얼마 지나지 않아 재완의 차가 호텔 앞에 멈춰 섰다. 가방과 약 봉투를 챙기는 은하의 손길이 거칠었다.

차에서 내려 다가오는 발렛 직원에게 키를 건넨 재완이 조수석에서 내리는 은하를 부축했다. 순간 쓰러질 듯 위태롭게 선 그녀 때문에 손이 먼저 움직였다.

"아무래도 다시 병원으로……."

"괜찮아요. 쉬면 나아요."

그의 손길을 밀어내며, 은하는 호텔 안으로 향했다. 지배인이 은하를 발견하고 헐레벌떡 달려왔다. 하나, 호텔 최고 경영자의 딸에게 잘 보이고 싶은 지배인의 마음은 무참히 짓밟혔다.

직원들을 지나쳐, 엘리베이터 쪽으로 다가가는 은하의 아슬아슬한 뒷모습을 바라보는 재완의 시선이 낮게 가라앉았다.

금방이라도 쓰러질 듯 위태로운 얼굴을 하고 괜찮다는 말을 반복하는 여자.

"속상하게."

잡을 수도, 잡힐 수도 없는 여자인 건 틀림이 없었다.

정말, 어쩌지도 못하게.

✢ ✢ ✢

"막내, 아프다며?"

바로 며칠 전만 해도 제주에서 촬영 중이라는 얘기를 들었는데, 은규는 2층 거실에 있었다. 그것도 소파에 널브러져 한 손에는 맥주를 든 채.

몇 주 만에 보는 동생인데도, 반가움은 없는지 넥타이를 풀어 헤친 은강이 맞은편에 앉았다.

"몇 주 전에 회사 왔다더니, 집에는 언제 왔어?"

"아까 낮에. 막내는 어디가 어떻게 아픈 거야?"

곧장 새 맥주를 꺼낸 은규가 되물었다.

"급성 위염. 넌 어떻게 알았는데?"

"전화했더니 아프다고 끊으래. 그래서 나야 집인 줄 알았지."

"강릉 출장 갔어. 곧 기일이잖아. 호텔 가는 길에 병원으로 차 돌렸대. 칭찬을 해야 할지, 미련하다고 해야 할지."

아아. 은규가 이제야 알았다는 듯 고개를 끄덕거렸다. 넥타이를 완전히 끌어 내린 은강이 맥주를 땄다. 방금 냉장고에서 꺼낸 맥주는 시원했다.

"형은 가 본 적 없지?"

"어디를."

"은하네 어머니 무덤."

은규의 시선이 건너편 은하의 방으로 향했다. 어릴 때, 천둥번개가 치는 날이면 베개를 들고 찾아와 제 침대 절반을 차지하겠다던 동생이 떠올랐다. 낯설고 커다랗기만 한 집에 적응하지 못했던 다섯 살의 은하가 처음 마음을 연 순간은 참으로 갑작스럽고, 뜻밖이었다. 그래서 유독 그 순간이 기억에 남았다. 고작 다섯 살이었던 자신과 은하가.

"없지. 너는?"

"한 번."

그때를 회상하며 은규가 짧게 대답했다.

은하가 호텔에 입사하기도 전이었다. 새벽부터 강릉에 가겠다고 집을 나서는 그녀를 억지로 따라갔다. 혼자 가겠다고 고집을 부리는 은하가 걱정도 됐고, 한 번쯤 찾아뵙고 싶기도 했다.

"네가 우리 엄마를 왜 봐."

지금 생각해도 싸가지 없는 녀석.

억지로 따라간 강릉. 본가에 들어오면서 헤어진 어머니의 무덤 앞에서 그녀는 목 놓아 울었다. 꾹꾹 참았던 눈물을, 은하는 그날 그곳에서 그렇게 토해 내고 돌아섰다.

1년에 두 번, 은하가 그렇게 우는 날들이 있다. 어머니의 기일, 그리고 그 남자가 떠난 날.

그중의 하루가 벌써 이렇게 다가왔다.

"또 눈이 퉁퉁 부어서 오겠지."

은강이 걱정을 담아 퉁명스레 말했다. 가뜩이나 작은 얼굴, 눈만 커다래져서 뭐에 쓰려고. 은규가 눈살을 찌푸렸다.

은하가 처음 집에 들어온 날이 생각났다. 자신은 정원에서 키우던 강아지들과 뛰어 놀고 있었고, 은강은 영어 과외 중이었다. 아버지가 아닌, 어머니의 손에 이끌려 집에 온 아이는 작고 말랐으며 겁이 많았다. 아이는 모든 걸 낯설어했다. 너무 어릴 때라 정확한 기억은 나지 않지만, 은규의 기억으로는 집에 적응하기까지 꽤 오랜 시간이 걸렸었다.

자신들의 친어머니이자 은하에게 새어머니인 모친의 노력이 가상했다. 모친이 병으로 고생할 때도 친아들인 자신들보다 은하는 더 슬퍼했고, 더 아파했고, 더 힘들어했다.

작고 여린 그녀에게는 세상 풍파와도 같은 일이 너무나도 많았다. 낳아 준 이와 길러 준 이의 죽음, 사랑하던 이의 사고, 외면하고만 싶은 생부.

"그 녀석, 혼자 둬도 괜찮을까?"

"그럼 어쩌겠어."

은규가 묻고 은강이 답했다. 하고 싶지 않은 생각들이 스치는 순간에도 입은 다물어졌다. 걱정 가득한 밤이 늦도록 저물어 갔다.

✣ ✣ ✣

브리핑하는 직원과 공사 중인 분수대, 그리고 손에 들린 보고서를 번갈아 확인하는 은하의 뒷모습은 흔들림이 없었다. 바로 이틀 전만 해도 응급실 한구석을 차지했던 사람으로는 보이지 않았다. 계속 그녀를 살피느라 재완은 도통 기획실 직원의 얘기에 집중할 수가 없었다.

"분수대가 너무 촌스러운데. 화려하기만 하고, 차별성도 없고."

브리핑이 끝나기도 전에 은하가 손을 들고 직원의 말을 끊었다. 일대가 숨죽인 것처럼 조용해졌다.

체인 호텔의 특성상, 본사 사람을 반길 리가 없다. 심지어 최고 경영자의 딸인 그녀라 할지라도. 어떻게든 잘 보여 본사 호텔로 불려 가고만 싶은 직원들 사이에서 은하는 표정을 감추지 않았다. 아무리 일을 못 한다고 하더라도 저렇게 냉기를 풍기는 그녀는 그도 낯설었다.

"분수 쇼도, 뷔페도 관광 테마라고 하지만 잘 안 끌리네요. 매력도 없고, 외국 휴양지 호텔에서 하는 뻔하고 흔한 쇼 같고."

오늘 좀 예민한 것 같은데.

수행 중이던 직원들이 저마다 침묵을 고수했다. 강릉 지점의 기획실, 간부급 지배인들 역시 서울에서 내려온 은하의 말에 선뜻 뭐라 답을 내놓지 못했다.

은하의 미간이 가늘게 좁혀졌다. 디자인도 별로, 이벤트 기획도 별로. 광장에 덩그러니 놓인 분수대 모형은 정말 마음에 안 들었다. 복합 쇼핑몰에나 있을 법한 분수대는 가능하다면 당장 철거 명령을 내리고 싶었다. 그녀가 한숨을 내쉬며 뒤에 선 재완을 돌아봤다.

"레이 펠레그린 연결 가능해요?"

전 세계 호텔에서 모셔 가느라 바쁜 쇼 기획자이자, 라스베이거스 호텔에서 분수 쇼를 직접 기획한 제작자, 레이 펠레그린은 서울 유강 호텔의 연례 행사인 디너쇼와 강릉과 제주 호텔의 오픈 파티를 기획했었다.

재완은 곧장 대답했다.

"네. 가능할 겁니다."

"스케줄 파악된 거 있어요?"

"현재 라스베이거스에 체류 중인 걸로 압니다."

고개를 끄덕인 은하가 팔짱을 낀 채 자신의 옆에 쭉 늘어선 호텔 직원들을 돌아봤다. 은강이 아닌, 은하가 온다고 해서 꽤 느슨하게 대비하고 있던 직원들은 하나같이 고개를 들지 못했다. 그녀의 질문에 즉각적인 대답을 내놓는 이는 한 명뿐이었다.

"전화되면 나한테 연결해요."

"언제까지 말입니까?"

은하의 시선이 다시 재완을 향했다. 뭐 당연한 질문을 던지냐는 얼굴로.

"지금요."

"알겠습니다."

"총지배인님."

그녀의 부름에 재완의 뒤에 서 있던 총지배인이 단추를 갈무리하며 앞에 나섰다.

"이쪽 컨시어지 업무 매뉴얼, 부대시설 사용 빈도와 매출 내역서, 지난 1년간 각 부서에서 처리한 고객 컴플레인 목록. 받아 볼 수 있을까요?"

줄줄이 읊어지는 말들에 모두가 아연실색하는데 은하만은 초연했다.

"언제까지 준비할까요?"

이번에도 마찬가지였다. 뭘 그런 걸 묻냐는 얼굴.

"지금요."

무려 네 시간째, 높은 하이힐을 신고 선 그녀는 쉴 생각이 없어 보였다.

✦ ✦ ✦

"진짜 독하다. 오늘 다섯 시간 내내 서 있던 거 알아요?"

"내 말이. 누가 유은강 상무 동생 아니랄까 봐. 어리다고 얕봤더니, 큰일 났어. 우리 책잡힌 거 아니야? 부장님 얘기 들어 보니까 어제도 분위기 별로였대."

"그러니까 말이에요. 가는 곳마다 딴지를 거니까 자꾸 기죽는 거 있죠. 오늘 유독 예민하신 것 같기도 해요."

우연히 화장실을 지나치다 들려오는 목소리에 은하가 걸음을 멈췄다. 오늘 내내 자신들과 동행한 직원들의 목소리였다.

출장 마지막 날, 그동안 자신이 갖고 있던 평판이 저랬을까 은하는 잠시 생각했다.

직원의 말이 사실이었다. 평소보다 좀 예민한 상태였다. 정작 이유는 뭔지 알 수 없지만.

"그런데 같이 온 대리님 너무 멋있지 않아요? 우리 팀에도 그런 사람 있으면 딱 좋겠는데."

"차재완 대리님? 소영 씨, 처음 봤구나? 지난번에도 몇 번 출장 오셔서 봤는데. 실장님이랑 둘이 서 있으니까 그림 좋더라."

"처음에 모델인 줄 알았잖아요. 키도 크고, 어깨도 넓고……. 말씀하시는 거 들었어요? 목소리가 어쩜 그렇게 좋아요?"

재완을 향한 들뜬 칭찬이 이어졌다. 직원들의 관심 대상이 된 재완과는 오늘 하루 제대로 눈을 마주친 적이 없었다.

아마 그도 알 것이다.

자신이 의도적으로 그를 피하고 있다는 것을.

"여자 친구 있겠죠? 아, 그런 남자는 어떤 연애를 하려나."

"가볍게 만나다가 헤어지는 관계."

"실장님한테 좋아 보이진 않습니다."

그런 사람이니, 산뜻하고 아름다운 연애를 하겠지.

무심히 화장실 앞을 지나친 은하가 엘리베이터 앞에 섰다. 발등이 따가울 정도로 오늘 하루 정신없이 걸어 다녔던 발에서 알싸한 통증이 느껴졌다. 은하는 슬쩍 아래를 내려다봤다. 발등이 까져 피가 맺힌 부분들이 보였다.

독하다고 한마디 들을 만하네.

팔짱을 낀 은하의 시선이 힐긋 옆을 향했다. 엘리베이터 버튼도 누르지 않고 몇 분이나 서 있다는 것을 깨닫자 헛웃음이 터져 나왔다. 대체 정신을 어디 빼놓는 거야.

"실장님."

그 순간, 먼저 룸에 올라간 줄 알았던 재완이 은하에게 다가왔다. '안 올라갔어요?' 라는 말을 삼키고, 당황함을 감춘 은하가 급히 버튼을 눌렀다.

"이거 받으세요."

연고와 밴드였다. 그녀가 말없이 올려다보자 재완은 그것을 좀 더 가까이 내밀었다. 발뒤꿈치에 바르라는 설명은 덧붙이지 않았다.

"필요하실 것 같아서요."

"……."

"저녁 식사는 호텔에서 하시겠습니까? 예약해 두겠습니다."

"차재완 씨."

"……네, 실장님."

긴장한 듯 재완이 한 템포 늦게 대답했다.

너무 친절이 과한 거 아니에요? 당신은 벨도 없어? 내가 전에 그런 소리를 했는데? 아랫입술을 깨문 은하가 천천히 고개를 저었다.

굳이 그와 함께 있을 구실을 만들지 않았다. 사적인 일로 엮인 부하 직원을 편하게 대할 자신이 없다는 이유로 지난 2주를 그렇게 보냈다. 재완을 무시하고, 피하고, 부러 생각하지 않았다.

그런데 이건 과민 반응이지, 유은하. 충분히 출장에 동행한 직장 상사한테 할 수 있는 배려고, 질문인데.

오늘 종일 아무것도 먹지 않아서일까. 찌릿찌릿한 통증이 옆구리부터 느껴지자 은하가 짧은 숨을 뱉어 냈다. 전부 예민해진 탓이다. 아니, 그래야만 한다. 그가 했던 말이 신경 쓰이는 것도, 지금 이 순간 함께 있는 게 불편한 것도.

"고마워요. 저녁은 됐어요."

재완이 뭐라 물어볼 틈도 없이, 약 봉투를 받아 든 은하는 때마침 도착한 엘리베이터에 올랐다. 거울로 둘러싸인 벽에 몸을 기대고, 눈을 감자 제 옆에 닿는 그의 시선이 느껴졌다.

오늘 일정은 끝이 났고, 자신의 옆방에 묵는 재완이 함께 가는 거야 당연하다.

그런데 왜 이렇게 불편하고, 피하고만 싶은 건지.

치부를 들켜서?

아니, 네가 언제 그걸 치부라고 생각한 적이 단 한 번이라도 있었어?

은하가 천천히 눈을 떴다. 엘리베이터 문을 통해 재완의 모습이 비쳤다. 그리고 보였다. 마치 단 한순간도 저를 보지 않은 적이 없다는 듯 짙은 시선으로 자신을 보고 있는 그의 모습이.

그의 뜨거운 시선이 천천히 앞으로 향했다. 엘리베이터 문을 통해 시선이 부딪혔다. 피하겠지, 하던 생각이 무색하리만큼 그는 그대로 그녀를 바라봤다. 긴장감 때문에 그녀의 허리가 저절로 펴졌다.

왜 그렇게 봐요? 평범할 수도 있는 물음이 자꾸만 삼켜졌다. 그가 만들어 낸 조용하고, 불편한 침묵에 온몸이 긴장감으로 뻣뻣해지는 것 같았다.

공기의 흐름이 뒤바뀌는 건 정말 순식간이었다. 그만 좀 봤으면 좋다고 생각이 들지만, 그녀 역시 시선을 돌릴 수 없었다. 마치 그의 눈동자에 손발이 꽁꽁 묶인 느낌. 도망가지 못하도록, 벗어나지 못하도록.

실내의 공기는 그의 눈빛만큼이나 뜨거워졌다. 온몸에 이상한, 알 수 없는 전율이 일었다. 짙어진 눈을 더는 마주할 자신이 없어 시선을 돌릴 때였다.

"은하야. 우리가…… 결혼할 수 있을까?"

순간, 배 속을 마구잡이로 괴롭히던 통증이 머리를 강타했다. 이명과도 같은 목소리가 귓속을 찌를 듯이 괴롭혔다. 갑작스러운 두통에 비틀거리던 은하를 낚아챈 건 재완의 팔이었다. 두 발을 지탱해, 바로 서기도 전에 그를 밀어냈다.

거절이 아닌 명백한 거부. 가라앉은 재완의 표정을 보지 못한 은하는 긴 머리를 쓸어 넘겼다.

"괜찮아요."

아주 잠깐 살갗이 닿은 것뿐인데도, 은하는 전염병 환자를 대하듯이 그를 피했다. 그의 낮은 목소리가 가까이에서 울렸다.

"쉬셔야 할 것 같습니다."

"네. 쉴 거예요, 그러니까……."

"병원 가시죠."

단호한 목소리에 은하가 숙이고 있던 고개를 들었다. 어지러움으로 흩뿌려진 눈동자가 그에게 닿았다.

"아니, 괜찮아요. 차재완 씨는 서울 복귀해도 돼요. 박 팀장이 휴무 줬다고 들었는데."

재완은 대답하지 않았다. 가기 싫다는 무언의 항변이지만, 은하는 모른 척 자기 할 말만 내뱉었다.

"난 내일 월차라 여기 있을 거니까 알아서 돌아가요."

처음 들어 보는 일정에 재완의 미간이 희미하게 좁혀졌다.

"먼저 내릴게요."

그녀의 말이 끝나기 무섭게 엘리베이터 문이 열렸다.

아무도 없는 빈 복도를 걷는 그녀의 뒷모습은 방금 전 쓰러질 듯 위태롭게 서 있던 모습과는 달랐다.

버티려고 안간힘을 쓰는 그녀의 발끝을 향한 그의 시선과 함께 한숨이 공기 중으로 흩어졌다.

옷을 벗지도 않고 욕실로 향한 은하는 바로 찬물을 틀었다. 머리부터 쏟아지는 물줄기가 그녀의 몸을 타고 바닥에 떨어졌다. 온몸을 적시는 물은 차갑다 못해 날카로워 살갗에 상처를 낼 것 같았다.

손끝이 파르르 떨렸다. 뜨거운 숨을 몇 번이나 토해 낸 은하가 두 손으로 얼굴을 쓸어내리며 천천히 주저앉았다. 무릎을 구부리고 앉은 은하가 고개를 박은 채 또다시 몇 번이나 기다란 숨을 내뱉었다.

진정이 되지 않는다. 가라앉아지지 않는다. 순간 닿았던 재완의 온기를 포함해, 그 모든 것들이.

미쳤어, 돌았어. 제정신이 아니야. 어떻게 떨릴 수가 있어.

어떻게…… 그 사람의 목소리를 떠올릴 수 있어.

"은하야. 우리 평생 사랑만 하자."
"가끔 생각해. 유은하 없으면 난 지금 어떻게 살고 있을까."

그녀는 억지로 기억을 끄집어냈다. 과거, 그 누구보다 뜨겁게 사랑했던 기억을.
감히 재완을 마주 보고 그를 떠올리고, 그 목소리를 기억했다. 힘없이 내뱉어지던 그의 숨결을 추억했다. 가증스럽게도.
지워 버리자, 잊어버리자. 방금 있었던 그 일은 아무것도 아니야. 그저 잠깐 살이 닿았을 뿐이야. 그것도 아주 잠깐.
"제발……. 나 좀 어떻게 해 줘."
은하가 흐느끼듯이 중얼거렸다. 심장이 미친 듯이 뛰어 댔다. 불안정한 속도로 뜀박질하는 가슴의 두근거림은 자꾸만 떠오르게 했다.
찰나와도 같았던 손길, 상대를 긴장하게 할 만큼 뜨거웠던 시선, 이유 없이 친절했던 배려들. 이건 과거에도 느껴 본 적 없는, 그래서 더 무서운 감정이었다.
"기준아, 제발……."
과거의 연인에게, 은하는 빌었다.
다가오는 마음 앞에 절실한 회피는 더 이상 선택이 아니었다.

4화

유은하는, 유은하니까

"연락이 안 된단 말입니까?"

"그게…… 룸으로 연락드리고 있는데, 계속 연결이 안 됩니다."

아침 조깅이라도 갈 겸 로비를 나서는 재완을 붙잡고 지배인은 다급한 목소리로 은하의 얘기를 전했다. 본론은 이랬다. 모닝콜을 부탁한 은하와 연락이 안 된다는 것.

"모닝콜? 지금 이 시간에 말입니까?"

"네. 오전에 다녀올 곳이 있다고 하셔서요."

출장에 동행한 직원은 모르고, 당직 지배인만 아는 스케줄.

왠지 찝찝했다. 어제 오후 이후로 은하를 보지 못한 재완은 자신이 올라가 보겠다고 대답하고서는 다시 룸으로 향했다.

은하는 출장 일정도 모두 끝났으니 돌아가라고 했지만, 당연히 그러지 못했다. 점심까지 기다려 보고, 은하를 만나 본 뒤에 서울로 올라갈 생각이었다.

월차라더니, 내내 여기 있을 생각인 건가. 문 앞에 도착한 재완이 몇 번의 한숨을 내뱉었다. 초인종에 손가락만 갖다 대면 끝날 일을, 벌써 몇 분째 고민하는 제 모습이 한심했다.

그 역시 남자였다. 어제 엘리베이터 안에서 흘렀던 공기가, 분위기가 어떤 끌림을 가져오는지 분명히 인지했다. 아마 그녀 역시 눈치챘을 것이다. 자신을 어떤 눈으로 보는지, 어떤 마음인지.

그래서 도망갔던 거겠지. 하얗게 질린 얼굴로 제 손을 밀어내던 은하의 표정이 잊히지 않았다. 기억에 남고, 가슴에 남고, 자꾸만 떠올랐다. 속수무책으로, 정말 어쩌지도 못하게.

마음을 전할 생각 따위 없었으면서 알아채게 했다. 마음을 드러냈다. 갑작스러웠고 예고편도 없었다. 치사하고, 비겁한 방법이었다. 이건 내 진심을 알아 달라고 떼를 쓰는 것과도 같다.

"미친놈."

언제나 그녀의 앞에만 서면 정신을 빼놓는 그였지만, 특히 어제는 더 그랬다. 밀폐된 공간, 숨죽인 공기, 아찔한 끌림. 온 신경과 정신이 그녀 하나만을 향한 상태에서 재완은 그저 바라보는 것 말고는 할 수 있는 게 없었다.

이러다 정말 큰일 내겠는데. 지난 2주가 그랬다. 아주 얇은 선을 조금 넘었을 뿐인데, 경계하고 다가오지 말라며 무시하는 그녀를 보는 내내, 감정이 잘 제어되지 않았다. 참겠다고 했는데 마음은 더 커져만 간다. 짝사랑을, 그저 짝사랑으로만 남겨 두고 싶지 않을 정도로.

"하아."

마음을 다잡고, 짧은 한숨과 함께 재완이 초인종을 눌렀다. 한 번, 두 번. 그녀는 밖으로 나오지 않았다.

정말 안에 없는 걸까. 직원이 몇 번이나 걸었던 전화도 받지 않았다. 그의 얼굴이 덩달아 심각해졌다. 어제 오후, 파리하게 질린 얼굴은 빌어먹을 정도로 선명했다. 혹시.

"실장님."

그의 목소리가 다급해졌다. 안에서는 여전히 반응이 없었다.

"실장님! 계세요?"

룸 손잡이에 손을 올린 재완이 열리지 않을 문을 몇 번이고 잡아당겼다.

"아, 비상키."

안에서도 문이 열릴 생각을 않자 그는 생각을 바꿨다. 비상키를 가져오라고 지배인에게 연락하기 위해 휴대폰을 꺼내는데, 생각지도 못하게 문이 열렸다. 그의 입술 사이가 살짝 벌어졌다. 놀라움과 황당함. 그리고 참을 수 없는 답답함으로.

문이 열리는 것과 동시에 은하가 재완의 품 안으로 쓰러졌다. 몸은 이미 불덩이였다.

✢ ✢ ✢

39도. 처음에는 미쳤다고 생각했다. 밤새 혼자 앓았을 그녀를 생각하니 화도 났다. 약 가져다 달라는 소리 한번 없었다는 호텔 데스크 직원 말을 듣고는 뭐라 할 생각이었다.

사람이 왜 그렇게 모질어요, 왜 이렇게 미련해. 막상 하루 만에 야윈 그녀의 얼굴을 보자니 그런 말조차 안 나왔다. 지친 한숨이 연달아 터져 나왔다.

간신히 열을 잡았으나, 은하는 고집을 부렸다. 돌아가겠다고. 의사도, 간호사도 만류하는데 그라고 허락할 리가 없다. 물론 그의 허락 따위가 필요한 여자도 아니지만.

"나흘 만에 응급실 다시 오신 거, 아십니까?"

"알아요."

"그런데 가겠다는 말이 나오세요?"

응급실 침대에 앉아 옆에 선 재완을 바라보는 은하의 표정이 미묘하게 굳어졌다. 그는 물러날 생각이 없었다. 핏기가 마른 그녀의 얼굴을 보자니, 더 그런 생각이 들었다. 이 여자, 정말 가만히 둘 수 없겠다고.

"지금 나 혼나요?"

"말씀하시니까, 허락받겠습니다. 제가 혼내도 됩니까?"

화를 내는 재완의 목소리가 유난히 낮았다. 대체 왜 화를 내는 건지 모르겠다는 얼굴의 은하가 여전히 답답했다. 아프면서도 아프다는 말 한마디 안 꺼내는, 아니 하지 못하는 그녀를 어떻게 해야 할까. 그의 머릿속은 온통 그 생각뿐이었다.

"차재완 씨."

"실장님 아픕니다. 아픈 사람이 병원에 있는 건 전혀 이상한 일이 아닙니다."

그가 답답한 것처럼 그녀 역시 답답했다. 열도 내렸는데 대체 뭐가 문제란 말인가. 은하는 나흘 전과 마찬가지로 왼쪽 손등에 꽂힌 주삿바늘을 무심히 내려다봤다. 똑같은 자리, 똑같은 자국. 없어질 거라 생각했는데 또다시 자국이 남게 생겼다.

하지만 그게 뭐 어때서. 이제 괜찮은데.

"갈래요."

"안 됩니다."

"가도 돼요."

"저도 똑같은 짓 두 번은 못 합니다."

재완은 며칠 전, 응급실에서 돌아가겠다는 고집을 들어줬을 때를 들먹였다.

"고집부리는 게 아니라, 나 중요한 볼일 있어요."

재완에게 말하면서도 은하는 갈수록 기가 찼다. 상상도 못 했다. 부하 직원에게 이런 아쉬운 소리를 하게 될 줄이야.

"못 믿겠으면 유 상무님한테 확인해 봐요."

요즘 무리를 하긴 했나 보다. 승환의 일로 가뜩이나 골치가 아픈 와중에 쉬지 않고 스스로를 몰아붙였으니. 은하의 지친 목소리에 재완은 잠시 마음이 약해졌다. 정말 필요하다면 직접 확인해 볼 심산이었다.

"그럼 저도 같이 가겠습니다."

"어디를요?"

"실장님 볼일이요. 중간에 또 쓰러지시면 어떡합니까."

뭘? 어디를? 당신이 왜? 재완의 말에 은하는 기가 찼다.

이 남자가 설마 나한테 무슨 측은지심이라도 느끼는 걸까. 아니면 책임감? 둘 다 아니라 해도 상관없었다. 그저 차재완이라는 남자가 제게 다가오고 있다는 사실이 신경 쓰일 뿐.

"괜찮으니까 서울 가요. 차재완 씨도 오늘 휴무잖아요."

경수가 갑작스러운 출장을 간 재완을 배려해 오늘 휴무를 줬다고 들었다. 그런데 왜 그는 아직도 여기 있는 걸까. 타이밍을 찾지 못했나? 그게 아니라면, 내가 시간까지 정해 줬어야 했나?

"같이 동행하겠습니다."

"차재완 씨."

타이르듯, 만류하듯 그녀가 그의 이름을 재차 불렀다.

"그렇게 하겠습니다."

막힌 벽, 수긍 따위 모르는 벽창호와 얘기를 하는 기분이었다. 은하가 나지막한 한숨을 내쉬었다. 지난 3년간 알지 못했던 모습이었다. 그저 유능하고 평판 좋은 직원이라고만 생각했다.

아니, 그랬었다. 그녀가 알고 있는 차재완이란 남자는.

슬슬 짜증이 일었다. 그의 선의가 마음에 들지 않았다. 부담스럽고, 불편했다.

"내가 어디 갈 줄 알고?"

"그래도 동행하겠습니다."

"우리 엄마 무덤에요?"

그녀의 말에 재완은 잠시 말을 잃었다. 말뜻을 미처 이해하기도 전에 은하의 목소리가 다시 이어졌다.

"엄마 기일에, 내가 왜 차재완 씨와 같이 있어야 합니까?"

"……."

"대체 왜?"

이해할 수 없었다. 지금 이 순간 잔뜩 날을 세우는 상대가 잘못됐다는 것도, 아픈 상사를 걱정해 내민 손길이라는 것도 전부 알면서. 왜, 그 누구에게도 들키지 않았던 가슴 한구석을 이 사람에게 보여 준 건지.

은하가 질끈 아랫입술을 깨물었다. 나, 어디가 잘못된 건 아닐까.

⁜ ✦ ⁜

재완은 고집을 부렸다. 따라가겠다고. 사람 할 말 없게 하는 재주 한번 타고 났다고 생각하면서 은하는 마음대로 하라고 했다.

낮은 언덕을 오르자, 관리가 잘 된 깨끗한 산소 앞에 설 수 있었다. 인적은 드물지만 꾸준한 관리 때문에 잡초 하나 없이 깨끗한 묘는 볕이 잘 드는 언덕 위에 자리 잡았다. 손길 하나 댈 것 없이 깨끗한 묘를 보며 그녀는 추억에 잠겼다.

재완은 눈치껏 멀찍이 떨어져 뒤를 돌아선 상태였다. 그의 위치를 확인한 은하는 품에 안는 것도 버거울 법한 커다란 국화 한 다발을 묘비 앞에 내려놨다. 차가운 바닷바람이 볼을 스치고, 머리칼을 만지작거렸다.

그때의 늦봄도 오늘처럼 추웠을까. 기억이 나지 않는다. 날씨가 어땠는지, 하늘은 맑았는지, 비가 오지는 않았는지. 매서운 바닷바람에 어깨가 움츠려들었던 기억만이 존재할 뿐.

10년 전, 오늘이었다. 임종은 지켜야 하지 않겠냐며, 생전 기억에도 없는 삼촌이라는 사람이 연락을 해 왔다. 이미 알고는 있었다. 낳아 준 이는 따로 있고, 키워 준 이는 생모가 아니라는 걸.

본가에 들어왔을 때가 다섯 살이었다. 크고, 충격적인 기억은 할 수 있는 나이였다.

모두의 예상이 그렇듯, 계모의 괴롭힘으로 학대를 당하며 살았을 수도 있지만, 오히려 그 반대였다. 유 회장의 아내이자, 두 오빠의 모친인 지수는 처음 만난 순간부터 그녀를 친딸 이상으로 아끼고 사랑했다. 그런 지수의 살뜰한 보살핌 아래 은하는 꽤 건강하게 자랐다.

그런데 그 모습을 모두 지켜봤단다. 두 오빠들이 엄마라 부르는 여자의 손을 잡고 학교에 가는 것도, 그 품에 안겨 조잘거리는 것도, 그녀가 죽고 세상을 잃은 듯 오열하는 모습조차도. 그렇게 한 달에 한 번, 집 앞을 온종일 서성이며 멀리서나마 딸이 커 가는 모습을 지켜봤단다.

그럼 단 한 번이라도 좋으니 우연인 척 눈앞에 나타나 주지. 밥은 잘 먹는지, 불편한 곳은 없는지 물어봐 주지. 엄마가 많이 미웠냐고, 널 두고 가서 미안하다고 얼굴이라도 어루만져 주지.

다섯 살 때 헤어진 이후 만난 적 없던 생모였다. 사진 한 장 갖고 있지 않았던 그녀와 재회했을 때, 은하는 눈물을 참을 수 없었다. 흐릿한 기억 속에 남아 있던 얼굴은 지나간 세월을 증명하듯 주름이 많았고, 병색이 완연한 몸은 잔뜩 야위어 있었다.

그리고 그들에게 주어진 마지막 10분. 생사의 갈림길 앞에서도 생모는 은하의 손을 잡고 놔주지 않았다. 숨이 제대로 쉬어지지 않아 말 한마디 건네지 못하는 이의 주름진 손은 힘이 참 셌다. 저를 놓지 않을 만큼. 그 10분 동안, 은하는 저를 낳아 준 이의 진심을 느꼈다.

모든 사실을 알게 된 건 그녀의 임종 직후였다. 은하를 붙잡고 선 삼촌은 한스러운 누이의 삶을 회개하듯 토해 냈다.

"네 엄마, 비록 미혼모였지만 널 부끄럽지 않게 키우겠다고 참 열심히 살았어. 근데 세상이 어디 그렇게 녹록한가. 마트 계산대에서 몇 푼이나 번다고. 너 네다섯 살 즈음에 외할머니가 병을 얻었어. 나도 벌고, 네 엄마도 버는데도 돈 들어갈 데가 뭐 그리 많은지."

생전 처음 본 삼촌은 변명처럼 들리겠지만, 그때는 우리도 노력했었단 말을 덧붙였다. 평생토록 고생만 하다가 병 들어가는 엄마, 오래되고 낙후된 병원, 궁색한 차림의 삼촌.

그에 반해 자신은 어떠한가. 깔끔하게 관리된 머리카락, 스무살짜리가 들기에는 과분한 가방, 명품 숍에서 오빠들에게 선물 받은 옷들, 세상의 고생은 모르고 자랐을 얼굴.

엄마의 희생으로 완성된 여유가 차고 넘쳤다.

그녀는 부끄럽고, 스스로를 원망했다.

"하루는 네가 피자가 먹고 싶다는데, 마트에서 파는 냉동 피자를 전자레인지에 돌려 주고 자기는 한 달도 넘은 냉동밥에 찬물 말아먹다가 급체를 했어. 응급실에 갔다가 입원까지 했는데 마트에서는 당장 일 못 나오면 그만두라고 하지 뭐냐. 네 엄마가 그 길로 퇴원하면서 너를 네 생부한테 데려갔어. 상상이나 했겠니, 그저 애 아빠 누구인지 모른다고 딱 잡아떼더니 그렇게 대단한 사람일 줄."

"……."

"너 보낸 다음 한 달을 내리 울다가 쓰러지고, 또 울다 기함을 했지. 우리는 그냥 네가 예쁘게, 잘 자랐으면 했다. 푼돈에 벌벌 떨지 않고, 좋은 것 먹고 좋은 것 입으면서."

"……."

"편안하게 갔을 거야. 예쁘게 잘 자란 너를 만나고 갔으니 미련도 없겠지."

지금껏 단 한 번도 버려졌다고 생각한 적 없었다. 비록 떨어져 있지만, 결국 나를 낳은 것 또한 사랑이 있기에 가능하다고 믿었으니까.

자신이 옳았다. 그녀는 버림받지 않았다. 저를 사랑한 사람들이 아주 많았기에, 누구보다 행복하고 여유로운 삶을 살 수 있었다. 낳아 준 엄마도, 키워 준 엄마도 모두 자신을 아주 사랑했기 때문에.

은하는 아무런 말이 없다가, 작은 횟집을 한다는 삼촌의 부르튼 손을 내려다보며 물었다.

"우리 엄마."

나는 나쁜 딸이다.

"……이름이 뭐예요?"

나를 낳고, 사랑했던 이의 이름도 모르는.

"엄마."

엄마, 엄마, 엄마. 익숙하면서도 낯선 말. 여전히 쉽게 나오지 않는 그 말.

"1년 만이네."

1년에 한 번, 기일에만 찾는 못난 딸이었다. 물론 앞으로도 그럴 것이고.

새어머니의 제사를 지낼 때마다 생각했다. 나라도 곁에서 컸다면, 당신의 자식으로 자랐다면 지금쯤 당신이 찾아와 먹을 제사 음식을 손수 만들고, 매일을 당당하게 그리워할 수 있지 않을까.

쓰디쓴 미소와 함께 은하가 그 앞에 무릎을 꿇고 앉았다. 모아진 두 무릎 위로 눈물이 툭, 하고 떨어졌다.

"그래도 예전처럼은 안 울어."

묘비 위를 쓰다듬으며, 눈물에 젖은 목소리를 냈다.

"아니, 못 울어."

오늘만큼은 아이처럼 울지 않으려고. 장난감 잃어버려 보채는 아이처럼, 세상 전부 잃은 듯 하늘을 원망하면서, 그렇게 울지는 않으려고. 보는 사람이 있어서 말이야. 저 사람한테 우는 모습을 보여 줄 수는 없잖아. 이미 바닥까지 보였는걸.

"엄마."

딸로 살았던 세월이 짧은 만큼, 죽어 가는 얼굴 말고는 기억조차 희미한 친모를 향한 감정은 결국, 그리움일 것이다.

한때 생각해 본 적이 있다. 그냥 당신의 딸로 살았다면, 가난한 집의 딸이었다면, 그 남자를 잃지 않았을 거라는 무의미한 상념. 부질없었고, 또 의미 없었다.

투둑. 묘비 위로 다시 물방울이 떨어졌다. 어라, 울지 않았는데. 은하의 시선이 하늘을 향했다. 늦봄, 맑았던 하늘이 변덕을 부리듯 빗방울이 떨어지기 시작했다. 아주 짧은 소나기인 듯 싶었다.

그녀의 시선이 천천히 뒤를 향했다. 저와 마찬가지로 빗방울을 확인하고 곤란하다는 듯 미간을 찌푸리는 재완이 보였다.

"엄마."

대답할 자는 하늘에. 하지만 은하는 소리 내었다.

"저 사람, 이상해."

그리고 나도 이상해.

따뜻하고, 부드러운 시선이 닿았다.

그가 천천히 다가왔다. 점점 거세지는 빗줄기 속으로.

은하는 그 모습을 바라보기만 했다.

✦ ✦ ✦

은하를 태운 재완의 차는 인근 식당가로 향했다. 그는 밥 생각이 없다는 그녀의 말은 들은 척도 하지 않았다.

"죽, 괜찮으십니까?"

질문과 동시에 성큼성큼 식당 안으로 걸음을 옮긴 것을 보면 대답을 듣고자 물은 말은 아닌 듯했다.

결국 사이좋게 마주 앉아 식사를 하게 생겼다. 은하는 기가 찬 듯이 한숨을 내쉬었다. 이제는 그가 고집을 부리는 것도, 제 말을 들은 척도 않는 것도 모두 익숙해진 게 뭔가 억울했다. 아프지만 않았어도.

"드세요."

은하는 제 앞에 수저를 내려놓는 재완을 바라보다 전복죽으로 시선을 내렸다.

"진짜 생각 없어서 그래요."

"그래도 드셔야 합니다. 약 드셔야죠."

더는 고집을 부릴 힘도 없었다. 종일 먹지 않은 속은 배고픔을 느끼지 못했지만, 그의 말대로 약을 먹으려면 어쩔 수 없었다.

그래, 먹자. 먹고 빨리 일어나 버리자. 억지로 한 수저를 떠 입으로 가져갔다.

"안 물어봐요?"

"예?"

"물어볼 거 있잖아요. 궁금한 거."

마치, 무엇을 물어보든 솔직하게 대답하겠다는 말투에 재완은 역습 당한 기분이었다. 그가 모르는 척 숟가락을 들었다.

"뭘 말입니까?"

"정말 몰라서 하는 말이에요?"

"……불편하실까 봐 안 묻고 있습니다. 물어봐도 됩니까?"

궁금하지만 내가 불편할 테니 안 묻겠다는 걸까.

은하는 길게 생각하지 않기로 했다. 뭐든 재완과 엮이면 복잡해진다. 그러니 짧게 생각하고 빨리 끊어 내야 했다.

"아니요, 물어보지 마요."

그녀의 대답에 그는 아무런 말도 덧붙이지 않았다.

알면 알수록 이상한 남자. 지난 3년을 함께 일했지만 요즘처럼 그와 엮이는 일이 많았던 적은 없었다.

당신이 지금 내게 베푸는 선의는 단순히 부하 직원이 상사에게 보일 수 있는 것일까. 그게 아니라면 내게 보이는 마음인 걸까.

단순한 호감에서 보이는 호의, 혹은 그럴듯한 배경을 향한 비겁한 야망. 어쨌든 둘 중 하나였다.

그 어떤 것도 반갑지 않았다. 그동안 자신을 향했던 그의 관심과 시선, 무수했던 배려들이 목에 걸린 가시처럼 거슬렸다.

마치 정신을 차리라는 듯 생각에 빠진 틈에 휴대폰이 울렸다. 은하의 출장 기간 동안 개인 휴가를 보내고 있는 유나의 메시지였다. 예정대로 다음 주 일정을 진행해도 되겠냐는 물음에 은하는 그렇게 하라고 지시했다.

"서울은 언제 갈 거예요?"

"실장님 갈 때 같이 가겠습니다."

곧 죽어도 제 고집을 꺾지 않는 남자. 은하는 덤덤한 시선을 들어 그를 마주 봤다.

"그건 됐고, 나 어디 좀 데려다줘요."

"제가 같이 가도 됩니까?"

"안 된다고 해도 따라올 거잖아요."

무심결에 내뱉은 말이 꽤 친근하게 느껴졌다. 너무 편하게 말한 것 같은데. 괜히 신경이 쓰인 은하가 아랫입술을 깨무는데, 재완은 시선이 부딪히는 것과 동시에 그녀의 앞으로 물컵을 내밀었다.

"천천히 드세요. 약도 드셔야 하니까."

잔소리는. 은하는 대답 없이 미지근한 물이 담긴 컵을 내려다봤다. 언젠가, 식사 도중에 물을 많이 먹는다며 잔소리를 하던 누군가의 말이 떠올랐다.

애써 부정하고 있지만, 그 누군가가 보이는 마음이 무엇인지 너무나 선명했다.

⁂

호텔에 오기 전, 함께 들른 곳은 한적한 바닷가 앞에 위치한 낡은 횟집이었다. 장사가 되는지도 의심스러울 정도로 허름한 횟집 앞을 서성이다가, 은하는 식당 주인으로 보이는 남자와 마주쳤다. 놀란 남자와 다르게 은하는 특유의 덤덤한 시선으로 인사를 하고, 손에 쥐고 있던 흰색 봉투를 남자의 손에 쥐여 줬다.

아무 말 없이 돌아서는 그녀를, 재완은 차 안에서 지켜봤다. 봉투 안에 뭐가 들었는지 모르지 않았다. 보이는 은행 아무 곳에나 세워 달라고 했으니 아마 돈일 것이다.

친어머니의 묘지가 이곳이니, 외가 친척이 아닐까 어림짐작했지만 묻지 않았다. 그녀가 그걸 바라는 듯해서.

몇 달 전, 호텔 경영 비서실에 일주일 동안 파견 근무를 나간 적이 있었다. 유동환 회장의 가장 최측근인 비서실장의 업무를 보좌하는 것이었는데, 그래 봤자 정해진 시간 동안 비서실 내에서 해결하면 될 일들이라 큰 어려움이 없었다.

하지만 그 주에는 분명 유동환 회장의 부인인 최명희 여사의 기일이 포함돼 있었고, 때는 겨울이었다. 지금처럼 여름을 앞두고 극성맞은 봄비가 내릴 시기가 아니라. 그렇다면…….

호텔 지하 주차장에 도착한 재완은 조용한 조수석 쪽을 돌아봤다. 약 기운 때문인지 은하는 깊이 잠들어 있었다.

재완은 조용히 시동을 껐다.

이토록 몸을 혹사시키는 이유가 대체 뭘까. 혹시 그 폭력배 같은 놈 때문인가? 아니. 그건 아닐 것이다. 제대로 된 연애를 즐길 줄 아는 여자, 그런 소소한 행복을 느낄 수 있는 여자는 아니지만, 그런 놈에 휘둘릴 여자는 더더욱 아니었으니까.

답은 금방 나왔다. 지쳐 쓰러질 듯이 일에 몰두하는 동생의 강릉 출장을 쉽게 허락하던 유은강 상무. 어머니가 다른 남매. 유은하 실장은 유은강 상무의 이복동생이라는 사실.

그렇게 놀라울 일도 아니었다. 재벌가에서 심심치 않게 등장하는 이야기였다. 심지어 드라마에서 종종 볼 수 있는, 발에 채일 만큼이나 흔해 빠진 소재였다.

그런데도 자꾸 신경이 쓰이는 건 다른 사람도 아닌, 유은하의 일이니까. 그것 때문에 당신이 힘들다는 거니까.

악몽이라도 꾸는 듯 은하는 무거운 숨을 내뱉으며 식은땀을 흘리고 있었다. 그 모습이 너무나 안쓰러웠다.

그가 한 걸음만 더 다가서면, 그녀는 아마 열 걸음을 물러설 것이다. 사실은 그게 무서워 다가가지 못하고 마음만 숨기고 있는 거고. 대체 얼마나 멍청한 짓인가.

지금껏 그래 왔다. 바라보기만 했고, 지켜보기만 했다. 얼마나 미련한 일인지 알면서도 멈출 수 없었다. 단 한순간도 은하에게 가고 싶은 마음을 억누르지 않은 적이 없었다. 그녀가 유은하가 아닌, 누군가의 딸, 누군가의 동생이라 불리기 시작했을 때 멈췄어야 할 마음을 아직도 끌고 왔다. 그렇다면 남은 건 하나밖에 없다.

다시 유턴, 그것도 안 된다면 직진.

어처구니없게도 지금이 그랬다. 마음 하나 먹는 걸 그렇게 어려워했으면서 상처투성이의 여자를 보니 그저 보듬어 주고 싶었다. 그것 말고는 생각나는 게 없었다.

운전석에 머리를 기댄 재완이 가슴 쓰린 목소리로 중얼거렸다.

"……나는 직진하고 싶은데."

당신은 대체 어디까지 도망을 갈까. 그런 당신을 내가 따라잡을 수는 있을까. 모든 사람들이 손가락질을 해도 당신만 그래 주지 않다면, 더 용기라는 걸 내 볼 테지만 그 용기, 그 마음을 먹는 게 쉽지가 않았다.

재완이 차게 웃었다. 아무런 확신도 없으면서, 자꾸만 몸집을 키워가는 마음이 도저히 참아지지 않아 서글펐고, 힘들었다.

그래서 드는 생각. 너무 지치고, 애달파서. 보는 것만으로는 채워지지 않아서.

"참지 말아 볼까."

그의 단정한 목소리가 조용한 차 안을 울렸다. 재완의 짙은 시선이 잠든 은하의 얼굴을 살폈다. 눈, 코, 입술을 지나 빗줄기에 약간 젖은 그녀의 머리칼 끝으로 시선이 옮겨졌다.

가끔 상상에 빠지고는 했다. 그녀와 소소한 저녁을 먹고, 손을 붙잡은 채 거리를 걷는 상상. 아이스크림 하나를 사서 나눠 먹고, 노점상에서 파는 작은 꽃다발이나 머리핀을 사서 안겨 주는 그런 평범한 데이트를 하는 상상.

잔인하게도 달콤한 상상은 꿈으로 그쳤다. 그녀에게 다가설 자신도, 용기도 없었기에. 그래서 늘 전하지 못하는 말은, 아픔이 되어 그에게 부메랑처럼 돌아왔다.

"너는 내가 돈이 많아서 만났어. 그리고 난 부모님 반대하는 결혼 할 만큼 뜨거운 여자 아니야. 그럴 열정도 없고."

그런데 당신의 연애가 항상 그런 식이라면, 늘 이래 왔다면 내가 바꿔 주고 싶잖아. 더 사랑받을 수 있고, 더 행복할 수 있고, 더 오래 함께할 수 있는 그런 연애를. 내가 사랑하는 것만큼 사랑도 돌려받는 그런 사랑을 알려 주고 싶다.

더는 가질 수 없는 것에 대한 막연한 꿈이 아니었다.

이건 사랑이다. 사랑 앞에서 더는 덧없는 고민 따위 하고 싶지 않았다.

당신이 누구이든, 뭘 가졌든 유은하는, 유은하니까.

마음껏 사랑하기에 충분한. 그리고.

"사랑받을 자격 있어, 당신."

무슨 괴로움 때문에 꿈에서도 이토록 힘든 건지 그는 그녀에 대해 더 알고 싶어졌다. 갖고 있는 고민 전부 던져 버리고, 유은하 하나만을 보고 달려가고 싶었다.

당신의 위치, 당신의 신분, 당신의 재력. 나와 어울리지 않는 모든 것들을 전부 잊고 그저 당신 하나만 보는 것. 난 지금, 그런 게 하고 싶은데. 그의 손이 천천히, 조심스럽게 그녀의 얼굴 위로 향했다. 여전히 불안정한 숨소리와 함께 고통을 대변해 주는 듯 땀에 젖은 머리칼이 이마에 달라붙어 있었다.

미련스럽게 망설이던 그의 손가락이 땀으로 젖은 머리카락에 닿았을 때였다. 그녀의 입술 끝에 힘이 실리는 것을 눈치챈 재완의 눈동자가 가라앉았다. 은하가 깨 있었다는 것을 인식하는 순간, 움츠려드는 그녀의 어깨가 왜인지 자신을 향한 것만 같았다.

그 순간 전화벨이 울렸다. 어머니에게 걸려 온 전화였다. 휴대폰 액정을 빤히 바라보던 그가 휴대폰을 손에 들자, 완전히 눈을 뜬 은하는 안전벨트를 풀기 위해 손을 뻗었다.

"네, 저요."

그의 건조한 목소리가 입 밖으로 뱉어짐과 동시에 재완은 저도 모르게 은하의 손목을 쥐었다. 놔 달라는 시선이 느껴졌지만, 그는 모른 척했다.

"아니에요. 제가 나중에 전화 드릴게요."

손을 놔 달라는 시선이 느껴졌다. 명백한 거절. 더는 다가오지 말라는 부정의 신호. 못 알아들을 수 없었다. 무엇보다 확실한 것을 좋아하는 여자니까.

재완이 전화를 끊는 것과 동시에 은하는 손을 빼고, 자기 두 손을 꼭 쥐었다. 아랫입술을 깨문 채 그를 외면했다. 두 사람 사이에 어색한 정적이 찾아왔다.

뭘까. 지금 당신을 흔들리게 하는 건.

그는 바랐다.

그게 혹시 나이기를. 내가 당신을 흔들리게 하고 있기를.

"……서울은 같이 올라가는 게 좋을 것 같습니다."

긴장 때문인지 잔뜩 힘이 들어간 그녀의 손을 내려다보며, 재완은 예상했다. 고민도 없이 거절의 대답이 날아올 것을.

"아니요. 나 차도 있으니까 먼저 가요."

"열이 아직……."

"괜찮아요. 그럼 조심해서 가요."

은하는 얼굴을 보여 주지도 않고 차에서 내렸다. 갈 곳을 잃은 손을 거둔 재완이 지친 한숨을 내뱉었다.

결국 이렇게 거절인 건가. 인정하고 싶지 않으면서도 선뜻 다가와 버린 현실 앞에 재완은 어쩌지도 못했다.

사랑도 아픈데, 짝사랑은 더 아팠다.

아니야. 이건 진짜 아니야. 은하는 엘리베이터가 닫히자마자 벽에 기대어 참았던 숨을 터트렸다. 얼굴을 훑던 뜨거운 시선, 닿을 듯 말 듯 한참을 망설이던 손길. 고개를 저으며 아무리 잊으려 애써도 형상은 머릿속에서 선명해져만 갔다.

"사랑받을 자격 있어, 당신."

재완의 진심을 담은 혼잣말은 그녀의 마음에 커다란 파동을 일게 했다. 끝내 부정했던 그의 진심. 그것은 은하를 보란 듯이 흔들었다.

"미쳤어……."

벽에 손을 기대고, 다른 손으로 가슴을 짓누르며 은하는 생각했다. 이건 잠시 스치듯 지나갈 감정이라고.

겨우 버티듯 서 있는 두 다리가 파르르 떨렸다. 그리고 떠올렸다.

무수한 밤에 찾아왔던 그 끔찍한 순간들을. 그리고 평생토록 그리움이 될 순간들을.

친어머니의 장례를 치른 후, 은하는 버릇처럼 버스 터미널을 찾았다. 밤늦은 시간까지 강릉행 버스 승차장 앞에서 멍하니 앉아 있는 게 요즘 그녀의 일상이었다. 그곳에 앉아 매번 상상했다. 엄마를 만나러 가는 상상. 엄마에게 가는 상상. 그러다 저도 모르게 주르륵 눈물을 흘리곤 했다. 장례식 때조차 울지 않았는데.

터미널을 오가는 사람들은 하나같이 그녀를 힐긋거렸다. 무슨 사연이기에 저리 서럽게 우는지, 오열하는 그녀에게 선불리 다가오는 이는 없었다. 그때 누군가 은하의 옆에 앉아 자리를 지켰다. 뒤늦게 고개를 든 은하의 얼굴은 눈물범벅이었다.

그녀의 옆을 지키던 남자는 조용히 티슈를 내밀었다.

"아, 저는…… 저기 카페에서 일하는 사람인데요. 필요하실 것 같아서……."

남자가 승차장 뒤쪽 카페를 가리키며 말했다. 은하는 울음을 멈추고 그를 바라봤다. 그는 그 말간 얼굴을 보다가 마른기침을 했다. 새빨개진 얼굴과 덜덜 떨리는 목소리가 모르는 사람이 봐도 그가 지금 은하에게 호감이 있다는 것을 눈치챌 정도였다.

"여기 자주 오는 것 같은데."

"……."

붉게 충혈 된 눈을 마주하지도 못한 채 남자가 버벅이며 물었다.

"괘, 괜찮으면 뭐라도 마실래요? 커피, 아니면 차?"

"……."

"아, 저 이상한 사람 아니에요! 스무 살이고, 한국대학교 다녀요. 그리고…… 어, 이름! 이름은 박기준이에요."

쳐다만 봤을 뿐인데 얼굴이 붉어진 기준이 쑥스러운지 이마를 긁적거렸다. 그녀는 그를 향한 시선을 거두지 않았다. 그가 대학 동문이라는 것에 신기한 게 아니라, 남자에게서 은근하게 풍겨 오는 초콜릿 향기가 너무 달콤해서. 그래서 순식간에 눈물이 멈춘 게 또 신기해서.

아주 잠깐이지만 기억에서 흐려진 엄마의 잔상이 조금은 편해져서.

"진짜 이상한 사람 아닌데……. 그게, 음. 내가 모르는 사람이잖아요."

기준은 또 망설이다가 입을 열었다.

"어디서 들었는데, 원래 힘든 얘기는 잘 모르는 사람한테 털어놓는 게 제일 좋대요."

멍하니 그를 보던 은하는 때마침 강릉에서 도착한 버스를 돌아봤다. 사람들이 내릴 때까지 그녀는 입을 열지 않았다. 기준은 그때까지도 자리를 지켰다. 마치 오늘만을 기다린 사람처럼.

"뭐, 힘들면 얘기 안 해도……."

"우리 엄마가."

은하는 처음으로 입을 열었다. 그의 말대로 누군가에게, 그게 모르는 사람이라고 해도 털어놓고 싶었다.

"엄마가…… 죽었거든요."

아버지한테도, 오빠들한테도 직접 전하지 못한 말이었다. 그의 말대로 잘 모르는 사람이라서, 그리고 낯선 이에게서 받은 위로가 조금은 따듯해서 담담하게 말할 수 있었다.

"……힘들었겠다."

아주 많이요.

"많이 아팠겠어요."

낫지를 않아요.

"그래도 계속 울면 아플 텐데."

서툰 위로가 고맙고, 반가웠다. 따스함으로 가득했던 기준과의 첫 만남. 그렇게 그와의 인연이 시작되었다. 그리고 우리는.

"은하야. 나는 너 감당 못 할 것 같아. 네 집, 네 아버지 전부."
"기준아……."
"내가 아무리 매달려도 안 되는 일이더라. 더 할 수 있는 게 없어. 뭘 어떻게 하겠어. 널 포기하는 게 맞지."
"그러지 마. 나 무서워, 지금. 응?"
"아니야. 네 아버지 말이 옳아. 우리는 어울릴 수 없는 사람들이야. 나는 가진 게 너무 없고 너는 가진 게 너무 많은데 이렇게 다른 우리가 어떻게…….”

행복은 오래가지 않았다. 몇 번의 위기를 잘 견뎠다고 생각하던 어느 날, 은하는 잔인한 이별을 맞이해야 했다. 사랑하는 사람을 다치게 만들었다는 죄책감에 그녀는 스스로에게 지독한 벌을 주고 있었다.

긴 상념에 빠져 있던 은하가 어지러움에 손으로 이마를 짚었다. 내렸던 열이 다시 오르는 듯했다. 비틀거리던 그녀가 다시 벽에 손을 기대며 의지했다. 그리고 복잡한 머릿속으로 계획을 떠올렸다.

일단 짐부터 싸자. 그다음 서울로 가자. 대리를 부르던, 직접 운전을 하던. 애써 정신을 다잡은 그녀가 뜨거운 숨을 토하던 그 순간, 엘리베이터 문이 열렸다. 홍조를 띤 은하의 시선이 앞을 향했다.

그곳에는 재완이 있었다. 차갑게 굳어졌던 그의 입술이 경직됐을 때, 은하는 뒤늦게 자신이 엘리베이터에 타고 아무 버튼도 누르지 않았음을 기억했다.

“아.”

작게 신음을 내뱉은 은하가 모른 척 고개를 돌릴 때, 양쪽 문이 다시 닫히려 했다. 이렇게 된 거 이대로 보지 않고, 멀어지는 것도 방법이겠지. 흔들리는 마음을 다잡고 긴 숨을 내쉬는데, 예고도 없이 다시 문이 열렸다.

발자국 소리 하나 들리지 않는 공간에서, 은하의 시선은 갈 곳을 잃고 결국 그에게 향했다. 말없이 시선만 부딪히는 시간이 길어졌다. 이내 재완이 한 걸음씩 다가왔다.

은하는 뒤로 물러서며 그의 어깨로 시선을 두었다.

차재완 씨. 낮게 부르던 목소리가 지금만큼은 나오지 않았다.

“참으려고 했죠.”

묻지 않아도 이제 알 수 있었다. 그가 참았던 것이 무엇인지.

"그런데 욕심도 납니다."

두 사람 사이, 벌어진 거리가 근접해졌다. 거칠어진 호흡이 어떤 소리를 내는지, 그게 얼마나 아찔하고 위험한지 충분히 감지할 만큼.

"……말하고 싶었어요."

그녀의 마른 등이 엘리베이터 벽에 닿았다. 문은 닫혔지만 엘리베이터는 움직이지 않았다. 그도, 그녀도 지금 그런 것에는 관심이 없었다. 지금 그들의 눈에는 서로밖에 보이지 않았다.

"차라리 그런 놈이랑 만날 바에는."

재완의 낮고 건조한 목소리에도 은하는 줄곧 시선을 피했지만, 그의 시선은 그녀를 향해 있었다. 정확히는 그녀의 입술을.

"날 만나 달라고."

그의 고개가 점점 아래로, 더 아래로 기울어졌다. 코끝이 부딪히고 입술이 닿으려던 찰나였다.

"……그런 놈?"

고개를 비틀어 그를 피한 그녀가 비웃듯이 말했다.

"그러는 차재완 씨는 뭐 달라요? 내 배경이 탐나지 않는다고 당당하게 말할 수 있어요?"

권승환도, 그전에 만났던 남자들도 대부분 그녀의 배경을 탐냈다.

그러니 당신도 그러지 않으리란 법 없잖아. 아니, 은하의 솔직한 심정으로는 그래야 한다는 결론이 나왔다. 더는 흔들리지 않기 위해서 택한 비겁한 방법이지만 현실이 그랬다.

"그렇게 보일까 숨겼죠. 감추고, 모른 척하고, 잊어 볼까 했습니다."

그럼 잊었어야지. 다시는 흔들지 말았어야지. 은하가 숨죽인 채 다음 말을 기다렸다. 재완은 손을 뻗어 그녀의 손목을 붙들었다. 몸이 더 밀착되고, 그녀의 시선이 그를 향했다. 혼란스러운 눈동자와 마주친 그의 두 눈이 부드럽게 풀어졌다.

"그런데도 좋아해요. 좋아합니다."

그의 입술이 가까워질수록 은하의 호흡이 가쁘게 떨렸다. 둘 사이의 거리가 너무 좁았다. 그녀가 있는 힘을 다해 밀어낸다면, 밀려날 생각을 하고 있던 재완은 조금 더 머뭇거렸다. 은하에게 시간을 주기 위해. 오롯하게 선택할 수 있는 시간을.

재완이 시선을 들자 두 사람의 시선이 마주쳤다. 은하의 눈빛이 흔들렸지만, 피하거나 부정하지 않았다. 그 눈빛에서 재완은 확신을 얻었고, 더는 망설일 이유가 없었다. 마침내 입술이 닿고 숨결이 삼켜졌다.

갈급한 욕망에 백기를 든 재완은 부드러웠다. 입술에 닿는 순간도, 입술을 여는 순간도 전부. 상상처럼 달콤하고 생각처럼 황홀한 입맞춤이었다. 재완은 천천히 그녀에게 제 온기를 전했다.

은하는 아무것도 할 수가 없었다. 그의 입술이 닿자마자 마치 발끝부터 온몸이 마비된 기분이었다. 그저 재완이 움직이는 대로, 입술을 열고 천천히 그를 받아들였다. 그녀는 키스를 싫어했다. 그 어느 스킨십보다 입을 맞추는 친밀한 행위는 불편함을 안겨 주었다. 정말 사랑 같으니까. 이건 가짜고, 거짓말인데.

단 한 사람에게만 허락했던 입술, 손길, 떨림을 다른 누구에게도 허락한 적 없었다.

그 금기를 재완이 넘어섰다. 깨부수고, 넘어서며 말한다. 더는 참지 않겠다고. 그러니 당신 또한, 참지 말아 달라고. 부드럽게 그녀의 입술을 열어, 그 안을 헤집는 그는 이미 남자고 연인이었다.

어느새 그녀의 입술에 힘이 빠졌다. 그는 더 부드럽고 혹은 더 달콤하게 입술을 탐하기 시작했다.

타액으로 범벅된 입술 위를 진하게 핥다가, 아랫입술의 말캉한 살을 삼키고, 다시 혀를 밀어 넣어 치열을 훑었다.

숨 쉬는 것조차 버거워지자 그제야 입술을 놔주었다. 떨어진 입술 사이로 거칠어진 호흡들이 오갔다. 입술은 떨어졌지만 재완은 물러서지 않았다. 은하는 코끝이 닿을 정도로 가까운 거리에서 여전히 그에게 손이 붙잡혀 있다는 것을 깨달았다.

"……미쳤어요?"

할 말을 잃은 은하가, 재완의 타액을 묻힌 입술을 열어 하는 소리란 결국 이런 것이었다.

"실장님, 지금 저한테 흔들렸습니다."

"차재완 씨."

"아닙니까?"

아니라고 말할 수 없었다. 지금까지 숱하게 흔들렸다.

어제 엘리베이터 안에서도, 오늘 차 안에서도. 어쩌면 권승환과 헤어지던 그 날, 눈앞에 당신이 나타났을 때도, 그리고 지금도.

밀어내지 못했고, 거부하지 않았다. 그에게 흔들렸고, 결국 받아들이고 말았다. 하지만 자신이 없었다. 누군가를 사랑할 자신, 누군가에게 사랑받을 자신. 아니, 그럴 자격조차 없다고 생각했다.

"아니에요."

"그럼 버텨 봐요."

뭘? 은하가 희미하게 흔들리는 시선을 들었다. 얼굴이 밀착되는데도 그는 피하지 않았다. 마치 다시 키스할 것처럼.

"난 알아. 당신, 나한테 흔들렸어."

차분해진 호흡 위로 다시 그의 입술이 내려오기 시작했다.

"그래서 전 지금이 아니면 안 됩니다."

그렇게 다시 키스가 시작됐다.

5화

진심과 고백,
한 끗 차이

"아, 이쪽은 유은하 대리. 차재완 씨 옆자리예요. 잘 좀 가르쳐 줘요."

그녀는 아름다웠다. 빛이 날 만큼.

"신입 사원 차재완입니다. 잘 부탁드립니다."
"유은하예요, 잘 부탁해요."

우습지만 은하를 본 순간, 첫눈에 사랑을 느꼈다. 우습다고 느낄 수 있겠지만, 그때는 그랬다. 마치 세상의 전부가 당신 같았다.

살면서 처음 느껴 보는 설렘, 그래서 쉽게 접을 수도 잊을 수도 없었다.

아름다운 것을 보고 욕심내는 건 당연하다. 그래서 그녀를 욕심내기 시작했다.

차재완에게 있어 유은하는 아름다운 꽃 같았으니까.

"차재완 씨. 출장 어땠어? 실장님 컨디션 괜찮았어?"

"네, 뭐."

"소문 들어 보니까 실장님 평소보다 좀 까칠하게 구셨다던데. 레이 펠레그린 부르셨다며?"

월요일 아침. 경수에게 출장에 대한 짧은 보고를 마친 재완은 자리로 돌아왔다. 곧장 업무가 시작됐으나, 그의 시선은 기획실 안쪽에 위치한 은하의 집무실로 향했다.

블라인드가 모두 내려진 탓에 그녀의 그림자조차 볼 수 없었다. 월요일이나 되면 볼 수 있을 거라 생각했는데.

"가셨다고요?"

"예. 새벽에 서울로 출발하셨습니다."

"직접 운전을 해서 말입니까?"

"뭐. 그러시지 않았을까요?"

그 몸으로 운전을 했단다. 약이나 제대로 챙겨 먹었을까, 잠은 좀 잤을까.

당연히 주말 동안 그녀는 그의 연락을 받지 않았다. 일부러 피한 게 분명했다.

재완은 한숨을 삼키며 모니터로 시선을 돌렸다. 무슨 이유에서인지 은하는 매주 월요일 오전마다 진행하는 회의조차 취소한 채 집무실에서 꼼짝도 하지 않았다. 비서인 유나만 서류를 들고 몇 번 오갈 뿐이었다.

"우리 실장님, 오늘 출근한 거 맞죠?"

현정이 넌지시 물어 왔지만 대답할 수가 없었다. 그도 아직 은하의 얼굴을 보지 못한 탓이었다.

"이 비서님 바쁘신 거 보면 출근하셨겠지."

같은 팀의 김재권 대리가 대신 답했다. 그렇지 않아도 오전 회의가 취소된 걸 보면 이상하긴 하다며 재권이 말을 덧붙였다.

그때, 기획실에 은강이 나타났다. 직원들이 잔뜩 얼어 몸을 일으켰다. 특유의 사람 좋아 보이는 얼굴로 기획실 안을 둘러보던 은강의 시선이 재완에게 잠시 머물렀다.

시선이 꽤 오래 머물자 재완은 그 안에 무언가 의도가 있음을 눈치챘다.

"점심시간인데 다들 식사 안 합니까?"

"아, 네. 해야죠. 마침 하러 갈 참입니다."

군기가 바짝 들어간 경수가 제일 앞에 서서 대답했다. 은강이 옅게 웃더니 곧 재킷 안주머니에서 지갑을 꺼내 카드 한 장을 내밀었다.

"사내 식당 말고 밖에서 드시고 오세요."

"아유, 이러지 않으셔도 되는데."

"저희 유 실장 잘 도와 달라는 뇌물입니다."

직원들의 눈이 초롱초롱하게 빛이 났다. 가만히 있어도 눈길을 사로잡는 외모에 활짝 웃는 얼굴로 내뱉는 말까지 전부 완벽했다.

경수에게 카드를 건넨 은강은 다시 재완에게 시선을 두더니 그대로 은하의 집무실로 향했다.

카드를 받은 경수는 이 날만을 기다렸다는 듯 값비싼 메뉴를 줄줄 읊어 댔다. 재완은 블라인드에 가려진 창문을 바라보다 작게 한숨을 삼켰다.

이게 집무실이야, 폐쇄 병동이야. 인기척에도 여전히 서류에 고개를 박은 듯 열중인 동생의 모습에 은강이 혀를 찼다.

먼저 은강을 발견한 유나가 앉아 있던 회의 테이블에서 벌떡 몸을 일으켰다. 그녀의 앞에는 쌓인 서류들이 한가득이었다. 살짝 고개만 숙이는 것으로 인사를 대신한 유나가 은하를 돌아봤다.

블루투스 이어폰을 귀에 꽂은 채 서류에서 시선을 떼지 않는 은하는 여전히 그의 존재를 눈치채지 못했다.

"일이 많은가 봅니다."

"……딱히 그렇지는 않습니다."

은강의 눈썹이 삐죽 산을 그렸다. 그럼 저 서류들은 뭔데? 눈으로 묻는 그의 질문에 유나가 힐긋 은하의 눈치를 봤다.

"그럼 이 비서가 보기에 쟤가 지금 뻘짓 중이라는 건데."

"그런 뜻은 아닙니다만."

"이 비서도 식사하고 와요. 우리 유 실장 뻘짓 구경은 나만 할 테니까."

혹시 자기가 무슨 말실수를 한 건 아닐까, 괜히 긴장한 유나가 아랫입술을 깨물었다. 평소 머리부터 발끝까지 흐트러짐 하나 없던 유나가 당황한 기색을 보이자, 은강이 짓궂게 웃었다.

"나 장난친 건데."

"……그러셨습니까."

"재미없는 유 실장이랑 일해서 그런가 봐요. 다음 발령은 내 비서실로 내줄게요. 나랑 일하면 재밌어요. 좀 바쁜 게 흠이지만."

유나의 앞으로 완전히 돌아선 은강이 장난스레 말을 꺼내는데, 뒤에서 부스럭거리는 소리가 크게 들렸다. 블루투스 이어폰을 완전히 뺀 은하가 불만스레 미간을 구겼다.

"뭐야. 남의 비서는 왜 빼 가는데?"

"빼 가다니. 스카우트라고 하는 거야, 이런 걸."

"오빠 비서실에 사람 셋이나 있잖아."

"네 비서가 제일 유능해 보여서 그런다, 왜."

유나를 사이에 두고 남매 사이에 옥신각신 말들이 오갔다.

사이에서 표정 변화 하나 없이 바닥만 쳐다보는 유나를 은하가 내보내고, 은강은 테이블 의자를 끌어와 그녀의 책상 앞에 마주 앉았다.

"밥은 먹으면서 일하지?"

"됐어. 할 일 많아."

"아직 한여름도 안 왔는데, 지난 크리스마스 시즌 이벤트는 왜 훑어보는데?"

책상 위에 놓인 서류들이 전부 그랬다. 굳이 지금 확인하지 않아도 될 서류들은 왜 지금 보고 있는 건지. 그것도 점심까지 굶어 가면서.

팔짱을 낀 은강이 집요하게 쳐다보자 은하는 고개를 저으며 다시 활자들로 시선을 내렸다.

"강릉에서 무슨 일 있었어?"

"일은 무슨 일."

"가령, 차재완 씨랑?"

서류를 넘기던 손이 아주 잠깐 멈칫했다. 은강은 그 순간을 놓치지 않았다.

"……내가 차 대리랑 있을 일이 뭐가 있어."

"없지. 없는데 내 촉은 뭔가 있었다고 하네."

얄궂게 변하는 목소리가 무엇을 의심하는지 알지만 은하는 말해 줄 생각이 없었다. 이미 엘리베이터 안에 설치된 CCTV도 마침 망가진 상태였다는 걸 확인했으니까.

호텔 건축 허가서 작성 때문에 필요한 서류를 드는데, 은강이 휴대폰을 손에 들고 다른 손으로 그 서류를 뺏어 들었다. 뭐 하는 짓이냐고 인상을 팍 쓰려는데 은강은 아랑곳하지 않고 걸려 온 전화부터 받았다.

아, 진짜 저 인간이.

"네. 유은강입니다."

정돈이 잘된 사무적인 목소리가 먼저 흘러나왔다.

그가 전화를 받든 말든 상관이 없는 은하는 시간을 확인했다. 벌써 점심시간이었다. 새벽부터 출근을 했으니, 꼬박 여섯 시간 넘게 한자리에 앉아 있었나 보다.

"아, 전시회요. 예, 그러면 그때 뵙죠. 전 괜찮습니다."

여전히 단정한 말투였지만 얼굴에는 귀찮음이 역력했다. 약속 장소와 시간만을 정하는, 간단한 용건만 주고받은 짧은 통화가 끝나고 은강이 짧은 한숨을 터트렸다.

은하의 무덤덤한 시선이 은강을 스쳐 지나갔다.

"한숨을 쉬려거든 상무실에 가서 쉬어."

정이 없어도 이렇게 없나. 관심도 용건도 없다는 얼굴로 모른 척하는 은하를 향해 은강은 정말 섭섭하다는 얼굴로 물었다.

"누군지 궁금하지도 않냐?"

"선봤겠지. 오빠가 전시회 갈 일이 뭐가 있어."

키보드 위에 손을 올린 은하가 가볍게 대꾸했다.

"넌 오빠가 불쌍하지도 않나 보다."

"뭐가 불쌍해. 등 떠밀어서 보는 선도 아니고, 빨리 가정 꾸려서 호텔 일에 전념하고 싶다는 말을 밥 먹듯 하는 사람이 누군데."

심드렁한 은하의 반응에 은강은 씁쓸한 한숨을 삼켜 냈다.

"……충고를 하는 건지, 독설을 퍼붓는 건지."

"둘 다야. 계속 여기 있을 거야?"

그녀가 모니터에서 시선을 돌려 턱을 괴고 있는 은강을 향해 말했다. 진정으로 귀찮다는 얼굴로. 은강은 고개를 똑바로 들고서는 입술을 씩 올려 웃었다.

"응. 너랑 밥 먹을 건데. 나가자, 기획실 사람들 다 내보냈어."

미간을 찌푸린 은하가 넌지시 문 쪽으로 시선을 주었다. 뭔가 어감이 이상했다.

마치 그녀가 피해야 할 사람이 있어서 온종일 집무실 내에 있었던 걸 아는 듯.

알 수가 없는데, 그건. 상념을 갈무리한 은하가 무심한 투로 물었다.

"뭐 먹을 건데?"

✢ ✢ ✢

"진짜 상무님이랑 실장님이요. 아무리 봐도 재벌 허세가 없잖아요. 빵빵한 집안에 외모와 스펙까지 갖춘 사람들이 인품까지 완벽하다니. 갑질하는 재벌들은 대체 어떻게 태어난 거예요?"

"그 사람들이 문제지, 상무님이랑 실장님이 문젠가 어디."

"그러니까 결코 흔한 일은 아니라는 거죠. 저 예전에 근무했던 호텔은 대표 아들이 딱 버티고 앉아 있는데, 어찌나 꼴값인지. 일주일에 이틀 출근하는 거면 많이 하는 거였어요."

재권이 말하면 기획실 직원들이 듣고, 다시 질문하는 식이었다. 밥을 먹는 건지, 재권의 재벌가 험담을 주워듣는 건지 모를 정도였다.

경력직으로 입사한 재권은 다른 호텔 기획실에서 2년을 일했었다. 그때의 경험이 적잖이 힘들었는지 은강과 은하를 향한 끝없는 찬양이 이어졌다.

팀장인 경수가 옳다구나 거들기 시작했다. 식사를 하는 내내 자리가 불편했던 재완은 소화가 안 된다는 핑계를 대고 먼저 호텔로 향했다.

그 와중에도 로비에서 서성거리는 손님에게 화장실을 안내하고, 엘리베이터 앞까지 짐을 들어 주고, 수영장을 찾는 손님에게 당직 직원을 붙여 줬다.

입가에 경련이 일 듯 미소 짓던 얼굴이 혼자가 되자 자연스레 제 표정을 찾았다. 적당히 지쳐 있고, 적당히 걱정이 묻어 있었다.

재완은 오후에 할 일들을 머릿속으로 정리하며 엘리베이터 앞에 섰다. 버튼을 누르기 무섭게 떠오르는 생각들.

내게 흔들렸던 당신. 마치 당신을 얻었다는 착각마저 들게 한 키스.

그리고 또 키스, 키스.

“어머. 차 대리님, 안녕하세요.”

은하의 생각에 빠져 허우적거리던 찰나를 깨워 준 건 객실 관리부의 신지현 지배인이었다. 종종 지원 요청으로 파견 근무를 갈 때마다 마주치던 사이였다.

“네. 안녕하세요.”

“지난주에 출장 가셨다고 들었어요, 강릉으로 유 실장님이랑.”

“아, 네.”

“좋으셨겠어요. 바다도 실컷 보고.”

“그렇죠.”

“저는 매일 호텔 아니면 집만 왔다 갔다 해서 너무 부러워요.”

딱히 대답할 말을 찾지 못해 재완은 웃음으로 대신했다. 지현의 과한 친절과 미소는 몇 달째 받아 보고 있는 것들이었다. 그게 무엇을 의미하는지 이미 짐작하고 있었다.

늘 짤막한 대답에, 무신경한 태도로 일관하고 있는데도 지현은 꽤 끈질기게 다가왔다. 한 달 전 주말에는 넌지시 영화 얘기를 꺼내길래 일 핑계를 댄 적도 있었다.

“아, 혹시 돌아오는 주말에 뭐 하세요? 저 비번인데 시간 괜찮으시면…….”

지현이 한 걸음 더 가까이 다가오더니 말을 꺼냈다.

또 어떤 말로 거절의 말을 꺼내야 할까 고민하던 찰나, 엘리베이터가 열렸다. 다행이라 여기며 고개를 돌리는데, 그 안에는 은강과 은하가 나란히 서 있었다.

재완과 은하의 시선이 찰나처럼 부딪혔다. 그의 가슴이 철렁거렸다. 얼굴을 보면 할 말이 아주 많았던 것 같은데, 머릿속이 하얘졌다.

하지만 은하는 마치 그런 일도 없었다는 듯이 고개를 돌렸다. 그의 미간이 희미하게 찌푸려지는데 옆에 선 지현이 한껏 미소를 지으며 공손한 인사를 건넸다.

"안녕하세요. 식사하고 오시는 길이신가 봐요?"

"네. 신 지배인은 식사했어요?"

"네, 상무님. 지금 하고 오는 길입니다."

"그럼 얼른 타지 그래요?"

"아니요. 저는 세탁실에 볼일이 있어서요. 그럼 차 대리님, 제가 따로 연락드릴게요."

살뜰하게 재완에게까지 인사를 건네는 것도 잊지 않고 지현은 멀어져 갔다. 문이 닫히지 않게 버튼으로 고정하고 있던 은강은 자연스레 은하와 재완을 번갈아 봤다.

누군가는 피하고, 누군가는 피하지 않는 엇갈린 상황. 이러다 날 새겠다 싶어 은강은 엘리베이터에서 내렸다. 덕분에 당황한 건 은하였다.

"로비 좀 들렀다 가게, 유 실장은 먼저 올라가요."

왜 하필 지금. 은강이 가면 재완과 둘만 남겨질 거란 생각에 은하는 쓸데없는 말을 덧붙였다. 평소라면 절대 하지 않았을 행동이었다.

"……직원들 불편해합니다. 상무님 막 돌아다니면."

"너나 그 높은 하이힐 신고 작작 돌아다녀. 차재완 씨, 유 실장 좀 기획실까지 부탁해요. 가는 길에 또 쓰러지지 않게."

찌푸려지는 은하의 표정이 재미있는지 은강은 그런 동생을 잠시 흘겨봐주고는 둘 사이를 벗어났다.

은하가 진한 한숨을 내쉬는데 재완은 기다렸다는 듯 엘리베이터에 올라탔다. 기획실이 있는 층까지는 금방이었다.

밀폐된 엘리베이터 안. 자연스럽게 재완과의 입맞춤이 떠오른 은하는 작게 헛기침을 하고 벽에 기대어 섰다. 어쩐지 목이 타는 것도 같고, 가슴이 간질간질한 기분이 들었다.

재완은 그런 은하의 모습에 옅은 미소까지 지었다. 자신을 의식하는 그녀의 모습이 싫지 않았다. 오히려 반가웠다.

“이건 오해하실까 봐 말씀드리는 건데.”

조용한 엘리베이터 안에서 자꾸만 어떤 장면이 떠오르는 걸 꾹꾹 참아 내던 그녀가 고개를 돌렸다.

“저 신 지배인이랑 아무 사이 아닙니다.”

아무 사이도 아닐 리가. 꽤나 다정하고 애정 넘치는 눈빛으로 재완을 보던 지현의 얼굴이 떠올랐다.

“……누가 뭐래요?”

“혹시 오해하실 수도 있으니까요.”

“그런 거 안 해요.”

그럴 이유도 없고. 은하가 아예 고개를 돌렸다. 옆에 닿는 빤한 시선이 느껴졌지만 무시했다. 왠지 그래야만 할 것 같았다.

이내 도착을 알리는 소리와 함께 엘리베이터가 열리고, 은하는 그보다 먼저 앞서 걸었다.

망할 유은강. 이딴 식으로 나온다 이거지.

또각거리는 높은 하이힐 소리가 복도를 울렸다. 하이힐로 은강을 찍어 내리는 상상을 하며 저주를 퍼붓는데, 순간 걸음을 빨리하던 은하가 비틀거렸다.

“아.”

뒤에서 잡아 주는 힘이 없었다면 아마 우스꽝스럽게 넘어졌을 것이다.

은하가 급히 팔을 빼내며 물러섰다. 귓가까지 얼굴이 화끈거리는 게 느껴졌지만 일부러 태연한 척 걸음을 뗐다.

"굽을 조금."

밥을 먹으러 가는 게 아니었어. 빌어먹을 유은강. 속으로 온갖 욕을 퍼부을 때, 뒤에서 재완이 운을 뗐다.

"낮추시는 게 어떻습니까. 너무 높아 보이는데."

"……그걸 차재완 씨가 왜."

기가 차서 말이 안 나왔다.

대체 그걸 당신이 왜 신경 써? 설마 지난번 일로 우리 사이가 뭐 크게 달라졌다고 착각하는 건 아니죠?

한껏 쏘아붙이기 위해 고개를 돌리는데, 걱정스러운 얼굴로 아래쪽에 시선을 둔 재완이 보였다. 그의 시선이 향한 곳은 그녀의 발이었다.

얼굴이 한껏 달아올랐다. 구두를 신고 있어 기껏해야 보이는 건 발등이 전부였다. 그럼에도 재완의 노골적인 시선에 숨이 턱 막히는 듯했다. 할 수만 있다면 당장 어디론가 숨고 싶어졌다.

"레이 펠레그린 입국 날짜, 정해졌어요?"

은하는 급하게 화제를 돌렸다. 그제야 그의 시선이 들려지고, 눈이 마주쳤다.

아, 이러려고 일 얘기를 꺼낸 건 아닌데.

"네."

"운 좀 떼 줘요. 제주 건도 맡길 생각이니까."

"그렇게 하겠습니다."

"대략적인 미팅 내용은 전달했죠? 항상 쓰는 룸 비워 두라고 하고, 카펫, 시트, 전부 새 걸로 교체하라고 해요. 가습기도 준비해 두고 커튼은 암막 커튼으로……."

"실장님."

다다다 몰아붙이듯 쉬지 않고 말을 내뱉던 은하가 급하게 말을 멈췄다. 그 누구보다 침착해 보이는 재완이 시선을 부딪쳐 왔다.

"저도 압니다. 작년 일정 제가 수행했습니다."

마치 그렇게 하나부터 열까지 다 알려 주지 않아도 된다는 말처럼 들렸다.

은하는 애꿎은 입술을 깨물었다. 그럼 이제 할 얘기도 떨어졌으니, 돌아서면 그만이었다. 하지만 웬일인지 땅에 발이 박힌 듯 움직이지 못했다.

내가 언제부터 이 남자 앞에서 긴장을 했을까.

"그럼 먼저……."

"커피 드실래요?"

돌아설까 지나칠까 망설이는데 재완이 말을 건넸다. 제법 친근하고 다정하게.

"아이스 카페모카."

부드럽게 휘어지는 눈을 보며 순간 예쁘다고 생각했다. 은하는 당황했다. 남자를 두고 예쁘다고 생각한 적 있었나. 그 사실을 헤아리는 것조차 머리가 어지러웠다.

"휘핑크림 듬뿍."

그런데 당신.

"제가 사 드릴게요."

내 앞에서 왜 자꾸 웃는 건데.

또다, 또.

눈이 마주친 은하가 살며시 미간을 좁히며 시선을 내렸다. 회의 중

직원들과 눈이 마주치는 일이야 종종 겪는 것이었다. 그러니까 일일이 반응할 이유도 없었다.

경영 기획실의 반을 차지하는 은하의 집무실은 기획실 직원들이 쓰는 공간만큼이나 넓었다. 대부분의 회의가 은하의 집무실에서 이뤄지기 때문에 그럴 만했다.

모여 앉은 직원들을 다시 둘러보던 은하는 무의식적으로 재완이 앉은 자리로 시선을 돌렸다. 마치 그녀를 내내 보고 있었던 듯 재완은 눈이 마주치자 씨익, 입꼬리를 올려 웃었다.

또 웃는다, 또.

늘 진행하던 오전 회의를 오후로 미룬 것도 모자라, 대놓고 커피를 사 주겠다는 그를 거절했다. 노골적으로 그를 피한 노력이 허사가 될 만큼 재완의 미소는 싱그러웠다.

"그럼 레이 펠레그린 입국 시기에 맞춰 강릉이랑 제주 체인 쪽에……."

재완의 보고가 시작되자 은하는 평소와는 다르게 기획안에 시선을 두고 움직이지 않았다. 아니, 움직일 수 없었다.

낮고 건조한 중저음의 목소리가 자꾸만 귓속을 파고드는 게 이상했다. 지난 3년간 거의 매일 들어 왔던 목소리인데.

미쳤구나, 유은하.

"그만."

재완의 보고가 더 길어지자 은하는 제지를 걸었다. 직원들의 시선이 전부 그녀를 향했다. 도중에 회의를 멈춘 적이 단 한 번도 없었기 때문에 다들 의아할 테지만 어쩔 수 없었다.

"남은 보고는 따로 듣죠. 차재완 씨만 남고, 다들 나가 보세요."

저도 모르게 말끝에 한숨이 섞였다. 불안한 표정의 직원들이 사무실을 나가고, 결국 그와 단둘이 남게 됐다.

테이블 상석에 앉은 은하는 자리 하나를 건너뛰고 멀리 앉은 재완을 향해 시선을 들었다.

꽤 마음을 가다듬고 용기를 낸 것인데, 재완은 여전히 웃고 있었다. 그렇게 그녀의 작은 결심마저 쉽게 무너뜨렸다.

정신 차려, 유은하. 말려들지 마.

“얘기 좀 하죠. 서로 할 얘기 있는 것 같은데.”

“네.”

은하는 이 순간 딱 한마디를 던지고 싶었다.

차재완 씨. 그만 좀 웃지 그래요?

“난 알아. 당신, 나한테 흔들렸어.”

그때 키스를 했던 남자와 눈앞에 저 남자가 같은 사람이 맞는지 의심까지 들었다.

생각해 보니 반말도 들었잖아. 멋대로 말 놓을 땐 언제고, 저 순진무구한 웃음은 대체 뭔데.

“지난번에 그 일은…….”

마치 사탕을 기다리는 어린아이처럼 반짝거리는 웃음을 보자니 도저히 말이 나오지 않았다. 결국 은하는 다시 한숨을 내뱉었다.

“왜 자꾸 웃어요?”

“예?”

당황한 듯 재완이 눈을 동그랗게 떴다.

“왜 나만 보면 웃냐고요.”

“……제가 웃는 게 문제가 됩니까?”

정말 모르겠다는 말투였다. 누군 울화통이 터질 정도인데, 아무것도 모르는 얼굴이라니.

"네. 그런 것 같네요."

은하의 대답이 빨랐지만 재완은 웃음을 거두지 않았다. 그녀는 이 상황을 타개할 다른 방안이 떠오르지 않았다. 말리지 않으려고 했는데 어느샌가 그에게 말리고 있는 자신이 보였다.

"지금 재미있어요, 이 상황이?"

"썩 나쁘지는 않습니다."

"왜요?"

"저한테 반응해 주시니까요."

빠르고 올곧게 튀어나온 대답은 은하의 말문을 막히게 했다.

반응이라니, 내가 언제 그랬다고. 부정한다고 한들 재완은 쉽게 인정하지 않을 것 같았다. 이미 뭔가 대단한 착각을 한 것 같으니.

진지하게 표정을 굳힌 은하와 달리, 그의 얼굴엔 여전히 웃음기가 가득했다. 뭐가 그리 좋은지 웃는 얼굴로 그녀를 바라보고 있었다.

"그날 일은 없던 일로 하죠."

"싫습니다."

기다렸다는 듯 바로 튀어나온 대답에 은하는 당황했다. 그에게 빈틈을 보이고 싶지 않은데 마음처럼 되지 않는다.

"실수였어요."

이미 반응을 예상하고 있었는지 재완은 당황하지 않았다.

"저한테는 기회였습니다."

오히려 그의 말에 은하는 당황스러움을 감추지 못했다. 비겁하지만 그와의 상하 관계를 명확하게 하기 위해 일부러 집무실을 골랐다. 그런데도 재완은 꿈쩍 않는다. 이젠 마음을 숨길 생각조차 없어 보였다.

왜 이렇게 겁이 없어. 어쩌자고 이렇게 다가와.

"그런데도 좋아해요. 좋아합니다."

그때는 간과했다. 그는 그 순간에도 진심일 수도 있다는 것을.

어째서 내게 진심 따위를 품었을까, 생각이 들지만 더는 고민하지 않을 것이다. 진심이라고 해도, 영원일 수는 없으니까.

그녀는 그 누구보다 일찍 깨달았다. 진심이, 전부는 아니라는 것을.

당신도 그걸 빨리 알아야 할 텐데.

"다시 한번 말하지만, 난 실수였어요."

"두 번째도요?"

몰랐다. 확인 사살을 잘하는 줄은. 재완은 두 번째 키스를 들먹이며, 충분히 거절할 수 있는 상황이었음을 상기시켰다. 은하의 미간에 주름이 깊게 자리 잡았다.

"차 대리도 이미 알겠지만, 내가 원래 그래요. 가벼운 관계를 선호해서."

재완의 표정이 짐짓 차갑게 굳어졌다. 오히려 은하는 차분했다.

이대로 그가 제게서 멀어질 수만 있다면 스스로를 생채기 내는 것쯤 견딜 수 있었다.

"나한테 남자는 다 그래요. 달콤한 말도 필요 없고, 따뜻한 손길도 필요 없어요. 차재완 씨, 아니 차재완 대리 마음은 당연히 필요 없죠."

2년 전 기준을 잃고, 그녀는 깊은 절망에 빠졌다. 연인을 잃은 슬픔보다 그를 다치게 한 자신의 어리석음이 은하를 더욱 괴롭게 만들었다. 그리고 다짐했다. 다시는 누군가에게 마음을 주지 말자고.

그렇게 감정 없는 로봇처럼 그저 아버지의 화를 돋우기 위한 목적으로 몇몇 남자들과 가벼운 만남을 이어 갔다.

몸과 마음을 주는 대신 돈으로 그들의 시간을 사는 형편없는 관계. 그것들조차 마음 편히 즐길 수도 없었다.

은하에게 진심 따위 사치였다. 가져서도 안 되고, 가질 수도 없다고 여겼다. 형벌 같은 삶을 살고 있는 자신이 행복해져서는 안 된다고 생각했으니까.

“심지어 같은 사무실 쓰는 부하 직원? 더 말할 것도 없지.”

그러니까 더는 내게 다가오지 마. 그가 상처 받았으면 하는 바람으로 적절한 냉소를 섞었다.

“내 얘기는 끝났으니까 이만 나가 봐요.”

자리에서 몸을 일으킨 은하가 등을 보이며 뒤돌아섰을 때였다.

“저 실장님 좋아합니다.”

귓가에 닿은 울림이 가득한 목소리가 낯설었다. 은하는 두려워지기 시작했다. 섣부르고, 겁도 두려움도 없는 저 고백을 내가 끝까지 거절할 수 있을까.

“처음 본 순간부터 반했는데, 티를 못 낸 겁니다.”

주먹 쥔 그녀의 손이 아득하게 떨렸다. 등을 보이고 있어 다행이었다. 재완이 잔뜩 긴장한 자신을 이대로 눈치채지 않기를 소망했다.

“가볍지도 않고, 충동적이지도 않습니다.”

은하가 아랫입술을 세게 깨물었다. 발이 움직여지지 않았다. 이대로 멀어져야 한다는 다짐이 속수무책으로 무너져 내릴까 봐 두려웠다.

나도 가볍지 않았어. 충동적인 것도 아니야. 당신은 나한테 멀어져야 하는 사람이야.

“밀어내시면 버틸 거고.”

그런데.

“거절하셔도 다시 고백할 겁니다.”

과연 나는, 버텨 낼 수 있을까.

“저는 그만큼 진심입니다.”

당신의 거침없는 진심 앞에서.

✣ ✚ ✣

지하 피트니스 클럽과 수영장을 돌아본 뒤 호텔 로비를 지날 때였다.

데스크에 선 지배인들이 은하를 보고 작게 묵례를 해 왔다. 그녀의 시선이 그 가운데에 서 있던 지현에게 향했다.

예쁘게 웃는 사람. 저렇게 웃어 본 적이 언제였는지. 돌아서는 얼굴에 씁쓸함이 번졌다. 일부러 높인 하이힐의 굽 때문이었을까. 발등의 상처가 더 돋아나는 느낌이다.

"굽을 조금 낮추시는 게 어떻습니까. 너무 높아 보이는데."

"하, 미쳤어."

왜 자꾸 생각나는 거야. 굵게 웨이브 진 머리를 쓸어내리며 한숨을 토했다.

출장에서 돌아온 지 일주일. 재완은 무섭도록 다가오고 있었다.

어쩌다 눈이라도 마주치면 싱긋 웃으며 시선을 보내고, 자꾸만 그녀의 퇴근 시간을 묻는다. 오후엔 데스크 위에 아이스 카페모카를 올려 두고, 묻지도 않은 것들을 제게 말하기 일쑤였다. 이 남자, 대체 나랑 뭘 하자는 걸까.

사무실에 돌아가는 것조차 겁이 났다. 또 어떤 표정으로, 무슨 말로 다가올지. 무섭도록, 몰아붙이듯 다가오는 그의 진심에 언제까지 버틸 수 있을지.

"알고 싶지 않아."

알아서도 안 되는 거고. 흔들리는 마음을 다잡으며, 은하가 중얼거렸다. 그 순간 손에 쥐고 있던 휴대폰이 진동했다.

긴장을 풀고 있던 그녀가 놀란 마음에 휴대폰을 확인했다. 은강의 이름이 반짝였다.

—아버지랑 같이 있어. 이쪽으로 와.

요 며칠 컨디션이 엉망이었다. 그래서 부러 동환과 마주칠 상황을 피하고 있었는데, 하필이면 오늘.

"알았어."

은하는 망설임 없이 회장실로 향했다. 은강과 함께 있는데 자신을 부르는 일이 뭘까, 고민했지만 답은 나오지 않았다. 어차피 곧 있으면 알게 될 일이었다.

엘리베이터에서 내려 걸음을 옮긴 은하가 회장실 문 앞에 멈춰 섰다. 똑똑. 짧은 노크를 하자, 안쪽에서 문이 열렸다. 은강이었다.

"무슨 일인데 오빠가 직접 문까지 열어?"

"들어와, 일단."

말과 함께 그가 옆으로 비켜섰다.

아, 역시.

한 발짝 안으로 발을 들이는 것과 동시에 은하는 짧은 한숨을 삼켰다.

"왔으면 인사해라. 서로 잘 알지?"

한가운데에 놓인 널찍한 소파에 등을 묻은 동환이 편안히 미소를 지었다. 그가 가리키는 곳에는 그녀의 가족이 아닌, 다른 이가 있었다.

강인혁. 은강과 초등학교 때부터 가깝게 지낸 친구로, 당연히 은하와도 잘 아는 사이였다.

현재 다섯 손가락 안에 드는 국내 유명 영화사의 최대 주주이자, 대표며 그 배경에는 우리나라 최대 유통 라인을 보유한 거대 유통사가 존재했다.

심지어 외할아버지가 대법원장 출신에, 어머니와 이모, 삼촌들이 전부 우리나라 제일의 로펌 변호사 출신으로 법조계에 탄탄한 입지를 두고 있었다.

인혁이 왜 이곳에 있는지 단번에 알아챘다. 모를 수가 없었다. 동환의 검은 속내야 고민하지 않아도 뻔했다.

"네. 잘 알죠. 잘 지냈어?"

마지막으로 본 게 두 달도 되지 않았다. 각자 다른 이성과 함께한 채 마주쳤었다.

"나야 뭐. 오빠도 별일 없지?"

"응, 얼굴 좋아 보인다."

집안의 가업을 물려받기 싫다는 철 지난 소리를 해대며 마음대로 유학을 갈 때는 언제고, 돈 한 푼 지원 받지 않고 영화사 대표가 된 사람이었다.

시장성과 작품성을 갖춘 영화를 귀신같이 알아보는 안목과 그에 걸맞는 아낌없는 투자로 업계에서 인혁의 명성은 이미 자자했다. 그는 술만 마시면 자신처럼 돈이 차고 넘치는 사람이 투자를 해야 영화계가 발전한다는 소리를 입버릇처럼 내뱉곤 했었다.

그래서 정략결혼 따위는 안 할 줄 알았다. 그때 곁에 있던 여자와도 좋아 보였고.

"얼른 앉지, 서서 뭐 하고 있어."

지금쯤 바쁘게 머릿속으로 계산기를 두들겨 대고 있을 동환을 모르지 않기에 은하는 우두커니 서 있기만 했다.

"저 결혼해요?"

설마 정말 그럴 생각이냐는 비소 어린 물음에 동환은 눈을 치켜세웠다. 그 모습에 겁먹을 은하가 아니었다. 싸늘한 분위기 속에서 은강만 안절부절 어찌할 바를 몰랐다.

"하면 좋지. 할 때가 되기도 했고."

찻잔을 드는 동환의 차분한 어조는 소름 끼치도록 평온했다. 은하가 차갑게 웃으며 인혁이 앉은 쪽으로 돌아섰다.

"혹시 내 소문 들은 거 없어? 이 바닥에 내 얘기 모르는 사람이 없을 텐데."

"은하야."

은강이 그녀의 팔을 잡아당겼지만 은하는 곧장 뿌리쳤다. 참을 수 없는 분노는 자기 비난으로 되돌아왔다.

"몇 달 주기로 남자 바꿔 가며 지저분하게 논다는 소문, 정말 못 들었어? 호스트바도 들락거리고, 내가 모델 스폰서도 한다던데. 설마, 정말 나랑 결혼하게?"

"너 지금 이게 무슨 버르장머리……."

동환의 언성이 높아질 때, 인혁이 몸을 일으켰다. 그러고는 동환을 향해 차분한 미소와 함께 깍듯하게 고개를 숙였다. 늘 그렇게 교육받아 왔다는 듯이 예의 바르고 정갈했다.

"아무래도 은하랑 따로 보는 게 좋을 것 같습니다. 저희 얘기잖습니까."

인혁까지 제 말을 들어 주지 않자, 동환은 대놓고 미간을 구겼다.

"은강아, 먼저 간다. 유은하. 넌 나중에 꼭 보자."

나란히 선 남매에게 인사를 건넨 인혁이 돌아가고, 동환은 살기등등한 기세로 딸을 노려봤다. 이 순간조차 은하는 놀랍도록 침착했다.

"몰랐어요. 저한테 결혼까지 바라시는 줄."

내게 그런 걸 강요할 자격이 없다는 뼈 있는 말이었다. 그걸 동환도 못 알아들을 리 없다. 소파에서 일어선 동환이 책상 쪽으로 다가갔다.

"변변한 외가 핏줄을 못 가졌으면, 든든한 시댁이라도 가져야지. 긴말 할 것 없다. 강 대표랑 결혼해."

차분한 은하의 음성이 무색하리만큼 싱거운 대답이었다.

든든한 시댁. 대체 누구를 위해서?

당연히 그 주인공이 그녀일 리가 없다. 그녀는 지금 자신을 위한 인생조차 살아가고 있지 못하니까.

"대외적으로 제 외가는 오빠들하고 같을 텐데요. 평생을 속이면서 사셨잖아요."

"만일을 대비하자는 거다. 다 들켰을 경우, 만일을 대비해서."

"아무리 그래도 욕심이 지나쳤죠, 인혁 오빠는."

동환이 희번득 눈을 치켜떴다. 아버지와 대적하는 동생이 불안한 듯 은강이 그녀를 말렸지만, 은하는 멈추지 않았다. 지금 멈춘다면 수습할 새도 없이 더 앞을 향해 계산기를 두드릴 동환이기에 더욱 그럴 수 없었다.

"누가 사업가 아니랄까 봐, 회장님께서 계산기 너무 열심히 두드리신 티가 나니까 제가 좀 당황스러워서."

그의 싸늘한 시선을 받아 내며 은하가 한쪽 입꼬리를 올리며 웃어 보였다.

잔뜩 표정이 굳은 동환은 아마 기준을, 망가진 그의 다리를 떠올리고 있을 것이다. 그래야지. 사람이라면 최소한 그 정도의 죄책감은 갖고 있어야지.

"그런 집안에서 저에 대해 알기라도 하면 어쩌려고 그러세요? 정말 괜찮으시겠어요? 사생아에, 저급한 소문만 가득한데. 하나뿐인 딸 팔아서 완전 사기……."

미처 말이 끝나기도 전에 그녀의 얼굴 위로 서류철이 날아왔다. 핀이 박힌 서류가 이마를 스치고 나자 통증이 느껴졌다. 그럼에도 신음이 아닌, 웃음이 새어 나왔다.

"아버지한테 요즘 자주 맞네요."

시선이 마주쳐도, 동환은 흔들림 없는 표정으로 딸을 응시했다.

그때도 그랬다.

기준에게 꼭 그렇게까지 할 필요가 있었냐며 그를 찾아왔을 때에도 동환은 누구보다 평온한 얼굴로 은하를 바라보았다.

"그래서 그런가. 더 아플 것도 없어요, 이제."

언젠가 볼 수는 있을까. 저 얼굴이 고통에 일그러지는 것을.

은하는 죽기보다 그것을 바랐다.

6화

끌림

"유 실장은요."

"방금 내려가셨습니다."

목을 조이는 넥타이를 풀어낸 은강은 바로 기획실로 향했다. 중간에 인혁이 전화를 걸어 왔지만 받지 못했다. 지금 당장은 은하를 봐야 했다.

"상무님, 오셨습니까."

기획실에 들어서기 무섭게 경수가 벌떡 몸을 일으켰다. 재완의 빈자리를 포함해 다른 직원들의 눈길에 사무실을 둘러본 은강은 말없이 은하의 집무실 안으로 들어갔다. 노크도 없이 벌컥 문을 열자마자, 유나에게 물었다.

"유 실장, 안 왔습니까?"

"오셨습니다."

마침 은하의 책상을 정리하던 그녀가 두 손을 모아 작게 대답했다.

"그런데 바로 퇴근하신다고, 아마 주차장에 도착하셨을 겁니다."

병원 데려가서 사진이라도 찍어 봐야 할 텐데. 은강이 커다란 손으로 얼굴을 쓸어내렸다. 지친 한숨을 토하는 그를 바라보던 유나가 집무실 한쪽에 놓인 작은 냉장고에서 차가운 물을 꺼내 왔다.

"아, 고마워요."

그러고는 바로 손을 거둔 채 그의 앞에 허리를 꼿꼿이 세웠다.

"괜찮아 보였어요?"

"그렇게 보이려고 노력하는 것 같았습니다."

"결국 안 괜찮았단 소리네."

"……."

"혼자 보내도 될까요?"

혼잣말에 가까운 말이었지만 대답은 해야 할 것 같아 유나는 마른 입술을 열었다.

"그걸 원하실 겁니다."

은강이 뒷목을 주무르며 느리게 고개를 끄덕거렸다.

"정답이네요."

그의 휴대폰이 다시 한번 울렸다. 인혁이었다. 전화를 받자, 유나는 고개를 숙여 보이고서는 자리를 피했다. 단정하고 깔끔한 행동으로 제 옆을 지나 문을 닫는 그녀에게 은강의 짧은 시선이 머물렀다.

"어, 나."

—은하는 좀 어때, 괜찮아?

"후. 모르겠다, 나도. 그런데 대체 어떻게 된 거야. 알고 왔어?"

—눈치는 챘지. 갑자기 아버지가 가 보라잖아. 네 동생, 화 많이 난 거 아니야? 나중에 걔한테 얻어맞으면 어떡하지.

전면 유리창 너머 경수와 대화 중인 유나를 지켜보던 은강이 살짝 인상을 찌푸렸다.

—그래서 나올 거냐? 기다려?

다시 제 쪽을 돌아보는 유나와 시선이 부딪히자, 그는 곧장 블라인드를 내렸다. 군더더기 없는 빠른 행동이었다.

"기다려. 술이나 한잔하게."

엎친 데 덮친 격이었다. 불난 집에 기름을 붓는다 해도 이 정도는 아닐 텐데. 기가 차다는 듯 웃음을 토해 낸 은하가 헝클어진 머리를 뒤로 넘겼다.

"잘 지냈어?"

귓가에 닿는 목소리에 비굴함이 잔뜩 어려 있었다. 지금껏 이토록 지저분한 헤어짐은 없었다. 경찰서를 들락거렸고, 자신들의 뭣도 아닌 이별 때문에 재완이 곤혹을 치렀다. 단순한 부하 직원이었던 재완과 관계가 복잡해진 것도 모두 이 너저분한 헤어짐에 있었다.

"지난번에는 내가 말이 심했지, 미안해. 오늘은 부탁 있어서 온 거야. 그 일 때문에 회사 해고당한 후로 조금 힘들어. 네가 조금 도와줄 수 없을지……."

은하는 말없이 승환을 지나쳐 갔다. 핸드백에서 차 키를 꺼내어 주차된 자리로 걸어가는데 별안간 그가 손목을 낚아챘다. 저항했지만 그뿐이었다. 결국 반대쪽 팔을 휘둘렀다.

짜악! 주차장이 울릴 만큼이나 커다란 소리였다.

순식간에 뺨을 얻어맞은 승환의 눈이 분노로 번뜩였다.

"시발, 너 지금 나 때렸냐?"

"유치장은 너무 뻔했지? 더한 짓 해 줘?"

그의 위협적인 말에도 흔들림 없는 은하가 비틀린 웃음을 지어 보였다.

"그 바닥에서 네 이름을 영영 지울 수도 있고, 널 다시 유치장에 보낼 수도 있어. 그렇게 해 줘? 해고당해서 힘들다고? 그럼 더 지저분하게 끝내 줘? 공증받은 각서 꺼내 들어서 아예 너 매장시켜 줄까?"

"이 미친년이 진짜!"

차가운 은하의 말이 끝나기 무섭게 승환이 욕설을 중얼거렸다. 은하는 말없이 핸드백에서 지갑을 꺼냈다. 갖고 있는 현금과 수표를 전부 꺼내 그에게 내밀었다.

"부족해?"

그러고는 차고 있는 시계를 풀었다. 그의 한 달 수익에 버금갈 만큼 값비싼 시계에 이어 귀걸이를 빼 그의 앞으로 내던졌다.

"바닥까지 보인 마당에 뭘 더 보여 주려고 자꾸 나타나는지 모르겠지만."

은하의 시선이 승환의 어깨 너머로 향했다. 비참한 듯 아랫입술을 질끈 깨무는 승환은 보이지 않았다. 그녀의 눈은 이제 막 엘리베이터에서 내려 주차장을 두리번거리는 재완에게 향해 있었다.

"내가 오늘 기분이 별로 안 좋아."

"……."

"주워. 그리고 꺼져."

비슷한 상황. 또다시 데자뷔. 더는 싫었다. 엮이는 것도, 복잡한 것도.

은하는 차가운 시선을 거두고 다시 등을 돌렸다. 귀걸이가 발에 짓밟히는 소리가 들리는 것과 동시에 승환이 그녀의 어깨를 잡아 다시 돌려세웠다. 작은 통증에 눈살을 찌푸리는데 어느새 가까이 다가온 재완은 그들의 바로 등 뒤에 있었다.

순식간이었다. 정말 눈 깜짝할 새에 가까이 다가온 재완은 은하의 앞을 가로막고 섰다. 마치 그녀를 지키려는 것처럼, 그래야만 하는 사람처럼.

그의 어깨에 시선을 고정한 은하가 뜨겁고 긴 숨을 내뱉었다. 비슷한 상황. 또다시 데자뷔.

왜 나는 이렇게 구제 불능일까.

"계속 소란 피우시면 사람 부르겠습니다."

단정하고 울림 있는 그의 목소리에 은하는 이를 악물었다. 승환의 일그러지는 표정보다 얼굴이 보이지 않는 재완이 걱정됐지만 참았다. 재완 역시 언젠가는 밀어내야 할 사람이었다. 조금의 틈도 보여 주고 싶지 않았다.

"사람, 부를까요?"

재완은 휴대폰을 들어 보이며 말했다. 승환이 바닥에 침을 뱉고, 짧게 욕지거리를 퍼붓더니 다시 멀어져 갔다.

어떻게 저런 사람과 만났어요, 제정신입니까? 힐난하는 눈동자가 느껴졌지만 은하는 모른 척했다. 이젠 그에게 더 보일 바닥도 없었다.

"죄송합니다. 표정이 너무 안 좋으셔서 따라왔습니다."

재완은 무릎을 세우고 앉아 흩어진 지폐를 줍고, 형체도 없이 사라진 귀걸이 한쪽을 손에 쥐었다. 은하는 다시 이를 악물고, 작게 주먹 쥔 손에 힘을 주었다. 손톱이 살을 파고들 것처럼 아팠지만 참았다.

그를 밀어내야 한다는 걸 안다. 결국 상처 받는 건 재완일 테니까. 내가 그를 아프게 할 테니까.

"저 사람, 자꾸 찾아오는 겁니까?"

해피엔딩을 기대해선 안 된다. 여긴 동화 속이 아니니까.

"돈으로 해결하면 분명 다시 찾아올 겁니다. 이건 좋은 방법은 아닙니다."

가시밭보다 더 참혹한 현실 속에서 은하는 더 이상 동화를 꿈꾸지 않았다. 조금이라도 더 망가지기 위해 애를 썼을 뿐.

"상관없잖아요."

"실장님."

재완이 한 걸음 가까이 다가오자, 그녀는 바닥을 향해 있던 시선을 들었다.

"차재완 씨라고 뭐 크게 달라요? 내가 돈이라도 많으니까 나한테 들러붙는 거 아니에요?"

더 가까이 다가오려던 재완이 멈칫했다. 상처 받은 얼굴의 그를 보면서도, 실망감으로 번지는 그의 눈을 보면서도 은하는 후회하지 않았다.

그에게 흔들리지 않았다면 거짓이다.

흔들렸다. 하마터면 그에게 먼저 안길 뻔했다.

아주 잠깐의 유희라면 어떨까. 내가 좋다는 당신의 마음을 이용하고 싶었다.

하지만 그건 그의 마음이 진심이 아닐 때 가능한 이야기였다.

"……구두 굽 그대로네요. 낮추는 게 좋다고 말씀드렸는데."

높은 하이힐에 머물렀던 그의 시선이 은하와 맞닿았다. 발뒤꿈치에 생긴 상처는 아물지 못하고, 그 상처에 상처가 덧나 자꾸만 피가 맺혀 있었다. 그녀가 스스로를 몇 번이나 할퀴고 있는 것처럼.

"이것도 상관없는 일이죠."

그 말조차 익숙하다는 듯 재완은 옅게 웃으며 작게 어깨를 으쓱였다.

"상처가 그대로입니다. 아프지 않으십니까."

"차재완 대리."

"전 보기만 해도 아픈데."

그의 단정한 목소리는 그녀가 높게 쌓아 올린 벽을 허물고 싶을 만큼 위험했다.

"구두 사 드릴게요. 예쁘고, 낮은 걸로."

재완이 작게 웃었다. 어떤 여자라고 해도 반할 만큼이나, 남자지만 예쁘다는 말을 붙여 주고 싶을 만큼이나.

그녀가 입술 안쪽을 깨물자 그의 미간이 살짝 모아지는 것이 보였다.

이번엔 구두가 아니라, 깨물지 말라는 잔소리를 하겠지. 당신은 그러겠지. 나에 대한 모든 것들이 당신의 기준과는 맞지 않으니까. 당신의 기준은 이상해. 다 나를 위한 거야. 당신을 위한 건 단 하나도 없어.

어째서, 왜, 내게 이렇게까지.

"……진짜 이상한 사람이네."

그런 당신의 진심 따위, 무시하면 그만이다. 늘 그래 왔던 것처럼.

그럼 한 번.

"차재완 씨."

이기적으로 굴어 볼까.

"나랑 잘래요?"

"……."

재완은 아무런 말이 없었다. 그는 은하의 말에 잠시 당황했고, 이내 잘못 들은 게 아니라는 걸 깨달았다.

"의외라고 생각할지 모르겠지만, 나 남자랑 잘 안 자요. 그러니까 잘 생각해 봐요. 한 번 자고 끝내는 것도 나쁘지 않잖아. 더 이상 질척거리지 말고."

그 말에 그는 손끝을 베인 듯 아릿한 통증을 느꼈다.

모르지 않았다. 그녀가 어울리지 않는 말로 스스로 상처를 내고 있다는 사실을. 그래서 더 속상했다. 사랑받을 자격이 넘치는, 예쁜 사람인데도 왜 자신을 소중히 대하지 않을까.

나는 당신을, 당신보다 더 아낄 자신이 있는데.

아무래도 은하는 모르는 모양이었다. 스스로를 해치면 해칠수록, 재완은 더욱 그녀를 아껴 주고 싶다는 것을.

"저는."

목이 메어 목소리조차 제대로 나오지 않았다. 대답을 기다리는 은하의 표정은 한없이 진지해 보였고, 재완은 그래서 더 화가 치밀었다. 스스로의 가치를 깎아내리는 그녀 때문에.

"실장님과 평범한 연애가 하고 싶습니다."

"그럼 나한테 이러지 말아야죠. 내가 평범한 사람이 아닌데."

그래서 더 망설였고 오랜 시간을 돌아왔다. 그만큼 더 질질 끌고 싶지 않았다. 내보이기 시작한 진심은 점점 욕심을 양분 삼아 커져 갔으니까.

유은하가 아니면 안 될 정도로.

당신은 모르겠지. 매일 밤마다 유은하, 당신이 평범한 사람이기를 간절히 소망했던 나를.

"평범한 연애는 왜 안 됩니까?"

"해 봐서 알아요."

빠르게 흘러나온 대답은 참으로 허무했다.

"재미없었어. 끝은 시시했고."

그러나 재완은 알 수 있었다. 무심하게 들려오는 은하의 목소리가 떨리는 것을. 그는 말없이 그녀의 허전한 손을 잡고 그 위에 부서진 귀걸이 대신 멀쩡한 귀걸이 한쪽을 쥐여 줬다. 가늘고 긴 손가락에는 반지 하나 끼어 있지 않았다.

수없이 바랐고, 수없이 생각했다. 상상하는 것만으로도 부족해 직접 은하에게 어울릴 반지를 그려 본 적도 있었다.

"자랑은 아니지만."

"……."

"짝사랑만 꽉 채워 3년입니다."

그녀에게 첫눈에 반했던 날, 그녀가 손수 주문한 만년필을 선물로 받은 날, 처음으로 쓴 기획안을 그녀에게 보고하던 날, 첫 해외 출장에 동행한 날.

시간이 지날수록 은하와의 거리는 점점 멀어졌지만, 그는 단 하루도 그녀의 생각을 하지 않은 날이 없었다.

"상상도 못 하실 겁니다. 제가 어떤 각오까지 했는지."

마치 다짐하듯 숨을 멈췄다. 짧은 순간 마주친 눈동자에서 은하는 또 한 번 그의 진심을 읽었다. 이미 몇 번이나 느꼈던, 그러나 줄곧 부정하고 피하려 했던 진심.

"그러니까 그런 말 함부로 하지 마세요. 저한테든, 어떤 놈 앞에서든."

"……."

"실장님에게 어떤 사정이 있는지 저는 모릅니다. 하지만…… 그걸 이유로 스스로를 괴롭히지 마세요. 부탁드립니다."

"……차재완 씨."

"얼굴 부으셨습니다. 얼음 찜질 꼭 하세요."

명백한 거절, 돌이킬 수 없는 외면. 행여나 그걸 당할까 무서운 사람처럼 재완은 서둘러 멀어져 갔다. 그가 쥐여 준 귀걸이를 내려다보던 은하는 입술을 짓이기듯이 깨물었다.

"구제 불능."

제게 호감을 보이는 상대에게 거짓된 마음과 많은 돈을 투자하면 원하는 만큼의 시간을 살 수 있었다.

그것만으로도 그녀는 만족했고 그 만남들이 동환의 귀에 들어가기 원했다. 최대한 부풀려져서.

한적한 지하 주차장에서 어쩌지도 못하는 신세가 딱했는지, 때마침 휴대폰이 울렸다. 소현이었다.

"응."

—야! 너 정말 너무한 거 아니야? 오늘 동문회 올 거냐고 내가 최소 세 번은 물어봤다! 이쯤이면 대답해 줘야…….

"말고."

—응? 말고?

"그냥 나랑 둘이 술이나 마시자. 그러고 싶어."

재완이 사라진 곳을 한참이나 바라보던 은하는 그제야 등을 돌렸다.

망설임은 남고, 여유는 없어진 뒷모습이었다.

⁕ ⁕ ⁕

"그러니까, 그 권승환인가 청심환인가 하는 새끼는 그 지랄을 했고, 넌 그 지랄을 당한 남자랑 썸을 타는 중이다?"

"썸은 무슨."

"썸 맞는데 뭐가 아니야."

소현이 안주로 사 온 과자를 주워 먹으며 말했다.

너는 무슨 재벌씩이나 되는 계집애가 이렇게 코딱지만 한 방에서 술을 마시고 싶냐는 잔소리가 1차. 이번에는 또 어쩌다가 헤어진 거냐며, 아니 왜 이제야 헤어졌냐는 잔소리가 2차. 우울해 보이는 것과 동시에 붉게 부은 뺨을 발견한 뒤의 잔소리가 3차.

그러다 보니 자연스레 재완의 얘기가 나올 수밖에 없었다.

"사진은? 잘생겼냐? 키는 커?"

은하에게 새로운 남자가 생길 때마다 의례 거치는 소현의 질문 사항은 첫째도 둘째도 무조건 외모였다.

"넌 그 남자 얘기가 자꾸 하고 싶어?"

"그러면 애인 없는 30대 여자 둘이 만나서 무슨 재밌는 얘기를 할까?"

이미 비어 버린 와인 병을 탈탈 털어 잔을 채운 소현은 주방 옆에서 술을 한가득 꺼내 왔다. 소주, 맥주, 막걸리에 사케까지. 누가 애주가 아니랄까 봐 이미 와인 두 병을 비운 사람의 행동치고는 매우 민첩했다.

"너는 무슨 집에서 술이 계속 나와. 도라에몽이야?"

"원래 이런 얘기할 때는 술이지, 술! 넌 그걸 아직도 몰라?"

기준과 사귀기도 전, 대학 때 신입생 OT에서 만난 소현과는 술 때문에 친해졌다.

수능이 끝난 직후 '너도 술이라는 걸 겪어 봐야 한다'는 은규의 말도 안 되는 논리 때문에 소주를 마셔 본 경험이 전부인 은하는 정확한 주량을 몰랐고, 집안의 가풍 때문에 일찍부터 술맛을 본 소현은 그런 은하의 곁에 콕 붙어 앉아 밤이 새도록 술을 마셨다.

소현과 술을 마실 때마다 그녀를 데리러 온 건 기준이었고, 셋이 술을 마신 적도 여러 번 있었다.

좋았을 때, 행복했을 때, 제게 주어진 행복이 영원할 거라고 믿었을 때.

"너 또 박기준 생각하지."

폭탄주를 만들던 소현이 눈썹을 삐죽거렸다. 안주에 비해 과한 술잔을 바라보던 은하는 어깨를 으쓱거렸다.

소현과 함께일 때면 심심치 않게 기준의 이름이 튀어나왔다. 은하는 오히려 편했다. 아무렇지 않게 그를 언급하는 소현의 무심함이.

"아니."

"거, 지나간 남자 생각은 하지 맙시다. 네? 다가오는 남자 생각도 버거운데."

"그런 거 아니라니까."

"그래서, 그 남자 목소리는 좋아? 나는 요즘 목소리 좋은 남자가 그렇게 멋있더라."

폭탄주 한 잔을 가볍게 원샷한 소현의 눈동자가 반짝거렸다.

은하는 직감했다. 어쩔 수 없이 꺼낸 재완의 이야기로 밤을 지새울 것이라고.

⁜ ✚ ⁜

"너 설마."

은하는 진지하게 고심했다. 경영 기획실에 은강이 심어 놓은 스파이를 하루 빨리 색출해야겠다고.

"차재완 대리 집에서 잔 건 아니지?"

"미쳤어?"

이 인간이 진짜.

"아니면 말고."

본인이 말하고도 민망하긴 했는지 은강이 작게 헛기침을 했다.

회사를 뛰쳐나간 여동생은 휴대폰을 꺼둔 채 외박을 하고, 화가 난 아버지는 무조건 결혼을 추진하겠다고 하시니 은강의 속만 타들어 갔다.

출근하자마자 기획실을 찾았지만 은하는 없었고, 유나로부터 그녀가 옥상에 있다는 소식을 전해 들었다.

"난 네가 좀 이성적으로 굴길 바랐어."

높은 곳에서 내려다보는 도심을 무심한 시선으로 훑던 은하가 마른 침을 삼켰다.

"뭐, 그럼 이성적으로 인혁 오빠랑 결혼이라도 해?"

"차분하게, 어른처럼 거절하는 법. 몰라?"

"나한테 그걸 바랐으면 부르지도 말았어야지. 아버지, 어떻게 나올지 정말 몰랐어?"

날이 선 은하의 응수에 은강은 담배를 입에 물었다. 동시에 다른 주머니에서 휴대용 재떨이를 꺼냈다. 대한민국에 사는 남자들 중에 휴대용 재떨이를 쓰는 남자가 몇이나 될까. 은강은 요즘 주말마다 맞선을 보러 다니느라 바빴다.

호텔에 도움이 될 집안의 여자를 만나, 정치적인 결혼을 통해 입지를 다져 아버지의 뒤를 이을 것이라는, 거창하면서도 재미없는 계획을 이어 가는 중이었다. 착실히, 그답게, 큰오빠답게.

"인혁 오빠는 뭐래? 설마……, 아니지?"

"그 녀석, 꽤 절절하게 구는 여자 있어. 그 여자랑 결혼도 할 거래."

"그런데?"

"눈속임이 필요한가 보지, 나도 의외다 싶었어."

그 눈속임에 이용될 생각은 조금도 없었다. 은하는 분명히 그 생각을 은강이 전해 줄 것이라 생각했다. 그 뜻으로 꺼낸 얘기였고.

"얼굴 좀 보자. 안 아파?"

은강이 난간에 팔을 뻗어 기대며 물었다. 무심한 얼굴로 대답을 삼킨 은하는 고개를 끄덕거렸다. 아프다는 건지, 아니라는 건지.

"병원 가야 하는 거 아니야? 안 되겠다, 당장 검사라도……."

"됐어. 유난 떨지 마."

"우리 막내, 유난 떨어 주는 큰오빠가 있어서 다행인 걸 알아야 할 텐데."

"그 유난, 결혼할 와이프한테나 쏟아. 오빠 결혼하면 아버지도 당분간은 나한테 관심 끊으시겠지."

"나도 그러고 싶은데 어쩌냐. 마음에 드는 여자가 안 나타나네."

서른다섯의 결혼 적령기인 은강은 바른 사람이었다. 소탈하고 정직하면서도 책임감 또한 강했다. 흐트러지는 법 없이 FM처럼 살아온 그와 결혼할 여자는 분명 행복할 것이라고 장담할 수 있었다.

한편으로는 보고 싶기도 했다. 철없이 사고 칠 궁리만 하는 막내 여동생에게서 벗어나 화목한 가정을 이루는 그의 모습을.

"속 아파. 해장국이나 사."

"은규 올 거야. 같이 점심 먹자."

"걔는 왜 자꾸 와? 그렇게 한가하대?"

"한 3개월 진득하게 쉬겠대. 너랑 놀 거라던데?"

실상은 '외박한 여동생의 버릇을 단단히 고쳐 놓겠다'는 은규의 의지를 보기 좋게 포장한 은강이 여유롭게 웃어 보였다.

불만스레 입술이 튀어나오는 은하의 어깨를 두어 번 토닥인 그는 잠깐 찾아온 이 평화가 부디 오래 가기를 바랐다.

◆ ◆ ◆

의도적으로 재완을 피한 건 아니었다. 어제 처리하지 못한 업무들이 쌓여 집무실에서 꼼짝하지 않았을 뿐이고, 은규에게 온갖 잔소리를 들으며 해장국을 먹었더니 저녁 생각이 없었을 뿐이다.

그녀는 불현듯 집무실 밖에 아무도 없음을 떠올렸고, 종일 재완의 얼굴을 제대로 보지 못했다는 사실을 기억했다.

일부러 피했다고 생각하면 어쩌지, 그것도 상관없으려나?

간단히 집에서 볼 자료들을 챙긴 은하는 자리에서 일어섰다.

벌써 9시가 넘은 시간. 때때로 마주치는 직원들의 인사를 받으며 주차장으로 향했다.

그리고 놀랐다. 제 차 곁에 꼼짝 않고 서 있는 재완을 보고.

"오셨습니까?"

어제 내가 이 사람하고 어떻게 헤어졌더라?

"나랑 잘래요?"

"짝사랑만 꽉 채워 3년입니다."

"상상도 못 하실 겁니다. 제가 어떤 각오까지 했는지."

은하는 비로소 인정했다. 그를 의도적으로 피했다는 것을.

"여긴 왜 있어요?"

"딱히 이유가 있었던 건 아닙니다만……."

어깨를 바로 세운 재완이 말끝을 흐리다가, 재차 말을 이었다. 망설임은 아주 잠시였다.

"얼굴은 보고 퇴근하고 싶어서요."

기세를 모르고 다가오는 진심이란 무서운 법이었다. 포장하는 법도 모르고, 꾸미는 법도 모른 채 간격을 좁혀 오니까.

저도 모르게 대답이 나오려는 것을 삼킨 은하는 말없이 그를 지나쳤다. 운전석 쪽으로 향하는 그녀의 앞을 재완이 가로막았다.

"구두."

또 굽 높이를 지적할 셈인가. 표정을 굳힌 은하가 그를 돌아봤다. 그의 시선은 역시나 그녀의 베이지색 구두에 향해 있었다.

"운전할 때 슬리퍼 신으십니까?"

"……아니요."

"위험할 것 같은데. 브레이크 밟을 때 불편할 것 같기도 하고."

"아직 그런 적 없어요."

"오늘 그럴 수도 있는 거니까요, 오늘."

그러니까 무슨 말이 하고 싶은 거냐고 쏘아붙일 뻔했다. 성질부리는 일이 하루이틀도 아니고. 그런데 냉소적인 말이 튀어나오지를 않았다. 긴장한 듯 왠지 모르게 설레 보이는 그를 앞에 두고 말이다.

"퇴근해요. 내일 봅시다."

내 일에 신경 쓰지 말라는 말을 삼킨 은하는 차에 올라탔다. 시동을 걸자 재완이 옆으로 비켜섰다. 그가 지적한 구두를 신고 천천히 액셀을 밟을 때였다.

한 손으로 잡은 운전대를 바라보며 뭔가 이상함을 감지했다. 시동은 걸렸는데, 차가 앞으로 나아가지를 않았다. '고장인가?' 라는 생각이 들 때, 보란 듯이 시동이 꺼졌다.

"하……."

뭐야, 왜 하필 지금? 은하가 낮게 탄식하는 사이, 차창 문을 두드리는 소리가 들렸다. 누구인지 확인할 필요도 없었다.

"배 안 고프세요?"

택시를 타고 가겠다고 고집 부렸지만, 자신의 차를 타야 하는 이유를 참으로 합리적으로 설명하는 재완 앞에서 은하는 전의를 상실했다. 말 그대로 아무 생각이 없었다. 그러니 당연히 배가 고플 리가.

"별로요."

"잘 아는 펍이 한 곳 있는데. 마침 실장님 집이랑 같은 방향이라서요."

창밖에 시선을 둔 은하는 대답하지 않았다. 하필 그의 앞에서 차가 퍼질 건 또 뭘까. 마치 죽자고 재완을 피하겠다는 그녀를 우습게 여기는 신의 장난처럼.

"거기 수제 맥주가 정말 맛있거든요. 다섯 잔을 마시면 한 잔 서비스로 주기도 하고."

"……."

"음악도 좋아요. 사장이 음악 취향이 꽤 까다로운 편이라."

"……."

"그게 싫으시면."

"어제 내가 한 말은요."

목소리가 좋은 사람이다. 가만히 듣고만 있으면 마음도, 머릿속도 뭔가 편해질 정도로. 그래서 생각이, 마음이라는 게 어디까지 깊어지게 될지 가늠이 안 될 정도로.

은하는 그게 무서워 그의 말을 가로막았다.

"정떨어지라고 한 말이에요. 이런 뜻이 아니라."

다가오라고 한 말이 아니라, 멀어지라고 한 말이었다.

과연 그걸 모를까.

그녀의 말뜻을 알아들었는지 재완은 가볍게 웃었다.

"모릅니다. 그렇게 해서 정 떼는 법."

지난 3년을 참아 왔다던 말이 무색할 만큼 빠르게 다가오는 남자였다.

"차재완 씨."

"아, 커피도 있습니다."

라디오 하나 없이 적막만 흐르는데 그 와중에 내비게이션이 우회전을 알렸다. 그는 곧장 직진했고, 은하는 알은체 하지 않고 탄식을 터트렸다.

"화도 안 나요? 내가 그렇게 무례하게 굴었는데."

"납니다. 그래도 좋으니까 어쩔 수 없다고 생각합니다."

정말 좋다고, 내가?

알아채기 힘든 순수한 진심. 보통의 남자들은 이제껏 숨기지 않고 욕망을 드러냈다.

그들 중 그녀의 진심을 원했던 사람은 없었다. 모두 유은하라는 여자가 가진 껍데기와 배경만을 욕심냈을 뿐.

차라리 다른 남자들처럼 굴었다면, 지나가는 인연이라 쉽게 여길 수 있었을까.

"보통 이런 걸 보고 벨도 없는 놈이라고 하죠."

그가 웃음기를 섞어 가며 말했다. 은하는 갑자기 심한 허기를 느꼈다. 착각인가. 수제 맥주 어쩌고 하는 소리를 들어서? 날 선 말투로 아무리 쏘아붙여도 웃으며 대답하는 남자 때문에 어느새 분위기는 한결 부드러워진 뒤였다.

은하는 시트에 머리를 기댔다. 뭐랄까, 온몸에 긴장이 풀어지고 있었다.

"맥주, 같이 드실 거죠?"

데이트를 제안하는 그를 거절할 수 없을 정도로.

✦ ✦ ✦

낮에는 북카페로, 밤에는 펍으로 운영된다는 곳. 은하는 이곳이 마음에 들었다. 높은 천장도, 꽉 찬 책들도, 맛있는 맥주도, 그가 자신 있게 말했던 음악도.

작은 잔에 나오는 수제 맥주를 벌써 세 잔째 비우고 있는 은하는 안주로 나온 감자튀김을 입에 넣었다. 사장이 직접 개발했다는 소스에 찍어 먹으니 맛이 꽤 좋았다.

기분이 좋아질 예정도, 계획도 없었는데 어째 점점 나아지고 있었다. 아니, 좋아진다는 표현이 맞을 것이다.

"다행입니다."

"뭐가요?"

"입맛에 맞는 것 같아서."

그의 말에 은하는 메뉴판을 다시 집어 들었다. 사장이 직접 개발했다는 수제 맥주를 전부 마셔 볼 예정이었다.

"난 이번에 이거. 차재완 씨는요?"

"전 커피면 됩니다."

그는 반도 마시지 못한 커피를 가리키며 대답했다. 맥주가 맛있는 곳이라며 데려와 놓고 그는 아까부터 계속 커피만 비우고 있었다. 아니면 자신을 빤히 보고 있거나.

"진짜 안 마셔요?"

"저는 운전해야죠."

"그럼 여긴 왜 왔어요?"

"설마, 그걸 몰라서 물으시는 건 아니죠?"

알고 있다. 할 수 있다면 최대한 모른 척하고 싶을 뿐이지. 짧은 미소로 대답을 대신한 은하는 주문을 마치고, 테이블마다 두세 권씩 꽂혀 있는 책으로 시선을 돌렸다.

'끌림' 이라는 제목의 여행 에세이를 꺼내 든 은하는 천천히 책장을 넘겼다. 책 너머 반듯한 시선이 다가오는 것이 느껴졌지만 고개를 들지 않았다.

"책이 마음에 드시나 봐요."

"나쁘지 않네요."

"그 책, 제가 갖다 놓은 건데."

뿌듯한 음성에 은하가 살며시 책을 내렸다. 중간중간 밑줄까지 쳐져 있어 중고 책인 줄만 알았던 책이 당신 거라고?

"여기 단골이에요?"

"친구가 사장이에요."

"네?"

그 순간 테이블 근처로 다가온 남자가 맥주를 내려놨다.

"감자튀김은 제 서비스입니다."

기분 좋게 웃어 보이는 남자를 올려다본 은하는 넌지시 재완을 바라봤다.

"아, 방금 말한 그 친구요."

"안녕하세요. 이태광입니다."

빈 트레이를 손에 든 남자가 꾸벅 고개를 숙이자, 당황한 은하가 덩달아 고개를 숙였다. 눈치껏 이름을 말하며 소개를 해야 하나 싶은데 태광이 먼저 입을 열었다.

"저희 집 맥주, 마음에 드시나 봐요. 이거 정말 뿌듯한데요."

"……네, 잘 마시고 있어요."

"많이 드세요. 오랜만에 친구 지갑 좀 털게."

시원시원하게 말을 마친 태광은 다른 테이블에 주문을 받으러 향했고, 얼떨결에 그의 친구와 인사를 한 은하는 순간 멍해졌다. 밀어내겠다고 다짐한 남자의 친구까지 소개를 받았다.

"친한 친구예요?"

"네, 제일."

그가 간단히 대답했다. 차라리 만난 지 얼마 안 된 친구라던가, 단골이라 친해진 사이라고 하면 편했을까. 은하의 불편한 기색을 알아차렸는지 재완은 조심스레 물어 왔다.

"불편하셨습니까?"

"아니요, 그건 아니고."

뭔가 가까워진 느낌. 그게 목표였다면 성공이었다. 벌써 네 잔째. 각기 다른 맛을 즐기는 재미에 빠져 그가 편해진 줄도 몰랐다.

바로 몇 시간 전까지만 해도 불편했던 남자를 편하다고 느낄 줄이야.

이것도 그의 계획의 일부일까? 아니, 그저 깨달았을 뿐이다.

아무리 밀어낸다 한들 쉽게 멀어질 사람이 아니라는 것을.

"차재완 씨."

"네?"

"내가 왜 좋아요?"

은하는 겁 없이 물었다. 마찬가지로 겁 없이 다가오려는 진심 앞에.

재완은 순간 당황한 듯 헛기침을 내뱉었다. 말없이 물을 따라 건넨 그녀가 턱을 괸 채 그를 바라봤다.

순식간에 목 끝까지 빨개진 재완이 단숨에 물을 들이켰다. 커다랗게 움직이는 목울대를 지나, 컵을 잡은 커다란 손을 보던 은하는 저도 모르게 시선을 돌렸다. 어째서 그의 하나하나를 다 뜯어보고 있는 건지 의문이었다.

"갑자기 그런 건 왜……."

당황해 되묻는 재완을 향해 은하는 어깨를 으쓱였다.

"이유는 못 들어 본 것 같아서요."

"제가 말을 안 했……."

"안 했어요. 계속 좋다고만 했지."

"아. 그랬군요, 제가."

그가 주먹을 말아 쥔 손으로 짧게 기침하더니 어깨를 폈다. 그 모습에 마치 면접관이 된 기분이라 괜한 것을 물었나 싶었다. 제일 친한 친구를 소개해 주고, 퇴근 후 몇 시간을 내리 기다리고, 연애 말고 잠이나 자자는 여자에게 또다시 마음을 표현하는 남자가 좋아하는 이유는 설명 못 하나.

저를 걱정하는 애틋한 눈동자. 몇 번이나 펜촉을 갈아 끼울 만큼 오래 쓴 만년필. 자기 시간을 마음대로 내어 주는 정성. 줄기차게 책상 위를 차지하는 아이스 카페모카.

줄곧 마음을 보였어도 정작 이유는 들은 적이 없었다.

"그런데 제가 첫눈에 반했다고……."

"그것도 이유가 있을 거 아니에요."

이쯤 되면 이유를 알려 달라고 조르는 것 같아 영 모양새가 빠졌다. 묻지 말걸 그랬다 싶어 은하는 손에 든 맥주를 입으로 가져갔다.

재완이 여전히 붉어진 얼굴로 천천히 입을 열었다.

"그냥…… 좋았습니다. 지금도 그렇고."

그가 내뱉은 수줍은 고백에 은하는 다시 한번 후회했다. 정말 괜한 것을 물었다고.

느낌이 왔다. 지금 건너 버린 강을 다시 되돌아갈 수 없음을.

"실장님이 제 사수셨잖습니까. 종일 옆자리에 붙어 있는데, 그냥 좋았습니다. 옆에 앉아 있는 것만으로도."

천천히 고백하는 남자의 목소리에 덕지덕지 묻은 감정들은 감당하기 어려울 정도였다. 무슨 생각으로 이유를 물었을까.

"유은하. 이름까지 예쁘잖아요."

그녀의 앞에서 처음으로 이름을 소리 내어 말해 본 재완의 입술이 살며시 떨렸고, 은하는 그걸 모르지 않았다.

"운명 같았죠, 그래서."

쉽게 운명을 얘기하는 남자의 꿈이 자신이라는 걸 깨달았을 뿐.

"그래서 가끔 빌었습니다. 유강 호텔 망해서 실장님 빈털터리 되게 해 달라고."

"……."

"고백이나 해 버리게."

한껏 진지해진 분위기에 웃음기를 더하자 은하는 결국 웃을 수밖에 없었다. 아마 처음일 것이다. 그의 앞에서 긴장을 풀고 웃은 게.

재완은 두 손으로 맥주잔을 만지작거리는 그녀의 손을 바라봤다. 하필이면 제가 갖다 놓은 '끌림'이라는 책을 집어 든 여자. 이제 정말 포기할 수 없을 것 같다는 느낌이 들었다.

끌림, 맥주, 한밤의 북카페, 달콤한 음악, 그리고 두 사람. 제가 좋아하고, 앞으로도 좋아할.

"이 비서님이 수행은 안 하시는 것 같던데."

평생 기억하고 싶은 오늘, 그는 한 걸음 더 용기를 냈다. 주차장에서 은하를 기다렸을 때처럼, 자꾸만 멀어지려는 그녀에게 계속 다가갔던 것처럼.

"출퇴근 어려우시면 제가 도와드릴까요?"

그 정도 용기에 당신의 한 발짝이라면.

얼마든지.

7화

행복할 이유가 전혀 없었다

은하는 아침을 먹지 않았다. 습관이기도 했고, 아버지를 피하고 싶은 마음이기도 했다.

청와대 조찬 때문에 자리를 비운 아버지 얘기를 거들먹거리며 은강은 출근 전에 아침이나 함께 먹자고 했다. 그리고 주방에는 할 일 없는 백수, 은규도 함께였다.

"네 차, 차고에 없더라?"

차려진 아침상을 대충 훑은 은하가 은규의 물음에 대답했다.

"정비 맡겼어."

"왜? 고장 났어?"

"응, 엔진 문제."

"그럼 차 없겠네?"

손에 잡히는 반찬을 아무거나 가져가 입에 넣은 은하는 고개를 끄덕거렸다. 이른 아침부터 재완의 얼굴이 생각나 머리가 복잡했다.

"같이 출근할래? 아, 출근 전에 미팅이 있긴 한데."

"아니면 내 차 타든가. 놀고 있는 차가 몇 대인데 그런 걸 걱정해?"

실제로 차 수집이 취미인 은규는 분기별로 차를 바꾸고는 했다. 차고에 놀고 있는 그의 차만 네 대가 넘었다. 은하는 앞에, 그리고 옆에 앉은 오빠들을 차례로 번갈아 보다가 고개를 저었다.

"귀찮아. 택시 탈래."

"어차피 며칠 차 없는 신세면 그냥 타지? 택시 안 불편해?"

"배불러, 먼저 일어날게."

계속 있다가는 거짓말을 하게 될 것 같아 은하는 서둘러 몸을 일으켰다.

도망가는 사람처럼 주방을 나가는 은하를 빤히 바라보던 은규가 씨익 웃었다. 마주 앉아 있던 은강은 아침부터 이상한 기운을 내뿜는 동생의 모습에 미간을 좁혔다.

"아침부터 왜 그렇게 웃냐?"

"난 알 것 같은데. 형은 모르지?"

"뭘."

정갈하게 정리된 반찬을 입에 넣으며 은강이 가볍게 물었다. 은규는 음흉한 눈빛을 띄며 젓가락을 움직였다.

새벽녘, 2층 테라스에서 카메라 렌즈를 닦던 중이었다. 집 앞에 선 낯선 차, 거기에서 내리는 두 남녀, 멀리서 봐도 느껴지던 묘한 분위기.

"막내, 절대 형 차 안 탔을걸?"

"왜?"

"눈치 없긴. 왜겠어? 데리러 올 놈이 있는 거지."

"뭐……?"

"아마 퇴근도 시켜 줄걸."

은하를? 대체 누가? 얼이 빠진 얼굴로 은하가 나간 자리를 돌아보는 은강을 향해 은규가 말했다.

"그러니까 형이 알아내. 그놈, 누구인지."

"노는 너는 뭐 하고?"

"아, 답답하기는. 호텔 사람일 수도 있으니까 알아보라는 거지. 흰색 SUV야. 알았지?"

은강은 순간 누군가의 얼굴을 떠올렸다가 빠르게 지웠다. 이름을 말했다가는 바로 기획실에 쳐들어갈지도 모르는 은규의 앞인 만큼, 조심 또 조심해야 했다.

✦ ✦ ✦

은하는 집 앞까지 오겠다는 재완에게 그러라 할 수 없었다. 그럼 택시를 타기 위해 구두를 신고 30분을 걸을 생각이었냐는 그의 말에 마지못해 한 블록 건너서 만나는 게 좋겠다고 대답했다.

뒤늦게 콜택시를 부르면 된다는 핑계가 떠올랐지만, 그 말을 한다고 해서 재완이 쉽게 물러날 것 같지도 않았다.

집에서 나온 은하는 정말로 한 블록 건너에 서 있는 익숙한 차를 보고는 작은 숨을 몰아쉬었다.

차를 향해 걸으며 생각했다. 이미 저 남자의 진심이 어디까지인지 궁금해지고 말았다고, 그 결심을 후회하기에는 너무 늦었다고.

"아침에는 뜨거운 아메리카노, 맞죠?"

그는 타자마자 벨트부터 채우는 그녀를 향해 텀블러를 내밀었다. 남자의 손에서 전달되기에 지나치게 밝은색이었다.

"분홍색이네."

텀블러를 손에 든 은하가 낮게 중얼거렸다. 막 시동을 건 재완이 그녀를 돌아봤다.

"아, 분홍색 싫어하세요?"

"그런 건 아닌데. 혹시 차 대리 거예요?"

심지어 파스텔 톤. 호기심 어린 질문에 재완은 즉각 반응했다.

"아니요! 저 분홍색 안 좋아합니다."

마치 절대 그럴 일 없다는 듯 그는 서둘러 대답했다. 그럼 무슨 색을 좋아하냐는 은하의 물음에 흰색, 초록색, 남색을 연달아 자신감 없는 목소리로 중얼거렸다.

은하는 조수석과 운전석 사이에 꽂혀 있는 흰색 텀블러를 보고 미소 지었다.

"그건 실장님 드리려고……."

혹시 이런 말을 듣고 싶어서 물은 건가.

텀블러의 뚜껑을 열자 진한 원두 향이 코끝에 닿았다. 아침을 깨우는 고소한 향이 딱 그녀의 취향이었다.

"고마워요. 잘 마실게요."

"네."

어제만 해도 상상하지 못했던 일이 벌어지고 있었다. 그의 차를 타며 출근하고, 그가 건넨 커피를 마시고, 분홍색 텀블러를 보며 웃고, 혹시라도 들킬까 북카페에서 가져온 책이 들어 있는 가방을 꼭 쥔 모습은 그녀의 상상 속에 없던 일이었다.

애초에 잘못한 일이 아닐까. 그의 진심에, 궁금증을 가져 버린 것조차.

"다음 달에 잡힌 제주 출장 말입니다."

호텔까지는 차로 20분 정도. 교통 체증 구역을 알려 주는 라디오 음성과 함께 그가 말을 건넸다.

"이 비서님하고 기획실 팀원도 데려가실 거라고 들었습니다."

며칠 전에 결정된 출장 얘기를 왜 꺼낼까 싶었는데 목적이 있는 모양이었다. 은하가 가볍게 대꾸했다.

"그럴까 해요. 담당자 선정도 해야 하니까."

"팀장님은 자리 못 비우실 거고……."

"뭐, 아무래도 그렇겠죠."

"그럼 제가 가면 안 됩니까?"

한참을 빙빙 돌아 목적을 꺼낸 재완은 말이 끝나기 무섭게 목이 마른 듯 입술을 깨물었다.

은하는 앞 차창을 바라본 채 침묵했다. 최근 재완과 복잡하게 얽힌 사건들만 아니었어도, 당연히 그가 담당 책임을 맡게 됐을 것이다.

유나와 상의해 출장을 결정지었을 때도, 얼핏 재완을 생각했지만 금방 머릿속에서 지워 버렸다. 굳이 불편한 사람을 데려가고 싶지는 않았으니까.

"생각 중이에요."

"현정 씨가 맡기에는 기존 업무량이 걸리고, 김 대리님은 결혼 앞두고 있어 장기 출장은 어려울 겁니다."

열심히 자기 어필을 하는 재완이 이상하게도 불편하지 않고 재미있었다.

하루 만에 변해 버린 마음은 무섭도록 가벼워졌다. 단순해지고, 명료함을 잃는 대신 자연스럽게 흐르는 대로 흘러가고 있었다.

"아무리 생각해도 제가 적임자 같은데."

"나랑 출장 가면 힘들잖아요. 다들 기피하던데."

"저는 재밌습니다."

"뭐가요? 일이?"

"일도, 실장님 따라다니는 것도."

은하는 무심결에 보게 된 그의 얼굴에서 시선을 뗄 수 없었다. 빙그레 짓는 미소가 유난히 빛난다는 걸, 본인도 알까.

"출장 때, 구두는 편한 거로 신으시는 게 좋겠어요."

웃음조차 다른 사람이었다. 거짓도, 어설픔도 없는 웃음에서 진심이 느껴지는 사람.

당신처럼 좋은 사람은 더없이 좋은 것을 갖고, 보고, 들어야 하는데.

"제가 사 드릴게요."

과연 내가 가당키나 할까.

"낮고, 예쁜 걸로."

은하는 다시 겁이 나기 시작했다. 고작 그가 보여 준 작은 웃음 하나에.

✣ ✣ ✣

하루에도 몇 번씩 마음이 변덕을 부렸다. 눈만 마주치면 웃음 짓는 그를, 감당하기 어려운 웃음을 보여 주는 그를 다시 밀어낼까, 아니면 그저 다가오게 둬 볼까.

단호하게 다짐했다가도 그의 웃음 하나에 무너지기 일쑤였다. 눈치껏 낮은 구두를 골라 신는 것도, 페이지가 줄어드는 '끌림'을 아쉬워하는 것도, 분홍색 텀블러에 익숙해지는 것도 낯설지만 나쁘지 않았다.

아니, 오히려 좋았다. 무섭고, 두렵지만 부정하지 않았다. 점점 차재완이라는 사람에게 빠져들고 있음을. 누군가 고른 책처럼, 끌리고 있음을.

은하가 종이 위에 끄적거리던 만년필을 내려놨다. 회의 시간에도 딴 생각에 빠져 있는 걸 보면 금방 알 수 있었다.

"3년간 10억 달러라."

기획실에서 올린 투자 예산안을 본 은강이 중얼거렸다. 그를 중심으로 대회의실에 모인 직원들이 은강의 목소리에 귀를 기울였다. 그녀도 마찬가지였다.

"확실히 과하긴 한데."

은강을 따라 대부분의 시선들이 은하에게 향했다. 그녀는 기다렸다는 듯이 고개를 들었다. 손가락 사이의 만년필이 빛을 받아 잠시 반짝거렸다. 은강이 선물한 만년필이었다.

"불가능한 금액은 아닙니다."

"이유는?"

"중국 규제에도 면세점 사업은 여전히 호황이고, 싱가포르와 홍콩 쪽 매출도 좋은 편입니다. 충분히 끌어올 수 있는 금액이고, 지금처럼 호텔 이미지가 상승세를 탔을 때가 기회라고 생각합니다."

얼마 전 유강은 호텔판 미쉐린 가이드로 불릴 만큼 호텔 업계에서 권위 있는 시상식인 포브스 트래블 가이드에 당당히 5성급 호텔로 이름을 올렸다.

국내 최초, 유일한 호텔 명가라는 유강 호텔의 이미지를 이용해야 할 시기임을 강조하는 은하의 말에 대부분의 이들이 고개를 끄덕였다.

"10억 달러 자금 운용이 가능합니까? 계열사 매각 없이."

"가능합니다. 다음 주 내로 투자금 운용 제안서 작성해서 올리겠습니다."

"그럼 그렇게 합시다."

은강이 오른쪽 입꼬리를 올리며 칭찬 비슷한 말을 던졌지만 은하는 무덤덤했다.

"제주 한옥 호텔 건은, 제주시 교통 영향 평가는 통과됐습니까?"

"아직입니다. 건축 심의는 이달 내에 결과가 나올 겁니다."

이번에는 재완이 대답했다. 은강의 시선이 잠시 그에게 머물렀다.

얼굴에 뭐라도 묻은 걸까, 긴장된 얼굴로 재완이 꿀꺽 침을 삼키는데 은강이 보고 있던 서류를 턱 하니 덮었다.

"착공 들어가려면 부지런히 움직여야 할 겁니다. 오늘은 이만들 하시죠."

끝을 알리는 그의 음성에 직원들이 하나둘 자리에서 일어나기 시작했다.

의자에 등을 기댄 채 은하 쪽으로 방향을 튼 은강은 웃는 낯 하나 보여 주지 않는 매정한 여동생을 빤히 바라봤다.

이상한데. 웃지 않는데도, 웃고 싶은 것 같은 저 입꼬리는 뭐지.

"유은하."

심지어 집에서나 사용하는 호칭으로 그녀를 불렀다.

"퇴근 같이 할래? 차, 아직이지?"

뭐야, 왜 저래.

나흘 전에 정비소에 들어간 차가 아직 수리 중이냐며 묻는 은강의 물음에 은하가 미간을 모았다.

아직 회의실을 떠나지 못한 직원들이 제법 있었다. 단둘이 있는 것도 아닌데, 답지 않게 반말을 내뱉는 그가 어색했다. 은하는 은강을 살며시 노려보며 곁에 다가온 유나에게 노트북과 자료를 넘겼다.

"왜 반말이세요?"

"회의 끝났잖아. 퇴근하고 약속 있어?"

"야근. 누가 부지런히 움직이래서."

은하는 쌩하니 회의실을 나섰다.

그거야 그냥 한 말인데. 꼭 도망치는 것 같은 모습이 수상했다. 제게 인사를 건네며 회의실을 나가는 직원들을 바라보던 은강은 막 은하를 따라 문을 나서는 유나를 발견했다.

"이 비서, 잠깐만요."

회의가 끝나면 곧장 달달한 커피를 찾는 은하를 대신해 카페를 갈 생각이던 유나는 은강의 목소리에 고개를 틀었다. 반듯한 걸음으로 제게 다가오는 그가 오늘따라 더욱 커 보였다.

"네, 상무님."

어느새 텅 빈 회의실. 은강은 살짝 열린 문을 완전히 닫았다. 소리를 차단한 그의 의도를 알아챈 유나는 이유도 모른 채 긴장했다.

"요즘 유 실장, 누구랑 출퇴근 해요?"

"……네?"

"이 비서는 아닌 것 같고."

넘겨짚은 건 아닌가 싶었는데 이상하긴 했다. 정비소에 들어간 차는 깜깜무소식이었고, 아무리 은규의 차를 타고 다니라 해도 말을 듣지 않았다.

그렇다고 정말 콜택시를 타는 것 같지도 않은데, 퇴근은 곧 죽어도 같이 하지 않겠다고 하니.

오빠로서 의심이 들 수밖에.

"글쎄요. 저는 항상 먼저 보내셔서."

"택시 타는 것 같지도 않죠?"

"수행을 하지 않아서 거기까지는 모르겠습니다."

"혹시 차재완 대리, 흰색 SUV 타요?"

뜬금없는 질문에 유나가 눈을 동그랗게 떴다. 다시 한번 '글쎄요'를 중얼거린 유나가 어색하게 웃었다. 그러다 은강과 눈이 마주치기 무섭게 깨달았다.

아, 설마 진심으로 물은 거야?

"……확인해 보고 차후에 보고 드리겠습니다."

"그렇게 해 줄래요?"

"네?"

보고까지는 필요 없을 거라는 대답을 예상했는데, 예상을 벗어난 말에 유나의 입술이 멍하니 벌어졌다.

"부탁 좀 합시다."

은강이 싱긋 웃으며 회의실을 나섰다. 얼결에 혼자 남겨진 유나는 방금 제게 떨어진 업무를 상기했다.

지하 주차장, 차재완 대리, 흰색 SUV, 그리고 제 상사의 출퇴근을 수행하는 누군가.

"후, 스파이가 따로 없네."

유나의 한숨 끝에 피곤이 섞여 들었다.

✧ ✦ ✧

"어, 왔어?"

테이블에 자리를 잡고 앉아 있는 인혁에게서 특유의 능청스러움이 느껴졌다.

"실장님 찾아오셨다고 해서요."

때마침 차를 내오던 현정이 은하에게 말했다. 그녀는 못마땅한 얼굴로 인혁에게 다가갔다.

"왜 기획실 직원한테 차 심부름을 시켜."

"괜찮다고 했는데 굳이 주신 거야. 고마워요, 잘 마실게요."

인혁이 살가운 미소와 함께 현정에게 인사했다. 하필 그가 앉은 테이블은 재완의 자리와 가장 가까웠다. 은하는 제게 닿는 누군가의 짙은 시선을 느끼며 인혁에게 물었다.

"여긴 무슨 일이야?"

"어허, 왜 이래. 하던 얘기 마무리해야지. 우리 결혼 이야기."

오해하기 딱 좋은 얘기를 아무렇지도 않게 꺼낸 인혁은 몸을 일으켜 '저쪽이 네 집무실?' 이라 묻더니 대답도 듣지 않고 걸음을 옮겼다.

잠시 얼이 빠진 은하는 호기심 어린 표정으로 저를 보는 직원들을 뒤로한 채 걸음을 옮겼다.

들고 온 차를 마시며 창가 쪽에 서 있는 그를 보자마자 곧장 볼멘소리가 튀어나왔다.

“뭐야. 다들 오해하게.”

“흐음, 오해하면 안 될 사람이라도 있나? 저 안에?”

“오빠.”

“회장님한테 얘기 못 들었어?”

창틀에 걸터앉은 인혁의 물음에 은하는 곧장 블라인드 쪽으로 향했다. 그리고 블라인드를 내리기 직전, 창 너머 재완과 눈이 마주쳤다.

변명 거리를 내뱉고 싶은 듯 입술이 움직였지만, 지금은 저 집요한 시선을 외면하는 수밖에 없었다.

“그게 무슨 소리야?”

“이미 부모님끼리는 얘기 끝난 모양이던데. 너희 미주 쪽으로 체인 넓힐 거라며?”

“그런데.”

“투자 발표와 동시에 약혼. 투자금 회수하면 결혼. 우리 집은 호텔 체인 통해서 유통 구조 넓히니까 좋고, 너희 집은 투자금 쉽게 손에 넣어서 좋고.”

“그래서?”

“뭐가 그래서야. 너 남자 있다며, 나도 여자 있어. 물론 집에서 반대하겠지만.”

없는 남자를 만들어 내는 것도 능력이고, 복잡한 상황을 단순하게 설명하는 것도 능력이라면 능력이었다. 가볍게 웃어 보인 인혁이 데스크 위에 찻잔을 내려놨다.

“쌈박하게 약혼만 하고, 결혼은 하지 말자.”

부드러운 목소리와 가벼운 웃음은 얼핏 잘못 들으면 마치 프러포즈를 하는 듯싶었다.

“적당히 오라는 모임 가고, 눈에 띄어 주고, 언론에 약혼 행세 좀 하다가 직전에 파혼하면 돼.”

“드라마를 너무 많이 봤네.”

어쩌면 반겼을지도 모르는 제안이다. 일부러 여러 남자를 갈아치우듯 만나고 다니면서 갈구 어린 애정을 받는 건 아버지에 대한 복수심이었다.

약혼만 하고, 결혼할 때 뒤통수치듯이 엎으면 그만큼 좋은 것도 없을 터였다.

심지어 사업에도 도움이 된다. 은강이 실무자인 미주 투자를 손쉽게 해결할 수도 있다. 다음 주까지 뼈 빠지게 야근하며 투자 운용 제안서를 쓸 일도 없어진다.

그러니까 어쩌면. 조금만, 조금만 더 일찍 얘기를 들었더라면.

“……싫어.”

“응? 싫다고?”

“어. 오빠 애인이 오해 안 해? 약혼만 한다 해도 속상할 거 아니야.”

“그거야 내 몫이긴 한데.”

인혁이 입꼬리를 기울였다. 매몰차게 거절당할 거라 생각을 못 해서 그런지 꽤 당황스러운 눈치였다.

“너의 님은 속상해할 거다?”

“넘겨짚지 말고.”

“전에 본 그 남자는 아니지? 느낌이 영 별로던데. 너, 그 남자 안 좋아하잖아. 내가 딱 사람 눈빛 보면 알거든.”

“말 돌리지 마. 집에서 약혼 안 한다고 하면 쫓아낼 분위기야? 난 상관없어. 어차피 요즘 막 나가느라.”

너무 쉽게 생각하는 것일 수도 있지만, 은하는 복잡하게 생각하고 싶지 않았다. 그러면서도 머릿속엔 재완의 놀란 얼굴이 잔상처럼 남아 있었다.

"오빠네 어머님, 보통 아니시잖아. 내 소문 얘기하든가."

"설마, 그 정도 조사도 안 하셨을까."

"그걸 알고도 진행하시겠대?"

"안 좋은 소문인 거 알면서 일부러 흘리는 저의는 뭔데? 유은하가 스폰서 노릇 한다는 게 말이 되냐?"

은하는 대답 대신 어깨를 으쓱거렸다. 믿는 사람은 믿던데, 우리 아버지. 속으로 쓰디쓴 말이 다시 삼켜졌다.

"유강 호텔이야 탐나는 이름이긴 하니까. 그리고 너 아니어도 나는 약혼은 해야 돼. 그래야 영화사 안 뺏겨."

"해. 나 말고 다른 여자랑."

은하는 가차 없이 대답했다. 집안에서 반대하는 상대와 사랑한다는 건 경험상 좋지 않은 일이다. 하지만 훈수를 두지도, 잔소리를 하지도, 응원을 하지도 않았다. 실패한 자신이 무슨 말을 하겠는가.

집무실 문을 연 그녀가 턱 끝으로 문밖을 가리켰다.

"나 일해야 해."

"이거 좀 씁쓸하네. 차일 줄은 몰라서."

"다음부턴 상무실에서 봐. 여기로 오지 말고."

인혁이 돌아가고, 넌지시 결혼을 물어 오는 경수에게 아니라 대답하면서도 은하는 일부러 재완을 돌아보지 않았다. 아니, 돌아볼 수가 없었다.

✢ ✢ ✢

"실장님. 재무팀에서 올린 제주 체인 현황 보고서입니다."

"고마워요. 거기 두세요."

회의 테이블에 자리를 잡은 은하는 세 시간 동안 꿈쩍도 하지 않았다. 그 시간 동안 유나도 함께였다.

유나는 맞은편에 앉아 그녀를 대신해 필요한 자료를 찾아 주고, 때가 되면 커피와 간식을 올리고, 다른 부서에서 서류를 요청해 받아 왔다.

"이 비서는 퇴근해도 돼요."

"아닙니다. 있겠습니다."

"혼자 집중하고 싶어서 그래요. 커피, 잘 마실게요."

오늘 하루만 해도 벌써 세 잔째였다. 유나는 뭔가 할 말이 있는 얼굴로 입술을 달싹였다. 그녀답지 않은 모습이었다.

"왜요? 나한테 뭐 할 말 있어요?"

"상무님께 보고 드리기 전에 먼저 보고 드릴 사안이 있습니다."

은하가 대리에서 실장으로 직급이 바뀌었을 때, 유나는 회장 비서실에서 기획실로 부서 이동을 겪었다. 소속은 기획실이지만, 은하의 개인 비서로 일했다. 그러니 상무실에 보고해야 할 사안 같은 건 없어야 맞았다.

"뭔데요?"

"실장님 출퇴근 말입니다."

내 출퇴근? 의외의 주제에 은하가 반응했다.

"차재완 대리 차종에 대해 궁금해하셔서 말씀드릴 예정입니다. 아무래도 먼저 아셔야 할 것 같아서요."

은하는 첫날을 제외하고 같이 출근하자는 말도 없던 은강을 떠올렸다. 집 앞에서 내린 건 최초이자, 마지막인데 그걸 봤다는 건가.

"참 유난이에요, 그렇죠?"

유나가 대답 없이 살포시 웃었다. 그녀가 퇴근하고, 빈 집무실에서 은하는 무너질 듯 위태롭게 쌓인 서류 더미를 바라봤다.

"대체 언제 본 거야."

—아, 여기 정비소인데 차 찾아가셔도 됩니다. 견적서는 받으셨죠?

"혹시 조금 늦게 찾아가도 되나요?"

—예? 급하신 거 아니었어요? 그때는 빨리 해 달라고…….

"사정이 조금 생겨서요."

은하가 심란한 얼굴로 낮의 통화를 떠올렸다. 이미 기울기 시작한 마음을 저만 눈치챈 건 아닌 모양이다.

다시 일에 집중할 때였다. 유나가 사다 놓은 초콜릿 포장지가 잘 뜯어지지 않았다. 이게 왜 이러나 싶어 두 손을 다 쓰려는데 누군가의 손이 초콜릿을 가져갔다. 이내 그녀의 손에 포장이 벗겨진 초콜릿이 놓였다.

"안 갔어요?"

재완이었다.

"식사 못 하고 계실 것 같아서요."

"아직 식사도 안 했어요?"

분명 먼저 퇴근하라 메시지했던 기억을 떠올린 은하가 놀란 얼굴로 되물었다.

"누구 덕분에 못 했죠."

그가 쇼핑백에서 도시락 두 팩을 꺼내더니 한눈에 봐도 크기가 좀 더 큰 도시락을 그녀의 앞에 내려놓았다. 은하는 그와 자신의 앞에 놓인 도시락을 번갈아 보다가 힘없이 웃었다.

"이거 나 먹으라고 준 거예요, 지금?"

"네. 회의 끝나고 지금까지 커피만 드신 거 압니다."

아무리 그래도 이건 좀. 몇 번을 바꾸자고 말해도 재완은 막무가내였다.

따뜻한 콩나물국까지 챙겨 준 재완은 뿌듯한 얼굴로 턱을 괴었다. 저를 향한 그의 눈빛이 영 적응되지 않았다. 눈앞에 놓인 커다란 도시락도.

"드세요. 이 비서님이 자주 포장해 오시던 곳입니다."

어쩐지 포장 용기가 익숙했다. 양이 많아 몰라봤을 뿐.

"분명 남길 거예요."

"드실 만큼만 드세요, 골고루."

서류 무덤 속에서 그들은 늦은 식사를 시작했다. 아무리 먹어도 줄지 않는 도시락으로 인해 때때로 한숨을 삼키는 은하를 바라보느라 재완은 영 먹지를 못했다.

그 시선을 눈치챈 그녀는 고집스레 고개를 들지 않았다. 사방이 막힌 작은 집무실에 그와 둘뿐인 것만으로도 충분히 버거웠다.

"그런데 실장님."

"네."

"저한테 할 말 없으십니까?"

은하는 곧장 오전에 찾아온 인혁을 떠올렸다. 종일 궁금한 걸 지금까지 어떻게 참았을까.

"인혁 오빠요?"

"……오빠라고 부르세요?"

은강을 오빠라 부르는 것도 본 적이 없는 재완은 충격받은 얼굴로 되물었다.

"뭐 잘못됐어요?"

"네."

"뭐가요?"

가뜩이나 신경 쓰였는데, 자신은 평생 들을 수도 없는 호칭을 너무 쉽게 듣는 남자가 곱게 보일 리가.

그런데 뭐가 잘못됐냐고 물어 오면 딱히 대답할 말도 없었다. 이래서 연하는 안 된다는 생각 따위 들게 하고 싶지 않았다. 결국 투정도 불만도 삼켜야 했다.

"그래서, 진짜 저한테 할 말 없으세요?"

"변명하라고요?"

껍질이 벗겨진 간장새우를 하나 입에 넣으며 은하가 되물었다. 당당한 모습에 당황한 건 오히려 재완이었다.

아, 이게 아닌데.

"……변명 아니고, 설명이요."

"큰오빠 친구예요. 영화사 대표고, 여긴 아버지가 결혼하래서 온 거고."

말로만 듣던 재벌들의 정략결혼. 그걸 눈앞에서 목도한 재완은 쉽사리 대답을 꺼내 놓지 못했다. 은하는 제 도시락에만 있는 간장새우를 하나 재완의 도시락 위에 올려 줬다.

"그런데 안 해요."

왜냐고 묻는 듯한 시선에 은하는 말을 이었다.

"그 오빠, 애인 있거든요."

이제 반을 비웠을 뿐인데 벌써 배가 불렀다. 재완이 어떤 얼굴을 하고 있는지도 모른 채 그녀가 조심스레 말했다.

"정말 나 이거 다 먹어야……."

"그분한테 애인이 없었으면."

재완의 낮은 음성에 도시락을 향해 있던 시선을 옮겼다. 누군가는 간절해 하고, 누군가는 모른 척하고만 싶었던 시선이 부딪혔다.

"하실 수도 있습니까, 그 결혼."

낮은 음성으로 물어 오는 질문 속에는 많은 게 담겨져 있었다. 그의 불안, 초조, 걱정 그리고 그 뒤를 잇는 떨림.

"난 부모님 반대하는 결혼 할 만큼 뜨거운 여자가 아니야. 그럴 열정도 없고."

그때 같은 공간에 있었으니, 재완도 분명 들었을 것이다. 그의 불안이 어디서 오는지를 깨달은 은하는 잠시 말이 없었다. 괜히 젓가락으로 애꿎은 반찬만 뒤적였다.

"나 그 책, 다 읽었는데."

하고 싶은 말은 있는데, 분명 그걸 얘기하라고 머릿속에서 시키고는 있는데 차마 눈을 볼 수는 없었다. 입 밖으로 꺼내 버리면, 정말 인정해야 하는 순간이 오니까. 그다음에는 어떻게 해야 하는지 알지 못하니까.

그래서 마음이 원하는 일을 머리로는 부정했다.

"끌림."

안타깝게도, 운명 같게도, 어쩔 수 없게도.

"또 추천해 줄 수 있어요?"

마주 보는 얼굴에 허탈감과 씁쓸함이 느껴졌지만 모른 척했다. 비겁하다 비난받아도 할 말이 없었다. 그러나 재완이 그러지 못할 것이라는 걸 알았다.

언제부터 나를 향한 당신의 마음을 자신했던 걸까.

"그럼요."

그녀는 답을 알고 있었다. 모든 건 피할 줄도 모르고 다가올 줄만 아는, 누군가의 겁 없는 진심 덕분이라는 것을.

⁂

"왔어요? 커피 마실래요?"

익숙하지 않은 상무실을 찾은 유나는 공손하게 모으고 있던 손을 들며 곤란을 표시했다. 직접 커피를 내리는 임원이라니.

"제가 하겠습니다."

"있어요. 난 원래 커피는 직접 내려요."

"하지만……."

"앉아요, 구두 신고 서 있으면 아프잖아요."

짧게 끝날 거라 예상했던 독대가 길어질 듯싶었다. 유나는 어설픈 걸음으로 은강이 권한 자리로 향했다.

최대한 구두 소리를 적게 내며 자리에 앉자, 진한 커피 향이 진동했다. 남매가 참 닮았다. 아침 일찍부터 마시는 진한 커피는 은하의 취향이기도 했다.

그녀 역시 직접 커피를 내리는 상사였다. 부하 직원들을 불편하게 만드는.

"마셔요. 아침이라 조금 연하게 탔어요."

"네, 감사합니다."

"이 비서가 원래 아버지 비서실에 있었죠?"

"네."

두 해 전, 회장 비서실에서 몇 차례 고르고 고른 끝에 자신을 실장으로 승진한 은하의 밑으로 보낸 사람이 바로 유은강 상무였다. 문득 궁금해졌다. 은강은 무엇을 보고 그녀를 은하에게 보냈을까.

"수고가 많네요. 시답지 않은 상무 심부름도 하느라."

표정에서 속내를 읽힌 걸까. 유나가 어색하게 웃으며 들고 있던 찻잔을 내려놨다. 커피는 다행히 제 취향이었지만 자리가 불편해 더 오래 머물고 싶지 않았다.

"차재완 씨 차종 확인했습니다. 자차로 출퇴근하고, 흰색 SUV 맞습니다."

"역시."

"그런데."

의미 모를 미소와 함께 입꼬리를 올리는 은강을 물끄러미 바라보던 유나가 시선을 내리깔았다. 얼굴 위로 상사의 시선이 닿았다.

"상무님께 보고 드린 사항에 대해 실장님도 아십니다."

턱을 괴던 은강이 피식 웃으며 고개를 끄덕였다. 여동생에 대한 지대한 관심으로 직원을 곤란하게 만든 게 분명해진 순간이었다.

"괜찮아요. 내가 비밀이라고는 안 했으니까."

"이해해 주셔서 감사합니다."

"이 비서, 오빠 있어요?"

갑작스러운 질문에 유나가 눈을 동그랗게 떴다가 다시 표정을 감췄다. 아주 찰나의 틈이었다.

"아니요, 외동입니다."

"별나다고 생각했겠네요, 그렇죠?"

제 상사는 그리 생각한 것 같다고, 유나는 부러 대답하지 않았다. 은강은 은근히 표정으로 생각이 드러나는 그녀를 바라보며 찻잔을 손에 들었다.

"세상 모든 오빠들이 이러지는 않은데, 둘째가 좀 유난이라."

"네."

"고생했어요. 내가 다음에 맛있는 거 살게요."

굳이 그러지 않아도 된다고 말하려고 했으나 유나는 또다시 대화가 길어지는 걸 원치 않아 바로 일어섰다.

유나를 내보낸 은강은 소파에 머리를 기대앉아 커피를 즐겼다.

그 순간 휴대폰이 작게 울렸다.

〈확인했어?〉

잠이나 잘 것이지, 또 유난은.

〈택시 타고 다닌대.〉

은규의 메시지에 대충 답장한 은강이 눈을 감았다. 답은 곧장 날아왔다.

〈확실해? 아닐 텐데?〉

눈치껏 모른 척 좀 하라는 답장을 할까 말까 망설이다가 고개를 들었다. 커피를 반도 비우지 못한 유나의 찻잔으로 시선을 둔 은강이 묘한 얼굴로 턱을 괴었다.

"커피가 입에 안 맞았나."

✦ ✦ ✦

엉망진창이 된 도로, 살을 파고든 파편, 불길, 사고, 검은 피.

뒤엉켜진 현장 속은 이상하리만치 조용하다. 뒤집혀진 차량, 연기가 피어오르는 트럭, 참혹한 현장을 뒤덮은 희미한 안개.

그녀가 직접 봤던 사고와는 많이 달랐다.

아닌데. 여긴 어디지.

"누, 누구 없어요."

다른 이를 찾는 그녀의 목소리가 한없이 떨렸다. 자신을 에워싼 사고 차량들을 둘러보며 은하는 점점 숨이 막혀 왔다.

을씨년스럽기까지 한 현장에서 유일하게 숨을 쉬는 건 오직 자신뿐인 것 같았다.

"기준아……."

울먹이며 기준을 찾았지만, 그는 어디에도 없었다. 이 끔찍한 사고 속에서 살아남은 사람이 아무도 없는 걸까?

그때는 분명 많은 사람들이 있었다. 살아남은 이들과 죽어 가는 이들.

천천히 걸음을 떼던 은하의 시선이 불현듯 사고 난 차량 쪽으로 향했다. 그곳에 기준이 있었다. 트럭과 충돌 후, 인도 쪽으로 급 커브한 기준의 차에서 검은 연기가 솟구쳤다.

"기준아!"

닫힌 운전석 문을 열려고 애를 쓰며 은하가 소리쳤다. 그의 다리는 처참하게 구겨져 있었다.

"기준아, 제발 정신 차려! 이 문 좀 열어 봐!"

손톱이 까지도록 운전석 문을 잡아당겼다. 하지만 문은 꼼짝도 하지 않았다.

"누구 없어요! 여기 도와주세요!"

왜 아무도 없어. 왜 아무도 우리를 도와주지 않아.

인기척 하나 없는 이곳에서 은하는 좌절했다. 창백한 낯빛의 기준은 제 목소리를 듣지 못했다.

어느새 손가락 끝에 피가 맺혀 있었다. 다급해진 그녀는 팔꿈치로 창문을 가격했다.

팔에 피가 흘러도 상관없었다. 그의 다리에서 흐르는 붉은 피가 더 급했다.

"기준아……!"

가까스로 문을 연 은하가 기준의 어깨를 흔들었다. 그 순간, 그의 고개가 툭 그녀의 어깨 위로 떨어졌다.

아니야. 이건 말이 안 되잖아. 네가 어떻게 죽어. 네가 어떻게 죽을 수 있어.

그리고 세상이 멈췄다.

"하……."

오랜만에 꾸는 악몽이었다. 턱 끝을 타고 흐르는 식은땀을 닦은 은하가 거친 숨을 내쉬었다.

휴대폰을 찾아 시간을 확인했다. 이르지도, 늦지도 않은 새벽임을 확인하고는 침대 위로 무너졌다.

"또 죽었네, 넌."

실제와 다른 꿈은 사고가 났던 2년 전부터 계속됐다. 현장의 상황은 같았지만 사람은 없었고, 기준은 죽은 채로 제게 발견됐다. 그는 살았음에도 늘 싸늘한 모습을 봐야만 꿈이 끝났다.

"벌을 주는 건가."

그렇게라도 죽은 너의 모습을 또다시 마주하라고.

뒤늦게 연락을 받았다. 기준과 아버지가 만나고 있다는 은규의 메시지였다. 다급하게 집으로 달려가다가 사고 현장을 목격했다.

과속하던 중형차와 신호 위반으로 커브를 돌던 대형 트럭의 충돌이 원인이 된 6중 추돌 사고. 끔찍하고 참혹했다.

트럭 기사는 현장에서 즉사했으며 과속 운전자는 브레이크를 밟던 다리를 잃었다. 엉망이 된 도로 때문에 은하는 현장에 발이 묶였다.

그때까지는 몰랐다. 속력을 제어하지 못한 기준이 다리를 잃었다는 것을.

울부짖었다. 기계로 차 문을 뜯어내고, 차 안에서 꺼내지는 이의 얼굴을 보고 자신을 저주했다.

왜 이렇게 태어나서. 왜 너를 사랑해서.

"나 미국 가. 당분간 미국에 있는 이모한테 가 있을 것 같아. 다리 수술도 받고, 공부도 좀 더 하려고."

"왜 이래, 기준아……."

"그러니까 더 이상 병원 오지 마. 나, 너 보기 싫어. 끔찍해. 유은하. 넌 네 자리에서 네 아버지가 좋아하는 남자 만나. 그게 어울려, 너는."

"……."

"병신처럼 내가 그걸 너무 늦게 알았어."

수술을 마치고 나흘 만에 깨어난 기준에게서 이별 통보를 받았다.

마지막이었다.

더 이상 그의 병상을 찾아갈 수도 없었고, 공항에서 그를 배웅할 수도 없었다. 영영 이별이었고, 끝이었다.

몇 주가 지나도록 믿어지지 않는 현실 속에서 은하는 방황했다. 호텔은 휴직계를 낼 수밖에 없는 상황이었고, 제대로 먹을 수도 잠을 잘 수도 없이 피폐했다. 모든 게 다 엉망이었다.

잘 지낸다는 소식 한 자락 들을 수 없었고, 듣지 않았다.

그때부터 이렇게 살았다. 마음을 나누는 것도 진심을 전하는 것도 이제는 부질없는 일이 되었다.

상념의 끝에서 결국 재완의 얼굴이 떠올랐다.

자꾸만 비좁은 가슴속을 파고 들어와 다시는 하지 않겠다는 사랑을 하자는 남자.

평범한 연애의 끝이 어땠는지를 알면서 또다시 시작하려는 나.

누가 더 바보 같은 걸까.

이른 새벽이지만 잠이 올 것 같지는 않았다. 머리가 복잡할 때는 일만큼 강한 각성제도 없었다.

출근 준비를 마친 은하는 방에서 내려왔다. 1층 거실에는 동환이 조간신문을 펼쳐 보고 있었다.

"출근이 왜 이리 빨라."

걸음 소리만으로도 구분을 한 건지 동환은 뒤도 돌아보지 않고 말했다. 주방에서 아주머니가 나와 아침마다 동환이 먹는 약을 챙겨 주고는 돌아갔다. 은하는 마저 계단을 내려왔다.

"일찍 깨서요."

"잠깐 와서 앉아라."

기준의 사고 후로 독립을 생각하지 않은 건 아니었다. 반항심에 호텔을 그만둘까도 했고, 집을 나갈까도 했다. 이렇게 엇나가는데 굳이 얼굴 붉히며 살 이유가 없어 보였다.

그럴 때마다 그녀를 막은 건 은규와 은강이었다.

오빠들에게 막 대하듯이 구는 것 같아도 한없이 약했고, 번번이 그녀는 주장을 꺾었다.

"인혁이 찾아왔다며. 강 회장 내외 만나 볼까 한다."

"결혼 안 해요, 얘기도 그렇게 마무리됐고요."

"누구 마음대로."

이쯤 되면 돌림 노래나 다름이 없었다.

"제 인생에 아버지 마음대로 하실 수 있는 건 이제 없죠. 연애, 일, 휘두르실 수 있는 건 다 휘두르셨어요."

"네 직급도 내가 휘두른 거다?"

"천천히 올라가고 싶다는 제 의견 묵살하고 덜컥 발령부터 내셨잖아요."

"그럼 그리 사는 널 그대로 뒀어야 했다? 그러면 그때 휴직계를 낼 게 아니라, 사직서를 내지 그랬냐. 네가 선택한 일이라면, 그에 따른 책임도 네 몫인 게야."

결국 넌 그 자리를 버리지 못했으니 네 탓인 거라고, 그리 얘기하고 있었다.

반박할 말은 없었다. 당연히 호텔 경영에 도움이 되고 싶었다. 진로를 그쪽으로 정하고 후회하지 않겠냐는 새어머니의 말에도 뜻을 꺾지 않던 은하였다. 일이 재밌었고, 무엇보다 보람을 느꼈으니까.

사고 후로 그녀는 제대로 된 삶을 살 수 없었다. 당연히 업무에는 지장이 생겼고, 은강의 권유로 휴직계를 냈다. 하지만 그것도 겨우 두 달. 망가져만 가는 딸과 여동생을 붙잡아 둘 수 있는 게 결국 일이라고 가족은 판단했다.

일에 파묻혀 살면 조금이나마 괜찮을 거라는 은강의 말과 이제는 제자리를 찾아가라는 동환의 말에 억지로 이끌려 올라갔다.

기준이 올라가라던 자리, 모두가 내 자리라고 하는 곳.

그래서, 나는 지금 행복한가.

"저도 몰랐죠."

은하가 몸을 일으켰다. 분명 내 집으로 20년을 넘게 살았던 공간인데도 사무치게 낯설었다.

"아버지랑 제가 이렇게 될 줄."

그녀는 다시금 깨달았다.

제게는 행복을 따질 여유조차 존재하지 않는다는 것을.

8화

우리,
연애할까요?

재완은 도통 일에 집중할 수 없었다. 추천해 달라는 말에 고르고 고른 책 한 권. 그러나 좀처럼 집무실 밖으로 나오지 않는 은하로 인해, 아직 전해 주지 못한 상태였다. 오늘 아침, 일이 있어 먼저 출근하겠다는 연락을 받긴 했지만 종일 얼굴 한번 보기 힘들 줄은 몰랐다.

때마침 보고서를 손에 든 경수가 고개를 살살 저으며 실장실에서 나왔다. 재무, 회계, 홍보, 고객 지원 각 부서의 팀장급 직원들이 오전부터 한 차례씩 그녀와의 독대를 겪었다. 하나같이 기가 빨렸는지 새하얗게 질린 표정이었다.

결국 퇴근 시간이 되도록 은하를 보지 못했다. 걱정이 된다는 메시지에도 답장이 없었다. 얼핏 열린 문 틈 사이로 본 은하는 피곤한 기색이 역력했다. 저러다 또 쓰러지는 건 아닌지, 불안한 건 오직 그의 몫이었다.

섣불리 다가가면 또 도망갈까, 재완은 무작정 그녀가 나오기를 기다렸다. 주인 잃은 분홍색 텀블러와 전해 줄 책 한 권과 함께.

그리고 깜깜한 밤이 돼서야 은하는 얼굴을 보여 주었다.

그는 확신했다. 그녀에게 무슨 일이 일어났음을.

생기를 잃은 눈동자가 그리 얘기해 주고 있었다. 그래도 요즘은 웃어 주고, 말장난도 받아 주고, 조금은 가까워졌나 싶었는데. 이대로 다시 멀어지는 걸까.

"실장님."

이제야 조금 가까워졌다 생각한 그녀가 멀어지려고 한다. 왜? 어째서? 재완은 그대로 은하의 앞을 가로막아 섰다. 초점 없이 흐릿한 눈동자가 느리게 위를 타고 올라왔다. 시선이 마주치고 나서야 재완은 불안한 듯 그녀의 손을 살짝 쥐었다.

"저, 기다렸는데."

부러 심각해질 듯한 상황에 재완은 어색하게 웃어 보였다. 그럼에도 은하는 웃어 주지 않았다. 실낱같던 미소도 감춰 버렸다.

"칭찬 안 해 주십니까."

"……."

"그럼 칭찬 말고 저녁은 어떠세요. 식사 안 하셨죠?"

"……."

"저녁이 좀 그러시면."

"차재완 씨."

다급히 불리는 이름이 유난히 불안했다. 이어지는 말 역시.

"내가, 생각을 조금 해 봤는데요."

"아니요."

거짓 같았다. 뭔가 내려놓은 듯 처연한 표정도, 목소리도.

"그 생각, 무르면 안 됩니까."

"차재완 대리."

"무르면 좋을 것 같은데."

"……."

"그러니까 저는."

두서없는 말들이 마구잡이로 튀어나왔다. 그런 걸 헤아릴 정신이 없었다. 무슨 말을 어떻게 하고 있는지조차.

당신을 기다리는 게 아니었어.

오늘 하루만 더 기다릴걸, 당신 목소리를 듣겠다고, 당신 얼굴을 좀 보겠다고.

"미안한데, 나는 역시……."

그때였다. 둘 사이의 팽팽한 분위기를 짓밟듯 경영 기획실 안으로 들어서는 걸음 소리가 유난히도 컸다. 소리를 듣자 하니, 한두 명이 아닌 모양이었다.

역시나. 은하가 눈살을 찌푸렸다. 동환을 중심으로 비서실장과 은강이 함께였다.

"아버지, 일단 진정하시고 얘기부터……."

은강의 만류에도 불구하고 동환이 번쩍 손을 들었다. 이내 엄청난 소리와 함께 은하가 뒷걸음질 쳤지만, 통증은 없었다. 대신 완전히 돌아간 재완의 얼굴이 눈에 들어왔다.

"차재완 씨, 괜찮아요?"

재완은 맞은 뺨을 손등으로 만지작거리며 몸을 바로 세웠다. 질문한 은강보다 뒤에 선 은하가 신경 쓰였다. 조금의 망설임도 없이 그녀의 앞을 가로막는 순간, 순식간에 벌어진 일이었다.

분노를 삭이느라 숨을 씩씩거리는 동환과 그를 피하지 않았던 그녀. 오히려 은하를 대신해 맞고 나니 머릿속이 맑아졌다.

만약 은하가 맞았더라면……. 상상만으로도 끔찍했다.

"지금 뭐 하시는 거예요!"

"네깟 거야말로 뭐 하는 거야! 감히! 네가…… 감히! 방금 내 앞에 누가 다녀갔는지 알기나 해!"

동환이 딸의 얼굴 위로 들고 있던 종이 뭉치들을 던졌다. 종잇장에 뺨과 손등이 베인 것도 찰나였다. 맨 앞에 떨어진 '각서'라 적힌 종이를 손에 든 은하가 이를 악물었다. 변호사 공증까지 마친 각서의 주인공은 승환이었다.

"어디까지 갈 거야! 근본도 모르는 놈들이랑 붙어먹더니, 정신까지 이상해진 게야!"

"……이게 다 뭐예요."

"뭐긴! 네가 그동안 막 살았던 것에 대한 대가 아니냐. 한 장 달라는 거, 다시는 내 호텔에 발 못 붙이게 두 장 주고 끝냈다. 기자들 만나서 폭로를 하니 마니, 그 꼴을 내가 왜 봐야 해!"

동환의 손이 또 번쩍 위를 향했다. 말린 건 은강이었다.

"회장님. 저희만 있는 것 아닙니다."

그제야 악에 받친 동환의 시선이 재완을 향했다. 여전히 제 딸을 반쯤 가리고 서서는, 턱 끝은 올리고 시선은 내리고 있는 모습이 저에 대한 반항이자, 반발심처럼 느껴졌다.

"차재완 대리, 자리 좀 피해 주죠."

"하지만."

"집안일입니다."

선을 긋는 은강의 말은 어쩌면 당연했다. 재완은 잠시 굳은 듯 선 은하를 돌아보다가 그들을 뒤로했다. 은강의 눈짓과 함께 비서실장이 그를 따라 나갔다. 그럴 일은 없겠지만 가벼운 입막음 정도는 해 놔야 마음이 편했다.

불처럼 일었던 분위기가 잠시 가라앉았다. 노기가 가득했던 동환의 목소리가 한숨과 함께 터져 나왔다.

"금수만도 못한 놈, 한 30년 감방에 푹 썩게 하고 싶은 걸 겨우 참았다. 전에는 그래도 자존심은 바닥까지 긁어모아 보여 주더니, 어디서 그런 모자란 놈이랑 어울려서는."

"왜요, 전에는 먼저 주시려고 한 돈인데."

"그걸 말이라고 해!"

아팠다. 날카로운 말들이 아니라, 뺨과 손등에 난 생채기가 아니라, 지금 서 있는 이곳이. 언제나 서 있어야 한다는 이 위치가.

이대로 마음 움직이는 대로 행동한다면, 또 언젠가는 이 빌어먹을 곳에 재완이 서야 할지도 모른다는 현실이.

"대체 언제까지 그리 막 살 거냐."

"아버지가 인정하고 사과하실 때까지요."

"그 거렁뱅이 같은 놈하고 헤어진 게 아직도 애비 탓이다?"

"그럼 누구 탓인데요. 가만히 있는 사람한테 적선하듯 돈 쥐여 주며 벼랑 끝으로 몰아세웠잖아요. 그 사람, 아버지를 만나고 돌아가는 길에 사고가 났어요. 그리고 다리를 잃었죠. 우리는 아무것도 안 잃었어요. 한 사람 인생을 망가뜨렸는데도!"

"그래서 언제까지 그리 살 거냐고!"

"막 살 거예요. 아무나 만날 거야, 아버지가 진심으로 후회할 때까지!"

숨이 막혔다. 토해 냈던 말들이 가슴에 비수처럼 와서 꽂혔다.

아버지가 원하는 결혼 따위 안 해요. 아무도 날 원하지 않도록 만들 거예요, 그게 내 복수예요, 나는 이것밖에 못 해요. 하려던 말들이 삼켜졌다. 떠오르는 누군가로 인해. 한번 떠올리기 시작하자, 멈추지 않고 제 앞으로 다가오는 누군가 때문에.

"못난 놈. 너 같은 놈한테 기대했던 내가 어리석었다."

아버지가 그랬던 것처럼 한때 그녀도 기대라는 걸 했었다. 얼마나 바보 같고, 얼마나 후회하는 일인지 모른다.

"나가. 내 주머니에서, 호텔 주머니에서 나온 것들, 다 놓고 나가!"

"아버지, 일단 진정 좀."

"호텔에 얼씬도 할 생각 마! 네 애비 털어가는 것도 모자라, 호텔 주머니까지 털어 갈 작정이니 이 모양 이 꼴이겠지! 어디 한번 네 멋대로 살아 봐!"

기준이 떠나고, 은하가 몇 번이나 남자를 갈아 치워도 동환은 아무런 제재도 하지 않았다. 뒤로 남자들을 만나 돈을 쥐여 주며 정리를 했을 뿐. 은하는 동환이 더 이상 참지 않으리라는 것도 알았다.

눈이 마주친 은강은 동환의 뒤에 선 채로 고개를 저었다. 한 번만 져 달라고, 이번에만 그리 해 달라고 얘기하고 있었다.

은하는 핸드백을 열어 차 키와 지갑을 꺼냈다. 신분증만 하나 빠진 지갑은 차 키와 함께 바닥으로 곤두박질쳤다. 그 위로 떨어진 핸드폰이 둔탁한 소리를 냈다.

"유은하."

은강이 만류하는 목소리가 들렸지만 은하는 멈추지 않았다. 입고 있는 트렌치코트를 벗고, 시계와 귀걸이, 팔찌를 차례로 풀었다. 간단해도 너무 간단했다. 이렇게 쉬운 걸 왜 그동안 못 해서.

"지금 입고 있는 건 좀 봐주세요. 그래도 제가 호텔 이름 걸고 얼굴 팔고 다닌 게 있는데 벌거벗고 다닐 수는 없잖아요."

"……."

"건강하세요."

아무렇게나 뱉은 말에 미련도, 후회도 없었다. 짧은 묵례를 끝으로 눈앞에서 사라졌다. 은강이 얼굴을 쓸어내리며 깊은 한숨을 내뱉었다. 동환 역시 마찬가지였다.

"따라가 현금이나 쥐여 줘. 뻗대느라 카드 한 장 안 쓸 녀석이니."

딸의 고집을 알았다. 쉽게 꺾지 않을 거라는 것도. 동환의 말에 은강은 안 그래도 그럴 생각이었다는 얼굴로 휴대폰만 간신히 챙겨 뒤돌아섰다. 홀로 남은 아버지의 뒷모습이 쓸쓸해 보여 마음에 걸렸지만 지금은 은하를 따라잡는 게 급선무였다.

엘리베이터 버튼을 급하게 누르며 은강이 더운 숨을 내뱉었다. 끝도 없는 후회의 바닥은, 결국 또 후회였다.

"어차피 또 봐주실 거면서 꼭."

그뿐만 아니라, 그저 모두가 하는 후회.

✦ ✦ ✦

마음을 나누는 게 느린 사람이니까, 당연히 오래 걸릴 것이라 짐작했다. 3년을 기다렸는데 그쯤이야 대수일까.

그렇게 기다리려고 했어.

그래도 이건, 나한테 이러는 건.

"……진짜 너무하잖아."

힘없는 중얼거림 끝에 재완은 빈 캔맥주를 내려놨다. 테이블 위에 제멋대로 놓인 빈 캔들을 보던 시선 끝에 그녀가 두고 간 책이 있었다.

끌림. 내가 당신한테 선물한.

은하가 자리를 비운 지도 일주일.

동환에게 빰을 얻어맞은 다음 날, 그녀는 무단결근을 했다. 마치 당연한 수순처럼 그날 오후 은하에게 대기 발령 공고가 내려왔다. 호텔 사내가 떠들썩해진 건 당연했다. 그중에는 작은 소문마저 돌기 시작했다.

정략결혼을 피하기 위해 사랑의 도피를 떠났다더라, 회장님과 상무님 눈 밖에 난 지는 이미 오래됐다더라, 그것도 남자 때문에.

하나같이 터무니없는 소문들이었다. 눈 밖에 나다니, 상무님이랑 거의 매일 호텔 시찰하는 거 본 사람이 한둘이야?

그리고 뭐? 사랑의 도피?

"하. 돌겠네, 진짜."

소파에 머리를 기댄 재완이 눈을 감았다. 보고 싶고, 그리웠다. 은하의 부재를 느낄 때마다 그는 깨달았다.

너, 그 여자 없이 정말 못 사는구나.

"헐. 뭐야. 이걸 다 마신 거야? 배도 안 부르냐?"

일찌감치 가게를 정리하고 오겠다던 태광이 어느새 눈앞에 서 있었다. 술 대신 먹을 걸 사 온 게 다행일 만큼 처참한 광경을 본 그가 기가 막힌다는 눈으로 재완을 바라보았다. 사방에 굴러다니는 맥주 캔, 폐인이 된 친구, 허전해 보이는 옆자리. 잠수를 탔다는 그 짝사랑 상대 때문일 게 뻔했다.

"술 사 오라니까."

"미친놈. 잘 마시지도 못하는 게."

"잠을 못 자니까 그러지."

"네가 잠을 못 자는 게 술이 없어서야? 그 여자가 없어서지."

친구의 정확한 지적에 할 말이 없었다.

재완의 상태는 그야말로 엉망이었다. 출근길은 허전했고, 먹는 것마다 맛이 없었고, 잠이 오지를 않았다. 아니, 일부러 잠을 피하는 게 맞았다.

매일 밤 꿈에 찾아오는 그녀가 미워서, 보고 싶지만 보고 싶지 않아서, 그립지만 더 이상 그리워하고 싶지 않아서.

"뭐야. 어디 있는지 알 수 있는 방법 없어?"

휴대폰은 꺼져 있고, 걸려 오는 전화도 없다. 심지어 사라진 이유마저 몰랐다. 마치 처음부터 존재하지 않았던 사람처럼.

재완은 아무것도 할 수 없었다. 그동안 그녀에게 다가갔던 용기도, 의지도 전부 잃었다.

어차피 이렇게 쉽게 떠날 여자라면, 마음을 나누려던 진심도 쉽게 버릴 여자라면.

"……잊을래."

"그럴 수 있겠어?"

툭하고 내뱉는 재완의 말에 태광은 심드렁히 되물었다. 사 온 안주들을 꺼내는 태광을 바라보며 재완은 느리게 고개를 끄덕이다가 멈칫했다. 그녀를 잊겠다던 다짐은 고작 10초를 넘기지 못했다.

"아니, 못 하겠어."

"그럼 잊지 마. 뭐 하러 잊어, 아직 시작도 못 했는데."

재완이 아프게 웃었다. 시작도 어려운 짝사랑을 왜 시작했을까 싶었다.

그녀가 원망스러웠다.

다가올 땐 어렵더니 갈 때는 쉽기만 한 유은하, 나의 그녀가.

⁜ ✦ ⁜

"이 비서, 얼었네요."

출근하자마자 호출을 받은 유나는 싱그럽게 웃는 은강을 내려다봤다.

이 남자는 이 새벽 같은 아침부터 왜 웃고 난리일까.

"아닙니다."

"왜요, 내가 또 스파이 노릇 시킬까 봐?"

벌써 3주 째, 하나뿐인 여동생이 두문불출인데도 표정은 늘 그렇듯 여유로웠다. 후계자 자리를 위협하는 출중한 여동생이 알아서 사라진 게 기뻐서 그런 건가 생각할 수 있겠지만, 애초에 그런 암투와는 거리가 먼 남매였다.

"일은 할 만해요? 유 실장이랑 할 때보다 일이 좀 많죠?"

"많이 배우고 있습니다."

애초에 대답을 듣기 위해 건넨 질문은 아니었는지 은강은 자리에서 일어나 커피 머신기 앞으로 향하며 그녀에게 소파를 가리켰다.

오늘도 커피를 내려 줄 심산인가. 유나는 이쯤 되면 본인이 먼저 적응하는 게 빠르겠다 싶었다.

"은하는 잘 지내요. 궁금해할까 봐."

경영 기획실 실장 자리가 공석이 된 지 하루 만에 유나는 상무 비서실로 발령이 났다. 때맞춰 은강의 스케줄을 관리하는 비서 자리에도 공석이 생긴 건 그저 우연이었다.

"연락되셨습니까?"

"가끔 공중전화로 전화가 걸려 오긴 해요. 물론 나한테만. 겨우 붙들어야 1분 정도? 휴대폰은 죽어라 안 켜요. 피하는 전화가 있는 건지, 하고 싶은 전화가 있는 건지."

스파이 노릇은 안 시킬 것처럼 얘기하더니, 은근히 떠보는 모양새가 심상치 않았다. 유나는 자신의 앞에 커피를 내려놓는 상사의 말에 아무런 대답도 하지 못했다. 이러려고 상무 비서실로 발령을 낸 걸까.

"어디 있는지 안 궁금해요?"

"궁금하지만 참겠습니다. 잘 지내신다니 다행입니다."

또렷하게 선을 긋고 넘어오지 않으려는 대답에 은강은 만족스러운 듯이 웃었다.

"돈 떨어질 때가 돼서 데리러 가긴 해야 돼요. 휴대폰이랑 현금을 쥐여 주긴 했는데, 그런다고 쉽게 연락할 성격은 아니니까."

은강의 수다가 길어질 때는 딱 하나였다. 여동생의 걱정을 할 때. 그걸 자신과 나눈다는 게 아이러니했지만 유나는 참았다. 은하의 소식을 알 수 있어 오히려 다행이었다.

"둘째는 자기가 직접 찾겠다고 매일 난리인데, 걔가 데리러 간다고 쉽게 따라올 것 같지도 않고."

하지만 호텔 오너 일가의 지극히 개인적인 일을 알게 되는 건 아무리 생각해도 불필요한 것이었다. 유나가 애써 불편한 기색을 참으며 뒤이을 말을 기다렸다. 혼잣말처럼 시작되는 말은 계속됐다.

"이 비서도 알다시피 한 달 스케줄이 꽉 차 있는 내가 데리러 가기에는 무리라서. 슬슬 아버지도 걱정하시는 눈치고."

그래서, 당신이 원하는 게 대체 뭔데? 차마 마음에 있는 말을 그대로 내뱉을 수 없었다.

"……그렇다면 제가 갈까요?"

"진심이에요? 돌아가라고 하면 네, 하고 예쁘게 말 들을 거면서?"

틀린 말은 아니다. 유나는 지금껏 은하의 말에 반기를 든 적이 없었다.

"보내고 싶은 사람은 있는데, 내가 보내기에는 좀 그래요. 그래도 내가 오빠잖아요."

유나는 뒤늦게 그의 의도를 눈치챘다.

낮게 신음을 흘리는 그녀를 바라보며 은강은 미리 준비해 둔 파일을 내밀었다. 내용을 확인한 유나의 눈썹이 미세하게 찡긋거렸지만, 늘 그랬듯이 금방 표정을 감췄다.

"전달한 다음 보고 드리겠습니다."

"잘 부탁해요."

지극히 개인적인 일을 부탁하게 된 은강이 처음 은하에게 전화를 받았던 날을 떠올렸다.

실종 신고부터 해야 하는 것 아니냐는 은규를 겨우 말린 그에게 낯선 번호로 걸려 온 전화 한 통.

"어디로 갔는데, 너. 아버지 걱정하신다."

—……공기 좋고, 물 좋고. 뭐, 그런 곳.

"호텔 걱정은 안 되냐."

—오빠 있는데 걱정할 게 뭐 있어. 알아서 잘하겠지.

머뭇거리는 목소리에서 은강은 알아챘다. 동생이 왜, 무엇 때문에 주저하고 있는지.

거 참, 답답하기는. 은강은 알면서도 모르는 척 말했다.

"차재완 대리 걱정은. 그것도 안 해?"

—……그 사람, 괜찮아?

"글쎄. 나야 모르지. 그렇게 걱정되면 얼굴 보고 직접 물어봐. 너 어디야. 번호 보니까 강원도 같은데, 강릉이야?"

그날 이후, 은하는 며칠 주기로 한 번씩 전화를 걸었다. 매번 똑같은 지역 번호. 어디 있는지 확신은 했지만 동생에게 주는 잠깐의 휴가라고 생각했다. 다만, 점점 더 길어지는 부재에 슬슬 걱정됐을 뿐.

"아. 상무님, 이번 주말 태진 쪽에 약속 장소와 시간은 어디로 전달해야 할까요?"

말이 끝나기 무섭게 몸을 일으키려던 유나가 다이어리를 펼쳐 들었다. 언젠가 은하에게 선물했던 만년필과 같은 디자인의 만년필을 쥔 유나의 손에서, 그녀의 얼굴로 시선이 옮겨졌다.

"그게 무슨?"

"맞선 스케줄 말씀 드리는 겁니다."

아, 지난달에도 지지난달에도 지겹게 봤던 그 맞선.

덤덤해 보이는 유나의 얼굴에서 그녀의 찻잔으로 시선을 내렸다. 반도 줄지 않은 커피가 눈에 들어왔다. 다음에는 달게 좀 만들어 볼까 싶은 생각과 함께 무미건조한 목소리가 툭, 튀어나왔다.

"3시, 논현동 아트 갤러리가 좋겠네요. 보고 싶었던 전시가 있어서."

"네. 그렇게 전달하겠습니다."

흔들림 없는 걸음걸이, 꼿꼿한 허리, 문을 열고 닫는 조용한 움직임. 은강이 입안에서 혀를 굴렸다.

뭐랄까, 기분이 썩.

"별로네."

이유를 알 수 없는 불편함이 그를 곤란하게 만들었다.

재완은 한참이나 손에 든 것을 내려다봤다. 다름 아닌 그의 휴가원이었다. 그것도 이미 결재까지 끝난. 그리고 그 위에 붙어 있는 노란색 포스트잇에는 짤막한 메모가 적혀 있었다.

강릉에 있습니다.

작성한 적조차 없는 휴가원을 전달해 준 사람은 상무실 소속의 이유나 비서였다. 아마도 은강을 대신한 것일 테고.

무려 자기 동생을 좀 데리고 와 달라는 지시를 받았다. 아니, 정확하게는 권유 혹은 부탁이라고 해야 할까. 어쩌면 지극히 공적인 명령일 수도. 당혹감을 숨기지 못하는 재완에게 유나는 짤막한 말을 덧붙였다.

"상무님께서 보내고 싶은 사람이라고 하셨습니다."

모두가 퇴근하고 텅 빈 사무실. 지난 3주간 열린 적 없는 은하의 집무실을 바라보는 재완의 눈이 깊게 가라앉았다.

짝사랑은 힘들다. 짝이 맞지 않아 힘들고, 짝이 알아주지 않아 힘들고, 짝이 자신을 바라보지 않아 힘들다. 그 빌어먹을 짝사랑을 끝낼 기회가 왔다. 핑계도, 명분도 분명했다.

그럼에도 쉬이 그 짝사랑을 끝낼 수 없는 건.

내가 당신을 너무 좋아하기 때문이겠지.

고작 짝사랑일 뿐인데, 어째서 당신의 부재로 인해 내 사랑이 얼마나 깊은지를 더 깨닫게 되는 건지 모르겠다.

"……신종 사내 괴롭힘인가."

의자에 몸을 파묻은 재완이 힘없이 중얼댔다. 때마침 휴대폰이 짧게 울렸다. 모르는 번호로 온 메시지였지만, 그는 쉽게 번호의 주인을 알아챘다.

〈033—465—5721. 늘 이 공중전화만 사용합니다. 내 동생, 잘 부탁해요.〉

어딜 가든 떠오르는 은하 생각으로 가고 싶은 곳도, 갈 수 있는 곳도 없어진 재완에게 당장 가야 할 곳이 생겼다.

"진짜 대단한 아가씨야. 조선 시대도 아니고, 이게 말로만 듣던 시묘살이잖아."

"그렇게 기특하면 송어 회라도 대접하든가. 어째 밥은 삼시 세끼 잘 챙겨 주는데 갈수록 마르는 것 같아."

"안 그래도 오늘 저녁에는 송어 조림 올려 주려고. 한 달 치 숙박료를 현금으로 냈는데 그 정도는 해 줘야지."

평상에 앉아 뒷밭에서 캐 온 옥수수와 감자를 손질하던 민박집의 안주인, 정미는 곧장 주방으로 향했다.

해가 저물 녘이면 한 명뿐인 객이 돌아올 시간이니 서둘러 저녁을 준비해야 했다. 오전에는 산에 다녀오고, 오후에는 바닷가 산책을 하다 돌아오는 할 일 없어 보이는 젊은 여자.

반찬 투정 한번 없는 객이었지만, 오늘은 제대로 솜씨 발휘를 해 볼 예정이었다. 송어 조림에, 생오징어라도 데쳐 주면 어떨까.

귀농 부부가 운영 중인 이 작은 민박집은 산골에 위치하고 있어 찾는 이들이 그리 많지 않았다. 대부분 바닷가 전망의 호텔이나 시설 좋은 게스트 하우스를 찾기 바쁘니, 그럴 만도 했다.

남는 방 놀리지는 말자며 간판도 없이 운영하는 민박집을 용케 소개받아 온 객이 돌아오기 전, 부부는 저녁 준비로 분주했다. 오늘은 거한 식사와 함께 야식으로 찰옥수수를 쪄 줄 참이었다. 어쩐지 객이 말라가는 이유가 자신들 때문인 것 같아 내내 마음이 쓰였다.

"실례합니다."

평상에서 옥수수 껍질을 뜯던 이훈의 시선이 들렸다. 문도 없는 담너머로 훤칠한 청년이 서 있었다. 이 동네에서 쉽게 볼 수 없는 인물이었다. 이훈이 뭐라 대꾸도 하기 전, 주방에서 정미가 앞치마에 손을 닦으며 나왔다.

"아이고, 예서 묵으시게요?"

"아니요. 말씀 좀 묻겠습니다. 사람을 찾고 있는데요."

그 순간 이훈과 정미의 시선이 허공에서 마주쳤다. 눈빛만 오가는 대화가 시작됐다.

거봐. 남편한테서 도망 온 거라니까?

그러면 어떡해. 신고하라고? 아니, 손찌검이나 할 양반 같진 않은데.

의심이 확신처럼 변해 가는 순간, 재완이 걸음을 떼었다. 마당 안으로 들어선 재완을 부부가 부담스럽게 훑어 내렸다.

"유은하 씨라고 있습니까."

"아, 여기가 신분증 확인하면서 묵고 그런 곳은 아니라……."

사실은 사실이지만, 지난 3주간 아침저녁으로 얼굴 보고 사는데 이름 하나 안 물어봤을까. 이훈이 남자를 의심하며 적당히 둘러대며 아내를 쳐다봤다. 여기저기 시선을 굴리며 침을 꿀꺽 삼키는 정미의 얼굴은 이미 '유은하' 라는 이름을 알고 있다고 말하고 있었다.

덕분에 확신을 얻은 재완이 침착하게 물었다.

"여기 남는 방은 없습니까?"

"없어요!"

"하나 남았는데."

부부의 입에서 동시에 각자 다른 대답이 튀어나왔다. 정미와 이훈이 눈을 마주치며 사납게 서로를 째려보는데 뒤쪽으로 낯선 걸음 소리가 섞여들었다. 깜짝 놀라는 부부를 바라보던 재완이 천천히 뒤를 돌았다.

서울을 떠난 지 여섯 시간. 재완은 드디어 은하를 눈에 담았다.

강릉에 도착하자마자 재완이 한 일은 공중전화기 위치를 찾는 일이었다. 어렵지 않았다. 인터넷에서 알아본 공중전화기 위치는 그때 은하와 함께 갔던 무덤 근처였고, 그는 그곳을 중심으로 은하를 찾아다녔다.

근처 모텔과 민박집만 한 시간을 돌아다녔다. 숙박 업소가 많지 않아 오히려 찾기 쉬웠다. 이쯤 되면 나 좀 찾으러 와 달라 시위를 한 건 아닐까 싶을 정도였다.

한적한 동네에서 그녀의 흔적을 찾아다니며 재완의 기분은 점점 나아졌다. 곧 은하를 만날 수 있다는 기대감이 아닌, 은하가 자신을 기다렸을지도 모른다는 희박한 확률에.

"급, 낮아졌네요."

새하얀 스니커즈를 신은 은하의 발끝을 향했던 시선이 들렸다. 주방으로 자리를 피한 민박집 주인 부부 덕분에 마당은 한적하니 둘만 존재했다.

"안 물어보십니까. 여기 어떻게 왔는지."

은하가 희미하게 웃었다. 저 작은 웃음에 천국과 지옥을 왔다 갔다 했던 지난날을 떠올리며 재완은 대답을 기다렸다.

"찾기 쉬웠겠죠. 꽁꽁 숨으려고 한 건 아니니까."

"그럼 왜요."

"……."

"왜 여기 있습니까."

화난 듯한 낮은 음성에 은하가 숙이고 있던 고개를 들었다.

"갈 곳이 별로 없어서요."

허전함이 툭 터질 대답을 내놓고도 웃는다. 뭘 잘했다고.

빤히 닿는 시선에 은하가 어깨를 으쓱거렸다. 티셔츠와 청바지를 입고 고무줄로 아무렇게나 묶은 머리와 화장기 하나 없는 얼굴을 재완에게 보이고 있다는 현실이 낯설었다.

짐작하지 못한 일도 아닌데, 생각 이상으로 그의 등장이 신경 쓰였다.

"큰오빠가 나 데려오래요?"

"제가 먼저 데리러 가겠다고 말했을 수도 있죠."

"음, 그런가."

"그 생각은 못 해 보셨습니까."

은하는 무기력하게 입꼬리를 올렸다.

겁 없이 다가왔던 진심 앞에 또 잔뜩 겁을 먹고 도망 왔으니, 화가 났을 거라 생각했다.

"화났어요?"

"내지 말까요?"

"아니요, 내요. 원한다면 한 대 때려도 좋고."

"저 농담하는 거 아닙니다."

그의 마음을 받아 줄 듯하면서도 밀어냈다. 수도 없이 그래 왔다. 그러니까 기꺼이 맞아 줄 수 있다는 건데.

"알아요, 나도. 이번에는 농담으로 못 넘어간다는 거."

어디서부터 어디까지 솔직해질 수 있을까. 평온하지만 불안했고, 보고 싶었지만 그리워할 수 없었고, 아프지만 티낼 수 없었던 일상 속의 균열. 바로 지금이었다.

이곳까지 찾아온 그가 싫지 않았다. 사실 반가웠다. 이기적이지만 지금껏 전화 한 통 없던 자신을 모질게 내치지 못하는 그의 마음이 다행이라고 여겨졌다.

그때 주방 쪽에서 인기척이 들렸다.

"아이고, 내가 밥을 한 상에 차려야 할지, 상을 나눠야 할지 몰라서……."

객들이 묶는 별채 쪽을 가리키는 주인 부부의 머쓱함이 그대로 느껴졌다.

"한 상에 주십시오."

어떻게 할 거냐 눈으로 묻는 은하를 무시하고 재완이 단호히 말했다.

정미의 송어 조림은 재완의 입맛에 퍽 잘 맞았다. 생각이 없다는 이유로 그에게 생선을 다 양보한 은하는 곤드레나물에 밥을 비벼 먹었다.

회사는 어떡하고 여기까지 왔냐고 묻자 휴가를 받았단다. 은하는 그

휴가의 정당성에 대해 물으려다 마음을 돌려 산책을 가지 않겠냐고 했다.

낮에 거닐었던 해변을 밤에 그와 함께 걷고 싶어 충동적으로 던진 제안이었다. 한참이나 그녀를 바라보던 재완은 고개를 끄덕였다. 그녀는 잠시 긴장했다. 행여나 그가 거절할까 봐.

"아직 화 안 풀렸어요?"

"멀었죠."

유명 관광지가 아닌지라 한적한 해변은 파도 소리만이 울려 퍼졌다. 푸른 바다는 보이지 않고, 재완의 목소리는 파도 소리에 묻혀 작았지만 은하는 똑똑히 알아들었다.

"조금 앉았다 갈래요?"

대답을 듣기도 전에 앉을 자리를 고르는 은하를 보며 재완은 묵묵히 겉옷을 벗었다.

모래 위에 옷을 깔아 주자 은하는 잠깐 망설이다가 곧 자리를 잡고 앉았다. 무릎 위에 놓인 은하의 가느다란 손가락을 바라보던 재완은 보이지는 않고, 소리만 가득한 밤바다로 시선을 돌렸다.

"얼굴은 괜찮아요?"

침묵은 길지 않았다. 칠흑 같은 어둠에 갇힌 바다는 아무것도 보이지 않았지만 파도 소리만으로도 제 존재감을 알렸다.

"그때 아빠한테 맞았잖아요."

대답 없는 재완을 돌아보며 은하는 손바닥을 펼쳐 뺨을 때리는 시늉을 했다.

"그걸 이제 물어보십니까."

"그러게요, 좀 늦었죠."

"……."

"대체 나 때문에 몇 번을 맞는 건지. 안 억울해요?"

몇 번을 맞는 건지. 그 말에 좋아하는 여자 앞에서 주먹을 맞고 우스꽝스럽게 넘어진 순간이 떠올라 재완이 미간을 찌푸렸다. 최악 중의 최악. 인생에서 지우고 싶은 기억이었다.

"미안해요. 아빠가 사과 안 했을 테니까 대신 사과할게요."

"하셨습니다, 사과."

"……정말? 언제?"

2주 전, 임원 회의 때 기획실 보고가 있었다. 한옥 호텔 공사 건으로 브리핑을 받아 보고 싶다는 CEO의 전언에 갑자기 진행된 회의였다.

총책임자인 은하는 공석이라 보고를 진행할 수 없었다. 하필 경수도 은하 대신 출장을 가 있는 상태였고, 남아 있는 사람 중 세밀한 보고가 가능한 이는 재완뿐이었다.

20여 분간의 보고가 끝나고 동환은 상석에 앉아 멀리 떨어진 재완을 빤히 바라봤다. 그 옆에 앉은 은강이 흠흠, 헛기침을 하며 눈치를 봤던 것을 기억했다.

재완은 심장이 바닥까지 끌려가며 떨리는 기분을 느꼈다.

동환은 아무 말 없이 그를 바라보다가 은강을 향해 몇 가지 추가 사항을 전한 뒤 자리를 떠났다. 그게 끝인 줄 알았다. 팀원들과 함께 자료를 수거하고, 노트북을 챙기는데 누군가가 다가왔다. 현재 오너 비서실의 총 수장인 비서실장이었다.

재완은 말없이 그를 따라갔다. 대회의실에서 엘리베이터 쪽 반대편으로 가니, 넓은 홀이 나왔다. 휴게실처럼 마련된 공간은 도심이 훤히 내려다보일 수 있게 유리창으로 둘러싸여 있었다. 모여 있던 직원들을 물린 건지 사람은 없었다.

창 앞에 선 동환에게 다가가니 그는 뒷짐을 풀고 재완을 마주 봤다. 회사에 입사하고 오너를 그렇게 가까이 마주한 건 처음이었다.

"얼굴은 좀 괜찮나."

"괜찮습니다."

"미안하네. 고의는 아니었네."

"신경 안 쓰셔도 됩니다."

"……아무래도 나한테 화가 난 모양이군."

티를 내려고 했던 건 아니었다. 그저 웃음이 나지 않았을 뿐.

왜 자꾸 때리십니까. 왜 데려오지 않으십니까.

삼켜 낸 질문들이 가라앉기도 전에 동환과 눈이 마주쳤다. 그의 속내를 꿰뚫어 볼 작정인 듯 동환은 시선을 거두지 않았다. 오래도록 그 시선을 견디고 나서야 재완은 벗어날 수 있었다.

"그럴 리가 없는데. 사과 같은 거, 평생 한 적 없는 분이……."

은하가 힘없이 중얼거렸다. 침묵이 찾아오자 파도 소리가 유난히 크게 들려왔다. 동환과의 독대를 떠올리고 있던 재완이 정면을 향해 있던 은하의 시선을 붙잡았다.

"꼭 물어보고 싶은 게 있습니다."

"말해요."

"아까 저 보셨을 때, 어떠셨습니까."

스니커즈로 모래를 지분거리던 은하가 행동을 멈췄다. 처음 선뜻 떠오른 문장을 입 밖으로 내뱉을 수 없었다.

망설여졌다. 정말 입 밖으로 말해 버리면 시작일까 봐.

바보 같은 생각이었다. 이미 시작된 줄도 모르고.

"차재완 씨는 참, 곤란한 질문을 잘 해요."

"그만큼 피해 가실 때도 많았죠."

이렇게 쉽게 바닷가를 함께 거닐어 주고, 정답게 한 상에 차려진 밥을 나눠 먹을 거면서 마음은 멀리 가 있는 사람. 눈앞에 나타난 자신을 밀어내지도, 뿌리치지도 않을 거면서 점점 더 멀어지기만 할 뿐, 가까워지지 않는.

그런 그녀에게 묻고 있었다.

나는 당신에게 어떤 의미인 거냐고.

"내가 어떤 대답을 할 줄 알고."

"저야 모르죠. 워낙에 어디로 튈지 모르시는 분이니."

"지금 대놓고 나 까는 거예요?"

이 대답만큼은 정말 피하고 싶어 은하는 말을 돌렸다. 하지만 재완은 그녀에게 향한 시선을 거두지 않은 채 다시 한번 물었다.

"꼭 들어야겠습니다."

"……."

"아니면 다른 걸 물을까요."

은하는 알 수 있었다. 그가 묻고 싶다는 '다른 것'이 아마 자신의 아픈 손가락이라는 것을. 그렇게 된다면 기준에 대해, 아버지에 대해 얘기해야 한다.

어떤 대답을 하더라도 결국 후회할 것이다. 잠시 고민하던 은하는 조금 솔직해지기로 했다.

지금 자신의 감정, 진솔한 마음, 그가 알아주었으면 하는 걸 말하자고.

버거운 현실 앞에 나는 도망쳤지만, 결국 당신에게서는 도망치지 못했다는 것을.

"후회할 텐데."

"상관없습니다."

"아니, 내가요."

"……."

"어쩌면 미래의 차재완 씨도."

그가 그리는 자신과의 미래가 어떤 것인지 짐작할 수 있었다. 산뜻하고, 아름답고, 넘치는 진심들 앞에 수줍게 웃을 수 있는 그런 미래. 자신의 배경 따위 안중에도 없이 그는 그런 설렘을 그릴 것이다. 순진하게도.

그녀는 줄 수 없고, 주지 않을 것임을 모른 채.

그럼에도 알려 주고 싶었다. 여기 있는 내내, 그녀가 누구를 생각했는지를.

"아무래도 내가 이 사람을……."

잠시 망설이던 입술이 천천히 열렸다.

이기적이지만, 이기적일 수밖에 없는 선택. 그러게, 누가 그렇게 겁없이 다가오래요? 내가 얼마나 나쁜데. 얼마나 비겁한데.

"기다렸구나."

재완의 입술이 예쁜 호선을 그렸다. 어두운 밤인데도 그게 보였다. 남자의 눈부신 미소를 보자마자 은하는 툭, 던지듯 말했다.

"우리, 연애할까요?"

9화

까불지 말라면서 동거도 하자는 남자

은하는 차였다. 그것도 너무나 단호하게.

"제가 생각하는 평범한 연애 맞습니까?"

그녀는 대답할 수 없었다. 아무것도 약속할 수 없기에.
당신을 또 내 아버지 앞에 세울 수는 없으니까.

"저랑 뭐 하시게요. 저한테 돈 쓰시게요? 명품 시계 사 주시고, 차도 사 주시고?"
"그런 연애가 편하죠. 나도, 당신도."
"전 실장님이랑 평범한 연인이 할 수 있는 걸 하고 싶은데요."
"……."
"그게 아니면 싫습니다. 안 합니다."
"……와, 나 차인 거예요?"
"네. 저한테 차이셨어요."

"진짜 단호하네."

"그러니까 다시 생각해요. 실장님이 저랑 하고 싶은 연애는 아마 그런 연애가 아닐 겁니다."

"그걸 차재완 씨가 어떻게 알아요?"

"당연히 알죠. 내가 좋아하는 사람인데."

재완은 짙은 눈을 마주쳐 왔다.

"원래 그런 겁니다, 짝사랑이라는 게."

그 순간 은하는 말하고 싶었다. 아마도, 이제는 짝사랑이 아닐지 모르겠다고.

그 후로도 은하의 일상은 늘 똑같았다. 오전에는 산에 올라가 묘지 곁에서 시간을 보냈고, 오후가 되면 할 일 없이 동네를 산책하거나 해변을 거닐었다. 어느새 은하가 눈에 익은 동네 어른들이 이것저것 먹을거리를 챙겨 주는 일도 다반사였다.

좁고 한적한 마을에 소문이 도는 건 금방이었다. 은하의 뒤꽁무니를 졸졸 쫓아다니는 어느 젊은 총각에 대해서.

"아이고, 이 늙은이들만 있는 동네에서 둘이 뭐 하는 거야. 얼른 각시 데리고 살던 데로 가 버리지!"

어촌계에서 직접 운영하는 식당에 들어오기 무섭게 타박 섞인 말이 들려왔다. 메뉴라고는 백반 하나뿐이라 따로 주문이 필요 없는 식당에서 식당 주인인 아주머니는 물론, 주방 아주머니와 오전 일찍 뱃일을 끝내고 돌아와 반주를 곁들이고 있는 어민들까지 한마디씩 거들었다.

은하는 대꾸도 없이 살짝 웃을 뿐이지만 재완은 달랐다. 그새 친해졌는지 어민들 테이블에서 반주까지 얻어먹더니, 검은 봉투 하나를 받아 와 흔들어 보였다. 반주와 맞바꾼 선물이라면서.

"대광어래요. 민박집 사장님 갖다 드리면 좋아하시겠어요."

재완이 자리에 없는 동안 반찬 하나 건들지 않던 은하가 뒤늦게 젓가락을 들었다.

"나 내일은 어디 다녀와야 해요."

"저도 같이 가면 안 됩니까?"

"상관은 없는데, 아르바이트라서."

"……네?"

"통역 아르바이트 구했어요. 시급도 쏠쏠하고."

어마어마한 외제차를 끌고 다니며, 자기 월급이 얼마인지도 몰랐을 여자가 시급을 논하다니. 재완은 잠시 얼이 빠져 아무 대답도 않았다. 은하는 그럴 줄 알았다는 반응이었다.

"그러니까 차재완 씨는 그만 서울에……."

"같이 갈 겁니다. 무조건 같이."

또다시 멀어질까 재완이 급히 그녀의 말을 가로막았다. 은하는 요 며칠 내내 같이 가겠다고 우기는 그가 익숙했다.

은강이 쥐여 준 현금도 떨어져 가니 어차피 서울을 가긴 해야 했다. 이미 자신이 어디에 있는지 오빠들과 아버지까지 다 아는 눈치니, 더 머무를 이유도 없었다.

그렇다고 본가로 돌아가고 싶진 않았다. 호텔 근처로는 얼씬도 말라며 쫓겨난 건 진짜 처음이라, 조금은 더 뻗대 볼 생각이었다.

"나 가출했는데."

"자랑이십니다."

"마땅히 갈 데도 없고."

"저 기다리셨다면서요. 그럼 저랑 있어야죠."

"그걸 또 이런 식으로 이용해요?"

"뭔들 못 할까요, 제가."

차인 사람은 분명 저인데, 그는 차인 사람마냥 힘없이 중얼거렸다. 은하는 괜히 밥알만 뒤적거렸다.

분명 돌아가긴 해야 했다. 소현이 소개해 준 통역 아르바이트를 해야 할 만큼 돈도 없었고, 애초에 오래 있을 생각도 없었다.

복잡한 머리를 단조롭게 만들어 줄 만큼 조용한 데다가, 엄마 곁에 오래 있어 본 적도 처음이었다. 그러다 보니 이곳에 머무는 시간이 길어졌을 뿐.

삼촌 집에는 일부러 가지 않았다. 돈 있을 때나 조용히 봉투만 놓고 왔었지, 지금은 가진 것도 없는데 괜히 들여다볼 여유가 없었다. 그렇게 여기 있을 이유가 점점 사라져 갔다.

무엇보다 눈앞의 이 남자 때문에.

"그래서 누가 이겼어. 서방이야? 마누라야?"

걸걸한 아주머니의 말에 재완이 씨익 웃었다.

"당연히 서방이죠."

연애는 하지 않겠다던 남자는, 어느새 서방이 되어 있었다.

아르바이트는 간단했다. 업체 측에서 준비한 정장을 입고, 외국 바이어와의 미팅에서 불어 통역만 하면 되는 거였다.

원래 일하던 통역가가 급성 장염으로 입원한 자리에 대타로 들어간 은하는 전문 용어가 가득한 문장에도 능숙하게 말을 전달했다.

미팅이 마무리되고, 일당을 전해 주던 이가 다음번에도 부탁하고 싶다는 의사를 비쳤지만 은하는 단호히 거절하고 미팅이 있던 호텔 건물을 나섰다.

오늘 받은 일당으로 뭘 할까, 재완에게 외식이나 하자고 할까.

"내가 생각해도 어이가 없네. 차인 주제에 외식은 무슨."

민박집으로 방향을 튼 은하는 이제는 익숙해진 스니커즈로 걸음을 재촉했다. 왜 이렇게 서두르는지 이유도 모르는 채.

도착한 민박집에서는 뜻밖의 풍경이 펼쳐지고 있었다. 늘 주인 부부가 감자를 까거나, 옥수수를 다듬던 평상 위에서 불판이 지글지글 끓고 있었다. 수북하게 쌓인 고기는 말할 것도 없고.

"아이고, 이제 오네!"

"얼른 한 자리 차지해요. 아가씨 서방이 고기를 이만큼이나 사 왔네, 그려."

이훈의 말이 끝나기 무섭게 집게를 들고 삼겹살을 굽고 있던 재완이 은하를 향해 웃었다. 넉살도 좋지, 모르는 사람이 보면 이 집 맏사위로 보일 법한 모양새였다.

텃밭에서 쌈 채소를 한 아름 캐오던 정미는 은하의 팔을 잡아끌고 억지로 평상에 앉혔다.

"오늘 간다며? 아쉬워서 어떡해. 내일 아침에 가라는 거 하도 안 된다고 하길래, 그럼 저녁이라도 먹고 가랬더니 신랑이 이렇게나 준비했어."

신랑 아닌데. 나, 저 남자한테 분명 차였는데. 어색하게 평상에 걸터앉은 은하는 작은 마을에 도는 소문의 근원지를 찾은 듯했다. 방도 철저하게 따로 쓰는데 어떻게 그런 생각을 한 건지 알다가도 모를 일이었다.

은하는 재완을 보다가 수북한 쌈 채소를 테이블에 올려놓는 정미를 돌아봤다.

잠깐, 그러고 보니.

"……간다고요?"

"응? 신랑이랑 얘기된 거 아니야?"

자꾸 신랑, 신랑 하니 그것도 세뇌가 된 건지 은하의 시선이 다시 재완을 향했다. 눈이 마주친 재완이 그녀의 밥그릇 위로 익은 고기 몇 점을 덜어 줬다.

"가야죠, 오늘쯤."

어제 서울로 간다는 암시를 하긴 했지만 그게 오늘일 줄은 몰랐던 은하는 적잖이 당황했다. 아니, 어쩌면 불안해하고 있는 건지도 몰랐다. 혹시 재완이 혼자 간다는 얘기일까 봐.

"저 남은 연차 다 써갑니다. 복귀해야죠."

"그럼 혼자……."

"우리는 같이 갑니다."

마치 그녀의 생각을 꿰뚫은 듯 재완이 단호하게 말했다.

"그래, 얼른 신랑 따라가. 남은 숙박비는 내가 바로 챙겨 줄 테니까."

정미는 그렇게 말하면서 두툼한 고기를 얹은 쌈을 남편에게 내밀었다. 맛있게 받아먹은 이훈의 앞으로 소주까지 따라 주니, 분위기가 한결 떠들썩해졌다.

그 모습을 보던 은하가 불현듯 옆에서 느껴지는 시선에 재완을 돌아봤다. 그는 능청스러운 얼굴로 앞의 주인 부부와 익어 가는 고기를 눈짓으로 가리켰다.

"아이고, 우리 신랑이 고기 굽느라 배가 곯았나 보네. 얼른 하나 싸 줘, 큼지막하게!"

신랑 아닌데요. 그리고 쌈은 일하고 온 사람이 얻어먹어야 하는 것 아닌가. 생각은 그렇게 하면서도 손은 이미 자연스럽게 쌈 채소를 집어 들고 있었다.

밥을 올리고, 고기를 두 점이나 올리고, 쌈장과 고추까지 얹은 쌈을 돌돌 말아 재완에게 내밀자 풋, 하는 소리가 들려왔다.

남의 호의를 이런 식으로 비웃다니. 은하는 불퉁한 표정으로 밉지 않게 재완을 째려보았다. 웃음을 거둔 재완이 쌈을 쥔 작은 손을 감싸 그대로 은하의 입에 넣어 주었다. 얼결에 그의 몫을 받아먹은 은하가 우물거리며 눈을 치켜떴다.

"오늘 수고했어요. 많이 먹어요."

마치 퇴근한 아내에게 건넬 법한 말투에 은하는 기가 막혔다.

이 남자가 진짜 신랑 행세를 하려고 하나.

"……지금 뭐 하는."

"그럼 이제 내 차례."

재완이 대놓고 입을 벌렸다. 맞은편 주인 부부가 한창 좋을 때라며 흐뭇하게 웃는 사이, 은하는 어색하게 상추를 손에 들었다. 괘씸죄로 전보다 더 큰 쌈을 싸서 그에게 내미는데, 좋다고 그걸 받아먹는다.

참나, 이거 진짜 성격 안 맞는데. 어색하니 팔꿈치를 쓰다듬는 은하의 위로 작은 쌈이 다시 내밀어졌다. 불편하지만, 어쩐지 불편하지 않은 저녁 식사가 계속 이어졌다.

〈미안, 우리 엄마 아빠 오늘 올라오셨어. 아마 다음 주까지 계속 계실 것 같은데.〉

전라도에서 서울까지 무리해서 올라오신 부모님을 내쫓고 그 자릴 차지할 수는 없었다. 은하는 소현의 답장에 괜찮다 대답하고서는 다시 휴대폰을 껐다.

예정지가 있는 사람처럼 재완은 출발할 때부터 지금까지 휴게소 한 번 들리지 않았다.

설마 우리 집으로 가는 건 아니겠지. 은하는 손에 쥔 휴대폰을 내려다봤다.

"막 살 거예요. 아무나 만날 거야, 아버지가 진심으로 후회할 때까지!"

그런 말을 하고.

"못난 놈. 너 같은 놈한테 기대했던 내가 어리석었다."

그런 말을 들었는데.
"무슨 생각 하세요?"
서울 톨게이트를 지나고 한참이 지나서야 그가 물었다.
"아무것도요."
"너무하네. 내 생각 좀 해 주지."
세상 유일하게 자신을 찬 남자가 연애를 걸듯이 능글맞은 말을 내뱉었다. 이마를 찌푸린 은하가 그를 돌아봤다.
하긴. 지금 그걸 걱정할 때가 아니지. 당장 어디 가서 잘 건데?
"다 왔어요."
도착? 어디를? 은하가 눈을 크게 뜨고 주변을 돌아봤다. 일단 본가가 아닌 건 분명했다.
"어디예요?"
"우리 집이요."
뭐? 집? 우리…… 집?

"저 기다리셨다면서요. 그럼 저랑 있어야죠."
"그걸 또 이런 식으로 이용해요?"

"뭔들 못 할까요, 제가."

진짜, 이 남자, 뭐야.

"……진심이었어요?"

반쯤, 아니 거의 농담으로 치부한 그의 말을 떠올린 은하의 얼굴 위로 황당함이 번졌다.

그녀의 물음에 웃음으로 답을 대신한 재완이 먼저 차에서 내렸다. 그러고는 겨우 가방 두 개가 고작 은하의 짐을 트렁크에서 꺼내 들었다.

당연하다는 듯이 건물 입구로 향하는 그를 급하게 차에서 내린 은하가 막아섰다.

"장난 그만해요. 짐 줘요."

"실장님 갈 곳 없잖아요. 어디 신세 질 데 있습니까?"

은하가 입술을 삐죽였다. 확신을 하고 물어 오는 모양새가 얄미웠다. 물론 사실이라 할 말은 없었지만.

"나 이제 그쪽 상사 아니거든요."

"그래, 그럼. 유은하, 너 어디 갈 데 있어?"

기다렸다는 듯이 말을 놓는 재완은 쌈을 조를 때보다 더 당당했다.

"그렇다고 내가 누나가 아닌 건 아니지."

"나한테 누나 소리 듣고 싶어요?"

"왜, 하기 싫어요?"

"그럼 좋을까. 키스까지 했는데?"

능글맞은 재완의 말에 은하는 순간 말문이 막혔다. 이럴 거면 내 연애는 왜 거절해?

"키스한 여자가 꽤 많나 봐요?"

"그런 질투 되게 반갑고 설레긴 하는데, 일단 안에 들어가서 마저 할까요?"

"대체 자꾸 어디를. 그리고 나 빈털터리예요."

"그거야말로 제가 바라던 거네요."

"정말 들어가자고요?"

"아니면 집에 가실 겁니까? 그럼 상무님한테 전화하세요. 제가 보는 앞에서."

마치 그녀가 지금 무슨 생각을 하는지 다 꿰뚫어 보고 있다는 눈빛이었다.

은하는 대답 없이 그의 손에 들린 제 가방들을 째려봤다. 망설임이 길어지자 재완은 쐐기를 박듯 다시 한번 말했다.

"방은 두 개고, 시간은 늦었고, 유은하는 갈 곳도, 돈도 없죠."

맞는 말만 하는 그를 이겨 먹기란 쉽지 않았다. 깜깜한 주위를 둘러보던 은하는 그 어느 때보다도 즐거워 보이는 재완을 올려다봤다.

"결정했습니까?"

연애는 안 하겠다면서 냅다 자기 방부터 내어 주는 남자였다. 그런 재완의 앞에서 은하는 이러지도 저러지도 못했다. 어차피 답은 정해져 있었다.

"……좋아요. 가죠."

마지막 자존심이라는 듯 은하는 재완을 앞서갔다.

밤새 잠을 설쳤다. 당연했다. 멀쩡한 그의 침대는 자신이 차지하고, 작은 방은 덩치 큰 재완의 몫이 됐으니.

창밖으로 여명이 밝아 올 때까지 한참을 고민했다. 이건 아니야. 그냥 나가 버리자, 집으로 들어가지 뭐, 오빠한테 돈 좀 꿀까, 아니면 소현이한테 다시 연락해 볼까. 그럼에도 쉬이 결정을 내릴 수 없었다.

뜬 눈으로 밤을 지새워 피곤함이 역력한 그녀와 달리, 재완은 뭐가 그리 좋은지 콧노래까지 흥얼거렸다. 그것도 모자라, 두툼한 고등어 살을 발라 은하의 밥그릇 위에 올려 주었다.

"입맛 없어도 먹어요. 맛있습니다."

어제저녁부터 은하의 밥그릇에 집착하던 그가 뿌듯한 듯 환하게 웃었다.

"오늘 뭐 하실 겁니까?"

"글쎄요."

"휴대폰은 언제 확인하시려고요?"

"그것도 글쎄."

다 내놓고 집 나온 주제에 모양 빠지게 집에 들어갈까, 아니면 이대로 여기 눌러앉아야 하나. 지독한 내적 갈등에 휩싸인 은하가 대충 대답했다.

침대가 편하지는 않았는지 하루 새에 푸석해진 은하의 얼굴을 들여다보며 재완은 그녀의 젓가락이 향하는 곳을 눈여겨봤다.

계란말이, 멸치볶음, 진미채. 휘핑크림 잔뜩 얹은 카페모카를 즐겨 마시는 것도 그렇고 은근히 어린이 입맛이었다. 다행이었다. 하나같이 만들기도 쉽고, 사 오기도 쉬운 반찬이라서.

"저 출근하면 상무님이 찾을 텐데."

그녀가 젓가락질을 멈췄다.

"제 오피스텔에 있다고 말씀드리면……."

"차재완 씨를 뜯어 먹겠죠."

"……."

"작은오빠가."

얼었던 재완의 표정이 살짝 풀어지자 은하가 덧붙였다. 오히려 큰오빠는 재미있어 할지도 모른다며. 그리고 멸치볶음 쪽으로 손을 뻗었다.

"무서워지죠. 막, 내보내야겠다 싶죠?"

"실장님이 애도 아니고, 나가고 싶으면 나가겠죠."

연애는 하지 않겠다면서 방 한 칸을 떡하니 내어 준 남자가 씩 웃어 보였다.

"……진짜 내가 눌러앉으면 어쩌려고."

"저는 좋습니다."

"대체 뭐가요?"

"집에 오면 실장님이 있잖아요."

실장 딱지 버린 지가 언제인데. 은하가 입술을 삐죽거렸다. 어젯밤 이름을 부르던 호칭이 다시 실장님으로 되돌아왔다. 그게 묘하게 서운했다.

"정말 후회 안 하죠?"

그는 대답 없이 웃기만 했다. 뭐가 저렇게 좋을까, 직장인들 다 죽어나는 월요일부터. 턱을 괸 은하는 '며칠뿐'이라며 홀로 다짐하고서는 고개를 내렸다.

어느새 예쁘게 모양 잡힌 계란말이 한 조각이 밥그릇 위에 앙증맞게 자리를 잡고 있었다. 여기저기, 구석구석 틈을 비집고 들어오는 그의 마음에 얼굴을 붉힐 쯤 짓궂은 생각이 머릿속을 스쳤다.

"만약 큰오빠가 이 사실을 알면."

유치하지만 조금 놀려 볼까.

"차재완 씨를 작은오빠한테 바칠지도 모르죠, 뜯어 먹으라고."

꿀꺽. 긴장한 나머지 마른침을 삼킨 재완을 보며 은하는 어깨를 작게 으쓱였다.

✦ ✦ ✦

"방금 뭐라고 했습니까. 어디를…… 데려갔다고?"

유나가 대답을 망설였다. 지금 상사와 예전 상사, 둘 중 누구와의 신의를 지켜야 하는지 갈등이 일었다. 하지만 눈앞의 남자는 무려 유강 호텔의 차기 회장이 될 사람이었다. 앞으로 그녀의 월급과 퇴직금을 책임질.

"차재완 씨 오피스텔입니다."

"하. 기가 막혀서."

"사람, 계속 붙일까요?"

데리러 오라고 한 게 언제인데, 감감무소식이니 걱정을 안 할 수가 없었다.

걱정 반, 의심 반. 혹시 딴마음을 품고 도망이라도 간 건 아닐까 싶어 사람을 붙인 게 3일 전. 별다른 소식은 없었다. 강릉의 작은 마을, 다 쓰러져 가는 민박집에서 알콩달콩 지낸다고. 도망간 와이프 잡으러 온 남편 행세를 하면서.

그런데 뭐? 어딜 데리고 가?

답답함에 넥타이를 살짝 풀자, 그나마 숨통이 조금 트이는 기분이었다.

"고양이한테 생선을 맡겼네요, 내가."

기가 차고 어이가 없어 웃음만 나왔다. 아버지도 은근히 은하의 소식을 기다리는 눈치고, 은규는 말할 것도 없었다. 그녀를 둘러싸고 남자 셋이 눈을 부릅뜨고 있는데 참 간도 컸다.

"차재완 씨는 출근했습니까?"

"네. 확인했습니다."

"그렇다면 그 집에……."

말을 내뱉다가 도무지 이어지지 않아 결국 은강은 웃음을 터트렸다. 보고하던 유나가 움찔했다.

"내가 거기서 끌고 나오면 유난일까요?"

유나가 어색하게 웃었다. 상사의 질문은 늘 어려웠다.

"유난은 아니십니다."

"그럼요?"

"민망한 상황이 연출되긴 할 겁니다."

"아. 둘이 민망한 짓을 하고 있을지도 모른다?"

"……사람, 계속 붙일까요?"

답을 회피하기 위해 좋은 방법을 터득한 유나는 도로 질문했다. 은강은 알 수 없는 표정으로 비서를 빤히 올려다봤다. 시선을 아래로 둔 채 정직하면서도 흔들림 없는 입매가 한일자로 굳어 있었다.

톡, 톡. 책상 위에 손가락을 두드리며 생각에 잠겼다. 여전히 시선은 그녀에게 머무른 채.

"그냥 두죠. 이 나이에 가출한 여동생 잡으러 가는 것도 우습고."

"네, 알겠습니다."

갑작스레 날아든 폭탄 때문에 은강은 머리가 어지러웠다. 일단 보고를 마치고 집무실을 나서려는 유나를 급히 잡아 세웠다. 그런데 애석하게도 무슨 지시를 해야 할지 생각이 나지 않았다. 이게 다 망할 여동생 때문이다.

"나중에 인터폰 하시면……."

"아, 생각났어요."

손가락을 튕긴 은강이 책상 위 달력을 바라봤다. 유나는 자연스레 다이어리를 펼쳤다.

"다음 주에 제주 지사 출장 좀 잡아 줘요. 시찰 정도니까 2박이면 좋겠네요."

"네. 다음 주면 최 실장님이 휴가 중인데, 동행 비서진은……."

"같이 갑시다."

바쁘게 적어 내려가던 손길이 움직임을 멈췄다. 고개를 들어 은강을 살폈지만 그는 아무 일도 없는 양, 결재 서류를 들춰 보고 있었다. 아직 그의 출장을 수행한 적은 없었지만 문제 될 건 아니었다.

그런데 굳이 저런 말로, 그러니까 오해하기 딱 좋은 뉘앙스를 풍겨야 했나?

"싫어요?"

만년필을 손에서 굴린 은강이 고개를 들어 눈을 맞춰 왔다. 퍽 다정한 물음에 유나는 현기증이 나려는 걸 겨우 참고 입꼬리를 끌어 올렸다.

"아니요, 그렇지 않습니다."

"다행이네요."

"출장 스케줄 정리해서 올리겠습니다."

"그래요, 부탁해요."

정리되는 듯한 상황에 유나는 서둘러 은강의 앞을 벗어났다. 곧장 탕비실로 향한 유나는 컵에 얼음을 가득 담아 얼굴과 목 사이에 갖다 댔다. 순간 오르던 열이 식는 기분이었다.

"뉘앙스가 참……."

여러 비서 울리게 생겼네. 이 정도면 대놓고 착각하라고 먹여 주는 거 아니야?

이마를 좁힌 유나가 뜨끈해진 볼을 매만졌다. 점심에 먹은 구내 식당 음식이 얹히는 기분이었다. 하루빨리 은강에게서 벗어날 날을 떠올리며 중얼거렸다.

저 남자가 끼를 부리는 거야, 아니면.

"내 오해가 깊은 거야."

⁂

유은하는 귀여웠다. 여러 남자들과 지저분한 연애를 했다며 능숙한 척 굴면서도 그의 집에 들어와 침대를 차지하는 일을 주저할 정도로 순진했다.

지금쯤 뭘 하고 있을까. 그녀를 떠올리자 미소부터 지어졌다. 자꾸만 웃게 만드는 여자. 모든 건 유은하이기에 가능한 일이었다.

짝사랑을 그만둘까 했던 생각은 역시 바보 같았다.

어디 그런 여자가.

"흔한가."

흔할 수 없지, 그래서 좋아하는 건데.

"차 대리님. 무슨 기분 좋은 일 있으신가 봐요?"

객실 지원팀에서 볼일을 보고 사무실로 향하는 길이었다. 오랜만에 본 지현이 반갑게 인사를 건넸다.

"저도 공유 좀 해 주시면 안 돼요? 기획실 좋은 일 있어요?"

엘리베이터 앞에 선 그의 옆에 서며 지현이 방긋 웃었다. 유난히 환한 웃음이 부담스러워 재완은 별일 아니라 대답했지만 지현은 끈질겼다. 그 순간 엘리베이터 문이 열렸다.

"아, 상무님. 안녕하세요."

은강을 발견한 지현이 인사를 건넸다. 재완은 순간 말을 잃었다. 그녀와 아침 식사를 할 때부터 은강이 자신을 부를 것이라 막연하게 생각만 했었지, 이렇게 우연히 마주칠 거란 상상은 하지 않았다.

"만약 큰오빠가 이 사실을 알면 차재완 씨를 작은오빠한테 바칠지도 모르죠, 뜯어 먹으라고."

하필 은하의 귀여운 협박이 떠오를 건 뭐란 말인가. 지현을 따라 재완 역시 작게 묵례했다. 집에 반협박으로 묶어 놓은 어떤 여자와 그 여자의 가족을 대면하는 이 순간은, 조금의 과장을 보태 딱 지옥이었다.

벽에 기대선 채로 휴대폰을 보고 있던 은강이 둘 사이를 묘하게 번갈아 봤다.

"네, 점심들은 먹었어요? 오늘 구내 식당 메뉴, 괜찮다던데."

"이제 먹으러 가는 길입니다, 상무님은 식사 하셨어요?"

"전 방금 약속이 생겨서요. 차재완 대리."

지현과 주고받는 대화 속에 자신이 등장할 줄 몰랐던 재완은 순간 놀라 고개를 들었다. 눈이 마주친 은강이 엘리베이터 열림 버튼을 꾹 누른 채 턱 끝으로 제 옆을 가리켰다.

"나랑 점심이나 합시다."

휴대폰을 켜기 무섭게 부재중 전화와 메시지들이 쏟아졌다. 특히 작은오빠, 은규에게서 온 메시지가 상당했다.

뭘 해야 할지 잘 몰라 아무거나 손에 잡히는 책을 읽고 그것도 모자라 TV를 켜 취미에도 없는 예능 프로그램을 봤다. 그럼에도 종일 일에 파묻혀 살았을 때보다 훨씬 시간이 남았다. 별의별 생각을 다 하게 만들 정도로.

—별일이다, 재벌이 돈을 다 빌리고?

"그래서 빌려줄 수 있어, 없어?"

—뭐, 돈이야 빌려줄 수는 있지. 근데 너 진짜 비상금 같은 것도 없어? 아니, 그 많은 걸 다 놓고 온 거야? 네 개인 계좌 같은 건 있을 거 아니야. 왜 재벌은 자기 계좌에 돈이 얼마 있는지도 모른다던데, 어디 투자해서 재산도 알아서 막 늘리고?

다다다, 내뱉는 소현의 목소리는 기가 막히다 못해 황당 그 자체처럼 보였다. 동환이 모르는 재산이야 응당 있었다. 새어머니의 유산, 해마다 생일 선물로 받았던 소정의 주식들과 부동산. 매달 계좌로 입금되는 주식 배당금은 얼마인지 살핀 적도 없었다.

그래서 더 쓰고 싶지 않았다. 아버지한테 지는 것만 같아서. 괜한 오기로, 이기고만 싶어서.

"있어. 근데 안 쓸래."

—대체 왜?

"자존심 상해서."

—얼어 죽을 자존심! 자존심이 밥 먹여 주냐는 그 유명한 대사를 넌 곧 달에 한 번 스쳐 지나가는 월급 통장을 통해 깨달을 거야. 근데 진짜 취업하려고?

정해진 계획은 없었다. 집을 나온 건 충동이었고, 잠깐 바람이나 쐴 생각이었다. 처음부터 유강의 사람이 아닌 삶을 생각해 본 적은 없었다. 한때 아버지에게 인정받고 싶은 시절이 있었으니까.

소현에게 메시지로 계좌번호를 보낸 다음 시간을 확인하니 벌써 오후 7시가 넘어가고 있었다. 퇴근을 해도 아까 했을 시간. 슬쩍 전화를 해 볼까 싶던 찰나, 도어록 소리가 들렸다.

"집에 있었네요."

그럼 내가 갈 데가 어디 있다고.

"배고프죠? 금방 저녁 할게요."

진회색의 슈트를 입고 두 손 가득 장바구니를 들고 온 남자는 어색한 듯 자연스러웠다. 소파에서 일어선 은하가 재완을 따라 주방으로 향했다.

"설마 요리도 해요?"

"기본적인 건 어느 정도 해요. 집이 지방이라, 자취를 오래했거든요."

처음 듣는 얘기였다. 부하 직원으로 몇 년을 같이 일했는데. 온갖 채소들을 꺼내 늘어놓는 재완을 바라보며 은하가 물었다. 본가가 어디냐고.

"경주요."

"거기서 태어났어요?"

"네, 고등학교 때까지 쭉 살았죠."

"그런데 사투리를 하나도 안 쓰네요."

"대학 다니면서 싹 고쳤거든요. 닭볶음탕, 좋아하세요?"

은하의 식성은 생각보다 소탈했지만 그래도 아무 메뉴를 고를 수는 없었다. 뭘 좋아할까, 뭘 잘 먹더라 종일 고심해서 정한 메뉴였다. 재완이 긴장된 얼굴로 묻자 은하는 가볍게 고개를 끄덕였다.

"다행이다."

"뭐가요?"

"뭐든 잘 먹으니까."

"……."

"좋아서요, 그런 거."

그녀가 하루 종일 했었던 별의별 생각이란 이런 것이었다. 지금 이 순간을 이대로 누려도 되는 걸까. 언제부터인가 잊고 살았던 생각들.

누군가에게 기대고 싶고, 의지하고 싶고, 아무것도 하고 싶지 않았다. 누군가의 곁에서, 누군가의 사람이라는 이름으로만 살고 싶었다. 그 끝이 얼마나 참혹한지 알면서도, 어리석게 또 바라고 있었다. 그리고 자꾸만 상상하게 된다.

우리의 끝은 어디로 가는 걸까, 어디쯤인가, 당장 내일은 아니겠지.

평범하게 사랑받고, 평범하게 사랑하고.

사랑을 일상처럼 누리는 그런 사소한 행복을 누려 볼 틈도 없이.

"내가 도와줄 거 없어요?"

은하가 가볍게 묻자 재완은 기다렸다는 듯 도마를 그녀의 앞에 내려놨다.

"음, 그럼 채소 손질 좀 해 주세요."

뭐, 그것쯤이야.

"이제 다 됐……."

20분 후, 뒤를 돌아본 재완은 깜짝 놀랐다. 밥을 짓고, 양념장을 만들고, 함께 먹을 샐러드까지 완성한 뒤에 확인한 광경은 참혹했다.

"왜요? 뭐 잘못됐어요?"

두꺼운 감자 껍질 속에 알감자보다 작은 감자는 물론이고 손가락만해진 당근은 말할 것도 없었다.

"애들이, 좀 작네요."

"한입 크기로 만들려고 하다 보니 좀."

다행히 의도가 있는 칼질이었다. 재완이 어색하게 웃었다. 20분 동안 혼자 씨름했을 그녀가 상상되어 웃기고, 자신이 요리를 잘하는 것에 대해 괜스레 다행이란 생각도 들었다.

"괜찮습니다. 요리는 제가 잘하니까."

예쁜 모양을 만들고 싶어 자르고, 자르다 보니 작아진 감자와 당근을 내려다보던 은하가 작게 웃었다. 미래를 꿈꾸는 듯한 말투는 한없이 부드러웠다.

"혼자서 어디까지, 무슨 생각을 한 거예요?"

"모르셨어요? 원래 남자는 첫눈에 반하는 순간, 결혼하고 애 둘 낳는 상상까지 하는데."

이런 달콤한 말에 부끄러움을 느낄 나이도 아닌데, 은하는 괜히 도마 위에 놓인 감자를 칼로 토막 냈다. 가뜩이나 작은 감자가 또다시 반토막 나려던 순간, 자신이 무슨 말을 했는지 대충의 눈치도 없던 재완이 어색한 목소리로 말했다.

"감자는…… 그만 썰까요?"

✣ ✣ ✣

"우리 큰오빠 만났어요?"

화이트 와인과 닭볶음탕의 조합이 제법 괜찮았다. 그녀가 맛있게 먹는 모습에 기분이 좋아진 재완은 잠시 잊고 있던 기억을 떠올렸다.

"마음 같아서는 손목 잡고 끌고 나오고 싶은데, 이제야 내 동생이 제대로 된 연애를 하나 싶어서 두고 볼까 합니다."

"우리 집 둘째가 조금 유난이에요. 여동생 사랑이 각별하죠."

그것은 일종의 협박이나 다름없었다.

"그쪽에는 들키지 맙시다."

"……만났구나."

뭐라고 할까. 호텔 임원이자, 당신 오빠에게 협박 비슷한 걸 당했다고? 재완은 반쯤 빈 그녀의 잔에 와인을 채웠다. 조르륵, 하는 소리가 얇게 울렸다.

"뭐라고 했는데요? 오빠가 협박했어요? 나 건드리면 죽여 버린대요?"

그런 말은 하지 않았지만 그런 뉘앙스이긴 했다. 재완은 이번에도 대답 대신 그녀의 밥그릇 위에 잘 바른 살코기를 올려 줬다. 하지만 은하는 먹을 것보다 그의 반응을 더 즐기는 눈치였다.

"그럼 말하지 그랬어요. 먼저 자자고 꼬신 건 나라고."

"푸흡!"

재완이 급하게 제 입을 틀어막았다. 물티슈로 손과 입가를 닦아 낸 그가 순식간에 붉어진 얼굴을 식히려고 애쓰는데, 은하는 웃기만 했다. 원망스럽게도. 아무렇지도 않게 저런 말을 하는 것도 능력이라면 능력이다 싶었다.

"뭘 그렇게 놀라요. 사실인데."

큼큼, 그가 물을 찾았다. 대신해서 물을 따라 건넨 은하는 아예 팔짱까지 낀 채로 그를 바라봤다.

"먼저 같이 살자고 할 때는 언제고."

"그거야……."

"그런데 연애는 거절하시고."

"저기, 실장님."

"나 돈 빌렸어요, 친구한테. 원룸 보증금 정도."

갑자기 얘기가 다른 주제로 확 튀었다. 상기된 재완의 얼굴이 똑바로 은하를 향했다.

"정말 안 들어갈 생각이세요?"

"들어갈까요?"

"아니요. 들어가지 마세요. 저는 마음에 듭니다."

"……."

"빈털터리 유은하."

은하가 턱을 괸 채 와인 잔의 스템을 잡고 빙그르르 굴렸다. 찰랑거리는 와인에서, 재완의 얼굴로 시선을 옮기니 그는 그녀를 보며 옅게 웃고 있었다.

티 없이 맑아 보이고 순수해 보이는 웃음은 그저 하얗기만 했다.

"그런데 꼭 나가셔야 합니까."

온데간데없이 사라진 웃음 뒤에는 침울함이 보였다. 은하가 결국 소리를 내며 웃었다. 남자가 귀여워서, 또 사랑스러워서.

"나랑 연애는 안 한다면서, 같이 살자고요?"

"같이 살면서 꼬셔야죠."

"뭘 꼬셔요?"

"유은하를. 그래야 내 방식처럼 연애하죠. 유은하 방식이 아니라."

당신의 평범한 연애에는 소박한 행복이 있을 거고, 끝에는 결혼이 있을 거고, 더 끝에는 함께 늙어 가는 단란한 삶이 존재할 것이다.

왜 나 같은 사람을 좋아해서. 은하가 어색함을 털기 위해 웃으며 와인 잔을 입으로 가져갔다.

"나 과거 있는 사람이에요. 그것도 복잡한."

"뭐 얼마나 복잡하신데요."

그녀가 손가락을 세기 시작했다. 엄지부터 시작해 새끼손가락까지 쉼 없이 가더니 더 움직이지 못한다. 재완이 비죽 입술을 끌어올렸다. 겨우 그거 가지고. 생각보다 순진하다니까.

"설마 그중 대부분이 실장님의 그 연애 같지도 않은 연애, 맞습니까?"

그의 물음에 은하는 아무런 대답도 하지 못했다. 사실이니까.

"그럼 까불지 마세요. 턱도 없습니다."

이상했다. 3년을 부하 직원으로 두었던 남자에게 까불지 말라는 말을 들었는데도, 마음이 간질거렸다.

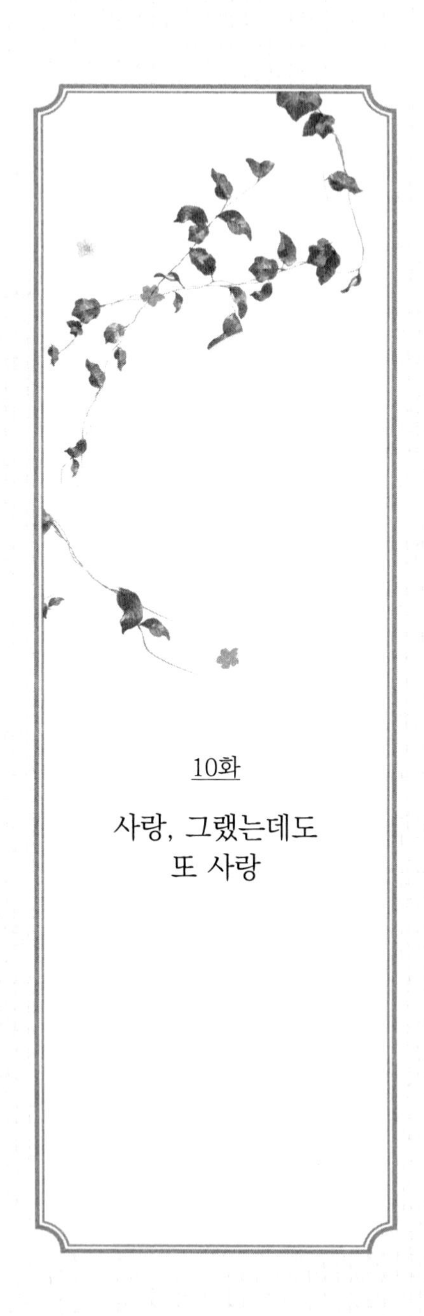

10화

사랑, 그랬는데도 또 사랑

입금된 돈을 확인한 뒤로도 은하는 선뜻 집을 구하러 나서지 않았다. 코앞으로 다가온 여름이라는 계절이 유난히 더웠고, 그래서 귀찮았다. 무엇보다 그의 집이 좋았다. 아늑하고, 마음에 들었다.

—그래서, 언제 들어올 건데?

제주도 출장까지 갔으면 일이나 할 것이지, 동생에 대한 관심과 걱정으로 은강은 하루에 한 번씩 잊지 않고 전화를 걸었다. 휴대폰 전원을 괜히 켰나 싶을 정도로.

은규는 말할 것도 없었다. 벌써 한바탕 위치 추적하기 전에 당장 자기 앞에 나타나라는 둥 온갖 말을 퍼부어 댔으니까.

“그걸 바라는 사람이 나를 가만히 두네. 어디 있는지 알고 있으면서.”

—아버지 걱정하셔. 안 그런 척하시지만.

“그럼 무시해. 나도 무시할래.”

—누가 부녀 아니랄까 봐, 이럴 때 보면 두 사람 참 닮았어. 모질지도 못하면서 그런 척하는 게.

"몰라. 내 비서 그만 부려 먹고 일이나 적당히 해."

—네 비서 걱정은 하면서 오빠들 걱정은…….

길어지려는 잔소리에 은하가 먼저 전화를 끊었다. 다시 걸진 않을 것이다. 늘 '적당히'를 아는 큰오빠니까. 그 '적당히'를 모르는 건 작은오빠였다.

늘어지게 기지개를 켠 은하가 문득 창밖을 확인했다. 재완은 야근이라 했고, 오후부터 내리기 시작한 비는 아직 그치지를 않고 있었다. 우산을 갖고 나간 것 같긴 했는데, 마중이라도 가 볼까.

은하는 10분도 지나지 않아 제 행동을 후회했다. 분명 집을 나오기 전까지는 가는 빗줄기 때문에 괜찮을 것 같았다. 어차피 가지고 있는 샌들도 없었고, 그렇다고 커다란 재완의 슬리퍼를 질질 끌고 나오고 싶지는 않았다.

하지만 집을 나서는 순간 쏟아지는 장대비에 운동화는 푹 젖어 버렸고, 버스 정류장에 도착하자마자 거짓말처럼 빗줄기는 다시 약해졌다.

양말이라도 벗고 있을까. 젖은 운동화를 내려다보고 있는데 가까운 데서 쾅, 하는 파열음이 들려왔다. 교통사고였다. 빗길에 흔히 일어날 수 있는 접촉 사고. 차에서 내린 운전자들이 우산을 쓴 채 서로의 차를 살피느라 바빴다.

"어떡해, 다리가 끼었나 봐."

"잘린 건 아닌 것 같은데. 살아 있는 거 아니야?"

"누가 먼저 잘못한 거야? 너 봤어?"

자욱한 연기와 바닥을 흥건히 적신 핏물. 들것에 실려 나온 기준의 다리를 본 순간 휘몰아쳤던 감정들. 끝내 잡히지 않던 사랑 앞에 무릎 꿇었을 때, 다시는 사랑 따위 하지 않겠다는 유치한 결심을 했을 때, 허황된 남자들의 욕심을 빌미로 스스로를 망가트린 지난날들.

"……실장님?"

그때까지도 몰랐다.

"왜 나와 있어요, 쌀쌀한데."

"차재완 씨……."

"운동화, 다 젖었잖아요."

다시 누군가를 사랑하게 될 줄은.

✦ ✦ ✦

"정말 괜찮다니까."

"전부터 꼭 사 주고 싶었습니다."

"말리면 돼요."

"신고 가야 하는데, 찝찝하잖아요. 아니면 업어 줄까요?"

남의 발을 함부로 쥐고서 하는 말은, 참 달콤하기 그지없었다.

이러니 내가 안 빠지고 배겨. 소파에 그녀를 앉혀 두고 몇 켤레의 운동화를 신겼다가 벗기기를 반복하는 재완을 빤히 내려다봤다. 한쪽 무릎을 꿇은 채 그녀에게 집중한 모습이 어째 직원보다 더 열정적이었다.

여자 앞에서 이리도 무릎을 쉽게 꿇는 남자라니.

"제 눈에는 예쁜데, 어떠십니까?"

사이즈는 어떻게 알고 딱 맞는 것만 골라 가져오는 걸까. 은하는 깔끔하면서도 단정한 디자인의 스니커즈를 내려다봤다.

"응, 예뻐요."

"보통 커플로 많이 구매하시는데, 남자분은 사이즈가 어떻게 되세요?"

이때다 싶었는지 다가온 직원이 슬쩍 물었다. 은하의 눈치를 보던 재완은 당당히 사이즈를 말했다. 키가 큰 만큼 발도 컸다.

"……창피하신 건 아니죠?"

서른하나 먹고 커플 운동화라니. 조심스러운 물음에 은하가 작게 소리 내며 웃었다.

"그런 건 진즉 물었어야죠."

"저야 좋으니까."

똑같은 운동화를 신은 두 쌍의 발을 내려다보는 은하의 귓가로 쑥스러운 듯 기분 좋은 목소리가 와 닿았다.

"실장님도 좋아했으면 좋겠습니다."

은하의 시선이 운동화에서, 어느새 옆에 앉은 그로 향했다.

마음을 고백한 것도 아니고, 당신을 이제 진심으로 좋아해 보겠다는 말을 한 것도 아니고, 그저 제자리에 서서 다가설 듯 말 듯 어쩌면 당신을 놀려먹고 있는지도 모르는 나에게.

고작 커플 운동화 하나에 가슴 설레는 말을 내뱉는 당신을.

"그래요, 좋아요."

어떻게 좋아하지 않을 수 있을까.

"원래 신발 사 주면 도망간다고 하는데."

사이즈가 잘 맞는지, 발볼이 작지는 않은지 조심스레 살피던 재완의 목소리가 살짝 들떠 있었다.

"똑같은 거니까."

재완이 뿌듯하게 웃자, 그녀 역시 따라 웃었다. 아니, 웃지 않을 수 없었다.

"저는 반대로 믿겠습니다. 나한테서 평생 도망 못 갈 거라고."

"미신을 막 만들어요?"

"누구 마음에도 꼭 들 겁니다."

끌려가는 중이라 생각했다. 어쩔 수도 없지. 나를 좋아한다는 남자에게 끌리지 않을 여자는 세상에 없으니까. 그런 거라고 생각했다. 흔들리는 중이라 생각했다. 진심 앞에서는 겁 없이 다가올 줄밖에 모르는 남자이기에 흔들리는 것도 당연한 게 아닐까.

몰랐다. 이게 사랑일 줄은. 그저, 또다시 겁도 없이 사랑에 빠질 줄은.

"진짜 예뻐요."

한참을 운동화만 바라보던 재완이 고개를 들어 눈을 마주쳐 왔다. 은하를 두고 하는 말인지, 운동화를 두고 하는 말인지. 쑥스러울 만한데도 그녀는 시선을 피하지 않고 올곧게 그의 눈을 들여다봤다.

쑥스러워진 건 오히려 재완이었다. 힐긋 매장 천장을 봤다가, 다시 운동화를 보다가 이내 그녀를 돌아본 그가 결국 물었다. 왜 이렇게 빤히 보느냐고.

은하는 바로 대답할 수 없었다. 당신에게 사랑을 느껴 버렸는데, 좋은 것보다 무섭고, 설레는 것보다 아프고, 기대하는 것보다 두렵다고 하면 안 되니까. 그 말에 나보다 더 당신이 아파서 울까 봐.

"우리, 저녁은 뭐 먹어요?"

그래서 그만 웃고 말았다. 거짓말로 감추기 위해. 더 오래 그의 곁에 머물 생각으로.

외부 시찰만 벌써 세 시간째였다. 선선한 제주 바람이 무색할 만큼 지배인들은 은강의 곁에서 진땀을 뻘뻘 흘렸다.

짐짓 심각한 얼굴로 통화 중인 유나를 힐긋 바라본 은강이 시간을 확인하고 직원들을 물렸다. 갑작스러운 그의 방문으로 며칠 전부터 긴장 상태였던 직원들은 저마다 한시름 놓은 얼굴로 빠르게 사라졌다.

은강은 참을성 있게 그녀의 전화가 끝나기만을 기다렸다. 이내 통화를 끝낸 유나가 단정한 얼굴로 다가와 태블릿 PC를 내밀었다.

"내일 릴리즈되는 기사입니다."

그가 빠른 눈으로 기사를 훑어 내렸다.

증권사 P사에서 근무하던 30대 펀드 매니저 A씨, 사내 상습 성추행으로 불구속 기소.

"음. 마음에 드네요."

"투자 횡령 건은 성추행 기사 이틀 후에 릴리즈될 예정입니다."

그거 아주 작은 흠집 하나면 충분했다. 함부로 유강 호텔을 입에 올린 대가, 겁도 없이 은하의 상처를 헤집은 책임. 적당한 게 뭐 없을까, 유나와 고민을 공유했을 뿐.

"회사에서 해고당한 건 당한 거고, 개인적으로 클라이언트들 교류가 있는 것 같던데."

"권승환 씨, 말씀하시는 겁니까?"

"돈 나올 구멍을 아예 막아 놔야 반성을 할까 싶어서요."

"……한번 알아보겠습니다."

"가능하겠어요?"

"불가능한 일은 아닙니다."

보면 볼수록 마음에 드는 여자, 아니 비서라는 것을 부정할 수 없었다.

"부탁한 지 얼마 안 됐는데, 빠르네요."

"없는 일을 만든 게 아니라 쉬웠습니다."

"아쉽네요, 실명이 빠져서."

이미 증권사에는 압력이 들어간 상태였다. 억울한 해고 때문이라 생각한 화가 어째서 은하에게 날아왔는지 모르지만, 그는 해결보다 조금 더한 걸 원했다. 그렇게 조금씩 망가뜨릴 생각이었다. 조금만 툭 건드려도 소문들이 모일 정도로 원래부터 추잡한 놈이라, 어려운 일도 아니었다.

하필 그런 놈과 엮여서는. 은하가 남자를 만나며 돈을 쓰든, 시간을 쓰든 그저 지켜만 봤었다. 동생은 적정한 선을 지킬 줄 알았다. 돈을 쓰는 대신 마음을 주지 않았으며, 자기 자신을 적당히 지킬 줄도 안다고 생각했으니까.

그걸 알면서도 동환은 혹여 소문이라도 퍼질까 싶어 남자들을 불러 돈을 쥐여 주며 헤어짐을 종용했다. 그럼 대부분 깔끔하게 헤어졌다. 이렇게 지저분하게 엮인 건 처음이라 은강은 뭔가 남자에게 구린 구석이 있을 거라 생각했고, 예상은 정확히 맞아떨어졌다.

순간 자연스레 제 동생 옆을 차지한 재완이 떠올랐다. 과연 괜찮은 놈일까. 미간을 좁힌 채로 태블릿 PC를 다시 유나에게 건넸다.

"은하한테는 당연히."

"함구하겠습니다."

일 처리만큼 빠른 대답이 마음에 들었다.

"이 비서한테 별일을 다 시키네요, 스파이 노릇부터 쓰레기 처리까지."

"덕분에 보람 있었습니다."

보람이라, 유나와 제법 어울리는 단어였다. 은강은 바다가 보이는 야외 정원 쪽으로 걷기 시작했다. 호텔 입구와 그의 뒷모습을 번갈아 보던 유나는 아무런 지시가 없기에 그저 상사의 뒤를 따라 걸었다.

"동생이 연애하느라 바빠서, 내가 이런 뒤처리를 다 하네요."

얼핏 들으면 투정처럼 보였으나, 그 아래에 깔린 동생을 향한 애정을 모르지 않았다. 유나는 옅게 웃으며 조금 더 그의 가까이에 섰다.

"제주도 자주 왔어요?"

"아니요. 두 번째입니다."

"여행, 자주 안 다니다 봐요?"

유나가 대답 없이 웃었다. 그녀를 살짝 돌아보던 은강 역시 더 묻지 않았다. 조금 더 가까이에 설 수 없겠냐는 엉뚱한 말이 튀어나올까 봐.

"실장님은 이곳에 얼마나 계시게 됩니까?"

거침없는 질문에 은강이 그녀를 마주 보고 섰다. 생각해 보니, 은하의 발령에 대해서는 그 누구와도 상의한 적이 없었다. 그의 표정에서 의문을 읽어 낸 유나가 새삼 가까워진 거리에 한 걸음 뒤로 물러섰다.

"공사 시기에 맞춰 오실 거라 생각했습니다. 아닙니까?"

정확했다. 원래는 은강이 오려고 했던 자리였다. 잠깐이나마 좋은 공기 쐬면서 여유를 가지고 싶었고, 자신이 없는 호텔에서 은하가 아버지께 더 인정받기를 바랐다.

"내가 올 수도 있잖아요."

"그러기엔 지나치게 신경 쓰시는 것 같았습니다."

"하도 맞는 말만 해서 맥이 다 빠지네요."

그저 행동만으로도 자신을 파악했다는 사실이 머쓱했다.

"1, 2년 정도 생각하고 있어요. 그런데 이 비서가 그건 왜 물어요?"

"저도 준비를 해야 하니까요. 전세 계약이 곧 끝나는데, 다행입니다."

"……이 비서가 준비를요?"

"실장님 인사 이동 때 저도 같이 발령받는 거 아니었습니까?"

그녀의 질문에 은강은 한 대 얻어맞은 사람처럼 멍해졌다. 비로소 근원을 몰랐던 감정의 정체를 깨닫게 된 탓이었다.

"상무님?"

원래 은하의 사람이다. 그러니 다시 보내는 게 맞는데.

"어디 불편하십니까?"

왜 이렇게 보내기가 싫은 건지.

✦ ✦ ✦

〈동생아, 답장 안 할 거면 전화라도 받아. 안 그러면 쳐들어가는 수가 있어!〉

설마 내가 어디 있는지 불었나. 마트 벽에 기대선 채로 메시지를 확인한 은하가 미간을 좁혔다. 할 일도 없나, 하필 왜 한국에 있어서는. 은규의 메시지를 차례대로 삭제하니 카트를 끌고 오는 재완이 보였다.

그의 집에서 지낸 지도 벌써 열흘, 퇴근한 재완은 할 일 없이 책만 읽던 그녀를 불러냈다. 내내 집에 있는 자신 때문에 냉장고를 꽉 채워 놔야 안심이 된다는, 뭐 이상한 소리를 들은 것 같지만 그런대로 이해는 했다.

"상무님께 연락 받으셨습니까?"

"아뇨. 그냥 메시지 확인한 거예요."

"메시지요? 누군데요?"

그가 카트를 밀며 걷자 은하는 그 옆에 서서 나란히 걸었다. 어느덧 그와 나란히 걷는 게 자연스럽고 익숙해진 그녀였다.

"작은오빠요. 당장 쳐들어온다고."

"아."

"어디인지 알고 얘기하는 건지, 알면서도 모르는 척하는 건지."

모를 리가 없었다. 인사 기록만 찾아봐도 알 수 있을 테니.

재완이 침을 꿀꺽 삼켰다. 호텔에서 은강을 마주칠 때마다 피가 마르는 기분이었다. 요즘 들어 유독 자주 마주친다는 생각마저 들었다.

살짝 굳어지는 그의 얼굴을 올려보다가 모른 척 팔짱을 꼈다. 닿아오는 시선이 뜨거웠다.

"뭐 살 건데요?"

"그냥 반찬거리 좀……."

"그럼 저쪽 아니에요?"

식품관과 정반대로 향하는 그를 잡아당기며 묻자 재완은 그제야 반대 방향으로 가고 있음을 깨닫고 급하게 걸음을 옮겼다. 눈에 띄게 당황하는 그를 보며 은하는 웃음을 꾹 참았다.

동거라고 하기에는 너무 건전하지만, 이리 봐도 저리 봐도 동거를 하고 있는 그들 사이는 여전했다. 재완은 먼저 손을 잡기는커녕, 일정 선을 절대 넘어오지 않았다. 모든 행동이 조심스러웠다.

은하는 알 수 있었다. 차재완이라는 남자는 지금 있는 힘을 다해 진심을 보여 주고 있다는 것을. 그리고 그런 그를 향해 그녀는 느리지만 조금씩 용기를 내어 다가가고 있었다.

"내일 아침에 뭐 먹을까요, 우리?"

"커피 한 잔이면 되는데."

"그래서 속 버리잖아요, 항상. 토스트 해 줄까요?"

미처 대답을 하기도 전에 재완은 카트에 치즈와 우유, 샐러드 재료를 담기 시작했다. 순식간에 저녁 메뉴까지 정하더니 바쁘게 마트 안을 돌아다녔고, 은하는 그런 그를 따라다니느라 바빴다.

"휴지 좀 사 올게요. 여기에서 조금만 기다려요."

생활 용품 코너 쪽으로 멀어지는 그를 보며 은하는 낯선 마트 안을 둘러봤다. 그와 이런 곳까지 올 줄은 몰랐다.

차재완, 그저 유능한 부하 직원이라고만 생각했고 사적으로 엮일 접점 따위 없을 거라 여겼다. 정확하게는 엮일 거란 생각조차 한 적 없었다. 하긴, 침대까지 빼앗아 쓰고 있는 마당에 마트 온 것쯤이야 아무것도 아니지. 이 정도면 아침 드라마 급 전개 아닌가.

카트에 몸을 기댄 채 재완을 기다리던 은하가 문득 고개를 들었다. 맞은편에서 다가오는 낯익은 중년 여성이 눈에 들어왔다. 분명 그녀가 아는 사람이었다.

"오랜만이다."

"……어머님."

"어머님? 아직도 날 그렇게 부를 줄은 몰랐구나. 너, 남자 생겼니?"

언제부터 지켜보고 있던 걸까. 은하는 재완이 사라진 방향을 곁눈질로 살피다가 앞으로 나섰다. 잊고 있었다. 잊을 수 있을 거라 생각해 본 적 없는데 까맣게 잊고 지냈다. 기준의 집이 이 근처라는 것을.

"설마 이 동네 사는 건 아니겠지?"

따가운 눈총이 시릴 만큼 차가웠다. 그녀를 마지막으로 본 곳은 기준이 입원했던 병원이었다. 재활이 힘들지도 모른다는 의사의 말에 바닥이 무너질 듯 오열하던 여자는 은하에게 무참한 독설을 내뱉었다. 그게 끝이었다.

기준과 그의 가족에게서 다시는 보고 싶지 않다는 말을 들었으니까. 믿기지 않았다. 그런 말까지 들었는데, 어떻게 까맣게 잊고 있었을까.

"아니라고 하지 못하는 걸 보니, 내 말이 맞는 모양이구나. 네가 어떻게 우리 사는 동네에 와서 남자 팔짱을 끼고! 참나, 어이가 없어서. 기사 같은 건 본 적 없는데, 혹시 결혼했니? 아니지, 네가 결혼을 하든 말든 우리 기준이만 억울하지, 내 아들만 억울해!"

"……진정하세요."

"진정? 너 지금 진정이라고 했어? 하, 그 본데없이 뻔뻔한 건 여전하네. 돈 있는 것들은 다 그런 거지, 그래."

여자가 신랄하게 비아냥거렸다. 목소리가 커지자 주변에 사람이 모이기 시작했다. 은하는 아무 말도 할 수 없었다. 2년 전 병원에서도, 그리고 지금도.

"그래서, 저 남자는 잘난 너희 회장님 마음에 쏙 들었다니? 내 아들은 네 아버지한테 당하고 온 날이면 피눈물을 토했는데! 멀쩡한 우리 애 인생을 망친 주제에 여기가 어디라고 와! 어디서 그 낯짝을 보여?"

창피하지 않았다. 억울하지도 않았다. 이렇게라도 그들의 분노가 풀릴 수 있다면. 그럼 죄책감을 조금은 덜 수 있을 것 같았다.

잔뜩 날이 선 폭언이 조금 더 거칠어지려는 사이에 두 남자가 동시에 끼어들었다. 재완은 죄인처럼 고개를 숙이고 있는 그녀의 앞을 막아섰다. 언젠가 그랬던 것처럼.

"내 뒤에 가만히 있어요."

그의 어깨 너머로 은하는 여자를 말리는 한 남자를 보았다. 기준의 동생인 기윤이었다.

"엄마, 진짜 왜 그래! 내가 그냥 가자고 했잖아!"

"놔! 저 뻔뻔한 얼굴을 보니 내가 화가 나서 그래, 화가! 우리 아들 인생 망친 년을 보고도 가만히 있으면 그게 엄마야? 사람이야!"

바닥에 발이 붙은 듯 꼼짝할 수 없었다. 온몸이 굳어 버린 것처럼 입도 뻥긋 못 한 채, 팔을 잡아 주는 손길에 간신히 버텼다.

"아, 진짜 좀! 누나, 미안해! 내가 엄마 데려갈게. 진짜 미안해, 누나!"

기윤과 여자가 멀어지자, 구경하던 사람들도 순식간에 사라졌다. 재완은 급하게 돌아서서 몇 번이나 그녀의 상태를 확인했다. 은하는 힘없이 웃었다. 날카로운 독설을 마주하고도 그저 웃었다. 어쩐지 웃고만 싶었다.

"……갈래요."

그의 앞에서는, 적어도.

"우리 집에."

✦ ✦ ✦

재완은 양껏 우러난 티백을 꺼내 버리고 욕실 쪽을 바라봤다. 벌써 한 시간째, 먼저 씻겠다는 그녀는 아직 감감무소식이었다.

아무것도 묻지 않았다. 물을 수 없었다. 은하는 스스로 동굴로 들어가 한껏 몸을 웅크렸다. 세상과 단절하길 바라는 사람처럼. 혼자가 아님에도 불구하고 혼자인 것처럼.

"내 아들은 네 아버지한테 당하고 온 날이면 피눈물을 토했는데!"

은하에게 상처가 있을 거라고는 생각했다. 무엇인지 짐작도 했고, 예상도 했었다. 모든 걸 알 수는 없었지만 적어도 그녀가 사랑을 믿지 못하는 이유에 대해서는 알았다.

유은하는 사랑을 믿지 않는다. 과거의 상처 때문에, 상처를 준 누군가로 인해. 그리고 그녀 자신 역시 상처 받았다. 그 삶을 후회하면서도 잊지 않고 있으며, 치유하지 않은 채 썩어 문드러질 정도로 자신을 방치하고 있었다.

대체 왜? 혹시 아직도 그 남자를 사랑해서? 주먹을 쥔 그의 손에 힘이 가득 실렸다.

아니야, 그럴 리가 없어. 당신은 나한테 흔들렸는걸. 충분히 흔들리고, 넘치게 보여 줬는걸. 망가진 연애를 일삼는 사람에게 과거는 어루만져야 할 상처가 아닌, 버려야 할 빛바랜 기억일 뿐이었다.

그는 소리 없이 다짐했다. 버리게 하겠다. 무슨 수를 써서라도.

미련 없이 주방을 나와 욕실로 향했다. 문은 잠겨 있지도 않았고, 물소리는 여전했다. 자신만의 세계에 갇혀 있는 그녀에게 말해 줄 생각이었다. 혼자가 아니라고, 이제 내 손을 잡으라고.

욕조 안에서 벌벌 떨고 있는 여자를 보지 않았다면, 분명 그랬을 것이다. 그러니까 잊어버리라고, 그런 상처 따위 언제 아팠냐는 듯 괜찮아질 거라고. 내가 당신의 곁에서 함께하겠다고.

당신이 내게 집이라고 했으니까, 우리의 집에 가자고 했으니까, 어느새 나의 집은 당신에게 집이라 불리는 공간이 됐으니까. 당신과 함께 괜찮아질 자격이 생긴 거라고 믿으니까.

"감기 걸립니다."

덜덜 떨고 있는 몸에 타월을 둘러 주고, 물을 끄자 소리가 잠잠해졌다. 입술이 새파랗게 질린 것도 모르는 그녀의 앞에 한쪽 무릎을 꿇고 앉으니, 은하가 느릿하게 시선을 맞춰 왔다.

"춥잖아요."

"아버지가…… 그 애를 반대했어요."

듣고 싶었다. 알고 싶었다. 유은하에 대한 거라면 그게 무엇이든.

"일단 몸 좀 녹이고."

"우리 아버지가 어땠는지 알아요?"

세상에 존재하는 모든 절망을 다 껴안은 얼굴로 은하가 물었다. 마치 재완에게 경고하는 것처럼. 당신에게도 일어날 수 있는 일이라고.

"돈도 주고, 무릎도 꿇렸어요. 아마 협박도 했을걸? 당장 헤어지라고. 우리 아버지가 그랬어요. 나는 그걸 몰랐고, 멍청하게 그 애도 나처럼 행복한 줄로만 알았어요."

파리해진 안색으로 쉼 없이 이야기를 이어 나갔다.

"그 애가 마지막으로 우리 아버지를 만난 날, 사고가 났어요."

"실장님."

"그 사고 때문에 그 애는 너무 많은 걸 잃었어요. 멀쩡했던 다리도, 밝았던 미래도, 꿈도……. 내가…… 그 사람을 그렇게 만들었어요, 바보처럼 아무것도 모르고……."

"그만해요."

"병원에서 딱 한 번만 만나게 해 달라고 빌고 사정했어요. 욕을 하고, 때리는 그 애 부모님 앞에서 무릎도 꿇었어요."

"그만……."

"그런데 사과도 안 해. 잘못도 없대. 그냥, 그냥 모른 척해요. 그런 아버지가 내 아버지라고."

죄책감으로, 부채감으로 똘똘 뭉친 감정의 응어리는 쉽게 멈춰지지 않았다.

"그래서 막 살았어. 아버지가 후회했으면 좋겠어서, 아버지가 느꼈으면 좋겠어서. 소문이 나도 가만히 있었어. 내 배경을 알고 접근하는 사람이 있으면, 그냥 그렇게 됐어. 아버지한테 찾아가면 모른 척했고, 대놓고 돈을 달라 하면 돈도 줬어. 무슨 상관이야, 나는 사랑 같은 거 다시는 안 할 건데. 내 마음만 안 주면 그만인데!"

흥분해서 마구잡이로 쏟아지는 말들 속에서 재완은 알 수 있었다. 지난날을 고백하는 여자의 목소리가, 결코 지난날만을 고백하는 게 아님을. 떨리는 손으로 얼굴을 감싸 쥔 은하가 어깨를 웅크렸다.

"사랑하는 사람을 잃은 내가 어떻게 사는지 보여 주고 싶었는데."

"……."

"당신이 이러면…… 나는 어떡해. 당신이 이렇게 진심이면, 나더러 어떡하라고……."

괴로워하는 그녀를 보며 재완의 마음속에 이율배반적인 감정이 피어올랐다. 아픈 상처 때문에 힘든 은하가 안쓰러우면서도, 자신의 진심 앞에 무너지는 그녀에게서 확신을 느꼈다.

뭘 불안해한 거야, 차재완. 이 사람은 너한테 이만큼 다가와 있는데. 아주 잠깐이었지만 불안해했던 스스로가 나약하고 한심했다.

그는 은하의 두 팔을 붙잡아 안아 올렸다. 망설임 없이 거실 소파에 그녀를 앉히고 타월로 젖은 머리카락과 몸을 닦아 주었다. 추위에 떠는 그녀를 위해 방의 온도를 높이는 것도 잊지 않았다.

아무 말 없이 저 때문에 바쁘게 움직이는 그를 황망하게 바라보던 은하는 창백한 제 입술을 질끈 깨물었다. 형편없는 밑바닥까지 전부 보여 주었음에도 재완은 여전히 다정했고, 그 사실이 그녀를 더욱 비참하게 만들었다.

"마셔요. 몸 좀 녹을 겁니다."

"차재완 씨."

"마시고, 따뜻한 물에 다시 씻어요. 감기 걸리기 전에."

"그게 중요해요, 지금?"

"그럼 뭐가 중요한데요. 자기 몸을 이렇게 함부로 다루는 사람한테, 또 뭐가 중요합니까."

어째서, 내가 지금 혼나고 있는 거지. 재완에게 거의 고백이나 다름없는 말을 뱉은 은하는 정신을 차릴 수 없었다. 구구절절, 신파 같은 상처를 고백했다. 그때까지는 정신이 있었다. 무슨 말을 하고 있는지 충분히 인지했다. 그에게 기준과의 과거를 알려 줘야 한다고 생각했다. 어째서 얘기의 끝이 그런 식으로 흘러간 건지 알 수는 없지만 분명 처음 의도는 그게 아니었다.

"말해요. 뭐가 중요한지."

재완은 화난 사람처럼 대답을 종용했다. 은하는 이 순간 당황하지 않을 수 없었다. 강릉에서 혼자 고열을 버텼을 때도 이렇게 화난 얼굴이 아니었으니까.

"내 말은……."

“겁먹기를 바랐어요? 당신 아버지 방식에 대해? 내가 겁먹고 도망갔으면 좋겠어요?”

겁을 먹은 건 오히려 그녀였다. 모든 사실을 알게 된 재완이 두려움을 느끼면 어쩌나. 그래서 나를 포기하면 어쩌나. 진심으로 다가온 남자가, 진심으로 멀어질 때 얼마나 무서운지 겪었기 때문에.

하지만 재완은 그 걱정을 단번에 떨쳐 냈다.

“아니요. 난 하나도 겁 안 나요.”

겁냈던 건 당신을 마음에만 품었던 지난 3년으로 충분해.

“나는 그것만 듣고, 그것만 기억해요.”

재완이 거리를 좁혀 왔다. 타월을 꼭 붙든 은하의 손이 조금씩 떨렸다.

“내가 사 준 운동화를 신은 당신은 예쁘죠. 더할 나위 없이.”

가까워, 가깝다고. 은하가 무의식적으로 고개를 뒤로 뺐다. 하지만 거리를 좁혀 오는 뜨거운 숨 때문에 두 사람 사이의 거리는 더 멀어지지 않았다.

“그런데 얼마나 예쁘겠어요.”

당장이라도 닿을 것처럼 다가온 입술이 더는 다가오지 않았다. 덕분에 시선이 마주쳤다. 운명이 성큼 눈앞에 다가온 것처럼, 운명이라는 우스운 단어를 떠올릴 만큼 우연하게.

“내 진심에 흔들리는 당신이.”

나지막한 목소리는 바다처럼 깊고, 한낮의 햇살처럼 따뜻했다.

당신은 얼마나 더, 어디까지 따뜻한 걸까.

“……추워요.”

“곧 따뜻해질 겁니다.”

그 말을 끝으로, 입술이 닿았다. 마치 그래야만 하는 것처럼.

11화

사랑은 왜 늘 이렇게 오는 건지

아무것도 남지 않는 연애, 그런 만남을 지속하는 여자가 제게 완전히 마음을 열 때라고 생각했다. 은하와 많은 걸 남기고 싶었다. 기억도, 추억도. 가능하다면 함께한 전부를 남기고 싶어 인내했다.

하지만 그의 다짐은 덧없고, 우스웠다. 흔들리는 여자 앞에서 속절없이 무너질 다짐 따위를 왜 했을까 싶을 정도로 재완은 갈급했다.

젖은 몸을 한 그녀를 잡아당겨 무릎에 앉혔다. 은하는 바로 그의 목을 끌어안았다. 밀착된 몸의 열기가 곧장 입술로 이어졌다.

그는 그녀를 놓칠까 봐 꽉 끌어안았고, 그녀는 그에게서 멀어질까 봐 붙들었다. 마음을 인정한 순간에도, 마음을 전할 생각은 없었다. 사랑을 인지한 순간에도, 사랑을 기대할 생각은 없었다.

어째서, 어느새, 어떻게.

사랑은 왜 늘 이렇게 오는 건지.

입술이 잠시 떨어졌다. 숨을 내쉬느라 바쁜 그녀의 머리칼을 다정하게 쓸어 주며, 재완은 세상 그 누구보다 사랑스럽다는 얼굴로 그녀를 보았다. 살짝 젖은 머리칼, 달아오른 얼굴, 뜨거운 살결, 오로지 자신에게만 떨리는 심장.

"……나랑 연애 안 한다면서."

"할 겁니다, 연애."

작게 중얼거리는 말을 가로막고 재완이 선언했다.

"맛집도 찾아다니고, 예쁜 데서 사진도 찍고, 드라이브도 하고, 일출도 볼 거예요."

살짝 숙인 그녀의 얼굴을 들게 한 그가 속삭이듯이 말했다.

늘 꿈꾸었던 것. 꿈으로만 둘 수 없어 당신을 소유할 미래를 결심하게 만든 상상.

"난 당신하고 그렇게 연애할 거야."

이 다짐이 그녀에게 어떠한 영향을 끼쳤으면 했다. 그걸 바라고, 또 바랐다.

"예쁘고, 행복하게."

영원한 사랑을 약속하는 것 대신 예쁜 연애를 다짐하는 그의 말에 은하는 진심으로 웃었다. 거창하지 않아 더 좋고, 소박해서 더 믿고 싶은. 그래서 당신을 따라 더한 것도 꿈꾼다는 말 대신 그저 웃으며 재완의 얼굴을 잡아당겼다.

다시 한번 맞닿은 입술이 격렬하게 마음을 나눴다. 은하가 애원하듯이 매달리자 재완은 아낌없이 그녀를 안았다. 마음 먼저, 몸을 나누는 건 다음에. 고지식하게도 그랬다.

얼마나 어처구니없고, 헛된 자신감이었는지. 그것도 사랑하는 여자를 눈앞에 두고.

나누면 나눌수록 더 애달프고, 다가가면 다가갈수록 아팠던 진심. 더는 그러지 않기를 바랐다. 지금도, 앞으로도, 가능하다면 영원히.

헐떡거리는 숨결이 다시 멀어지고, 은하가 그의 어깨에 얼굴을 묻었다. 색색거리는 야릇한 숨소리에 재완은 그녀의 머리를 부드럽게 쓸어

내렸다. 식었던 몸이 어느새 뜨거워지고 있었다.

"조금은 후회했어요."

"……뭘요."

"당신, 내 집에 데려온 거."

귓전을 울리는 속삭임에 은하가 고개를 들었다. 괴로운 상처에 울부짖었던 여자는 사라지고, 다가온 사랑에 어쩔 줄 몰라 하는 여자만이 남았다.

"어떻게 참았어요?"

"죽을 것 같았죠."

"죽지는 않았네요."

"저를 살리셨습니다."

"축하받을 일이에요?"

"그럼요, 제가 실장님 고백을 받아 준 건데."

얘기가 왜 또 그렇게 되는 건지. 아무렴 상관없었다. 환히 웃는 얼굴 위에 재완은 다시 입술을 내렸다. 이번엔 그녀가 먼저 입술을 움직였다. 천천히 열리는 입술이 답답한지 은하는 오히려 재완의 입술을 깨물어 어서 열어 달라 조르기도 했다. 그녀답지 않은 성급함에 그가 피식 웃음을 터트렸다.

"뭐야, 싫어요?"

"그럴 리가."

어떻게 얻은 기회고, 어떻게 얻은 당신인데. 재완은 단숨에 그녀를 들어 안았다. 은하는 그의 목을 붙든 채 안겨 왔다. 지난 열흘, 그녀가 혼자 잠들고 일어났던 침대 위에 이제는 두 사람이 함께였다. 재완을 올려다보며 은하가 그의 눈가를 손으로 쓸었다.

"잘 참더라고요. 열흘이나."

"이러다 미칠 수도 있겠구나, 그 지경까지 갔죠."

"나도요."

그가 눈을 찡그렸다. 무슨 말인지 모르겠다는 표정으로.

"나도, 참느라 힘들었어요."

"……와, 진짜."

결국 같은 마음이었다는 쉬운 말을 듣자, 온몸에 힘이 주르르 빠진 재완은 그대로 그녀의 몸 위로 얼굴을 묻었다. 은하는 그게 재미있고, 한편으로는 귀여워 그의 너른 어깨를 토닥거렸다.

"밤새 이러고 있을 건 아니죠?"

작은 도발에 재완은 쉽게도 발끈했다. 다시 입술이 부딪혔다. 은밀하고도 부끄러운 소리만이 감도는 와중에 아직 축축하게 젖은 옷들이 침대 아래로 떨어졌다.

재완은 제 몸으로 그녀를 따뜻하게 안았다. 이 순간이 절대 꿈이 아니라는 걸 확인하듯 안고 또 안았다. 그리고 혀끝에 닿는 모든 것들을 누리기 시작했다. 동그란 이마에서 콧날로, 부드러운 입술을 지나 가느다란 목, 향기마저 아름다울 것 같은 가슴. 그의 입술이 지나가는 자리마다 은하는 참았던 열망과 짙은 그리움을 느꼈다.

점점 그녀가 반응하기 시작하자 그는 용기내 가슴을 쥐었다. 어루만지고, 쓸고, 한입에 삼키기를 여러 번. 수없이 꿈꿔 왔던 순간인 만큼 결코 서두르지도, 함부로 하지도 않았다.

혀를 세워 가슴 사이를 쓸어내리자, 발끝부터 머리끝까지 아찔함이 퍼져 나갔다.

"읏……!"

숨을 훅 들이켠 채 그의 뺨을 잡아 올렸다. 콧날이 부딪히고, 은하는 그의 목을 끌어안아 키스했다. 서툴지만 치열한 입맞춤이었다. 마치 세상에 둘만 남겨진 것처럼 끊임없이 갈구하며 온기를 나눴다. 그녀가 더는 견디지 못하고 그의 것에 제 비부를 비볐다. 솔직하면서도 대담한 반응에 재완은 아찔함을 느꼈다. 오랜 시간을 기다린 만큼 천천히 안아 주리라 다짐했는데 그녀로 인해 큰 위기를 겪는 중이었다.

"그만……."

가느다란 다리 사이에 허벅지를 끼워 넣어 방해한 재완이 신음과 함께 말했다. 은하가 빙그레 웃었다. 애써 열망을 참는 그가 한없이 매력적이었다.

"싫어."

반말에는 반말로. 은하가 가볍게 응수했다.

"서두르기 싫어요."

"난 반대예요."

"오래 참은 건 저 아닙니까?"

"나도 참았다는 말, 뭐로 들었어요?"

"저보다 더 참았습니까?"

"네. 벗고 스트립쇼 할 뻔했어요."

"그런 사람이 이제 고백을 해요?"

"난 연애하자는 소리 여러 번 했어요. 거절한 건 차재완 씨죠."

"어째 잡혀 살 것 같은 느낌이 들지만."

재완이 빙그레 웃으며 손을 내리자, 그녀가 움찔했다. 부드럽게 쓸리는 곳이 한없이 경련했다.

"나쁘지 않습니다."

"하아……."

"잡혀 사는 것도."

아래와 입술이 동시에 휩쓸린 기분이었다. 입을 열어 그를 받아들이고, 아래는 촉촉이 적시는 것으로 응답했다. 재완은 그녀가 몸을 떨고 긴장할수록, 얼굴을 붉힐수록, 신음이 짙어질수록 천천히 움직였다.

"유은하."

낮게 신음한 재완이 애타게 그녀의 이름을 불렀다. 단 한 번도 쉽게 불러 보지 못했던 이름이기에 더 애틋했다. 그의 가슴 위에 두 손을 올린 은하는 허리에 힘을 주고 일어나 앉았다. 재완의 위에 올라탄 그녀가 가볍게 그의 귓가를 쓰다듬었다.

"왜, 차재완."

그가 웃고, 그녀가 따라 웃었다. 이마를 맞댄 채 웃다가 다시 입술이 닿았다. 얽히는 입술 사이로 숨결이 섞였다. 충분히 젖은 그곳을, 그는 애를 태우듯이 쓰다듬었다. 부드럽게, 때로는 강하고, 또 때로는 빠르게.

몸을 만지는 손길이 지독하게 은밀했다. 마침내 충분한 준비를 마쳤을 때, 그는 서서히 그녀의 안을 채웠다. 그러다가도 은하가 고통에 미간을 좁히자 잠시 움직임을 멈췄다.

"……기다릴게요."

다시 이마를 맞댄 재완의 말에 은하는 그의 목을 끌어안았다. 서서히 통증에 둔감해질 때쯤 그녀가 고개를 끄덕이자 그는 다시 느릿하게 움직이기 시작했다.

온몸에 파도가 치는 듯 생경한 자극이 그녀를 덮쳐 왔다. 신음을 내뱉는 대신 재완의 얼굴을 잡아 내린 은하가 입을 맞춰 왔다. 맞닿은 입술 사이로 신음이 삼켜졌다.

세상이, 세상이 아닌 것만 같은 느낌.

내가 나대로 존재하지 않는 것만 같은 느낌.

당신이 오로지 내 것이 된 것만 같은 느낌.

그들은 지금 이 순간 서로를 아낌없이 나누고, 아낌없이 사랑하기 위해 존재했다.

"난 당신 못 버려요."

밤은 끝나지 않았고, 그는 좀처럼 멈출 줄을 몰랐다. 기나긴 관계 끝에 지친 은하가 그의 허벅지 위에 앉아 기대어 있었다. 가쁜 숨을 몰아쉬며 고개를 들자 재완은 수십 번 맞추었던 입술 위로 다시 입을 맞췄다 떨어졌다.

"그러니까 겁먹지 마요. 나한테 여기까지 왔잖아."

가볍게 농담을 흘리고, 웃으면서 서로를 마주 보고, 그녀의 마음이 편해지도록 애썼던 방금 전의 시간과 다르게 재완의 목소리는 낮고, 떨려 왔다.

다짐을 듣는 이도, 다짐을 하는 이도 긴장할 수밖에 없었다. 미래는 그 누구도 장담할 수 없기 때문에.

"난 절대 당신 못 버려."

그럼에도 불구하고 그녀의 불안을 아는 듯 재완은 은하의 허리를 꽉 끌어안았다.

"당신이 나 버리기 전에는."

이렇게 서로의 체온을 나누면서도 은하는 겁이 났다. 다시는 움직이지 않을 거라 여겼던 제 심장이 다시 그로 인해 쿵쿵 뛰고 있으면서도.

"이런 내가 왜 좋을까."

은하가 혼잣말처럼 중얼거렸다. 못된 말만 늘어놓고, 못난 행동만 보여 줬던 지난날이 떠올라 미안했다.

"예쁜 걸 어떡해."

재완은 부드러운 손으로 그녀의 입술을 매만졌다. 저 때문에 퉁퉁 부은 입술이 낮게 호를 그리며 웃었다.

예쁘다니, 그런 간지러운 말을 원한 건 아니지만.

"기분은 좋네요."

"기분만 좋으면 안 되는데."

"그럼요?"

"사랑해요."

그녀의 입술이 일자로 경직됐다. 잔뜩 겁을 먹은 시선과 그 시선마저 사로잡고 싶은 그의 시선이 허공에서 부딪쳤다.

그런 은하가 안쓰러운 듯 재완이 웃으며 굳은 뺨을 쓰다듬었다.

"이런 걸로 겁먹으면 안 되는데."

"……."

"고작 사랑한다는 말에 왜 겁을 먹어요."

움츠린 아이를 달래듯 부드러운 목소리에 그녀가 뺨을 감싼 그의 손 위에 제 손을 겹쳤다.

"다시는 안 들어도 좋다고 생각한 말이었는데."

평생, 곧 죽는다 해도 다시는 듣지 않아도 좋다고.

행복하다는 감정을 느끼게 될 줄 몰랐다. 그것도 남자 때문에. 남자가 주는 사랑 때문에. 그런 건 이제 자신과 상관없다고 생각했던 날들이 아득해질 만큼 지금 은하는 행복했다.

"들으니까 좋아요."

"그럼 앞으로도 자주 해 줘야겠네."

재완은 다시 입을 맞췄다. 그녀의 입술을 벌리고 자신의 숨으로 가득 채운 그는 물러설 곳이 없는 사람처럼 굴었다.

사랑해, 사랑해, 사랑해요.

결국, 당신은 그냥 내 사랑인 거야.

온통 고백뿐인 행위 속에서 은하는 가느다란 신음을 흘렸다. 어느새 마른 곳을 충분히 적신 그가 안으로 들어왔다.

빠르고 강한 움직임 속에서 그녀가 매달릴 곳은 오직 재완뿐이었다.

✣ ✣ ✣

누군가와 함께 잠들고, 함께 눈을 뜬 게 언제인지 기억조차 나지 않았다. 은하는 살며시 눈을 뜨자 보이는 그의 얼굴에 푸스스, 웃다가 두 손으로 얼굴을 가려 몸을 웅크렸다.

놀란 근육들이 아우성을 치는 몸은 어젯밤을 상기시키기에 충분했다. 재완에게서 벗어나려고 하자 뒤에서 잡아당기는 힘이 느껴졌다. 그대로 다시 그의 품 안으로 끌려갔다.

끄응, 거리는 소리와 함께 재완이 그녀의 정수리에 얼굴을 비비적거렸다.

"출근해야죠."

"……조금만 더요."

"말 안 듣네."

"누가 할 소리."

재완은 그녀의 몸 곳곳에 정성스레 입을 맞췄다.

"옷 입고 자지 말라니까."

자기 직전 옷을 입는 문제로 씨름했던 것을 떠올리며 은하가 웃었다. 고집을 부린 끝에 겨우 아래 속옷과 그의 티셔츠 한 장을 걸칠 수 있었다.

"대체 옷은 왜 못 입게 하는 건지."

"맨살 닿는 게 좋으니까요."

"감기 걸려요, 그러다."

"약 사 줄게요. 유은하 돈 없으니까."

돈 없는 설움을 이런 식으로 받는 건가. 은하가 입술을 삐죽 내밀었다. 그나저나 얼른 씻고 출근을 해야 할 텐데. 온 신경이 그의 출근에 쏠린 그녀가 머릿속으로 시간을 가늠하고 있을 때였다. 재완이 그런 그녀를 꼭 껴안았다.

"월차 내고 싶다."

목소리에 아쉬움이 가득했다.

"안 돼요."

"정말 안 되는 겁니까?"

"당연하죠. 제주 공사 코앞일 텐데."

그게 나랑 무슨 상관이라고. 그가 팔을 바꿔 안으려 하자, 은하는 그 기회를 놓치지 않고 품에서 빠져나왔다. 그러고는 재완의 등을 떠밀어 욕실로 보냈다.

매일 재완이 차려 준 아침을 받아먹기만 한 게 미안해 은하는 빵이라도 구울까, 고민하다 이내 고개를 내저었다. 쓸데없는 시도는 하지도 않는 게 나았다.

욕실에서 나온 재완이 출근 준비를 하는 동안 은하는 찌뿌둥한 팔다리를 펴 기지개를 켰다. 온몸이 쿡쿡 쑤셔 안 아픈 곳이 없었다. 그때 그녀의 앞으로 재완이 다가왔다. 그것도 넥타이를 든 채.

"넥타이는 왜?"

"매 주세요."

"내가 이걸 맬 수 있다고 생각해요?"

"네. 본 적 있습니다, 상무님 넥타이 고쳐 주시는 거."

그러니까 한참 전이라는 얘기. 꽤 오래전부터 그가 자신을 보고 있었을 거라는 생각에 얼굴이 화끈거렸다. 은하는 군말 없이 넥타이를 받았다.

"예쁘네요."

"선물 받았어요."

"누구한테요?"

"여자한테."

그가 장난치듯이 눈을 찡긋거렸다. 그의 목에 넥타이를 두르고 매듭을 지어 주면서 은하는 고개를 끄덕거렸다.

"어머니 안목이 좋으시네요."

"어? 어떻게 알았어요?"

"누굴 놀려 먹으려고."

역시 쉽지 않은 여자라니까. 깔끔하게 마무리까지 마친 은하가 한 발짝 떨어져 그를 위아래로 훑었다. 마음에 드는 듯 싱긋 웃는 모습이 예뻐 다가가자 그녀는 또다시 멀어졌다.

"이제 출근해야죠."

"잘 모르시는 것 같은데 저 지각한 적 한 번도 없습니다."

출근을 조르니, 말투가 또 한껏 높아졌다. 밤새도록 반말과 존댓말을 섞어 쓰던 그가 아니었다.

드라마 속에 등장하는 신혼부부처럼 재완을 현관 앞에서 배웅하자니 뭔가 어색했지만 또 나쁘지 않았다. 적당히 설레고 간질거리는 기분이었다.

구두를 신은 재완이 은하를 빤히 내려다봤다.

"다녀올게요."

"그래요."

손을 흔들지도, 그렇다고 활짝 웃지도 않았다. 그저 작게 고개를 끄덕거렸다. 반쯤 등을 돌리던 재완이 다시 그녀를 마주 봤다. 그를 올려다보던 은하가 갸우뚱 고개를 기울였다.

순식간에 다가온 그가 촉, 소리 나게 입을 맞추고 멀어졌다. 그녀가 피식 웃자 재완은 그제야 다녀오겠다며 은하의 머리를 쓰다듬었다.

홀로 남은 집은 휑하고 썰렁했다. 이제 뭘 할까. 부족한 잠을 잘까, 아니면 대충 티라도 나게 집안일이라는 걸 해 볼까.

그녀가 소파에 앉아 집을 둘러봤다. 주방에서 칼질하는 것을 보고 요리도, 청소도, 빨래도 절대 하지 말라던 그의 목소리가 귓가에 생생하게 들리는 듯했다.

"백수가 이런 건가."

최근에 느끼게 된 허전함이란 감정은 온통 그 때문이었다.

그가 없는 집, 그가 출근한 지 고작 몇 분 만에 다시 허전해진 은하가 휴대폰을 들었다. 그새 쌓인 부재중 전화와 메시지가 제법 되었다.

큰오빠의 부재중 전화가 하나, 작은오빠가 셋. 그리고 메시지 세 통.

〈너 내가 그렇게 키웠냐!〉

"웃기고 있네. 네가 날 왜 키워. 내가 널 키웠지."

은규의 메시지를 읽고 코웃음 치던 은하가 표정을 굳혔다. 최근 메시지에 떠오른 번호의 뒷자리가 익숙했다. 그녀가 메시지를 확인하기 위해 손가락을 움직였다.

〈누나, 나 기윤이야. 휴대폰 번호 안 바꿨지? 전화 좀 줘.〉

최악의 상황을 직면할 때, 어떤 사람들은 무의식적으로 그때의 기억을 잃는다고 한다. 군데군데 끊어진 것처럼 기억이 온전치 않거나, 혹은 당시의 상황 자체를 기억하지 못하거나.

그녀의 경우가 그랬다. 수술을 마친 기준이 의식을 회복하기까지, 분명 병원에 있었는데도 좀처럼 기억이 나지 않았다. 그만큼 암흑이었고, 나락이었으니까.

여의도의 어느 카페. 은하는 기윤을 만나기 위해 그를 기다리는 중이었다. 그때는 아직 졸업도 하지 않은 대학생이었는데, 어느새 번듯한 직장인이 된 모양이었다.

점심시간에 맞춰 빌딩숲에서 쏟아지는 넥타이 부대를 멍하니 바라보고 있을 때였다. 정장을 입은 기윤이 모습을 드러냈다. 한눈에 은하를 발견하고 다가오는 얼굴에는 웃음기가 그리워졌다. 그러나 그녀는 반가워할 수 없었다.

"미안. 회사 앞으로 오라고 해서."

"아니야. 마침 쉬는 중이라, 여유 있었어."

"나 누나 기사 가끔 봤는데. 와, 무지 잘나가더라."

그의 말에서 어떤 의도도 느껴지지 않아 당황스러웠다. 기윤이 오기 전까지 은하는 각오를 했었다. 비난을 받고, 원망의 소리를 듣고, 증오하는 얼굴로 자신을 보더라도 참아야겠다고 생각했다. 하지만 예상과 다른 그의 모습에 잠시 할 말을 잃었다.

"도저히 모른 척 넘어갈 수가 없었어. 우리 부모님, 실수 많이 했잖아."

그것도 사과를 받을 줄이야. 어색하게 컵을 쥐고 있던 손을 무릎 위로 내렸다. 기준의 처절했던 마지막 모습이 떠올랐다. 평생 잊을 수 없을 것이다. 그런 그의 가족에게서 사과를 받고 있다니.

"……그러실 수 있지."

"아니야. 우리 부모님은 누나한테 그러면 안 돼."

"기윤아."

"누나, 설마 아직도 기준이 형 사고가 누나 때문이라고 생각하는 건 아니지?"

축 늘어졌던 손에 힘이 들어갔다. 오히려 되묻고 싶었다.

그럼 넌 누구 때문이라고 생각하는데. 당연히 나 때문 아니야?

"자책하지 마. 안 그래도 돼. 누나. 나는…… 누나가 행복했으면 좋겠어."

"……."

"그날, 조금 편해 보이더라. 내 착각은 아니었으면 좋겠는데."

그와 함께인 모습을 봤다면, 분명 이런 반응을 보일 수는 없었다. 그래서 더 이해할 수 없었다. 오히려 미안해하고, 어깨가 움츠러드는 사람이 그녀가 아닌 기윤이라서.

"형은 잘 지내."

기준이 미국으로 떠난 후, 처음 듣는 소식이었다. 기윤의 이해할 수 없는 말들이 쏟아지는 와중에 은하가 어색하게 웃었다.

"그래?"

"응. 재활도 열심히 하고, 다리도 많이 괜찮아졌어. 의사들도 다 기적이라고 한대."

"……다행이네."

"그러니까, 누나."

"……."

"누나도 행복해. 누구보다 난 누나부터 행복해졌으면 좋겠어."

자신조차 바란 적 없던 행복을, 다른 사람도 아닌 기윤이 빌어 줄 줄 누가 알았을까.

"자꾸 그러니까 기분이 좀 이상하네. 너, 왜 그래?"

"그냥, 누나가 너무 안됐잖아."

기윤이 은하의 시선을 피하며 고개를 떨궜다. 일평생 사과하는 마음으로 살아야겠다고 다짐한 건 자신이었다.

그런데 어째서, 단 하나뿐인 네 형의 다리를 망가뜨린 내게.

"우리 형."

기윤이 다시 고개를 들었다. 낯설기 그지없는 분위기에서 은하는 묘한 이질감을 느꼈다.

"용서하지 마, 누나."

불안과 직감은 공존하듯 항상 운명처럼 다가온다. 지금이 그랬다. 그녀는 정체 모를 불안감의 원인이 무엇인지 좀처럼 알 수 없었다.
테이블에 올려놓은 휴대폰이 짧게 울렸다. 은강의 메시지였다.

〈아버지 출장 가셔서 호텔에 안 계셔. 좀 들러.〉

기윤과 헤어지고 호텔로 향하는 내내 빌었다.
제발, 이 불안감이 자신의 기우이기를.

유강 호텔 중역 회의실. 은강은 넓은 회의실에 떠도는 미묘한 공기를 읽느라 바빴다. 한쪽은 수군거리며 대놓고 그의 눈치를 살폈다.
우리가 너를 그만큼 신경 쓰고 있으니 긴장 좀 하라는 뜻일 테고, 한쪽은 이 상황이 마음에 들지 않다는 듯 대놓고 불쾌한 티를 내고 있었다. 보수적이고 답답하기 짝이 없는 임원들 사이에서 도는 얘기라고는 뻔했다.
보란듯이 아무렇지 않은 척 회의를 이어 나갔다. 그리고 제주에 새로 짓는 한옥 호텔에 관한 기획실의 브리핑이 끝났을 때, 나이 지긋한 이사가 손을 들었다.
"말씀하세요."
"호텔 내에 이상한 소문이 돌던데."
숨죽인 임원들 사이로 처음 입을 열었던 이사가 다시 말을 이었다. 은강은 의자에 파묻듯 몸을 기대었다.
"기획실 유은하 실장 말입니다."
사내 성추행으로 분위기를 어지럽힌 전적도 있었고, 평소 경솔하고 무례한 언사로 왕왕 입방아에 올랐던 인물이었다. 그런 사람이 나이도 어린데 유능하기까지 한 호텔 오너의 딸을 곱게 볼 리는 없었다.
"재운 유통 3세랑 결혼한다는 얘기가 있어서 아닐 거라고는 하지만,

웬 질 낮은 남자랑 엮였다는 둥, 그걸 회장님이 아시고는…….”

“박 이사님.”

모두가 알면서도 숨죽이고, 모른 척하며 수면 위로 꺼내지 않는 일을 굳이 이런 자리에서 꺼낸 그의 의도가 뻔했다.

“아니, 나도 다 생각이 있어서 말하는 겁니다. 대기 발령 상태인 거 보면 소문이 다 사실이라는 건데. 어디 말씀해 보세요. 아닌 건 아니라고 말해야 하는 것 아닙니까? 호텔 이름에 먹칠을 해도 유분수지, 나 원 참.”

공석이 된 은하의 자리를 두고 서로 자기 라인을 끼워 넣으려고 안달인 유치찬란한 모습에 은강은 어처구니가 없었다. 인사과장이 요즘 호텔 높은 층에 오르락내리락하느라 바쁘다는 건 그도 이미 알고 있는 사실이었다.

박 이사의 말을 시작으로 수군거림이 더욱 심해졌다. 은강은 한숨을 내쉬며 답답한 넥타이를 끌어 내렸다. 그때 그의 앞으로 작은 포스트잇이 놓여졌다. 그의 뒤쪽에 앉아 회의록을 작성하던 유나의 메모였다.

박 이사 조카, 기획실장 자리에 내정.

은강이 뒤를 돌아 진짜냐고 묻는 듯 고개를 기울이자, 유나는 살짝 고개를 끄덕거렸다. 은강은 한숨과 함께 다시 앞을 돌아봤다.

“유은하 실장의 대기 발령은.”

그가 힘 있는 목소리로 운을 떼자 이목이 집중됐다. 떨떠름한 표정의 박 이사를 정면으로 마주하자 그는 웬일인지 시선을 피했다.

“제주 지사 발령을 위한 초석 단계입니다. 그 점, 유의하셨으면 좋겠습니다.”

은하의 다음 자리를 예고하는 발언에 다시 분위기는 뒤숭숭해졌다.

아니 벌써, 그럼 무슨 자리로 가는 거야? 너무 빠른 거 아니야? 등등 임원들의 반응에 은강은 다시 반기를 들었다.

"유은하 실장이 그동안 추진했던 프로젝트, 업무 실적 등을 검토하고 내린 결론입니다."

"아무리 그래도……."

다시 길어지려는 말을 가로막은 은강이 몸을 일으켰다.

"그리고."

박 이사를 비롯한 임원들이 저마다 움찔했다.

"감히 오너 일가의 사생활을 운운하신 점."

"……."

"정말 유감입니다."

은강은 스스로 깨닫기를 원했다. 이번에는 도가 지나쳤다는 것을. 그는 자신과 눈을 마주치려 하지 않는 이사들을 지나치다가 회의실을 나서기 직전 그들을 돌아봤다.

"공석인 자리는 제가 알아서 채울 테니 신경 안 쓰셔도 됩니다. 그럼."

박 이사가 벌떡 몸을 일으키려 하는 것을 눈치챈 은강이 여유롭게 회의실을 나섰다. 유나가 그 뒤에 빠르게 붙어 섰다.

"어떻게 알았어요?"

"박 이사 비서랑 동기입니다."

"그 동기는 내 편인가 봐요."

"뭐, 제 편이기는 합니다."

집무실 문을 벌컥 열고 들어선 은강이 불쑥 유나를 돌아봤다. 놀란 유나가 걸음을 멈추고 그를 올려다봤다.

"남자?"

"네?"

"그 동기."

"아, 여자 동기입니다."

그런 걸 왜 묻냐는 얼굴이었지만 은강은 아무런 말도 하지 않았다. 여자 동기라니, 대답이 마음에 들었다. 차를 부탁한 은강이 휴대폰을 확인했다. 회의에 들어가기 전, 밥이나 먹으러 오라는 메시지에 은하는 아직도 답장이 없었다.

"우리 여동생은 손가락이 부러지셨나."

못 오면 못 온다고 답장이나 할 것이지. 휴대폰을 내려놓은 채 책상 위에 걸터앉았다. 은하의 자리가 공석이 된 지도 벌써 몇 주째, 은강은 틈틈이 제주도까지 오가며 그녀의 빈자리를 채우느라 정신이 없었다.

이사회에 안 좋은 소문까지 돌고 있으니, 은하를 제주도에 보내는 건 역시나 합리적인 결정이었다. 동환도 크게 반대하지 않는 데다가, 은하에게 우호적인 이사들 또한 마찬가지였다.

그럼에도 자꾸만 걸리는 건.

"차 가져왔습니다."

이 여자 때문인가.

"식사 전이셔서 속 쓰림이 덜한 차로 가져왔습니다."

"제주도 말고."

은강은 감상했다. 평온하던 얼굴에 번지는 당황스러움을.

"나랑 서울에 있는 건 어때요?"

"예?"

"가면 정말 바쁠 텐데. 일도 많을 거고."

"각오하고 있습니다."

"나랑 일하면 승진도 빠르고, 연봉도 올라갈 테고."

이 인간이 갑자기 왜 이래. 묻지 않아도 무슨 생각을 하는지 대번에 알 수 있는 얼굴을 한 그녀를 보며 은강이 낮게 웃었다.

처음 봤을 때는 표정 하나 없다고 생각했는데 그도 아니었다. 점점 알기 쉽다고 해야 할까. 알아가는 재미가 있다고 해야 할까.

그때였다. 별안간 노크 소리도 없이 집무실 문이 열렸다. 유강에서 상무실 문을 벌컥벌컥 열고 들어올 사람은 그리 많지 않았다.

"오빠가 일 많이 시키나 봐요. 얼굴 상했네."

은강이 눈썹을 삐죽거렸다. 은하가 나타나기 무섭게 낯빛이 환해지는 유나를 보니 괜한 질투가 일었다. 역시 비서에게 품을 일반적인 감정은 아니었다.

"근데 분위기가 왜 이래."

"내가 폭탄 하나 던졌지."

몸을 일으킨 은강이 어깨를 으쓱였다.

"너도 맞게 될 폭탄."

"폭탄? 뭔데."

몇 주 만에 만난 남매의 만남을 지켜보고 있던 유나가 슬며시 집무실을 나섰다.

"앉아."

그녀가 나간 문을 힐끗 바라본 은강이 턱으로 소파 쪽을 가리켰다.

12화

스쳐 지나가야만 하는 그런 남자

"원래는 내가 가려고 했어."

인사 발령문을 받아 든 은하는 한동안 말이 없었다.

흐음, 살도 좀 붙은 것 같고. 팔짱을 낀 은강은 몇 주 만에 나타난 동생을 빤히 바라보았다. 어째 함께 살 때보다 혈색마저 좋아 보이는 그녀는 적잖이 고민하는 눈치였다.

좋을까. 그렇게.

"나 잘린 거 아니었어?"

"누가, 네가?"

"난 그런 줄 알았는데."

"네 발로 걸어 나간 거지. 왜, 고민 돼?"

그녀의 고민에 이유가 있다는 걸 알아챈 은강이 넌지시 물었다. 은하는 이미 결재까지 끝난 인사 발령문을 다시 한번 읽어 내려갔다.

그 옆으로 은강은 그녀가 없는 동안 진행된 사업 상황에 관한 자료들을 올려 두었다. 조금만 쌓았을 뿐인데도 높이가 상당했다.

"이번 기회에 네 입지도 다지면 좋고, 이사들한테 보일 명분도 생기니까. 아버지 결혼 압박 피하기에도 나쁘지 않지."

"갑자기?"

"꽤 오래 준비한 거야. 네가 뛰쳐나가지만 않았으면 덜 복잡했어."

좌천도 아니었다. 한옥 호텔 책임자 자리로 가는 거라면 그녀에게는 더할 나위 없이 유리한 자리였다. 예전이라면 고민했겠지만, 이상하게도 지금은 그럴 여지조차 없었다. 아니, 이상하지 않다. 이번만큼은 분명한 이유가 있었다.

"싫어. 안 갈래."

"진짜? 왜."

"굳이 나 아니어도 되잖아."

"굳이 네가 아닐 이유도 없지."

"별로 안 당겨."

"차재완 대리 때문에 그래?"

아니라고 말을 못 했다. 아니지 않으니까. 은하는 어깨를 으쓱이며 긍정도, 부정도 하지 않았다. 그를 떠올리면 웃음만 나오는 지금이 좋았다. 안 좋은 기억들을 사라지게 만드는 마법을 부리는 남자의 곁이 좋았다.

"지금이 좋아. 그냥 여기 있을래."

"호텔로 안 돌아오겠다는 말이야?"

"여기 아니어도 서울에 일자리 하나 없을까. 내 스펙 꽤 괜찮잖아."

"안 돼, 너 가야 해."

한숨을 짧게 내쉰 은강이 강하게 말했다. 완강한 그의 태도에 은하는 오히려 당황했다.

"……내가 가야 하는 다른 이유가 있구나?"

굳이 이사회 얘기를 할 이유도, 필요도 없었다. 그의 반응을 보고 호텔 내로 소문을 퍼뜨릴 얼간이가 있지도 않았다. 이 사건은 여기서 일단락될 수 있었다. 하지만 은하는 유강의 사람이었다.

"제주도로 쫓겨나는 거야, 나?"

"무슨 말을 그렇게 해."

"오빠 뉘앙스가 지금 그렇잖아. 왜. 이사회에서 내쫓으래?"

"그게 어떻게 쫓겨나는 거야. 승진해서 가는 자리고, 널 책임자로 보내는 거야. 돌아오면 이 자리에 너 앉힐 거고."

"……."

"잠깐 가 있어. 잠깐이면 돼."

"왜, 뭐라는데. 이사회에 소문이라도 돌아?"

말문이 막힌 은강이 짧게 숨을 내뱉었다. 저도 모르게 허를 찌른 것인데 그게 정통이었을까. 은하가 헛웃음을 내뱉었다.

"오빠가 꽁꽁 막았는데도 호텔에서 난리 친 건 어쩔 수 없었나 보네."

"그러게 인마. 왜 그러고 다녀서 일을 이 지경으로 만들어."

"뭘 물어. 아버지 귀에 들어가라고 한 일이지."

"유은하."

"그럼 더더욱 아버지가 반대하시겠네."

또 얼마나 난리를 치셨을까. 은하는 상상해 보다가 이내 그것조차 관뒀다.

"안 그래."

"뭘 안 그래. 뺨도 얻어맞았는데. 그래서 소문 난 거 아니야?"

"너한테 얼마나 실망했으면 그러셨을까. 그렇게 생각할 수는 없어?"

"아버지도 나를 이해 안 해. 근데 나라고 아버지를 이해해야 해?"

"네 발령, 아버지는 지지하셔. 그러니까 잔말 말고 가. 아버지랑도 좀 풀고. 대체 언제까지 이럴 건데."

은강의 목소리에 힘이 실렸다. 실망과 허무, 또는 후회. 온갖 감정들이 뒤섞인 목소리를 그녀는 알아차릴 수 있었다. 은강이 답답한 듯 크게 숨을 내쉬었다. 은하는 차분하게 그 모습을 지켜보다가 입을 열었다.

"……고작 남자 하나 때문에 아버지랑 언제까지 척을 질 거냐고 뭐라 하면 난 할 말 없어."

"은하야."

"나는 내 친엄마가 그렇게 혼자 쓸쓸하게 죽어 갔을 때 아무것도 몰랐어. 그래도 아버지 원망 안 했어. 왜 우리 엄마를 그대로 뒀냐고 화도 안 냈어."

"……."

"그런데 기준이는 아니야. 우리가 걔한테 무슨 짓을 했는지 알잖아."

생모의 죽음을 목전에 두고도 아버지를 원망한 적이 없었다. 어른들의 선택이고, 이유가 있을 거라 생각했으니까. 하지만 기준의 문제에는 이유가 있을 수 없었다. 마지막까지 사과도 않는 아버지를 보며 그녀는 실망했고, 그건 죽을 때까지 안고 가야 할 죄책감이 되었다.

"기획실에 좀 다녀올게. 나갈 때 인사도 못 했잖아."

무거운 분위기를 저 멀리 제친 은하가 싱긋 웃으며 몸을 일으켰다.

"은규 불렀어. 밥이나 먹자. 제주도 얘기는 이따 마저 해."

은강은 쏟아지려는 말을 삼켰다. 어디서부터 잘못됐는지 되돌리는 것조차 불가능한 지금을 그저 후회했다.

기획실 직원들이 뭐 그렇게 자신을 반가워할까 싶어 은하는 가던 길을 돌렸다. 조용한 비상구 계단에 숨어들어 재완에게 메시지를 보냈다.

✦ ✦ ✦

재완에게선 아직 답이 없었다.

많이 바쁜가. 계단에 주저앉아 무릎에 턱을 기댄 은하가 멍하니 재완을 기다렸다. 그러다 문득 그가 사 준 스니커즈가 눈에 들어왔다.

어쩜 이리도 딱 맞는지. 운동화를 신은 발을 오른쪽으로 기울였다가 다시 왼쪽으로 기울이기를 여러 번. 그를 기다리는 시간마저 지루한 줄 몰랐다. 입가에 엷은 미소가 번졌다. 믿어지지 않았다. 기다리는 것만으로도 기분 좋아지는 남자가 바로 차재완이라는 게.

10분이 지났다. 커피가 식기 전에만 왔으면 좋겠다고 생각할 무렵 비상구 문이 열렸다. 은하는 반가움에 벌떡 몸을 일으켜 그의 얼굴을 잡아당겨 내렸다. 재완은 쉽게 끌려 왔다. 그녀가 무엇을 하려는지 알겠다는 얼굴로.

호선을 그리던 입술들이 맞닿았다. 촉촉, 연달아 닿았다가 떨어졌던 입술이 그의 의도대로 진하게 부딪쳤다.

아주 잠깐 떨어져 있었을 뿐인데도 그리웠다고 말하면 당신은 어떤 반응을 보일까. 은하가 입술을 먼저 떼며 그를 올려다봤다. 허리에 팔을 두르자 그는 그녀의 뺨을 쓸어내렸다.

"여기 호텔입니다."

"난 상관없어요. 잘렸는데, 뭐."

사랑을 깨달은 그녀는 미치도록 사랑스러웠다. 한시도 곁에서 떨어지고 싶지 않을 만큼.

"유은하 먹여 살리려면 잘리면 안 되는 몸입니다."

"이참에 이직할래요? 나랑 같이?"

"당신 가는 곳이면 가야죠. 어딥니까, 거기가?"

말까지 예쁘게 하는 그를 보며 은하가 환하게 웃었다. 그 입술에 다시 짧게 입을 맞춘 재완이 여기는 어쩐 일이냐 묻자 바닥에 내려놓은 테이크아웃 커피를 가리켰다.

"기획실 사람들이랑 나눠 마셔요."

"무슨 돈이 있어서."

"오빠한테 삥 좀 뜯었죠."

"아, 상무님 뵈러 온 거예요?"

은하가 고개를 끄떡거렸다. 순간 제주 발령 얘기를 할까, 망설였지만 곧 속으로 고개를 저었다. 어차피 가지 않을 거, 말해서 뭐 하나 싶었다.

"혹시 집으로 끌려가는 거 아닙니까?"

"그럼 찾으러 와요. 집, 어딘지 알잖아요."

"가도 돼요, 정말?"

담이라도 넘고 올 기세라 은하는 크게 고개를 끄덕였다.

"근데 그럴 리는 없어요. 오빠들보다는 내 고집이 더 세서."

"우리, 오늘 저녁에 영화 볼까요? 그때까지 기다릴 수 있어요?"

마침 보고 싶은 영화가 있다던 그의 말을 떠올린 은하가 그러자고 대답했다. 재완의 입가에 다시 미소가 걸렸다. 그녀가 그를 기다리는 내내 웃음을 참지 못했던 것처럼.

"레스토랑도 예약할게요. 맛있는 거 먹어요."

"난 영화관에서 파는 핫도그도 좋은데."

"더 좋은 거 먹일 겁니다. 포동포동해지라고."

의외의 장소, 의외의 시간에서 그녀를 만난 반가움은 컸다. 재완은 은하를 껴안았다. 허리를 꽉 끌어안자 마찬가지로 은하 역시 두 팔을 벌려 그의 허리를 껴안았다. 뒤뚱뒤뚱, 몸을 흔들며 은하의 온기를 만끽한 재완의 입가에 다시 미소가 번졌다.

"커피 식는데."

"식어도 됩니다."

"박 팀장은 뜨거운 거 아니면 안 먹어요."

"그러다 맨날 혀 데이십니다. 괜찮아요."

커피를 아주 뜨겁게 만들어 달라고 할걸, 조금 더 오래 있게. 은하가 옅게 웃으며 그의 가슴에 얼굴을 기댔다. 재완은 말없이 그녀의 뒷머리를 쓰다듬다가 등을 쓸어내렸다.

그녀가 그를 한껏 올려다보자 기다렸다는 듯 다시 입술을 맞추었다. 재완의 눈동자에 비친 자신을 바라보며 물었다.

"무슨 생각 해요?"

"여기서 보니까 반가워 죽겠다."

"그리고 또?"

"이래서 사내 연애를 하나."

"음, 바람피울 가능성이 다분한 말인데."

그녀가 킥킥거리며 웃자 그 역시 덩달아 웃음을 터트렸다. 은하의 정수리 위에 입을 맞추며 재완이 중얼거렸다.

"아쉽습니다."

"뭐가요."

"여기가 무려 호텔인데……."

재완이 말끝을 흐리자 은하가 다시 얼굴을 들었다.

"나한테는 회사라는 게."

뒤늦게 말을 이해한 그녀가 큰 웃음을 터트렸다. 전에는 없는, 그리고 앞으로도 없을 행복이었다.

"사무실 한번 더럽게 높네, 진짜. 낮은 층으로 좀 내려올 수 없어?"

호텔에 오면 늘 실장실에 처박혀 있다가 은하를 괴롭히기 일쑤였던 은규는 비어 있는 실장실 대신 곧장 상무실로 직행했다. 회의 때문에 늦어진 결재 파일을 확인하던 은강이 눈을 삐죽 들었다.

"막내는?"

"기획실. 잠깐 인사 갔어. 마실 건?"

"괜찮다고 말했어. 형, 비서 바뀌었더라."

점심 먹으러 가라니까 아직도 밖에 있는 건가. 은강이 힐긋 바깥을 살폈다. 하필이면 다른 비서진들은 모두 외근 중이었다. 은강이 인터폰을 누르자 유나가 곧장 대답했다.

"자리 좀 비워 줘야 할 것 같은데. 식사하고 와요."

—네, 알겠습니다.

이렇게까지 말 안 하면 절대 먼저 식사할 그녀가 아니었다. 은강은 테이블에 떡하니 발까지 올려놓는 은규를 보며 한숨을 삼켰다.

"어제 집에 안 들어왔더라?"

"아는 형 전시회 갔다가 뒤풀이까지 있었어. 제주도 얘기했어? 간대?"

몸을 일으킨 은강이 그의 앞으로 마주 앉았다. 은규는 그제야 올리고 있던 발을 내렸다.

"안 간대. 지금이 좋대."

"진짜? 그 일쟁이 유은하가?"

"지금이 좋다는 애를 굳이 보내야 하나 싶기도 하고."

한숨이 섞인 형의 말투에 은규는 턱을 괸 채 긴 손가락으로 뺨을 두드렸다. 먼저 전화도, 심지어 메시지에 답장도 없는 막내는 당연히, 마지못해서라도 은강의 제안을 수락할 거라 생각했다.

"그놈이지? 지금 은하 데리고 있는 놈."

"……알고 있었어?"

"뻔하지. 그 좁은 인간관계에. 진지한가 보네."

"뭐, 나름. 그래서 어떻게 설득해야 하나 생각 중이야."

"꼭 설득해야 해? 그냥 안 보내면 안 돼? 원래대로 형이 가든가."

"이사회에 은하 얘기가 돌아."

말이 끝나기 무섭게 은규가 영어로 욕을 중얼거렸다. 꼰대처럼 짱짱하게들 굴었겠네, 하고 중얼거리는 목소리 뒤에 은강은 다시 한숨을 삼켰다.

"보내는 게 맞아. 사업 성공시키면 눈 밖에 난 것도 되돌릴 수 있고."

"막내한테 호텔 넘길 거 아니잖아. 굳이 되돌릴 건 뭐야."

"나도 막내가 호텔 일에 매력 못 느꼈으면 굳이 안 붙잡아. 근데 은하, 이 일 좋아해."

"그렇긴 하지. 아버지랑 그렇게 삐걱거리면서도 일은 곧잘 하니까. 그래도 난 조금 그러네."

은규가 못마땅하다는 얼굴로 중얼거렸다.

"아버지랑 더 멀어지면 어떡해. 서울에 있어야 억지로 얼굴이라도 보게 할 수 있잖아."

"그건 그렇지."

동환에게 툭 터놓고 물어보고 싶었다. 은하와 관계를 개선할 생각은 있느냐고. 가뜩이나 힘들어하는 애한테 정략결혼 카드는 왜 들이밀어서.

처음부터 잘못되었다. 아버지 말에 반대했어야 했다. 아니라고, 이건 우리를 위한 방법이 아니라고 말렸어야 했다. 왜 그때 아무것도 하지 못했을까.

"나는 내 친엄마가 그렇게 혼자, 쓸쓸하게 죽어 갔을 때 아무것도 몰랐어."

"그런데 기준이는 아니야. 우리가 걔한테 무슨 짓을 했는지 알잖아."

"막내, 그 남자랑 진지한 거면 이제 말해도 되지 않을까?"

같은 생각을 하고 있었는지 은규가 넌지시 말을 꺼냈다. 언제부터인지 집은 뒤틀렸다. 2년 전 사고 후일까, 아니면 은하의 친어머니 죽음 뒤일까. 그때는 겉으로 드러나지 않았던 어둠이 지금껏 찾아온 걸 수도 있다.

"은하한테는 비밀로 해라."

"아버지."

"그렇게 해. 너희 둘, 은하가 제 입으로 생모 얘기하는 거 본 적 있어?"

"……."

"제 엄마 얘기를 그놈한테는 했어. 그러니 이대로 조용히 묻어. 이제 다시 올 녀석은 아닌 듯하니."

"그럼 은하는 아버지를 원망할 텐데요."

"……."

"혼자 참고, 견디고. 이제 은하 못 그래요. 분명 아버지 원망할 텐데 그건 괜찮으세요?"

처음부터 말했어야 했다.

그놈이 찾아오기 시작했을 때부터, 시작부터 싹을 잘라 냈어야 했다.

"아버지가 비밀로 하라고 했잖아."

"그것도 2년 전 일이야."

"아직 확고하셔. 이제 와서 말해 봤자 뭐가 달라지겠냐고 생각하시는 것도 같고."

"그러게, 처음부터 그러면 안 됐어. 미친 새끼 때문에 이게 다 뭐야."

은규가 속상한 얼굴로 말했다. 어떤 욕을 퍼부어도 풀리지 않는 화는 가족들을 망친 것에 대한 분노였다. 그 역시 속상한 건 마찬가지였다. 서로 살갑지는 않아도 제법 화목했던 가족이었으니까.

"우리는 막내를 기만한 거야. 그 자식이 무슨 속셈인지 알면서 가만히 뒀잖아."

기준과 만나고 오는 날이면 은하는 늘 행복해했고, 즐거워했다. 하루하루가 좋아 보이던 그녀를 망칠 수 없었다. 후회하지만, 또 지난날을 탓하지만 그땐 그게 최선이라고 판단했다.

"천만 원으로 시작한 게 몇십 배로 뛸 때까지 우리는 아무것도 안 했어. 말도, 행동도. 그 새끼 욕심을 키운 것도 우리고, 막내를 상처 받게 둔 것도 우리야."

"……."

"난 걔한테 그게 미안해. 진즉 나가서 살지, 이따위 오빠들이랑 뭐 좋다고 아직까지 살았는지."

중간중간 욕을 섞어 가는 은규의 말에 은강은 아무런 대답도 안 했다. 그저 또 속상해하고, 또 후회할 뿐.

"그런데 얘는 왜 안 와. 배고파 죽겠는……데."

기지개를 쭉 피던 은규가 말끝을 늘어뜨렸다. 이상한 반응에 은강이 고개를 들자, 은규의 시선은 정확히 상무실 문가에 가 있었다.

그리고 보았다. 작게 열린 문틈으로 새하얗게 질린 은하의 얼굴을.

은강은 말하고 싶어 하지 않아 했고, 은하는 듣고 싶어 했다. 둘 사이를 비집고 들어간 건 은규였다.

"그냥 말해 버려, 형."

한숨이 섞인 말에 은하는 깨달았다.

뭔가 잘못되고 있다는 것을. 아니, 오래전부터 잘못됐다는 것을.

오빠들의 대화와 오늘 기윤의 사과가 겹쳐졌다. 우연처럼 떠오른 두 가지 생각은 하나의 결론을 가리켰다.

기준이 아버지를 찾아갔었다.

먼저.

"아버지, 네가 생각하는 그런 일 하신 적 없으셔."

"무슨 소리야."

"그놈이 먼저 네 출생 사실을 알고 아버지를 협박했어. 그게 몇 번이나 반복됐고, 아버지는 절대 네가 알아서는 안 된다고 하셨어. 그게 다야. 헤어지라고 몇 번이나 말했는데 그 녀석이 약속을 안 지켰어."

"……거짓말."

"사고 날, 마지막이라면서 아버지를 찾아왔어. 유학을 가고 싶다고, 돈이 필요하다고 했어. 아버지는 너랑 진짜 헤어지라고 했고. 그게 끝이었어. 그 사고는 오롯이 박기준 탓이야. 네 탓도, 아버지 탓도 아니야."

"오빠."

"은하야. 아버지는…… 널 정말 지키고 싶으셨던 거야."

은하는 벌써 30분째 말이 없었다. 불안한 은규와 차분해진 은강은 그녀를 살피는데 온 신경을 쏟았다. 고작 몇 문장으로 간단하게 끝날 말을 2년이나 넘게 감춰 왔다. 말하는 순간순간에도 후회가 밀려왔다.

그럼에도 불구하고 끝까지 말할 수밖에 없었다. 언제까지 감출 수 있는 문제가 아니었고, 언젠가는 말하게 되리라 각오했었다.

어쩌면, 이 비밀이 영원하기를 가끔 바라긴 했었지만.

누가 뭐라고 해도 가족이었다. 평생을 함께할. 언제까지 이 두터운 벽을 유지할 수는 없었다. 누군가의 희생으로, 누군가의 후회로. 그것만큼 바보 같은 짓이 어디 있을까.

"왜……?"

초점을 잃은 은하가 멍하게 중얼거렸다.

"말하면 좋았잖아. 나한테 말하면 됐잖아."

"너, 우리한테도 어머니 얘기 안 하잖아."

"그래서?"

"그런 네가 박기준한테 어머니 얘기를 했는데, 아버지가 그걸 어떻게 말해. 못 하시지."

추억도, 기억도 아무것도 없는 친엄마에 대해서는 아는 게 거의 없었다. 허망하게도. 마지막 가는 길이 어땠는지, 삼촌이 들려준 어렸을 때의 이야기. 고작 그런 것들이 전부였다.

"우리 엄마 어렸을 때 얼굴, 나랑 진짜 비슷하다?"

"진짜?"

"장례식 때, 영정 사진을 봤는데 일부러 나 낳기 전 사진으로 고르셨대. 제일 예쁠 때로."

"그래서, 정말 예쁘셔?"

"어. 네가 보면 첫눈에 반했을걸?"

가진 추억이 없어 할 수 있는 이야기가 많지 않았다. 그래서 똑같은 이야기를 기준에게 몇 번이고 말했다.

"나 엄마 기일에 삼촌 봤어. 안 찾아뵈려고 했는데, 산소에서 딱 마주쳤거든."

"……그래서 싫었어?"

"아니. 그냥 그랬다고. 대신 엄마 얘기 들려주셨어."

"그래? 무슨 얘기?"

"엄마 나 임신했을 때 초코 우유를 그렇게 좋아했대."

"그래서 네가 그렇게 단 걸 좋아하나."

"그러니까. 그래서 그런가 봐. 완전 신기하지."

지난번에도 듣고, 지지난번에도 들었는데 기준은 그녀에게 집중했었다. 지겨울 텐데도 듣고, 또 듣고, 마지막에는 또 위로해 줬다. 따뜻하게. 자꾸만 기대고 싶게.

"가끔 그런 생각해."

"무슨 생각?"

"친엄마랑 컸으면 어땠을까. 우리는 만났을까."

"……만났을 거야, 분명."

너는 대체 내 상처로 무엇을 바랐던 걸까.

"결국 나를 위해 그랬다는 거야?"

말도 안 되는 변명. 비겁한 소리. 하지만 그것조차도 이해되기 시작하자 은하는 울부짖고 싶었다.

나는 지금껏 뭘 했나. 뭘 위해 미안해하고, 뭘 위해 슬퍼하고, 뭘 위해 울었던가.

뭘 위해 나를 망치고 살았었나.

"대체 언제부터?"

"……."

"대답해, 언제부터냐고!"

그녀가 소리치자 은강은 마른 얼굴을 쓸어내렸고, 은규는 한숨을 내쉬었다. 은강을 살피던 은규가 처음으로 입을 열었다.

"사고 나기 한 반년쯤 전부터."

"뭐?"

"은하야."

"나는 그런 줄도 모르고……."

오히려 아버지 때문에 기준이가 고통받았다고 생각했다. 그걸 모르고 있었다고 자책하면서 동시에 아버지를 미워했다. 세상 끝까지 미워할 작정으로 미워하고, 또 원망했다.

그런데 그게 아니란다. 오해였단다. 아버지는 나를 끝까지 감쌀 작정으로 자신이 죄인이 되기를 자처했단다.

"나 아버지한테 막 살 거라 그랬는데."

허탈하다는 듯 은하가 자조적으로 웃었다. 지금까지 누굴 미워하고, 누굴 증오했었나. 후회와 한탄이 밀려왔지만 그도 사치였다.

죄책감의 상대가 바뀌었다. 그녀는 평생 미안해야만 하는 삶이었다.

어째서, 그동안 어떤 삶을 살아왔기에.

"아버지는 너 안 미워해."

"……."

"그러니까 이대로 넘어가. 그래도 돼."

"어떻게 그럴 수 있어."

"은하야."

"오빠들은 그게 가능해? 내가 어떻게 살았는데 그게 돼? 이대로 넘어가라고? 내가 아버지한테 한 짓이 있는데!"

결국 울부짖었다. 조금 전까지 재완과 웃으며 보냈던 짧은 시간이 거짓말 같았다. 아주 짧디짧은 행복이었다. 스쳐 지나가도 모를 사랑이었다.

나는 왜, 결국 이렇게 되고 마는 것인가.

아버지는 지금껏 무슨 생각을 했을까. 돈을 써 가며 남자를 갈아치

우는 딸을 보면서, 호텔을 찾아와 돈을 요구하는 남자들을 독대하면서, 막 살 거라 악다구니를 쓰는 딸의 뺨을 내려치면서, 무슨 결심을 했던 걸까.

왜, 나를 포기하지 않았던 걸까. 오늘이 오늘인지도 모르고, 내일이 내일인지도 모르고 살았다. 일에 매달리며 미친 사람처럼 살았고, 아무 남자와 의미 없는 만남을 지속했다. 반항 어린 사춘기처럼 겉돌고 끊임없이 거부당하기를 원했다. 아버지에게.

결국은 깨닫고야 만다. 어쩌면 아버지는 나를 한 번도 거부한 적이 없다는 것을. 왜 한 번도 의심하지 못했을까. 사귀는 내내 가족들은 기준의 존재를 알고 있었다. 새삼스레 반대를 하면서 돈을 쥐여 주며 헤어지라 종용했을 거라면 훨씬 더 일찍이어야 했다. 갑작스러운 반대. 사고 반년 전부터 동환과 기준은 꾸준히 만남을 유지했다.

그건, 오직 기준이 원해서였다. 돈이 필요해서.

"잊어."

은강이 힘주어 말했다.

"얼마나 쉽게 하는 말인지, 그게 얼마나 힘든 일인지 너만큼은 몰라. 그래도 잊어. 아버지가 원하는 것도 그거야."

"……."

"제주도 가. 가서 프로젝트 성공 시키고 보란 듯이 복귀해. 자리 비워 놓을 테니까. 아버지한테 보여 드려. 당신 딸, 지금 아주 괜찮다고."

어젯밤 사랑을 약속했었다. 고작 하루도 가지 못할 사랑을 꿈꿨다. 그 사랑은 한없이 나약하고, 한없이 힘없는 것이었다.

"……오빠."

도망치고 싶다. 평생 짊어져야 하는 죄책감에서 등 돌리고 싶다.

잘못된 오해로, 잘못된 삶을 살았던 지난날을 후회하는 모습을 그에게 보일 수 있을까?

그는 과연 그것대로 괜찮다고 해 줄까?

해 주겠지. 당신은 나에게 더없이 좋은 사람이니까.

하지만 나는? 나는 그래도 괜찮을까? 또다시 나약한 모습을 보여 주면서 위로받는 게, 정말 괜찮은 일일까?

아니, 더 솔직히 말해 봐. 유은하, 너 지금 불안하지 않아?

그 남자마저 그 쓰레기처럼 거짓말을 할까, 불안한 건 아니야? 그래서 일찍 도망가고 싶은 건 아니야? 세상에 둘도 없이 널 사랑할 남자야. 그런 남자를 두고 떠나려는 이유를 그렇게 합리화하는 건 아니야? 결국은 당신을 믿지 못해서라고? 나는 남자 하나 못 믿는 등신, 불구가 돼 버렸다고? 그러니 이해해 달라고?

이 순간 기준에 대한 배신보다 더 큰 감정은, 재완을 잃을지도 모르는 현실을 부정하고 싶은 마음이었다.

"그거면 돼. 더 할 거 없어."

하지만 아무것도 소용없었다. 이미 높다랗게 세워진 벽은 부서지지 않을 것이고, 그녀는 지금 벽을 무너뜨릴 의지조차 없었다.

"언제 가면 돼."

"빠를수록 좋지."

나락의 끝에 그 남자가 서 있다고 생각했다. 당신이 나를 구원할 것이라 여겼다. 그런데 아니었다.

"내일 갈게."

당신은 나를 구원할 수 있지만, 나는 당신을 구원하지 못해. 당신이 붙여 놓은 망가진 조각들이 다시 깨지고 있는데, 어떻게 당신을 구할 수 있겠어. 아니, 당신은 애초에 구원조차 필요 없는 사람인데, 나 같은 사람을 만날 이유가 없잖아.

"너…… 진심이야?"

"어차피 가야 하는 거잖아."

"그래도 그렇지. 말도 안 하고 가겠다고?"

은강의 말뜻을 은하는 바로 알아들었다. 처음부터 끝까지 그녀는 차재완 생각뿐이었다.

"그냥 시작도 안 할래."

이미 시작해 버렸지만 은하는 모른 척 말했다.

"자신이 없는 건 아니고?"

비로소 마음을 열었다고 생각한 동생이 다시 한번 현실 앞에 포기하려 들자, 건넨 그의 질책이었다. 은강을 마주 보며 은하는 슬프게 중얼거렸다.

"……없어. 내가 무슨 자신이 있겠어."

이런 마음으로 감히 누구를 사랑할까.

"그냥 혼자가 편한 거지."

이런 마음으로 어떻게 사랑받을까.

스쳐 지나갈 인연으로 남길 수밖에 없는 남자, 그는 그뿐이어야 한다. 어쩌면 당신을 위해. 아니, 결국은 나를 위해.

✦ ✦ ✦

살면서 이보다 더 허탈하고, 이보다 더 허망한 적이 없었다. 그녀는 정처 없이 길을 헤맸다. 저를 붙잡는 손을 뿌리치고 거리로 나와 무작정 걸었다. 끝이 보이지 않는 길 끝에 다다르기를 바라며, 막다른 곳에 다다르고 결국에는 멈출 수밖에 없기를 바라며.

하지만 길에는 끝이 없었다. 끝도 없는 길 끝에 또 길이 있는 것처럼 멈출 수 없었다. 아무것도 몰랐다. 무지도 결국 죄라는 것을 알면서도 같은 죄를 반복한 셈이었다. 고통받는 이는 기준이 아니라 가족들이었고, 자신이 미안해야 할 대상부터 잘못됐다는 것을. 엉뚱한 이에 대한 죄책감으로 2년을 낭비했다.

멍청하게도 무너지고, 또 무너지기를 원했다. 자신도, 아버지도.

은하는 길 한가운데에 선 채로 허망하게 하늘을 바라봤다. 구름 한 점 없는 맑은 하늘은 파랗고, 평화로웠다. 제 상처가 부질없다 느껴질 만큼 맑고 화창했다.

닿을 수 있을까. 언젠가는 저렇게 깨끗한 세상에.

후회는 너무나 간결하며 허무했다. 후회해 봤자 되돌리기에는 이미 늦어 버렸고, 더 아파해 봤자 변하는 건 없었다.

기댈 곳이 필요했지만, 지금 서 있는 곳은 사방이 뻥 뚫린 길 한복판이었다. 결국 무릎을 구부리고 주저앉은 은하가 길게 숨을 내쉬었다. 호텔을 나오면서 참았던 울음을 토해 냈다.

울분들을 하나씩 꺼내며 아이처럼 목 놓아 울었다. 억울했다. 삶 자체를 부정당하는 느낌이었다. 내가 뭘 했다고, 내가 무슨 잘못을 했다고.

얼마나 울었을까. 길을 걷던 사람들이 힐끔거려도, 다가와 부축을 하려고 해도, 그녀는 꼼짝없이 울기만 했다.

겨우 일어선 그녀가 천천히 걸음을 옮겼다. 언제 쓸린 건지 손바닥에 상처가 나 있었다. 피가 묻어나는데도 아픈 줄 몰랐다.

그때 휴대폰이 울렸다. 은하의 허망한 눈동자가 휴대폰을 쥔 손에 향했다.

모르는 번호, 그러나 누구의 전화인지 본능적으로 알 수 있었다.

—나야, 은하야.

"……."

—번호 안 바꿨네. 잘 지냈어?

낯익은 목소리. 너를 만난 수년 동안 네 목소리 하나에 웃고, 울고, 행복했었다.

사고가 나기 반년 전부터 너는 나를 기만했다. 우리가 만났던 것보다 훨씬 짧은 시간. 추억을 부정하는 시간은 그토록 짧고, 간단했다.

—기윤이 만났다며. 얘기 듣고 전화했어. 잘 지내나 궁금하기도 했고.

피가 날듯이 입술을 깨물었다. 은하야, 하고 부르는 나지막한 목소리가 들렸다.

—목소리, 안 들려줄 거야?

세상에 아름다운 이별이 존재하지 않듯이 우리의 이별은 참담했다. 아니, 그녀 혼자만이 그랬다.

"네가 내 안부를 다 묻네."

—은하야…….

"감히, 네가 내 안부를 물어."

낮게 읊조리는 목소리에 분노가 가득했다. 망가진 추억. 부서진 과거. 그 순간들의 후회보다 더 아픈 건 지금 그녀의 곁에 있는 이였다.

—우리 부모님 만났다며. 얘기 들었어. 사과하려고 전화한 거야. 너한테 심하게 대했다고 하셔서.

"그래. 그랬지. 근데 난 그게 당연한 줄 알고 등신처럼 가만히 있었어. 그렇게라도 해야 할 것 같아서."

—은하야.

"역겨우니까 내 이름 그만 불러."

나는 너 때문에 아버지를 미워했다. 나는 너 때문의 지금의 사랑을 두려워했고, 피했었다. 그 시간들이 너무나 아까웠다. 너를 처절하게 미워해도 분이 풀리지 않을 만큼.

—만나자. 내가 만나서 설명할게. 할 말 있어, 내 말 좀 들어줘.

"무슨 설명? 이번에는 뭘, 얼마나 받고 싶어서?"

지금 생각하면 기막힐 일들이 너무나 많았다. 갑자기 시작된 아버지의 반대. 이유를 알 수 없어 갑작스러웠지만 그걸 따질 여유가 없었다. 고작 반년 만에 기준은 제 가족을 무너뜨렸다.

"네가 왜 무릎을 꿇어. 네가 뭘 잘못했다고!"

"……그냥 봐 달라고 했어. 너랑 나, 봐 달라고."

"우리 아버지한테 무릎은 왜 꿇었어? 돈 못 준다니까, 그렇게라도 빌어 본 거니?"

그때, 무릎을 꿇던 기준은 우리 사이를 봐 달라 애원한 게 아니었다. 돈을 달라고 구걸한 거였다.

—은하야, 제발 내 말부터 들어줘.

"뉴욕 한인 사회 참 좁지. 그 바닥에서 박사든 뭐든 하고 싶으면 다시는 연락하지 마. 네 이름 하나 송두리째 사라지게 하는 거, 나한테 일도 아니니까."

—…….

"내 상처가 너한테는 기회였을 뿐이야. 너랑 내 끝은 그거야."

기준에게 분노를 토하고 있는 지금에도, 머릿속에 재완만이 떠올랐다. 우리 영화 보기로 했는데, 분위기 좋은 레스토랑도 가기로 했는데. 분명 우린 행복했는데.

오늘 밤 그의 곁에서 잠드는 상상을 했다.

하지만 달라졌다. 어제의 나와, 오늘의 내가.

"평생 널 증오할 거야. 내 말, 절대 잊지 마."

살면서 오늘처럼 스스로를 저주하고 싶은 날은 없었다. 모든 게 지옥이었다.

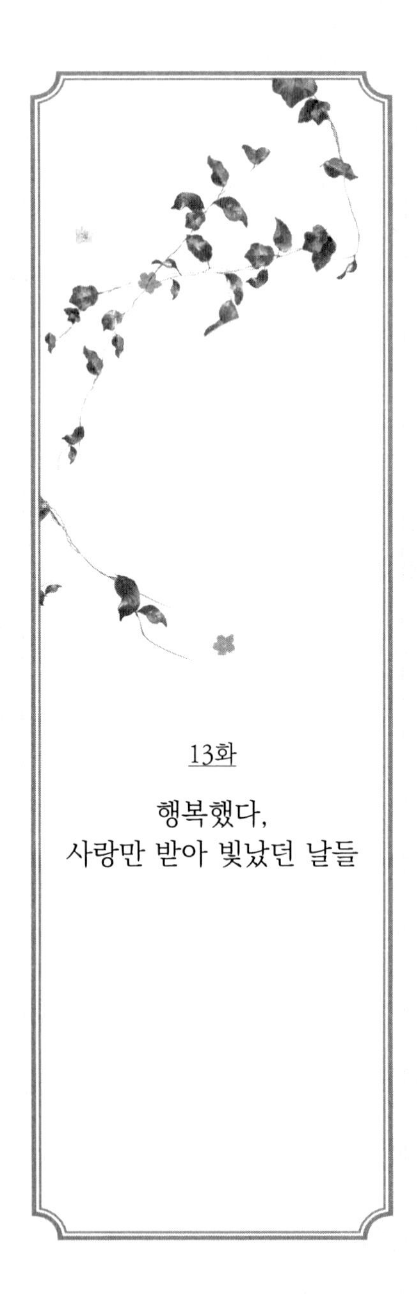

13화

행복했다,
사랑만 받아 빛났던 날들

"……아직도 꺼져 있네."

엘리베이터에서 내린 재완은 곧장 주차장으로 발길을 돌렸다. 기다리기로 했으니까 어디에 있기는 할 텐데.

무슨 이유에서인지 증발한 것처럼 연락도 없는 그녀를 생각하던 재완이 고개를 들었다. 자신의 차 보닛에 기대어 서 있는 여자는, 은하였다.

"왔어요?"

아무 일도 없었다는 듯 태연하게 웃는 은하를 보며 재완은 그녀의 머리끝부터 발끝가지 살폈다. 일단 다친 곳은 없었다.

"전화는 왜 안 받아요."

"아. 배터리 나갔더라고요."

고작 그런 이유로 몇 시간을 전전긍긍했던가. 재완이 낮게 한숨을 쉬었다.

"걱정했습니다."

"만나기로 했으면서 무슨 걱정까지."

걱정을 지나쳐 무섭기까지 했다. 고작 몇 시간, 꺼져 있는 휴대폰은 다시 그녀를 잃을 수도 있다는 상상에 휩싸이게 만들었다.

단단히 미쳐 있는 거지, 유은하한테.

"제 번호 외우십니까."

그가 낮은 목소리로 물었다. 몸을 바로 세우고 똑바로 올려다보던 은하가 작게 고개를 저었다.

"외우세요. 안 어렵습니다."

"……외울게요."

"저녁은요."

"먹어야죠. 누가 맛있는 거 사 준다고 해서 기다렸는데."

그녀가 어깨를 으쓱이며 웃더니 조수석으로 향했다. 재완은 굳은 얼굴로 그녀를 살폈다. 어제와 같다. 다르지 않다. 물론 겉모습만 보면.

그가 사 준 스니커즈를 신고, 편한 티셔츠에 청바지 차림을 한 그녀는 분명 재완이 알고 있는 어제의 유은하였다.

재완은 쓰디쓴 물음을 삼켰다. 질문이 목을 타고 흘러내려 가슴으로 퍼지는 데는 순식간이었다. 운전석에 올라 안전벨트를 매는 은하를 보며 묻고 싶었다.

당신, 대체 왜 울었느냐고.

그녀는 평소보다 말이 많았고, 웃음이 많았다. 일부러 웃는다는 게 느껴질 만큼, 그래서 안쓰러울 만큼.

스테이크를 잘라 접시를 바꾸자 은하는 또 고맙다며 웃었다. 지금껏 이토록 그녀의 웃음을 많이 본 날은 없었다. 재완은 랍스터의 살까지 발라 그녀의 접시에 덜었다.

"같이 먹지."

"먹고 있습니다."

"이러다 돼지 되겠어요."

"앞으로 업고 다니면 되죠."

샐러드를 포크로 뒤적거리던 은하가 고개를 들었다. 마주친 시선이 흔들렸다. 그 시선에서 재완은 묘한 불안감을 느꼈다.

그도 잠시, 은하가 웃으며 스테이크 한 조각을 입에 넣었다.

"차 있어서 와인은 어렵겠죠?"

"드셔도 됩니다."

"혼자는 말고 같이. 집에 가서 마셔요."

분명 무슨 일이 있는 것 같은데, 이유를 말하지 않는 건 뭘까. 아직 그 정도의 사이는 아니라는 걸까.

어찌 됐든 그녀의 기분을 풀어 주고 싶었다. 오늘따라 웃음이 많은 그녀를, 왜 울었는지 모를 그녀를.

"무슨 영화 예매했어요? 전에 얘기한 거?"

"아, 그건 시간대가 안 맞아서 잘 맞는 걸로 골랐습니다."

"좀 기다려도 난 상관없는데."

괜히 기다리게 할까 봐 보고 싶은 걸 못 고른 건 아닌가, 하는 미안함에 그녀가 말했다.

"그냥 영화관이 가고 싶은 거라."

응? 영화가 보고 싶은 게 아니고?

재완이 발라 준 랍스터를 집어 먹던 은하가 한쪽 눈썹을 찡그리자 그가 쑥스러움을 삼키고 말했다.

"해 보고 싶었습니다."

"뭘요?"

"그런 평범한 데이트."

"……."

"팝콘이랑 콜라 하나씩 들고 같이 영화 보는 거요. 데이트가 끝나면 아쉬운 얼굴로 집에 데려다주고. 아, 이건 안 해도 됩니다. 어차피 우리 집으로 같이 갈 거니까."

뱉은 말을 고쳐 가며 재완은 수줍은 말을 잘도 했다. 은하는 그와의 소소한 기억들을 떠올렸다.

함께 갔던 강릉 앞바다, 분홍색 텀블러, 맥주가 맛있었던 북카페, 그가 사 준 아이스 카페모카, 흰색 스니커즈. 생각보다 많은 순간들을 그와 함께했다. 다행이었다. 갖고 갈 수 있는 추억이 있다는 사실에.

더 많은 추억을 쌓았다면 그건 그것대로 좋았을까. 아니, 반대였을 것이다. 많은 기억에 아프고, 많은 추억에 힘들어하고, 그래서 더 그리웠을 테니.

"나랑 하고 싶은 게 많아요?"

"셀 수도 없죠."

"……."

"뭐, 이제 차차 하면 되니까."

작게 썬 스테이크 조각을 그녀의 입에 넣어 주며 재완이 다짐했다.

낮은 웃음도, 부드러운 공기도, 나지막한 목소리도, 익숙한 손길도, 지금의 기억도. 전부 다 익숙한 것들인데도 불구하고 재완은 낯선 이질감을 느꼈다. 그것이 이유 모를 불안감에서 비롯된 것임을 모르지 않았다.

그래서 은하에게 내가 없는 사이, 나를 기다리는 동안에 대체 무슨 일이 있었냐고 묻고 싶었지만 차마 그럴 수 없었다.

그저 제 기분 탓이라며 애써 외면했다.

"벌써 2만 원은 쓴 것 같은데."

인형 뽑기 기계 옆에 머리를 기댄 은하가 중얼거렸다. 재완은 머쓱함에 짧은 헛기침만 내뱉었다. 이번에는 기필코. 5초 카운트가 시작되자 또 마음이 급해졌다.

눈에서 레이저라도 쏠 기세네. 은하가 옅게 웃으며 빨간색 버튼을 누르는 그를 바라봤다. 결과는 또 꽝. 고리에 걸렸다가 힘없이 떨어지는 돼지 인형에 재완은 탄식을 터트렸다.

"이제 그만하죠."

"조금만 더 하고요."

"이러다 영화 늦겠어요."

"아직 여유 있습니다."

"인형 두 개는 샀겠다."

"그런 말은 보통 안 해도 아는 겁니다."

그가 다시 지갑에서 만 원짜리 한 장을 꺼냈다. 보다 못한 은하가 지갑과 현금을 동시에 뺏었다.

"나 팝콘 사 주기로 했잖아요."

"그 정도는 충분해요."

"의외로 낭비가 심한 편이네."

"자존심이 센 거죠."

"허세예요."

"꼭 뽑아 주고 싶어서 그럽니다."

단 한마디도 질 수 없다는 듯 재완이 툭 하니 내뱉고서는 다시 만 원을 뺏어 갔다. 곧바로 투입기에 돈을 넣는 그를 보며 은하가 물었다. 마치 인형을 뽑겠다는 기세가 전쟁에 나가는 장군과도 같아 묻지 않을 수 없었다.

"왜요? 왜 꼭 뽑아 주고 싶은 건데요?"

"닮아서요."

"……돼지랑?"

"네."

기분이 좋아야 하는 건가. 유리 옆에 머리를 기댄 채 은하는 기다렸다. 인형이 꼭 뽑힐 때까지. 만 원을 통째로 넣은 재완은 금방 돈을 탕진했다. 그러나 여전히 양손은 허전했다.

"이제 정말 가요. 현금도 다 썼잖아요."

"조금만 더 하면 뽑힐 것 같은데……."

은하를 그를 끌고 가듯이 팔을 잡아당겼다.

상영까지 남은 시간은 고작 10분. 이제 팝콘을 살 시간이었다.

영화는 재밌었다. 범죄 오락 영화라고 해서 그녀의 취향은 아닐 것이라 했는데 은하는 꽤나 재밌게 영화를 즐겼다.

간간이 그녀를 훔쳐보며, 아니 영화보다는 그녀를 보는 시간이 더 많았던 재완은 만족했다.

은하는 영화가 끝난 직후 화장실로 향했다. 삼삼오오 모여 영화에 대해 떠드는 사람들 목소리를 배경 삼아 손을 씻고 밖으로 나오는데, 낯익은 인형이 눈앞에 나타났다. 그녀가 화장실에 다녀온 사이, 재완이 드디어 해낸 모양이었다.

"뽑았어요?"

"그럼요. 두 마리나."

그는 양쪽에 똑같은 돼지 인형을 들고 흔들어 보였다. 인형 하나를 받아 든 은하가 대견하다는 듯이 웃었다.

"그 짧은 새에 무슨 수로?"

"운이 좋았습니다. 하나씩 나눠 가져요."

흰 스니커즈에 이어 돼지 인형까지. 굳이 얼마를 더 썼냐고 묻지 않은 은하는 제 손에 들린 인형을 빤히 바라봤다.

크기가 다른 짝짝이 눈과 어설픈 박음질. 그나마 멀쩡한 핑크색 돼지 코를 바라보던 은하가 작게 웃었다. 투박한 생김새였지만 재완이 뽑아 준 거라 그런지 볼수록 정감이 갔다.

"저는 오늘 소원 풀었습니다."

재완이 대뜸 말했다. 그의 얼굴 위로 번지는 뿌듯한 미소를 보며 은하가 물었다.

"무슨 소원이요?"

"유은하 웃게 하는 거."

"나 오늘 많이 웃었는데."

"그러니까, 더 웃게 해 주고 싶었다고요."

재완이 자연스럽게 그녀의 손을 잡아당겼다. 마치 자신의 전부라는 듯. 은하는 그를 따라 걸으며 맞잡은 손과 재완의 뒷모습을 빤히 바라봤다.

엘리베이터에 나란히 올라타자 은하는 양쪽에 끼고 있는 인형이 얼마나 우스운지 다시 한번 깨달았다.

"설마 걔한테 이름도 지어 줄 건 아니죠?"

사람들 사이로 그의 옆에 찰싹 달라붙은 은하가 작은 목소리로 물었다.

"이미 지었어요."

그녀의 귓가에 대고 그가 대답했다.

응? 뭐라고? 은하가 눈을 동그랗게 뜨며 그를 올려다보자 재완은 사람들이 안 보는 틈에 그녀의 정수리에 입을 맞췄다.

"비밀입니다."

참, 알기 쉬운 비밀이었다.

✢ ✢ ✢

"상무님이 집에 들어오라고는 안 하십니까?"

푹신한 소파 대신 바닥을 선택한 은하는 테이블 위에 인형 두 개를 나란히 올려놓았다. 무릎에 턱을 기댄 채 똑같이 생겼으면서도 어딘가 묘하게 다르게 생긴 인형을 관찰하는데, 재완이 팩 와인을 들고 오며 물었다.

"딱히."

"이상하네요."

"뭐가요?"

"이대로 두는 게."

은하는 별말이 없었다. 그에게 어차피 곧 있으면 끝날 행복이라고 말할 수는 없으니까.

"잔 대신입니다."

"아, 내가 전에 깼죠."

"네. 설거지하다가 와장창. 설거지는 앞으로 제가 하겠습니다."

와인 잔 대신 작은 머그잔을 들고 온 그가 어깨를 으쓱거렸다.

"와인 좀 사다 둘걸."

혹시나 입맛에 안 맞으면 어쩌나 하는 마음에 재완이 걱정했다.

은하는 옅게 웃으며 고개를 끄덕거렸다. 편의점에서 팩 와인을 고를 때, 쑥스러워하던 그가 떠올랐다. 그 웃는 얼굴에 키스를 퍼붓고 싶었다.

"맛있을 것 같은데."

"빈말은 안 하셔도 됩니다."

"진짠데. 색깔도 그럴듯하고."

머그잔에 와인을 따르는 그를 보며 은하는 제 옆자리를 두드렸다. 소파 위에 앉아 있던 재완이 힐끔, 고개를 돌려 보고는 내려와 앉았다.

작은 집에 콕 붙어 앉으니 조금은 싸늘했던 기운이 순식간에 따스해졌다. 소파에 있던 담요를 챙겨 은하의 무릎을 덮어 준 재완은 혹시라도 불편할까 그녀의 등에 쿠션까지 받쳐 주었다.

은하는 제게서 눈을 떼지 않는 재완을 바라봤다.

어젯밤 물었다. 이런 내가 왜 좋냐고.

그는 대답했다. 그저 예쁘다고.

모든 사실을 털어놓으면 그는 꼭 안아 줄 것이다. 위로할 것이다. 내 잘못이 아니라고 몇 백번이나 말해 줄 사람이었다. 제주도쯤 기다리겠다고 말할 것이다.

그녀가 나빴다. 뭘 해도 자신을 위해 기꺼이 고개를 끄덕여 줄 단 하나의 사람. 무슨 짓을 해도 제 편일 사람, 무조건적으로 응원할 과분한 사람. 그런 사람을 떠나려고 한다. 바보 같다고, 비겁하다고 비난해도 좋았다. 그의 비난이라면 달게 받을 것이다.

너덜너덜해진 마음을 보여 주고 싶지 않았다. 그래서 도망가고 싶고, 그러면서도 당신을 잃기는 싫고. 온갖 감정들이 복잡하게 섞여 본래의 색을 잃어버렸다.

"나 바깥에서 낳아 온 자식인 거."

갑작스러운 그녀의 말에 와인 한 모금을 마시던 재완이 고개를 틀었다.

"양가 식구들 말고는 몰라요. 다들 작은오빠랑 쌍둥이인 줄 알지."

"……."

"실제로는 나보다 두 달 먼저 태어났는데."

"그 정도면 맞먹을 만하죠."

예고도 없이 제 얘기를 털어놓는 은하를 보며 재완이 말했다. 그녀는 이번에도 웃었다. 웃을 일이 아닌데도, 오늘따라 자꾸만 웃었다.

"내가 집에 들어온 게 다섯 살이었어요. 친엄마가 따로 있는 것도 알고, 눈앞에 있는 예쁜 엄마가 내 엄마가 아니라는 것도 알았는데 나는 잘 살았어요. 새엄마를 엄마라 부르면서 행복하고, 여유롭게."

태어나 처음은 아니었다. 이렇게 제 얘기를 털어놓는 것이.

오늘 태어나 처음 제 비밀을 말한 사람에게 배신당했다는 사실을 알게 되었다. 진실로 잘못했던 이가 누구고, 진실로 사죄받아야 할 사람이 누구인지 너무 늦게 깨달았다.

"나는 엄마가 날 키우기 싫어서 버린 건 줄 알았어요. 뭐, 엄마를 원망하진 않았어요. 밖에서 낳은 자식이 미울 법도 한데, 새엄마도, 오빠들도 나를 많이 사랑해 줬거든요. 그래서 부족함 없이 자랐고, 날 두고 간 엄마도 뭔가 사정이 있을 거라고 생각했어요. 그러다 나중에 알았어요. 친엄마도 날 사랑했대요. 내가 너무 보고 싶어서 몰래 보러 왔었대요. 내가 학교에 입학하는 것도, 교복 입는 것도 전부 다 지켜봤대요."

"……."

"근데 나는 우리 엄마 죽을 때가 다 되어서야 겨우 봤어요. 아주 나쁜 딸이야."

재완 역시 기준처럼 자신의 비밀을 기회 삼아 뭔가를 얻으려 할 것이라는 생각은 들지 않았다. 조금의 의심조차 없었다. 맹목적인 신뢰. 벌써 그에게 그런 것이 생겨 버린 걸까.

"신기한 게 뭔지 알아요? 그때, 아버지가 하나도 밉지 않았어요. 내 엄마를 왜 그렇게 외롭게 죽게 했냐고 소리조차 지르지 않았어요. 그럴 자격이 없었던 거지. 몰랐던 것도 아니고, 아버지가 번 돈으로 그 집에서 자란 내가 뭐 그럴 자격이 있나 싶고."

"……."

"구질구질한데, 어디서 많이 들어 본 얘기이긴 하죠?"

옅게 웃으며 그를 돌아봤다. 재완은 웃지 않았다. 그저 은하의 머리칼을 쓰다듬고, 손을 잡아 줄뿐.

"궁금할 텐데 안 물어보길래."

"안 궁금합니다."

"……."

"유은하의 현재, 유은하의 미래. 그것만 궁금합니다."

다시 한번 깨달았다. 차재완은 정말 제게 과분한 사람이라는 것을.

그러면서 빌었다. 바보 같은 자신을, 멍청한 자신을, 이런 선택밖에 할 수 없는 자신을 크게 원망하고, 미워하고, 또 빨리 잊기를.

나는 내내 당신을 기억하고, 그리워할 거니까.

누가 서로 먼저인지 알 수 없었다. 눈이 마주치자, 재완은 은하의 허리를 끌어당겼고, 은하는 앉은 그의 허벅지 위에 올라탔다.

더는 기다릴 시간이 없었다. 미지근했던 입술이 맞닿은 순간, 빠르게 뜨거워지며 서로를 사로잡았다. 그녀는 틀어 막힌 입술로 옅은 신음을, 그는 들뜬 신음을 내뱉었다. 망설일 이유가 없었기에 뒤로 물러서지 않았다.

점점 더 깊고, 진하게 얽혀 들었다. 이 밤이 마지막이라는 것을 알지 못하는데 마치 이 밤이 끝이라는 듯 필사적이었다. 쓸린 점막이 뜨겁고, 떨어질 줄 모르는 입술이 쉼 없이 떨렸다.

은하는 매달렸고, 재완은 끝까지 탐하고 싶었다. 이 순간만큼은 탐욕스러우리라. 이 순간만큼은 욕망에 충실하리라. 이 순간만큼은 당신만을 가지리라.

입술 틈새가 벌어지는 사이, 은하가 숨을 헐떡거리는 틈에 재완은 그녀를 번쩍 안아 들었다. 허리에 다리를 감은 은하가 그의 목을 껴안았다. 몇 걸음 가지 않았는데도 금방 침대 위였다.

단단한 팔뚝이 그녀를 받치자 망설임 없이 그의 단추를 풀었다. 위에서부터 단추를 풀어 내리는 동안 재완은 그녀의 목과 쇄골을 부지런히 핥았다. 부드러운 살결 위를 혀로 쓸어내리고, 깨물고, 바지 버클을 풀어 벗기자 은하는 가뿐히 엉덩이를 들어 그를 도왔다.

그가 가슴을 핥고, 깨물고, 그 위에 붉은 꽃잎을 만드는 동안 은하는 신음을 참지 않았다.

기억하자, 당신의 감촉. 잊지 말자, 당신의 느낌. 간직하자, 당신의 마음.

누군가에게는 마지막이라 다짐하고, 누군가에게는 지금부터라고 다짐하는 밤.

"하읏."

귓불이 빨리고, 동시에 가슴이 손아귀에 잡히는 순간 차오르는 신음을 참지 못한 은하가 작게 몸을 떨었다. 단단한 몸이 그녀를 덮자, 전신으로 퍼지는 뜨거운 쾌감에 몸부림쳤다.

다시 입술이 얽혔다. 목구멍까지 샅샅 핥는 듯 진하고 깊은 입맞춤. 밀려든 혀를 받아들이며 은하는 두 팔로 그를 감싸 안았다. 단 한시도 떨어져 있고 싶지 았다. 전신에 열기가 가득한 그를 단단히 버텨 냈다.

"재, 재완 씨."

숨 쉬는 게 버거워 어깨를 살짝 밀어내자 그는 그녀의 손을 잡아 쥐었다.

"다시."

"……뭐, 뭐가요."

"다시 불러 봐요."

깍지를 껴 잡은 손을 어깨 옆으로 내리고서는 다시 입술을 거칠게 내렸다. 부르라고 했으면 시간을 줄 것이지, 재완은 갈급하게 맞닿은 입술을 열어 혀를 밀어 넣었다. 붉게 달아오른 입술이 다시금 부풀었다. 얼굴을 든 재완이 만족스럽다는 듯 웃었다.

"이름."

"……차, 재완 씨."

이름 한 음절, 한 음절 부르는 내내 온몸이 찌릿찌릿 달아오르는 것 같았다.

"왜, 유은하."

결국 이게 목적이었나?

"왜, 차재완."

"듣기 좋다."

"반말이요?"

"당신 목소리로 듣는 내 이름이."

"……."

"예뻐요."

은하가 웃는 사이 재완은 입술을 내렸다. 목선을 따라 쇄골을 타고 가슴골을 지난 입술이 배꼽 근처를 배회했다. 그녀가 간지러운 듯 몸을 비틀었다. 그의 입술이 은하의 팬티 라인을 따라 부드럽게 움직였다. 은밀한 곳을 향해 가는 입술은 망설일 줄 몰랐다.

"자, 잠깐!"

그의 목적지가 어디인지 가늠한 그녀가 눈을 질끈 감았다. 닿아 오는 입술, 혀의 감촉. 그 뜨거움이 주는 미묘한 환희. 끝 모를 곳에 서 있는 사람처럼 은하는 외로워지기 시작했다. 분명 그의 손길이, 체온이 느껴지는데도 그랬다.

안고 싶어. 갖고 싶어. 당신과 함께이고 싶어.

은하가 몸을 일으켜 그의 위에 올라탔다. 그러고는 다시 입술을 밀어붙였다. 질식할 것 같은 입맞춤이 계속되었다. 입술이 닳아 없어질 정도로 그들은 쉼없이 혀를 섞었다. 재완은 달아오른 그녀의 아래에 뜨거운 제 몸을 갖다 댔다.

어제와는 또 다른 느낌이고, 쾌감이었다. 은하의 얼굴이 붉게 달아올랐다. 재완은 파르르 떨리는 눈가 주변에 입을 맞추고, 꼿꼿하게 선 가슴을 삼켰다. 이제는 쾌감을 넘어 고통마저 느껴지는 듯했다.

은하가 몸부림치며 그의 몸을 잡아당겼다. 침대 시트를 겨우 잡고 있던 손에 잔뜩 힘이 들어갔다.

“그, 그만.”

이제 그와 하나가 되고 싶었다. 더는 떨어지고 싶지 않았다. 먹어 치울 듯 제 가슴을 핥는 그의 얼굴을 위로 끌어올렸다. 입술 사이로 밀려 나온 혀가 입술을 핥고, 깨물고, 쓸어내리는 사이 그는 그녀를 확인했다. 손가락을 충분히 적신 체액은 그녀의 마음이었다.

재완은 그녀의 안에 들어가고 싶어 아우성치는 제 것을 무시하고, 젖은 그녀의 위에 손가락을 굴렸다. 어떨 때는 약하게, 어떨 때는 세게. 그녀가 달콤한 비명을 지를 때까지.

젖은 밀부와 손가락이 겹쳐질 때마다 젖은 소리가 났다. 은하는 온몸이 파들파들 떨려 왔다. 더 견딜 수 없어 도리질을 치다가 그의 단단한 팔을 잡아당겼다.

“……할래, 하고 싶어요.”

그 애원을 모른 체하고 싶어 그는 은하를 보려 하지 않았지만 가만있을 그녀가 아니었다. 그의 가슴을 밀어내 위에 올라탄 은하가 뜨거운 숨을 몰아쉬었다.

아래에서 그녀를 올려다보며 그가 둥근 가슴을 지분거렸다.

“자꾸 이럴 거예요?”

“내가 뭘요.”

“그만하라고 몇 번 말……!”

은하의 말이 미처 끝나기도 전에 그녀를 다시 뒤집어 눕힌 재완은 더는 지체하지 않았다.

하나가 되고 싶은 건 그녀뿐만이 아니었다. 집에 들어온 순간부터, 아니 어쩌면 주차장에서 그녀를 봤을 때부터.

"아……!"

끝까지 밀고 들어오는 기세에 은하가 그의 등을 껴안았다. 그의 움직임에 맞춰 그녀의 전신이 위아래로 흔들렸다. 재완은 연이어 터지는 은하의 신음을 삼킬 듯 입술을 내렸다.

사랑해, 사랑해요, 사랑해. 그녀에게 진심이 전해지기를.

은하는 두 손으로 그의 뺨을 어루만졌다. 부드러운 머리칼, 땀으로 흥건한 이마, 숱 많은 눈썹, 얇은 귓불, 뜨거운 뺨. 눈을 감고도 그의 얼굴을 떠올릴 수 있도록.

이 밤, 누군가는 사랑만 전하고 싶은 이 밤.

이 밤, 누군가는 현재만 남기고 싶은 이 밤.

그 둘은 함께이나, 함께가 아니고, 결국은 또 함께였다.

곤히 잠든 재완을 구경하는데 시간 가는 줄 몰랐다. 마지막이라는 걸 인정하기 싫은 사람처럼, 은하는 팔베개에 머리를 기댄 채 그를 관찰했다.

예뻐요. 어젯밤 자신을 위해 끊임없이 예쁘다고 말한 그에게 말해 줄 걸 그랬다. 당신 역시 예쁘다고. 떠나야 할 시간이 지났음에도 그녀는 일어서지 못하고 한참을 망설였다.

때마침 휴대폰이 울렸다. 은하는 그가 깨지 않도록 조심스레 휴대폰을 들고 테라스로 향했다.

새벽 기운이 꽤 쌀쌀했다. 은하는 몸을 부르르 떨며 전화를 받았다.

"응, 나."

—언제 와. 12시야.

"곧 갈 거야."

—택시 보내 줘?

"알아서 갈게."

그녀가 작은 목소리로 대답했다. 힐끔힐끔, 재완을 확인하는 것도 잊지 않았다. 그는 옆으로 누운 채 잠들어 있었다.

—당장 떠나기 힘든 거면 나중에 가도 돼. 진짜야.

"지금 가."

—은하야.

"가. 근데 조금만. 아주 조금이면 돼."

—너, 정말 말 안 하고 갈 거야?

답답하다는 듯이 물어 오는 목소리 끝에 힘이 실렸다. 은하는 곧장 대답할 수 없었다.

누가 자신을 이해할 수 있을까. 아니, 나를 이해하려고 노력하는 사람이 있기는 할까?

겪지 않고서는 모른다. 이 하늘 아래 자신이 버틸 수 있는 공간은 없었다. 그의 곁조차 불안해할 것이다. 그로 인해 망가지고 상처 받는 게 두렵다면, 이제 시작한 사랑쯤은 버릴 수 있어야 한다.

—좋아하는 거 아니었어?

좋아하지, 사랑도 하고. 그에게는 말 한마디 못 해 봤지만.

"좋아해도 말 못 해."

이기적인 선택. 어쩔 수 없다고 해도 비겁한 선택이었다. 은하는 전화를 끊고 테라스에서 나와 또 한참을 그를 내려다봤다.

행복했다. 사랑만 받아 빛났던 날들이라.

행복했다. 사랑할 수 있었던, 다시 없을 날들이라.

은하는 옅게 웃으며 손을 뻗었다. 앞머리가 흘러내린 머리칼을 쓸어 주고, 눈가를 매만졌다.

떨어지지 않는 걸음을 떼는 일이 얼마나 힘든 일인지. 당신을 두고

가는 것이 얼마나 고통인지. 당신은 알까. 아니, 몰랐으면 좋겠다. 당신의 기억 속에서 나는 그저 비겁하고, 나쁜 사람이어야 하니까.

은하는 뒤도 돌아보지 않고 집을 나섰다.

현관문 닫히는 소리, 멀어지는 발걸음 소리, 그녀가 남긴 적막한 기운.

그제야 재완은 감고 있던 눈을 스르르 떴다. 시트를 쥔 손에 힘이 들어갔다.

갔다, 결국.

내내 불안했던 그녀는 떠났다, 결국.

"좋아해도 말 못 해."

"……당신, 이번이 두 번째야."

둘이어서 행복했던 공간에, 그는 다시 혼자가 되었다.

⁂

오랜만에 돌아온 본가는 그대로였다. 출장을 떠난 동환의 부재로 집에는 삼 남매뿐이었다.

은하는 서재에 있는 은강에게 짧은 눈인사만 하고 제 방으로 향했다. 이 시간까지 일하는 도우미들이 그녀의 짐을 싸고 있었다.

"나머지는 제가 할게요."

도우미들을 내려보낸 은하는 침대 위에 늘어놓은 캐리어 두 개를 바라보다가 마저 짐을 쌌다. 그때, 노크 소리와 함께 방문이 열렸다.

"어디 보자, 내 동생."

무시하고 마저 옷을 개켜 캐리어에 넣고 있는데 느닷없이 은규가 다가와 그녀의 양 볼을 부여잡았다. 미간을 잔뜩 찌푸리자, 은규가 은하의 눈가를 살피고는 피식 웃었다.

"많이 울었네. 조그만 계집애가."

"너, 나랑 동갑이거든?"

"쪽팔리게 길에서 울고 그런 건 아니지?"

씻고 나왔는지 은규가 젖은 머리를 털며 침대 위에 주저앉았다. 꼴랑 짐이 캐리어 두 개뿐이냐고 잔소리를 하는 그를 보며 은하는 마저 옷을 개켰다.

"대충 싸서 가. 남은 짐은 따로 보내 줄 테니까."

"그러든가."

"얼마나 있다 오냐?"

"1년쯤. 더 길어질 수도 있고."

"그냥 가기 싫다고 뻗대. 뭐 하러 가."

"공기도 좋고."

"요즘 제주도 미세 먼지 영향 받는 거 몰라?"

"잔소리하는 오빠들도 없고."

"비행기로 한 시간이면 가는데 무슨."

"계속 그렇게 앉아 있을 거면 잠이나 자든가."

노트북과 태블릿, 책 몇 권을 챙겨 캐리어 안에 넣었다. 또 뭘 갖고 가야 하지. 은하는 멍하니 펼쳐진 캐리어를 내려다봤다.

"뭘 그렇게 봐?"

"그냥."

"그냥?"

"가져갈 게 별로 없네. 이 집에서 20년을 넘게 살았는데."

"이제 알겠냐? 너 반만 걸쳐 살았던 거?"

은규가 툭, 하고 말을 내뱉었다. 그게 무슨 소리냐고 묻지 않았지만 알 수 있었다. 어쩌면 지금껏 벽을 만들고 살았는지도 모르겠다.

늘 잘하려고 애썼다. 무슨 일이든 실수하지 않으려고 노력했고, 아프면 아프다고, 기쁘면 기쁘다고 속내를 터놓고 얘기할 수 없었다. 새어머니한테도, 오빠들한테도, 그리고 아버지한테도. 어린 마음에 혹시라도 집에서 쫓겨날까 봐 그랬을지도 모른다.

"기죽은 얼굴하지 마. 뭘 그렇게 잘못했다고."

몸을 일으킨 은규가 머리를 쓰다듬는데도 은하는 가만히 있었다.

"그냥 넘어가자. 잘못하면 좀 어때. 아버지랑 딸인데."

아버지와 딸. 너무나 당연한 사실을 잊고 살았다. 어리석음에 눈이 멀어 동환이 후회하고 고통스럽기만을 바랐으니까.

"기 안 죽었거든."

"그럼 다행이고. 새벽에 공항 데려다줄게. 같이 가자."

마구잡이로 머리를 헝클어트린 은규가 방을 나섰다. 오늘따라 방은 크고, 썰렁했다. 짐이 빠지면 더 썰렁하려나. 방을 둘러보던 은하는 휴대폰을 찾아 손에 들었다.

독일은 지금, 저녁쯤인가.

먼저 전화를 거는 게 얼마만인지. 몇 번의 신호음이 울리고 통화가 연결된 것을 확인한 은하가 천천히 입술을 열었다.

"……저예요."

—그래.

무슨 말을 해야 할까. 죄송하다고? 잘못했다고, 그러니 한 번만 용서해 달라는 그런 뻔한 말?

마른 입술을 몇 번이나 깨물었다. 생각해 보니 처음이었다. 호텔에서 뺨을 맞았던 그때 이후로, 가출하듯이 호텔을 나갔던 후로. 그때 무슨 말을 했더라. 막 살 거라고, 아버지가 후회할 때까지. 그런 말을 했다.

나쁜 딸, 못된 딸. 한때는 착한 딸, 예쁜 딸이 되고 싶어 애쓰던 시절이 있었다. 이제는 기억조차 희미해진 과거가 된.

"저 제주도 가요."

—들었다.

"잘하고 올게요."

—어련히 하겠지.

"……."

—여기 공기 좋아. 유럽 놈들 까다로운 줄 알았더니, 그것도 아니더구나. 나중에 너도 한번 와.

동환의 입장에서 얼마나 용기를 낸 말인지 잘 안다. 그래서 더욱 죄송하다는 말이 쉽게 떨어지지 않았다.

오빠들도, 아버지도 그렇게 얘기한다.

그저 이렇게 흘러가자고. 우리는 가족이고, 아버지와 딸이니까.

은하는 차오르는 눈물을 꾹 참았다.

"네."

—오빠들이랑 제주도 한 번 가마. 밥 한 끼 하자.

"……꼭이요."

네 식구가 다 같이 밥 먹은 적이 언제였더라. 그걸 자신이 망가뜨리고 있었다. 어쩌면 그 옛날부터. 이 집에 반만 걸쳐 살았을 때처럼.

전화를 끊고, 은하는 마저 짐을 쌌다. 대충 끝냈다고 생각될 때, 재완의 집에서 가져온 짐이 보였다.

고작 책 한 권, 인형 하나, 스니커즈 한 켤레가 전부였지만 마음은 부자가 된 것 같았다. 모두 재완이 있었기에 가능한 것이었다.

조심조심 그것들을 챙겨 캐리어 빈 공간에 채워 넣었다. 스니커즈를 맨 아래에 놓고, 책을 끼워 넣은 다음에 인형을 눕히니 어느새 비어 있던 공간이 금세 꽉 찼다.

이렇게 만들고 싶었다. 그의 공간을, 그의 마음을, 그의 머릿속을 전부 자신으로 꽉 채우고 싶었다.

사랑이란 그런 거니까. 마음을 나눈다는 건 그런 거니까.

씁쓸한 눈으로 꽉 찬 캐리어를 보던 은하가 지퍼를 잠갔다. 그러면서 빌었다.

그가 괜찮았으면.

또다시 빌었다.

그가 상처 받지 않았으면.

마지막으로 빌었다.

그가 꼭 행복했으면.

14화

우리는
헤어지는 중일까

"주말 스케줄 체크해요. 제주도 갈 겁니다."

"예, 알겠습니다. 룸은 늘 지내시는 곳으로 비워 두겠습니다."

은하가 제주도 발령으로 서울을 떠난 게 벌써 한 달. 은강은 비서가 내민 결재 서류에 사인을 마친 후 다시 내밀었다.

"그냥 갈게요. 유 본부장 귀에 들어가면 귀찮으니까."

"알겠습니다."

"아. 기획실 차재완 대리, 자리에 있으면 좀 오라고 해요."

"예. 전달하겠습니다."

파일을 받아 든 비서가 집무실을 나가자마자 은강은 시간을 확인했다. 그의 손이 망설임 없이 휴대폰을 향했다. 다행스럽게도 연결음은 항상 짧았다.

—네, 상무님.

"점심 먹었어요?"

벌써 한 달째 같은 시간에 걸려 오는 같은 전화. 답변이 늦어질 만도 하다. 헷갈리겠지, 생각도 많아질 테고.

—……아직 본부장님 회의 중이십니다.

"걔는 일하러 보냈더니 왜 직원들을 잡아. 뭐라고 좀 해요, 잔소리도 좋고."

—영양제 위주로 챙겨 드리고 있습니다. 잠은 여전히 잘 못 주무시고요.

묻지도 않은 질문에 보고가 줄줄이었다. 은강은 그 영양제 너는 먹고 있냐고, 잠은 잘 자냐고 묻고 싶은 걸 겨우 참았다.

질문 대신 작게 웃을 뿐이었다. 물었다가는 당장 내일부터 전화도 어려워질 것 같아서.

—혹시.

"혹시?"

그가 말이 없자 유나 쪽에서 먼저 말을 걸었다. 처음이었다. 이 한 달 동안.

—이번 주말에도 오십니까?

"이 비서는 이번 주말에도 서울 올 겁니까? 그럼 난 서울에 있고."

은하를 제주도로 보내고 첫 번째 주말, 유나는 대수롭지 않게 여기며 비서도 대동 안 한 자신을 수행한다고 했다. 두 번째 주말에는 당황한 유나와 겨우 밥 한 끼를 먹었고, 세 번째 주말이 되자 유나는 몸이 아프다는 핑계로 도망을 갔다.

그리고 지난 주말, 그가 제주도에 있었던 시간에 그녀는 서울에 있었다.

뭘 하자는 것도 아니고, 주말을 통으로 방해하는 것도 아니고, 남자가 여자한테 밥 한 끼 같이 먹자는 건데.

"그게 그렇게 싫은가."

은강이 혼잣말처럼 중얼거렸다. 그때 인터폰이 울렸다. 차재완 대리 왔습니다, 하는 비서의 목소리에 아쉽지만 통화를 끝낼 때가 왔음을 깨달았다.

"끊을게요. 유 본부장이랑 점심 먹어요."

결국 주말에 약속도 못 잡고 전화를 끊은 은강은 아쉬움 가득한 얼굴로 재완을 마주했다.

마른 건지, 수척해진 건지, 아니면 운동을 하는 건지. 그는 전보다 더 다부져 보이는 재완을 소파 자리로 안내했다.

은하에게 또 할 말이 생겼다. 네 님은 날이 갈수록 마르는 것 같다고.

"차 대리. 요즘 운동합니까?"

"……헬스장 다닙니다."

"어쩐지. 1년 권 끊은 건 아니죠? 그러면 안 되는데."

은강이 입꼬리를 올리며 미리 준비한 파일을 재완에게 내밀었다. 하지만 예상과 달리, 내용을 확인한 재완의 얼굴에는 환희도, 기쁨도, 반가움도 없었다.

의외네. 분명 좋아할 줄 알았는데. 뜨뜻미지근한 반응에 은강은 살짝 당황했다.

"조직 인사에 함부로 개입할 수 없다는 거 압니다만."

시작이 영 좋지 않았다. 꿀꺽, 마른침을 삼켰다.

"지방 발령은 당사자의 의견을 반영해 주신다고 들었습니다."

"물론입니다. 그래서 지원자 받아 면접도 보는 거고."

"그럼 없던 일로 해 주십시오."

꽤 단호하고, 흔들림도 없는 말투였다.

"진심이에요? 난 차재완 대리 말고는 생각해 본 사람이 없는데."

"어차피 시공 들어가면서 인수인계도 마친 상태입니다."

그러니 굳이 자기가 아니어도 상관없다는 말이었다.

은강은 그와의 대화 속에서 은하를 쏙 빼놓고 얘기하고 있었다. 앞으로도 그럴 생각이고.

굳이 내 동생이 이유가 되지 않아도 네가 가야 할 이유는 차고 넘치니까.

하지만.

"꽉 채워 1년입니다. 더 길진 않을 거예요."

"……죄송합니다."

"뭐로 들었어요. 차 대리가 가면 꽉 채워 1년인 자리를, 유 본부장은 설마 두 달 있다가 올까."

은하도 1년씩이나 제주에 있을 텐데 너는 괜찮냐는 말이었다. 재완은 대답 없이 자리만 지켰다. 그의 마음을 흔드는데 은하는 이제 결정적인 역할을 하지 못했다. 그렇다면 다시 권유할 의무는 없었다.

"알겠습니다. 그만 나가 보세요."

재완은 짧은 인사를 하고 상무실을 나섰다. 결재만 남겨 놓은 인사 발령문을 다시 살펴보며 은강은 생각에 잠겼다.

저들의 결말은 어떻고.

"나는 어떻게 되려나."

싱거운 고민이라며 지나치고 싶지만, 전혀 그러지 못했다.

"차 대리, 상무님 제안 거절했다며?"

얼마 전 새로 온 기획실장 때문에 덩달아 바빴던 경수는 겨우 한숨 돌릴 틈이 생기자 재완을 탕비실로 불러내 채근했다. 그의 물음에 재완은 대답 없이 옅게 웃기만 했다.

"아니, 그 좋은 제안을 왜 거절해? 해외도 아니고 겨우 제주도 가면서, 다녀오면 승진도 동기들보다 빠를 거고, 연봉 협상도 유리할 텐데.

지금 유강에서 제일 미는 프로젝트인 거 알아, 몰라?"

돌려 말해 누구는 못 가서 안달인 자리를 너는 왜 거절하느냐는 거다. 발령지가 지방이라는 것 빼고는 메리트가 차고 넘치는 자리였다. 모두가 욕심내고 탐낼 만한.

하나, 재완은 그런 걸 생각하고, 결정할 여력이 없었다.

매일 하루하루가 지옥인데, 무슨 지옥을 더 맞이하라고.

"혹시 결혼할 사람 있어?"

대답 없는 재완을 보며 경수는 답답하다는 듯 물었다.

"있으면 좀 봐 달라고 해. 제주도 한 시간이면 왔다, 갔다 하는 세상에 그게 무슨 대수라고. 상무님이 직접 불러서 의견 물어봤으면 넙죽 가겠다고 해야지. 사람이 사회생활 하는 재주가 없어."

"지원자 많을 텐데, 받으면 되죠."

"기획실에서 백업하던 사람이 차 대리니까, 상무님도 적임자라 생각하고 보내려는 거겠지. 거기 여동생도 있으니 걱정이 이만저만하겠어? 원래 상무님이 가려고 했던 건 알지? 그만큼 중요한 프로젝트라는 거야. 이 좋은 기회를 왜 걷어차려고 해?"

실장과 외근을 앞둔 경수는 재완에게 다시 생각해 보라는 말을 남기고 먼저 탕비실에서 나갔다. 자리로 돌아온 재완은 그 오후 내내 업무를 처리하느라 바빴다.

어제도, 이틀 전에도, 일주일 전에도 똑같았다. 새벽에 눈을 뜨면 운동을 가고, 이른 출근을 했다. 종일 쉬지 않고 일에 몰두하다가 퇴근한 뒤에는 또 운동에 매달렸다.

하루에 네 시간 이상 몸을 혹사해야 겨우 잠이 들 수 있었다. 은하가 남기고 간 흔적들이 군데군데 묻은 집에서는 쉽게 잠들 수 없었으니까.

그런데 가라고? 당신이 있는 곳에. 그것도 나를 버린 당신한테. 생각만으로도 우스운 일이었다.

퇴근 시간이 되자 재완은 쏜살같이 호텔을 빠져나가는 직원들 사이로 끼어들었다.

주차장에서 차를 몰고 간 곳은 집 근처 헬스장이 아닌 태광의 북카페였다.

서빙 때문에 바쁜 태광은 무심한 눈빛으로 인사를 대신했다. 늘 앉았던 곳에 자리를 잡은 그의 앞으로 맥주와 간단한 안주를 챙겨 왔다.

"대리 부를 거지?"

"택시 탈래. 차, 놓고 가도 돼?"

"안 될 거야 없는데, 왜 죽상이실까."

"……."

"설마 그 여자 때문이야? 뭘 고민이야. 보러 가면 되지. 태평양을 건너는 것도 아니고 고작 남해만 건너면 되는데."

버리는 것도, 떠나는 것도 전부 쉬운 여자를 보러 가란 말만 오늘 세 번째였다. 재완은 말없이 애꿎은 맥주만 들이켰다. 차갑다 못해 목구멍이 어는 기분마저 들었다.

은하가 없는 일상은 고통이었다. 만질 수도 없고, 볼 수도 없고, 생각할 수도 없었다. 이제는 사랑만 줄 것 같이 굴었던 여자가 안겨 준 상처는 상상 그 이상이었다.

한 번 떠났던 여자, 두 번은 못 떠날까. 상처 받을 일만 생기면 밥 먹듯이 떠나지 않을까?

제주에서 당신을 다시 본다면 당장은 좋겠지만 점점 불안해지겠지. 하루가 행복하다가, 또 하루를 두려워하다, 또 하루는 헤어질 게 뻔했다.

한 사람만 노력하려는 관계를 뭐 하러 다시 이어 가겠다고 그 먼 곳을 갈까.

"싫어."

재완이 담담히 말했다. 마치 자신에게 하는 다짐처럼.

"나만 혼자 애쓰는 관계."

"……."

"끝나면 엿 같아."

버림받으면 더 엿 같고.

당신은 그때 무슨 생각을 했을까. 한 달 내내 그 생각에 괴로웠다. 무슨 생각으로 내게 와서는, 무슨 생각으로 내게 안겨서는, 무슨 생각으로 나를 떠났을까.

그날, 분명 어디선가 혼자 많이 울었을 거고, 어떤 다짐을 했을 거고, 그러다 홀로 결정했을 것이다.

중요한 건 그녀가 자신을 떠났다는 사실이었다. 변하지 않고, 바뀌지 않는 지독하고 잔인한 현실.

떠났다. 없다.

내 세상에서 유은하, 너란 사람은 이제 사라져 버렸다.

잘 지내고 있을까. 나처럼 괴로울까. 매일이 끔찍할까.

이게 다 무슨 소용이야.

어차피 당신은 나를 잃었다.

이 세상에서 당신을 제일 사랑한, 사랑할 나를.

"엿 같아도 어떡해. 보고 싶은 사람이 가야지."

"……."

"바닥까지 쳐 본 다음에 포기해. 뭘 벌써 포기해."

바닥. 그 바닥을 친 다음에는 정말로 다시는 보지 못할까 봐. 그게 무서운 거야.

태광이 일 때문에 자리를 뜨자 재완은 테이블에 엎드렸다.

배가 고프지도 않았고, 잠이 오지도 않았다. 기계처럼 운동하고, 또 다시 기계처럼 일에 매달리면서 매일 반복되는 하루를 어떻게든 버텨 냈다.

몸이 멀어지면 마음도 멀어진다는데, 날이 갈수록 그리움만 짙어졌다. 그래서 더 몸을 혹사했다. 끝없는 악순환이 계속되었다.

"당신, 언제까지 나한테 이럴 건데."

아예 보지 말고 살자는 건지, 아니면 나보고 오라는 건지.

그는 점점 무서워지기 시작했다.

은하는 바빴다. 제주도에 내려와서 단 하루도 편하게 보낸 적이 없을 만큼.

덩달아 유나는 쉬는 날에도 마음껏 쉴 수 없었다. 자신이 모셔야 할 상사가 몸을 혹사시키는 동안, 서울에 있는 다른 상사가 머릿속을 부지런히 돌아다녔기 때문에.

유나는 회의실을 나오는 은하를 따라 걸음을 옮겼다. 본부장이라는 그럴듯한 직함과 함께 승진한 은하는 임원 집무실 대신 호텔 룸을 선택했다.

침실만 따로 딸린 호텔 룸이라 썩 편하지도 않을 텐데, 은하는 VIP 빌라를 마다했다. 먹고, 자고, 쉬는 룸에서 일까지 하게 만들었으니 쉴 때 제대로 쉬지 못하고 일에 매달리는 게 어찌 보면 당연한 것이었다.

시간은 벌써 저녁 7시. 점심 먹을 때나 잠깐 쉬었던 회의가 지금까지 이어졌으니, 지칠 법도 한데 은하는 흐트러짐 하나 없는 얼굴로 룸에 들어섰다.

"한 달 후에 레이 펠레그린 들어온다면서요? 우리가 요청한 날짜보다 빠른데, 굳이 왜?"

"아. 개인 휴가랑 겹쳤을 뿐이랍니다. 팀원 전부 들어오는 것도 아니고, 개인적으로 몇 주 일찍 머물겠다고 합니다."

"우리가 신경 쓸 건 아니라는 거네요."

"네."

"그래도 빌라 한 채 비워 놔요. 그 정도 성의는 보여야 환대하는 티가 나지."

이제껏 마케팅팀과 기획팀을 들들 볶고 온 것도 모자라 다시 일을 할 셈인가.

유나는 발이 불편한지 힐긋 아래를 살피는 은하를 보며 손에 쥐고 있던 밴드를 내밀었다. 은하가 받을 생각은 안 하고 고개를 들었다.

"오늘은 이만 쉬시는 게 좋겠습니다."

"괜찮아요."

"어제도 새벽 늦게 잠드신 거 압니다. 쉬십시오. 발에 꼭 붙이시고요."

"……나 지금 이 비서한테 혼나는 거예요?"

은하는 머쓱한 얼굴로 밴드를 받아 들며 발뒤꿈치의 상처를 힐긋 내려다봤다. 딱지가 떨어질 만하면 다시 상처가 생겨 이제는 흉까지 만들 지경이었다.

"보고서 볼 거 있는데."

"내일 보셔도 큰일 안 납니다."

"아침까지 피드백 주기로 했단 말이에요."

"모레 아침까지 하셔도 일정에 전혀 무리 없습니다."

오늘따라 단호한 말투에 은하는 할 수 없이 백기를 들었다. 잠을 설쳐도, 피곤해도 일에 매달리는 이유는 딱 하나였다.

재완의 생각을 하지 않을 수 있으니까.

"운동도 안 되십니다."

그렇다면 헬스장이나 가 볼까, 하는 생각을 유나는 일찍이도 차단했다. 일 잘하는 비서를 옆에 두니 이제는 생각까지 읽히나 보다.

"슬슬 이 비서가 무서워지려고 해요."

책상 위를 아쉬운 듯 바라보던 은하가 몸을 바로 세웠다. 찬물에 일단 샤워부터 하자는 생각에 걸음을 옮기는데, 책상 구석에 놓인 낯익은 책이 눈에 띄었다.

끌림.

물에 젖은 모양인지 책의 하단이 망가져 있었다.

"아. 청소하던 분들이 실수를 한 모양입니다. 제가 새로 사다 놓겠습니다."

"아니에요."

은하의 표정이 굳어지자 대신 설명을 늘어놓던 유나가 입을 다물었다. 지나치게 빠른 대답이 어떤 의미를 담고 있는지 알 수 없었다.

"버리면 되죠, 뭘."

"……본부장님."

"버릴게요. 두세요."

가져오지도 말았어야 했나. 은하는 책을 손에 들고 한참을 내려보다가 가까운 쓰레기통에 던졌다.

"이만 퇴근해요."

"본부장님, 일은……."

"안 해요. 일할 기분 사라져서."

그제야 안심한 듯 유나는 늦은 퇴근을 했다. 혼자 남은 은하는 쓰레기통 속 책을 빤히 들여다보다 손을 뻗었다. 젖은 부분을 펼쳐 보자, 물에 젖은 잉크가 번진 게 보였다.

이 책을 선물 받았을 때, 당신 표정이 어땠더라.

설레었다. 좋았고, 즐거웠고, 또 떨렸다. 평생 다시 느낄 수 없을 거라 생각했던 감정.

은하는 젖은 부분을 손가락으로 쓸어보다가 책을 덮어 책꽂이 한쪽에 꽂았다.

재완을 보지 않은 게 벌써 한 달. 내내, 시도 때도 없이 찾아오던 그의 기억은 흐릿해지기는커녕 더 선명해지고, 또렷해졌다.

우습게도 감정은 더욱 단단해졌다. 잊으려고 노력하는데, 왜 내 노력은 알아주지도 않는 건지.

멍하니 앉아 책을 바라보는데 휴대폰이 울렸다. 은강의 이름에 가슴을 쓸어내렸다.

뭘 기대했을까. 떠난 건 너면서.

"왜 자꾸 전화야."

—전화 받는 매너하고는.

"이럴 거면 주말마다 오지를 말든가."

—너 아버지한테 전화 한 통 안 했다며?

나무라듯이 내뱉은 말에 은하는 한동안 대답이 없었다. 한 달 동안 동환의 소식은 은강을 통해서나 기사로 접한 게 전부였으니 그럴 만도 했다. 사이가 멀어진 만큼 회복하는 데도 시간이 걸렸다.

아마 쉽진 않을 것이다.

"나중에."

—나중에 언제. 아버지 기다리셔.

"해서 뭐라고 해."

잘못했다는 말도 못 하겠고, 아버지는 들어도 아무렇지 않은 척하실 게 뻔한데. 그게 얼마나 감사한 일인지 알면서도 은하는 할 수 없었다. 정말 죄송해서, 죄송하다는 말 한마디도 제대로 나오지 않았다.

—잘못했다고. 한 번만 봐 달라고.

목소리에서 작은 웃음이 느껴졌다. 그 웃음이 걱정하지 말라고 달래는 것 같아 한결 마음이 편해졌다.

조만간 전화를 해 볼까, 생각하는 사이 은강이 다음 말을 이었다.

—하여튼 어렵긴. 아, 나 방금 차재완 대리 만났다.

그리운 이름에 숨이 턱 막히는 듯했다. 같은 곳에서 일하면서 얼굴 마주친 게 뭐 대수라고.

"그래서?"

—어차피 기획실에서 인력 차출해서 보낼 계획도 있었고.

"뭐?"

—네 옆으로 보낼까 했더니.

"오빠!"

—거절당했다. 보기 좋게.

가슴이 싸하다. 말로 표현할 수 없는 통증이 느껴졌다. 은하는 애써 아무렇지 않으려고 노력했다.

보는 사람 하나 없는데도 표정 관리를 했다. 그래서 더 슬펐다. 지금이 현실이.

"왜 시키지도 않은 짓을 해?"

—그러게. 말 좀 하고 가라니까.

"일이나 해. 주말에 또 오지 말고."

—싫은데, 갈 건데?

우울해지는 기분이 더 우울해지려 들었다. 은하가 헛웃음을 내뱉었다.

"이럴 거면 오빠가 오지 그랬어?"

—그러게. 나도 살짝 후회 중.

"끊어. 씻을 거야."

전화를 끊은 은하가 욕실로 향했다. 차디찬 물줄기를 맞으며 그녀는 생각했다. 그의 거절은 당연한 거라고, 그러니까 괜찮다고.

너 같으면 오겠어? 널 버린 사람 곁으로?

그녀가 코웃음 치며 물에 젖은 얼굴을 쓸어내렸다.

달라진 건 없었다. 바쁜 일상도, 여전히 혼자인 것도.

상처 받았지만 견디는 중이었고, 상처 줬지만 또 모른 척하면서 점점 더 비겁해지고 있었다.

그녀는 여전히 빌었다.

당신이 행복하기를.

그리고 당신의 기억 속 어딘가 작은 먼지라도 좋으니 내가 남아 있기를.

✦ ✦ ✦

서류 넘어가는 소리가 바쁘게 들렸다. 은하는 두 시간째 이어지는 회의 속에서도 허리 한 번 굽히는 법을 몰랐다. 꼿꼿한 그녀와 달리 기획팀 직원들은 지칠 대로 지친 눈치였다.

"동양화 작가 리스트 업은, 끝났어요?"

"네. 여기 있습니다."

가까이 있던 직원이 파일을 건넸다. 별관처럼 지어질 한옥 호텔 내부마다 동양화를 걸어 하나의 문화 공간으로 만들자는 게 그녀의 아이디어였다.

은하는 만년필을 들어 파일 위에 동그라미, 엑스, 세모를 표시했다. 거침없는 손짓에 직원들은 꿀꺽 마른침을 삼켰다.

"이경옥 작가 작품은 무조건 10점 이상 선점하세요. 병세가 위중하다는 소문이 있으니."

"아, 네."

"표시한 작가들 위주로 컨택하죠. 인테리어 디자이너는 섭외됐습니까?"

"시공사 측에 전문가 리스트 받기로 했는데, 아직입니다."

"그럼 일단 우리가 좀 더 알아보는 거로."

한동안 살얼음판을 걷는 회의가 계속되었다.

"다들 고생 많았어요. 금요일인데 이만 퇴근하시죠."

월요일부터 달렸으니 금요일은 일찍들 퇴근하라는 그녀의 말에 직원들은 기쁨을 숨기지 못했다.

그들을 뒤로한 채 은하는 또다시 바쁜 걸음을 움직였다.

곧 다가오는 크리스마스 이벤트에, 연말 행사로 복잡한 머릿속을 정리하는데, 뒤에서 따라 걷던 유나가 가까이 다가왔다. 그녀의 표정이 심상치 않았다.

"본부장님, 저……."

"왜요?"

"그게, 1층에 가 보셔야 할 것 같습니다."

조심스러운 말투 끝에는 체념이 있었다. 은하가 설마 하는 얼굴로 고개를 기울이자, 유나는 조용히 고개를 끄덕거렸다.

"욕을 할 수도 없고, 진짜."

"그래도 좋아 보이십니다."

약을 올리는 건지, 진심인 건지. 엘리베이터로 향하는 길에 유나가 웃는 낯으로 말했다.

"그럼 하나 가질래요? 둘까진 필요 없는데."

"아, 본부장님. 그건……."

"농담이에요."

마음 같아서는 정말 하나 줘 버리고 싶은데.

다음 주부터 동백꽃이 절정이라더니, 연인부터 가족까지 호텔을 찾은 방문객이 참 많았다. 그 틈 속에 카페에 나란히 앉아 있는 두 남자를 발견하고 한숨을 내쉬었다.

오늘은 하나도 아니고 둘이라 아무래도 일은 못 할 듯싶었다.

"오, 본부장으로 승진했다며?"

두 달 만에 보는 은규가 반가운 티를 내며 두 팔을 벌렸다. 와서 안기라는 뜻이겠지만 은하는 못 볼 걸 봤다는 얼굴로 그를 가볍게 무시하고 지나쳐 은규 옆에 앉았다.

"이 비서도 앉아요, 카페인이 절실한 얼굴인데."

"에이, 형. 이 비서님이 우리랑 커피를 마시고 싶겠어? 불금에 상사랑, 또 그 상사를 부려 먹는 다른 상사랑."

은강의 권유에 유나가 앉지도, 서 있지도 못하는 상황에 은규가 확인 사살을 날렸다.

'그래요?' 라는 얼굴로 은강이 그녀를 올려다보자 유나는 어색하게 웃으며 한 걸음 뒤로 물러섰다.

"그럼 본부장님, 저는 이만."

"네. 퇴근해요."

유나가 곤란해할까 은하는 서둘러 그녀를 퇴근시켰다. 그런 그녀를 따라 은강의 시선이 움직이는 모습을 본 은하가 턱을 괸 채 은규의 커피를 뺏어 마셨다.

"여기는 왜 왔어?"

"형이 놀러 가재서 왔지. 백수가 할 일이 뭐가 있겠어."

"큰오빠는 한동안 잠잠하더니, 왜 또 왔어? 오빠 오면 우리 지배인 팀 쪼는 거 알아, 몰라?"

지난 3주간 해외 출장 때문에 한국에 없었던 은강은 입국하자마자 제주도부터 찾았다.

"뭐야, 형 주말마다 왔었어?"

은규가 놀라 물었다. 손가락으로 턱을 만지작거리던 은강이 어깨를 으쓱거렸다.

"너 잘 지내나 보려고 왔지."

"아닌 것 같은데."

"뭐, 겸사겸사. 공사는? 뭐 문제없지?"

은하가 의심의 눈초리로 흘겼으나 은강은 모른 척했다.

호텔 로열 패밀리들이 모이니, 임원들과 지배인 팀은 오너 일가의 눈치를 보느라 바빴다.

심지어 총지배인이 레스토랑 안내를 하겠다고 나서자 그들은 호텔 밖으로 나가는 걸 택했다. 오랜만에 삼 남매가 모였으니 술이나 마시자는 은규의 제안이었다.

"와, 이게 얼마만이야? 셋이서 밥을 다 먹고. 그것도 제주도에서."

호텔에서 좀 떨어진 흑돼지 전문점. 신이 난 은규는 숯불이 들어오자 큼지막한 고깃덩어리 두 개를 불판 위에 올렸다.

"많이 먹어라, 우리 막내."

은규가 큰 쌈을 만들어 은하의 입에 우악스럽게 집어넣었다.

"아, 뭐 하는데."

"형. 얘 볼 터지는 것 좀 봐. 아깝다, 이런 걸 찍어야 하는데."

"애 그만 괴롭혀. 넌 나이를 먹어도 변하는 게 없냐."

겨우 쌈을 삼킨 은하가 은규를 못마땅하다는 듯 눈을 흘겼다. 은규는 나란히 앉은 은하의 머리를 쓰다듬으며 소주를 주문했다.

하나둘 빈 병이 쌓여 갔다. 술에 끄떡없는 두 오빠와 다르게 은하는 슬슬 취기가 오르기 시작했다.

어느새 턱을 괸 채 꾸벅거리자 은규가 신기하다는 듯 바라보며 제 잔에 술을 채웠다.

"웬일이래. 잘 안 취하는 애가."

"긴장이 풀렸겠지."

"흠, 그것 참 별일일세. 우리 막내가 긴장도 다 하고. 어어!"

꾸벅거리던 그녀가 테이블에 이마를 박으려고 하자 은규가 손을 뻗어 이마를 받쳤다. 그 모습을 바라보던 은강이 웃음을 터트렸다. 이 상황이 우스운지 은규도 킥킥거렸다.

술에 취한 은하는 졸린 듯 손바닥에 머리를 기댄 채 나른한 숨을 내쉬었다. 동시에 입술 사이로 나지막한 목소리를 냈다.

"……차재완."

그 목소리에 두 사람이 동시에 반응했다. 은규는 의외였는지 놀란 눈치였고, 은강은 꿈에서나 겨우 이름을 읊조리는 동생을 씁쓸해했다.

그녀가 몇 번이나 그리움을 부르고, 추억을 기억하는 동안에도 그들은 모른 척 술로 깔깔한 입안을 축였다.

✦ ✦ ✦

떨린다. 심장이 마구마구. 이러다 죽을 수도 있지 않을까?

재완은 연말 이벤트 기획안 때문에 퇴근이 늦어지는 은하의 곁에서 그런 생각에 빠졌다.

좋다. 좋아 죽겠다.

옆에 있는 것만으로도 이렇게 좋은데, 손을 잡으면?

옆에서 나란히 걸으면?

당신과 눈을 마주치고 당신의 이름을 부르면?

"먼저 가도 괜찮은데."

자료 백업을 돕겠다는 핑계로 사무실에 남은 재완이 적잖이 신경 쓰이는지 은하가 말했다. 재완은 머릿속에서 바쁘게 뛰어다니던 그녀와의 상상을 뒤로했다.

"아닙니다, 대리님. 도와드리겠습니다."

"약속 없어요?"

"네. 없습니다."

직장인들이 오매불망 기다리는 금요일에 약속이 없다고 힘 있게 말하는 건, 난 현재 여자 친구가 없는 몸이니 마음껏 들이대도 좋다는 뜻이었다. 물론 재완의 입장에서만.

은하는 그러냐는 듯 고개를 끄덕이다가 다시 일에 열중했다. 그런 그녀의 옆모습을 힐긋거리며 재완도 열심히 움직였다.

어느덧 10시가 넘어가자 재완은 조심스레 옆자리를 돌아보며 입을 열었다. 겨우 토스트로 저녁을 때운 그녀가 걱정되었다.

"저, 대리님."

"네?"

"뭐 좀 드시겠습니까?"

정신없이 일에 집중하던 은하가 뒤늦게 시간을 확인했다.

"아, 배고프죠? 뭐 먹을래요?"

"대리님 괜찮으시면 제가 시키겠습니다."

"난 뭐 아무거나. 차재완 씨 먹고 싶은 걸로 시켜요."

아무거나라니, 세상에서 제일 어렵고 무서운 말인데.

재완은 평소 사무실에서 팀원들과 시켜 먹던 야식들을 떠올렸다. 시간이 늦었으니, 속에 부담이 가지 않는 게 좋겠다.

뭐가 좋으려나.

집중한 듯 미간을 모은 재완을 힐끗 본 은하가 낮게 웃었다.

"분식 먹을까요? 떡볶이 같은 거?"

"아, 네."

그는 은하의 제안에 곧장 대답했다. 왜 그 생각을 못 했을까. 자책하며 휴대폰을 손에 들었다.

그렇게 두 사람은 12시가 넘어서야 퇴근할 수 있었다. 그녀와 함께

지하 주차장으로 내려가며 재완은 주먹 쥔 손을 부들부들 떨었다. 목 끝까지 하고 싶은 말이 치밀어 올랐다.

댁에 모셔다 드릴까요? 이건 너무 어른한테 하는 말 같고.

저랑 같이 가실래요? 목적어를 빼먹었는데 이상하게 들리지 않을까?

방향이 어디십니까? 이거다! 뭔가 자연스럽잖아.

스스로 결론을 내린 재완이 용기를 내 입을 열려고 할 때였다. 그녀가 핸드백에서 휴대폰을 꺼내더니 전화를 받았다.

"응, 이제 퇴근하려고."

때맞춰 엘리베이터가 주차장에 도착하자 은하는 눈인사로 대신하며 차가 있는 쪽으로 걸음을 옮겼다. 멍하니 그녀의 뒷모습을 바라보며 재완은 굳게 입술을 다물었다.

웃는다. 싱그럽고, 예쁘게. 그 누구보다 사랑스러운 얼굴로.

사랑받는 여자에게서만 볼 수 있는 얼굴이었다.

그녀를 짝사랑한 지도 벌써 열 달 남짓이었다.

왜 몰랐을까? 자신에게 여자 친구가 없는 것만 어필하면서, 그녀의 옆자리에 누군가 있을 거라고는 생각 못 했다.

"데려다주긴 뭘 데려다줘."

허탈한 마음에 헛웃음이 계속 터져 나왔다.

아무것도 몰랐다. 그녀가 사랑받는 줄, 또 예쁜 사랑을 하는 중인 줄.

이대로 체념해야 하나. 제대로 시작도 못 해 본 짝사랑인데. 지난 시간이 아깝고, 바보 같고, 허망하고 그러면서도 그녀가 잊히지 않을까 봐 무서웠다.

"아, 이게 뭐야."

그가 마른 얼굴을 쓸어내렸다.

잊어야 하나. 계속 좋아하면 안 되나? 좋아만 하는 것도 안 되는 건가?

그리고 며칠 뒤, 그녀의 책상은 깨끗하게 정리돼 있었다. 휴직, 개인 사정, 연결되지 않는 전화, 답장 없는 메시지. 너무하잖아. 그래도 1년을 같이 일했는데.

야속함에 아주 조금 그녀를 미워했고, 또 진심으로 걱정했다. 그로부터 정확히 두 달 하고 일주일 후, 그녀는 새로운 사람, 새로운 얼굴로 재완의 앞에 나타났다.

유강 호텔 로열 패밀리, 유동환 회장의 막내딸, 유은강 상무의 여동생. 여러 가지 수식어가 그녀의 이름 앞에 붙었다.

그때부터 유은하는 그냥 유은하가 아니었다.

⁂

아무도 없는 사무실. 기획팀 소속의 반은 이벤트 홀 인력 부족으로 파견 근무를 나갔고, 실장과 경수는 출장으로 자리를 비운 상태였다.

이번 주까지 제출해야 하는 연말 이벤트 기획안을 도맡은 재완은 점심도 건너뛴 채 일에 매달렸다.

고작 기획안 하나 작성하는 일인데도 머릿속에서 은하가 떠나지 않았다. 2년 전, 그녀와 함께 연말 이벤트 기획안을 준비하던 일이 떠오른 탓이었다.

그녀가 없는 서울 하늘은 벌써 두 달째 평화롭기 그지없었다.

억지로 하루를 보내는 것도 이젠 한계였다. 뭘 붙잡고 있는 건지, 뭘 애쓰고 있는 건지. 그래 봤자 달라지는 것도, 괜찮아지는 것도 없는데.

비록 몸은 멀어졌지만 그녀의 소식을 심심치 않게 들을 수 있었다. 공사는 별문제 없이 진행되는 것 같았고, 여전히 일에 미친 사람처럼 지내는 듯싶었다.

"아직도 굽 높은 구두만 신고 다니려나."

넘어지지나 않으면 다행인데. 문서를 저장한 재완이 낮은 한숨을 내쉬었다. 지치지도 않고 찾아오는 그리움은 이제 자연스러워 피할 수도 없었다.

인정하고, 떠오르면 떠오르는 대로 그냥 기억하고 살까. 그러면 잊을 수 있을까. 재완은 스스로의 생각에 코웃음 쳤다. 말도 안 되는 일이란 걸 너무나 잘 알았다.

저장한 기획안을 출력해 팀장 책상 위에 올려놓고 등을 돌릴 때였다. 경수의 책상에 놓인 내선 전화의 벨이 울렸다. 다른 팀에서 오는 전화겠거니, 바로 전화를 받았다.

—아, 박 팀장. 나 유은하예요.

재완이 입을 열기도 전에 상대의 목소리가 먼저 들려왔다. 유은하, 그녀였다.

—휴대폰 안 받길래 사무실로 했어요. 다른 게 아니라, 우리 한옥 인테리어 전문가 컨택이 어려워서 그러는데, 전에 리스트 업한 파일 있죠? 지금 당장 전달 가능할까요?

수화기 너머로 키보드 소리와 출력 중인 프린트 기계음이 들려왔다. 그 속에서 가장 또렷한 당신의 목소리.

—시공사 측에 전달 부탁했는데 담당자가 자꾸 까먹는지 아직도 전달이 안 돼서요. 급해서 내가 전화했어요. 담당자가 기획팀 직원인 걸로 아는데.

"……."

—박 팀장, 듣고 있어요? 여보세요?

당신은 내 생각조차 안 하는구나. 잘 살고 있구나. 재완은 낮은 숨을 들이켰다.

"리스트, 저한테 있습니다."

궁금했다.

"지금 본부장님 개인 메일로 보내겠습니다."

그녀가 과연 어떤 대답을 할지.

—……네, 부탁할게요.

끝인가. 이대로 끝인가 보다. 그러면서도 은하는 전화를 끊지 않았다.

내 숨결, 아니면 내 목소리 끝에서 전해지는 떨림을 알아챈 걸까. 전부 당신을 향한, 당신을 기억하고 사랑한다는 증거들인데.

"서울은 좀 춥습니다."

재완은 숨을 들이켰다.

"제주도는 좋으십니까."

그리고 깨달았다. 결국 그녀를 조금도 잊지 못했다는 것을.

—여긴 별로 안 추워요.

"……."

—끊을게요. 자료 부탁해요.

전화는 매정하게 끊어졌다.

이게 당신의 마음인가. 이렇게 필사적으로 피하고, 끊어 내겠다는 마음이?

내가 서울은 춥다고 했잖아. 당신이 없는 서울은, 너무 춥다고 했잖아. 그럼 당신도 춥다고 했어야지, 내가 없으니까. 그러니 이제 따뜻해지고 싶다고.

그럼 내가 결국은 가잖아. 내가 결국은 또 당신한테 져 주잖아. 그래야 내가 당신 옆으로 갈 명분이라도 생기잖아.

재완이 한숨을 내쉬듯 소리를 내며 얼굴을 감쌌다.

결국엔 또 자신이 지고 말 것임을 깨달았다.

✧ ✦ ✧

순식간이었다. 왈칵, 눈물이 터진 것은.

평온했던 얼굴에 그리움이 번질 새도 없었다. 겨우 숨을 내쉰 은하가 발을 헛디뎌 바닥에 주저앉았다.

몸을 일으켜 세울 힘도, 의지도, 여력도 없었다.

이별하는 중이라 생각했다. 헤어지는 중이라 생각했다.

그런데 그게 아니었나. 당신을 잊어 간다고 생각했는데. 입술 사이로 소리가 새어 나올까, 손으로 입을 틀어막았다.

이렇게 초라할 수가 있나. 이렇게 아파도 되는 건가.

결국 그녀는 목 놓아 울었다.

저버린 사랑이 얼마나 애처로운지 깨달아서, 등 돌릴 수 없는 사람이라는 것을 너무 늦게 알아서.

목소리만으로도 애타게 그리운 사람을 버렸다는 죄책감에.

15화

상처 받는 남자의 진심

"미모는 여전하네요."

너도 입에 발린 말은 여전하네. 레이가 내민 손을 살짝 맞잡은 은하는 자리에 앉았다. 넓은 회의실에는 그와 그녀, 단둘뿐이었다.

"축하해요. 본부장으로 승진했다면서요?"

"네, 뭐."

지난여름, 본사 미팅 이후로 처음 만난 자리였다. 업무적으로 1년에 두어 번 볼 일이 생길 때마다 레이는 특유의 친화력으로 분위기를 이끌고는 했다.

"팀원은 언제 들어옵니까?"

"일정에 맞춰서요. 개인 휴가라 좀 일찍 왔어요. 제주도는 오랜만이기도 하고. 빌라에 짐은 잘 풀었습니다. 신경 써 줘서 고마워요."

"뭘요, 어려운 일도 아닌데."

"아, 그때 그 친구는요? 저 한국 올 때마다 수행하던."

재완을 묻는 말에 은하는 어색하게 웃었다. 얼마 전 목소리를 들었던 후유증일까. 가슴에 묵직한 통증마저 느껴졌다.

"서울에 있습니다."

"그렇군요. 이번에도 그 친구가 수행할 줄 알았는데."

"이곳에도 훌륭한 직원들이 많으니, 걱정 안 하셔도 됩니다. 일 얘기부터 하시죠."

레이에게 한옥 호텔의 오픈식을 맡길 계획이었다. 이미 어제 입국한 그가 모델 하우스까지 둘러봤다는 보고를 들은 은하는 곧장 본론에 들어갔다.

"이미 모델 하우스를 봤다니 잘 아실 겁니다. 외관은 고즈넉한 분위기지만, 내부는 다양한 컨셉으로 인테리어를 진행할 생각입니다. 유강의 아이덴티티를 유지하도록 모던함을 잃지 않으면서도, 한옥 호텔이라는 컨셉에 맞춰 한국의 정취를 느낄 수 있는 온돌 룸을 계획 중입니다."

"오픈식도 너무 전통적인 분위기는 되도록 피해야겠군요."

오픈식까지는 아직 시일이 제법 남았고, 오늘은 그 가닥만 잡는 게 목적이었기 때문에 회의는 길지 않았다. 은하는 가져온 자료를 한데 모은 다음 몸을 일으켰다. 레이는 가만히 그 모습을 바라보다가 그녀를 따라나섰다.

엘리베이터 앞, 은하가 오후 일정을 머릿속으로 셈할 동안 레이가 먼저 입을 열었다.

"유 본부장님."

"네."

은하가 고개를 들지도 않은 채 대답했다.

"애인은 어쩌고 여기 있어요?"

순간 멈칫한 그녀가 레이를 향해 고개를 들었다. 그가 싱긋 웃으며 말을 이었다.

"전에 서울에서 봤을 때하고 분위기가 달라 보여서."

"저한테 관심이 많나 봐요."

"음. 원래 많았는데, 타이밍을 엿보느라."

레이가 어깨를 으쓱거렸다. 은하는 다시 정면으로 고개를 돌렸다.

"엿보지 마요."

"애인이랑 같이 왔어요?"

무례한 질문에 굳이 답할 필요를 못 느낀 은하가 아무 말도 없이 올라오는 엘리베이터를 기다렸다. 레이가 다시 입을 열었다.

"저녁 같이합시다. 지금 애인 없는 거면."

"식사하셨는지 궁금해서요."

"저랑 저녁 드시겠습니까?"

그의 제안에 은하는 자연스레 재완의 모습을 떠올렸다. 지금 생각해보니 그는 그녀의 앞에서 유독 긴장하고, 수줍어했었다.

"있어요, 애인."

"거짓말."

"좋을 대로 생각해요. 난 상관없어요."

때마침 엘리베이터가 도착했다. 이 상황을 벗어날 수 있겠단 생각에 은하는 낮은 한숨을 내쉬었다.

"그래서 거절입니까?"

"네, 거절……."

하지만 엘리베이터 문이 열리는 순간, 숨을 멈출 수밖에 없었다. 왜 그래요? 하고 그녀를 바라보던 레이가 시선을 따라 엘리베이터 안으로 고개를 돌렸다. 서울에 있다던 재완이 정장 차림으로 서 있었다.

서로를 보고 굳어 버린 두 남녀. 은하의 눈동자에 순식간에 차오르는 눈물을 보며 레이는 그녀의 팔꿈치를 살짝 건드렸다. 화들짝 놀란 그녀가 옆을 돌아보자 레이는 재완의 시선을 느끼면서 싱긋 웃었다.
“레스토랑 예약해 놓고 기다릴게요. 답은 메시지로 줘요.”
“……아.”
“차재완 씨는 나중에 또 보죠.”
레이는 마침 도착한 옆 엘리베이터에 올랐다. 멍하니 서 있던 은하가 다시 고개를 돌렸다. 혹시 헛것을 본 게 아닐까, 눈을 깜빡여 봤지만 눈앞에 있는 사람은 분명 재완이었다.
“안 타십니까?”
엘리베이터의 열림 버튼을 누른 채 그가 말했다.
차재완, 그가 왔다.

“이쪽은 서울 본사 기획팀에서 발령받은 차재완 대리. 올해 4년 차로 우리 팀 중에서는 그래도 제일 선배니까 다들 잘 따르고, 차 대리도 제주 상황은 여기 사람들이 더 빠삭하니 잘 배우고.”
“예.”
재완은 직원들의 박수를 받으며 일으켰던 몸을 다시 자리에 앉혔다. 은하는 저를 스치는 그의 시선을 눈치챘음에도 불구하고 상석에 앉은 채 회의 테이블에 고정한 시선을 떼지 않았다.
재완을 소개하던 기획실 김 팀장이 느긋하게 은하를 돌아봤다. 은하가 미간을 좁혔다.
“아. 차 대리가 그래도 본부장님 아래 있던 사람이라, 특별히 하실 말씀이 없으실까 해서. 하하.”
아부도 잘하고 웃기도 잘 웃는 김 팀장에게서 매정하게 고개를 돌린 그녀가 나지막이 말했다.

"회의 시작하죠."

그녀의 말이 끝나기 무섭게 직원들의 업무 보고가 줄줄이 이어졌다. 마지막으로 은하는 레이 펠레그린과의 미팅 내용을 공유하며 다음 일정에 대해 논의했다.

회의 내내 옆얼굴에 닿는 시선이 느껴졌지만 애써 무시했다. 지금 그녀가 할 수 있는 최선이므로.

"아, 자네가 서울에서 수행 맡았었지?"

얼추 회의가 마무리될 때쯤 김 팀장이 재완을 돌아보며 물었다. 무의식적으로 고개를 돌린 은하와 재완의 시선이 부딪쳤다. 은하는 찰나와도 같은 순간을 피하며 다시 테이블로 시선을 내렸다.

"예, 그랬습니다."

"그럼 본부장님. 레이 펠레그린 수행은 아무래도 차 대리가 맡는 게……."

"그건 나중에 정하죠. 오픈식까지 아직 시간도 있고."

오늘 처음 출근한 사람에게 제일 까다로운 업무를 떠넘기려는 속내가 보여 은하는 더 듣지도 않고 몸을 일으켰다.

급하게 회의를 마무리한 그녀는 곧장 룸으로 향했다. 따라붙은 시선에 신경 쓸 여력도 없이 집무실에 도착하자마자 곧장 은강에게 전화를 걸었다.

그러나 전화는 연결도 전에 끊어졌다. 평소 같았으면 진득하게 기다렸을 테지만 지금은 아니었다. 은하는 다시 통화 버튼을 눌렀고, 은강은 곧 전화를 받았다.

—회의 중이야. 나중에 연락해.

"차재완이 여기 있어."

—아, 그래? 잘 도착했나 보네.

"뭐? 그게 할 말이야? 말을 했어야지. 나한테 알렸어야지. 내가 내

팀 소식을 모른다는 게 말이 돼?"

—알릴 시간이 없었지, 아마?

"오빠!"

—목소리가 들떠 보인다. 이건 내 착각인가.

나지막한 은강의 목소리에 은하는 바로 입을 다물었다. 벽에 걸어 놓은 거울에 제 모습이 비쳤다. 상기된 얼굴, 살짝 떨리는 입술, 가만히 있지 못하는 눈동자. 재완이 눈앞에 나타난 뒤부터 쭉 이랬다.

말도 안 되는 기대감에 부풀었나 보다. 고작 몇십 분, 그를 본 지 얼마나 됐다고.

—나는 가고 싶다길래 보냈을 뿐이야. 나머지는 둘이 알아서 해.

"오빠!"

—귀 안 먹었으니까 오빠 그만 불러. 끊는다.

정확한 설명도 없이 전화가 끊겼다. 한숨과 함께 머리를 쓸어 넘긴 은하는 다시 거울 속에 비친 제 모습을 바라봤다.

그를 본 순간 전부 잊어버렸다. 그를 떠날 수밖에 없던 이유, 그를 버렸던 이유.

그를 본 순간 비로소 깨닫고야 말았다. 그를 얼마나 사랑했는지, 그를 떠난 게 얼마나 바보 같은 짓이었는지.

너 진짜 이기적이다. 뭘 기대해. 저 남자가 바보야? 그렇게 멋대로 떠났으면서 이제 와서 기대하는 게 말이 돼?

은하는 두 손으로 얼굴을 가린 채 긴 숨을 내쉬었다.

고작 잠깐 마주친 것만으로도 그에게 기대하는 자신이 바보 같고 한심했다.

✦ ✦ ✦

"전에 주신 제안, 아직 유효한 겁니까?"

"흐음. 갑자기 왜 생각이 바뀐 겁니까?"

"죄송합니다. 제주도, 제가 가겠습니다."

"뭐 어차피 지원자 받는 중이라 상관은 없는데, 알고는 싶네."

"……."

"유 본부장 때문, 맞습니까?"

은강의 질문에 재완은 부정도, 긍정도 하지 않았다. 하지만 그는 침묵을 긍정의 대답으로 여긴 듯했다.

"레스토랑 예약해 놓고 기다릴게요. 답은 메시지로 줘요."

다시 만난 순간, 그녀는 혼자가 아니었다. 은하의 곁엔 레이가 있었다. 단순히 일적인 사이 같지 않았다. 적어도 레이는 그녀에게 이성적인 호감을 가진 듯 보였다. 같은 남자로서 직감적으로 알 수 있었다.

퇴근 후 사택에 들어온 재완은 캐리어에 있던 옷을 꺼내 정리를 하기 시작했다. 두 달 만에 본 그녀의 영향력은 지대했다. 머릿속이 유은하 생각으로 가득해 모든 동작들이 느릿했다. 벌써 한숨을 몇 번이나 내쉬었는지 모르겠다.

무작정 왔다. 결국 와 버렸다. 절대 유은하는 먼저 오지 않을 사람이라, 그런 그녀를 기다리다가 평생 놓쳐 버리겠다는 생각이 들었다.

떠난 사람을 다시 찾지 않겠다는 그의 다짐은 모래성처럼 쉽게 무너졌다. 사랑 앞에서 그런 건 아무 소용도 없었다.

"하. 괜히 온 건가."

레이와 함께 있던 은하의 모습이 떠올랐다. 한숨을 내쉰 재완이 침대에 털썩 주저앉았다. 어떤 결심을 하고 온 건 아니었다. 그녀를 다시 붙들겠단 생각도 하지 않았다. 그저 막연한 생각으로 제주행을 결정했다.

이제 유은하를 직접 볼 수 있다는 생각. 그녀는 여전히 예뻤다. 살은 조금 빠진 것 같았고, 빌어먹을 구두 굽은 여전히 높았고.

"살은 왜 빠져. 마음 아프게."

재완은 그대로 침대에 누웠지만 쉽사리 잠들 수 없었다. 매일 그녀를 본다는 생각에 설레다가, 또 내일부터 그녀를 어떻게 대해야 할지 몰라 걱정하다가, 설마 이대로 그녀가 다시 멀어지지는 않을까, 지금 레이 펠레그린과 저녁을 먹고 있는 건 아닐까 불안해하면서 밤을 지새웠다.

그가 그녀에게로 온 첫 밤이었다.

또각거리는 구두 소리가 대리석 바닥 위를 울렸다. 벌써 한 시간째, 유나와 함께 호텔 내부를 살피던 은하는 지하 피트니스에 도착하자마자 데스크에서 컴플레인 사항을 확인했다.

"피트니스 담당 지배인, 내일 미팅 좀 잡아 줘요."

"네, 알겠습니다."

수영장과 지하 칵테일 바까지 돌아본 그녀는 잠시 멈춰 서서 두 발을 내려다봤다. 발뒤꿈치에 생긴 생채기에서 피가 배어나고 있었다.

"괜찮으십니까?"

유나가 그녀의 팔을 잡아 부축했다. 상처 위에 생긴 또 다른 상처는 쉽게 아물지를 못했다. 가슴에 생긴 상흔처럼. 은하가 상처를 바라보며 한숨을 내쉬었다.

"괜찮아야죠. 다음 스케줄이……."

"기획팀 김 팀장과 현장 시찰입니다."

아. 또 만 보는 건겠네. 지난주 현장에서 작은 사고가 있었다. 작업 중인 인부가 추락해 병원으로 이송되었고, 다행히 반깁스 정도로 끝났지만 소식을 들은 은하는 곧장 현장 시찰 스케줄을 잡았다.

"그러게, 굽을 낮추시라니까요."

"버릇이 돼서요."

"사람 시켜서 다른 구두 준비하겠습니다."

"괜찮아요. 내일부턴 말 들을게요."

제주도에 온 뒤로 유나의 잔소리가 더 심해진 듯했다. 엉뚱한 사람 신경 쓰이게 만들었나 싶어 구두를 고쳐 신을 때, 복도 반대편에서 재완과 김 팀장이 함께 걸어오는 모습이 눈에 띄었다.

은하는 3일 전 재완이 제주에 온 뒤로 그와 어떤 사적인 대화도 나누지 않았다. 아니, 못했다는 표현이 더 정확할 것이다. 3일 내내 집무실에 콕 박혀서 뭘 하는지 재완과는 별로 마주치지도 않았다.

이제야 얼굴을 보여 주는 그를 보며 한숨을 삼켰다. 아마도 그는 자신을 보러 온 게 아닌, 정말 일을 하러 이곳에 왔을지도 모른단 생각이 들었다.

바보 같게도. 그게 아닌 걸 알면서. 이렇게 눈에 띄려고 높은 구두를 신고 호텔을 이 잡듯이 쏘다녔으면서.

"본부장님. 차 대리도 시찰에 함께 가겠습니다. 이 친구도 현장 상황을 익힐 때가 돼서요."

"그러세요."

다른 업무가 있어 유나는 먼저 사무실로 돌아가고, 은하는 김 팀장, 재완과 현장으로 이동했다. 차를 타자는 김 팀장의 제안을 거절하고 은하는 호텔 외부를 돌아볼 겸 걷기를 선택했다. 그 찰나에 재완의 미간에 주름이 지는 것을 봤지만 모른 척했다.

"현장은 문제없습니다. 일정에 차질없이 진행하고 있으니 오픈식 일정을 당기는 건 어떨까요?"

"본사에서도 말이 나오긴 했지만, 글쎄요. 굳이 고름 짜내듯이 밀어붙일 필요가 있을까요. 일정에만 맞추면 되지."

현장에 들어서기 전 안전모를 착용하며 은하가 대답했다. 위험도, 먼지도 많은 현장이야 어제오늘 다니는 것도 아닌데 괜히 재완은 신경이 쓰였다.

안전모에 안전화까지 챙겨 신고 나서야 걸음을 옮겼다. 호텔 임원의 방문 소식에 소장이 부리나케 달려왔다. 낙상 사고 때문에 온 시찰이라는 걸 안 그가 두 손을 공손하게 모으며 은하에게 인사했다.

"사고 있었던 곳이 어디예요? 거기부터 보죠."

사고 후라 그런지 은하는 평소보다 더욱 꼼꼼하고 예민했다.

소장과 김 팀장이 땀을 뻘뻘 흘리는 것을 지켜보며 재완은 한걸음 뒤에서 그녀를 바라봤다. 가느다란 다리 아래 투박한 안전화가 퍽 어울리진 않지만 그래도 마음에 들었다. 최소한 저 살인 병기 같은 구두를 신고 넘어지는 일은 없을 테니까.

두 시간 후, 시찰을 끝낸 은하는 일정에 차질은 없어야겠지만 안전에 주의를 꼭 기울이라는 말을 남긴 뒤에 현장을 떠났다. 그 뒤를 김 팀장과 재완이 따랐다.

현장에서 호텔로 돌아가는 길에는 호텔 VIP들이 이용하는 빌라 타운이 있었다. 고급 차량들이 즐비하게 오가는 길목을 걸어가는데 맞은편에서 트레이닝 복을 입은 레이의 모습이 보였다. 그가 무선 이어폰을 뺀 채 가까이 다가왔다.

"일하는 중인가 봐요?"

"네. 조깅했어요?"

"달리기 좋은 날씨라. 공기도 좋고, 바닷소리도 좋고."

꽤 추울 텐데 얇은 트레이닝 복 하나만 걸친 레이가 느끼하게 웃었다. 재완의 시선에는 그랬다. 저 둘 사이가 1m는 더 벌어졌으면 싶은데.

"좀 껄쩍지근하지?"

김 팀장이 작은 목소리로 재완에게 말했다. 두 사람을 두고 한 말이었다. 재완은 표정을 굳힌 채 어떤 대답도 하지 않았다. 그에게 눈인사를 건넨 레이가 다시 은하를 향해 고개를 돌렸다.

"메시지 기다렸는데, 답 없더라고요."

"바빴어요."

"오늘도 바쁩니까?"

"네."

"그래도 저녁은 먹을 거죠?"

"글쎄. 좀 바빠서요."

돌려서 말하는 법이 잘 없는 그녀가 에둘러 거절했다. 레이는 아랑곳하지 않고 또 한 번 물었다.

"그럼 내일은?"

"……."

"좋아요. 내일 봅시다."

잠깐 망설이는 사이, 그는 일방적으로 약속을 잡더니 빠르게 사라졌다.

큼큼, 김 팀장이 헛기침을 하며 멍하니 서 있는 은하를 향해 신호를 주었다. 정신을 차린 은하가 살짝 뒤를 돌아보다 재완과 눈이 마주쳤다. 무심한 그의 시선이 먼저 그녀를 외면했다. 은하는 입술을 질끈 깨물며 앞을 향해 걸었다.

그의 표정을 보며 확신했다. 그에게 더 이상 자신은 여자가 아닐 것이라는, 그런 바보 같은 확신.

외근 일정이 있는 김 팀장과는 로비에서 헤어졌다. 재완과 둘이 남겨진 은하는 아무 말 없이 엘리베이터를 타고 사무실로 향했다. 공기마저 차가운 둘 사이에는 아무런 대화가 없었다.

마치 그때로 돌아간 것 같았다. 강릉에서의 첫 키스 이후, 그를 부지런히 피해 다녔던 지난날.

은하는 크게 숨을 들이켰다. 그를 인식하지 못하고 한 행동이었다. 순간 놀란 그녀가 그를 돌아봤다. 그때, 때마침 엘리베이터가 열리고 재완이 먼저 내렸다.

"저기."

재완을 따라 엘리베이터에서 내린 은하가 어렵게 입을 열었다. 그의 무심한 시선을 견디는 게 힘들었다.

"우리 얘기 좀……."

그녀답지 않게 말끝이 늘어졌다. 재완의 앞에 서니 쉽게 말이 나오지 않았다. 결국 더 말을 잇지 못했다. 제게 닿은 그의 시선이 무섭도록 차가워서. 마치 다른 사람인 것 같아서.

전부 잊은 듯했다. 함께했던 그 밤, 그가 얼마나 뜨겁게 자신을 안았는지.

"그러니까 더 이상 병원 오지 마. 나, 너 보기 싫어. 끔찍해. 유은하. 넌 네 자리에서 네 아버지가 좋아하는 남자 만나. 그게 어울려, 너는."

알 수 없었다. 무심한 그의 시선을 받으며 어째서 기준의 목소리를 떠올렸는지.

왜? 더 상처 받고 싶지 않아서? 네가 준 상처는 생각 안 하고?

은하는 다시 떠올렸다. 그에게 준 상처를. 마지막까지 그녀는 이기적이었고 비겁했다. 변명할 수도, 해명할 수도 없었다. 상처를 준다면 받아야 하고, 이대로 1년을 견디라면 견뎌야 했다.

그녀가 한 걸음 물러섰다.

"아니에요. 수고했어요."

그리고 그대로 뒤돌아서서는 코너를 돌아 빠르게 사라졌다. 재완은 가만히 선 채로 불안하게 걷는 뒷모습을 바라보다 한숨을 푹 내쉬었다.

있는 힘을 다해 참고 있었다. 다가가 안고 싶고, 만지고 싶고, 내내 숨결을 느끼고 싶었다. 보고 싶어서 왔지만 함부로 볼 수 없었고, 다시는 헤어지지 않기 위해 왔지만 먼저 다가설 수도 없었다.

재완은 기다리는 중이었다. 그녀가 먼저 다가올 때까지. 다시는 그녀가 먼저 떠날 수 없도록. 쉽게 떠났던 사람을 다시 어렵게 붙들기 위해.

그녀가 어떤 바보 같은 생각으로 자신을 떠났는지는 모르지만 한 가지는 확신할 수 있었다.

유은하는 차재완을 사랑한다. 사랑해서 떠났다.

그래서 더 멈출 수도 없었다.

기다리는 사람 속 타는 줄도 모르고.

"……레이 펠레그린이라니."

갑자기 둘 사이에 끼어든 이름을 중얼거리며 재완은 다시 한숨을 삼켰다. 그녀가 남긴 숨결 한 조각, 한 조각이 아쉬웠다.

오늘도 재완을 보지 못했다. 그가 피하는 건지, 아니면 그녀가 피하는 건지 알 수 없었다.

보지도 않을 거면 왜 왔을까. 용서를 구할 기회조차 주지 않을 거면 왜 내 앞에 나타났을까.

업무를 끝낸 은하는 거울에 비친 제 모습을 바라보다 수수한 귀걸이를 빼고 유나가 골라 준 것들 중 가장 화려한 디자인으로 집어 들었다. 유나가 의외라는 듯 눈썹을 움직였다.

"소화제 준비할까요?"

"아무래도 그래야겠죠?"

은하는 곧장 고개를 끄덕거렸다. 딱 달라붙는 진회색의 벨벳 원피스를 입은 그녀는 차림새에 신경만 쓸 뿐, 누가 봐도 내키지 않아 하는 얼굴이었다.

행동과 심리는 반대라는 건가. 알 수 없는 제 상사를 보며 유나가 쓴웃음을 머금었다.

"괜찮으시겠습니까. 지금이라도 취소하……."

은하가 어두운색의 하이힐을 골라 신으며 대답했다.

"아니. 괜찮아요. 일 얘기나 하다 오죠, 뭐. 피해 봤자 오픈식 준비하는 내내 서로 피곤할 테니까."

"그러기엔 꽤 신경을 쓰시는 것 같습니다."

다소 직설적인 말에 은하가 유나를 돌아봤다. 순간 제 말실수를 깨닫고 당황한 유나는 고개를 숙였다. '죄송합니다' 라는 말이 나오려는 찰나, 은하의 웃음소리가 들려왔다.

"누구 보라고요."

"……예?"

"봐줄지는 모르겠지만. 그냥 심술이죠. 여기까지 왔으면서 나는 왜 안 봐, 뭐 그런."

"차재완 씨, 말씀하시는 겁니까?"

고개를 든 유나가 조심스럽게 물었다. 은하가 웃으면서 가방을 들었다.

"티 나요?"

"살짝 납니다."

"그럼 다행이고. 이만 퇴근하세요. 주말 잘 보내고."

은하는 가벼운 숄더백을 들고 룸을 나섰다. 긴 머리를 쓸어넘기며 휴대폰을 확인하는데 때마침 레이의 메시지가 도착했다. 로비에서 기다리고 있다는 내용이었다.

"일 얘기만 하면 되지, 일 얘기만."

남자한테 끌려가는 타입이라고는 할 수 없었던 그녀는 자신이 벌인 의외의 행동에 계속해서 합리화를 시도했다. 빈 엘리베이터에 올라타면서도 주문을 걸었다.

사람 마음이 참 간사했다. 멋대로 떠나온 주제에 다시 보니 주체할 수 없이 감정이 끓어올랐다. 이럴 거면 떠나지 말든가, 누군가의 비웃음 가득한 환청까지 들렸다.

내가 왜 떠나왔더라, 눈을 감고 엘리베이터 벽에 머리를 기댄 채 생각했다.

그때였다. 엘리베이터 문이 열리고 감은 눈을 스르르 뜨자, 생각지도 못한 상대가 눈앞에 서 있었다. 눈이 마주치자 재완은 간단한 묵례와 동시에 엘리베이터에 들어섰다.

은하는 다시 눈을 감았다. 엘리베이터 안에 그와 둘이 있자니, 또다시 어색한 공기가 흘렀다. 작은 숨소리조차 내지 않으려 노력했다. 온몸으로 그를 의식하고 있다는 걸 들키고 싶지 않아서.

"그렇게 보일까 숨겼죠. 감추고, 모른 척하고, 잊어 볼까 했습니다."

"그런데도 좋아해요. 좋아합니다."

그런데 왜 자꾸만 기억은 또렷해지고, 심장은 누가 찌르는 것처럼 아픈 건지.

강릉, 숨 막히던 엘리베이터 안, 그의 고백, 좋아해요, 좋아합니다,

키스, 그리고 또 키스.

도착 소리와 함께 엘리베이터 문이 다시 열렸다. 벌써 로비였다. 은하는 고민도 없이 그를 지나쳐 엘리베이터에서 내렸다.

가방을 들지 않은 손이 당겨진 건, 아마 그때였을 것이다.

“왜 울어요.”

울고 있었나, 내가? 잡힌 손목을 뒤틀었다. 울고 있다는 인식조차 못했다.

“뭘 잘했다고.”

재완은 또 제게서 벗어나려고 하는 은하를 붙잡았다.

“울고 싶은 건 나인데.”

“…….”

“왜 당신이 울어.”

그가 원망을 담아 다시 한번 되물었다. 왜 우느냐고, 그렇게 제 원망을 담아. 은하는 피가 날 듯 입술을 깨물며 고개를 저었다. 내 마음 하나 설명 못 하면서, 왜 우는지 설명할 수 있었으면 아마 당신을 떠나지도 않았겠지.

은하에게서 대답이 없자 재완은 굳은 표정으로 그녀의 룸이 위치한 층수를 눌렀다. 손목을 잡고 있던 손을 풀어 깍지를 껴 붙잡았다. 두 달 만에 잡은 손은 여전히 따스했고, 부드러워 더 화가 났다. 그녀를 놓쳤던 시간만큼 아껴 주지 못해서.

“전화해요.”

재완은 붙든 손에 힘을 주며 말했다. 그리고 결심했다. 은하를 향한 마지막 다짐을 해 보기로.

“오늘 못 간다고.”

무작정 룸에 그녀를 밀어 넣은 그는 설명을 바랐다.

떠난 이유, 그리고 울었던 이유.

은하는 망설이다가 두서없이 설명을 늘어놨다. 튀어나온 말은 두서도 없고, 앞뒤가 맞지도 않았다. 계획되지 않은 상황에서 시작된 갑작스러운 대화. 어디부터 어디까지 말해야 할지 몰랐다. 그녀는 말하다가 숨을 크게 들이키고, 그러다 멈추고 또 목소리를 냈다.

그는 묵묵히 듣고만 있었다. 은하는 그런 재완의 표정을 살필 수도 없었다. 시작된 고백은 멈춰지지 않았고, 등 뒤로는 커다란 벽만 남았다.

"그래서."

은하가 두 손으로 얼굴을 가린 채 먹먹해 하는 사이, 그가 차갑게 말했다. 눈물로 젖은 눈을 한 그녀가 고개를 들었다.

아팠다. 그와 눈을 마주하는 것조차. 행복만 하고, 사랑만 하고, 예쁨만 받았던 때가 있었는데.

"그래서 요점이 뭡니까. 내가 그 남자와 같은 행동을 할까 봐 무서웠다는 겁니까, 내가 당신이 제주도에 가 있는 동안 못 기다릴까 봐, 그게 불안했다는 겁니까."

은하는 지금 이 순간 생채기가 나는 제 가슴보다, 스스로 생채기를 내고 있을 그의 마음이 더 안타깝고 가여웠다.

그녀는 계속해서 고개를 저었다. 눈물 때문에 눈앞이 자꾸 흐려졌지만 재완의 얼굴만큼은 또렷하게 보였다.

"그 말, 믿어도 되는 겁니까? 비겁한 핑계가 아니라고?"

"……차재완 씨."

"당신은 그냥 당신 자존심 지키자고 날 떠난 거야."

틀리지 않았다. 그래서 더 할 말이 없었다. 버릇처럼 깨문 입술에서 피가 새어 나왔지만 그녀는 알지 못했다. 오직 자신이 망가뜨린 남자만 보였다.

"당신 망가지는 모습 보여 주기 싫어서. 내 사랑보다 더 대단한 당신 자존심 때문에.”

어쩌다 나라는 여자를 만나서. 어쩌다 나라는 여자를 사랑해서.

“그래요, 차재완 씨 말이 다 맞아.”

당신 입으로 그 잔인한 말들을 하게 만들었을까.

“설명하기 싫었어. 구구절절, 지난날 내가 다 틀렸다고 말하기 싫었어. 나를 깎아내리면서 내 치졸한 과거를 말했다가는 정말 무너질 것 같았어.”

그녀는 그 앞에서만 이성을 잃었다. 차재완이 그러는 것처럼, 유은하 역시 그랬다. 이제 그녀는 차재완 앞에서만 솔직할 수 있었고, 울 수 있었다.

이 세상에서 유일하게 차재완 앞에서만.

연애는 상대방을 알아가는 과정이 아니었다. 결국 나라는 사람을 알아가는 과정이었다.

그녀는 그와 만나면서 알게 됐다. 스스로 얼마나 못난 사람인지, 스스로 얼마나 바보 같은 사람인지.

“그게 나빠? 내가 못 버틸 것 같다는데, 내가 자신이 없다는데.”

이기적이라 아프고, 비겁해서 더 슬프고, 그럼에도 어쩔 수 없는 마음이라 나도 지치는데.

“내가 왜 다 얘기해야 해. 왜 내 바닥까지 드러내야 해. 내 바닥을 보면 당신이 날 예전처럼 좋아할 수 있을까? 난 그걸 지켜보면서 과연 괜찮았을까?”

결국 고백해 버린 마음 앞에 그녀는 목 놓아 울었다.

그는 말한다. 버티지 말라고, 애써 견디지 말라고. 모든 걸 털어 내라고. 상처 따위 털어 내면 그만이라고.

그 말들이 결국은 위로가 되고, 결국은 사랑이 되는 건 왜일까.

“나는 당신한테 최선을 다해 진심이었습니다.”

"……."

"근데 이게 뭐야. 당신은…… 나를 대체 뭐라고 생각한 거야."

상처 받은 남자의 진심은 무섭다. 바로 지금처럼.

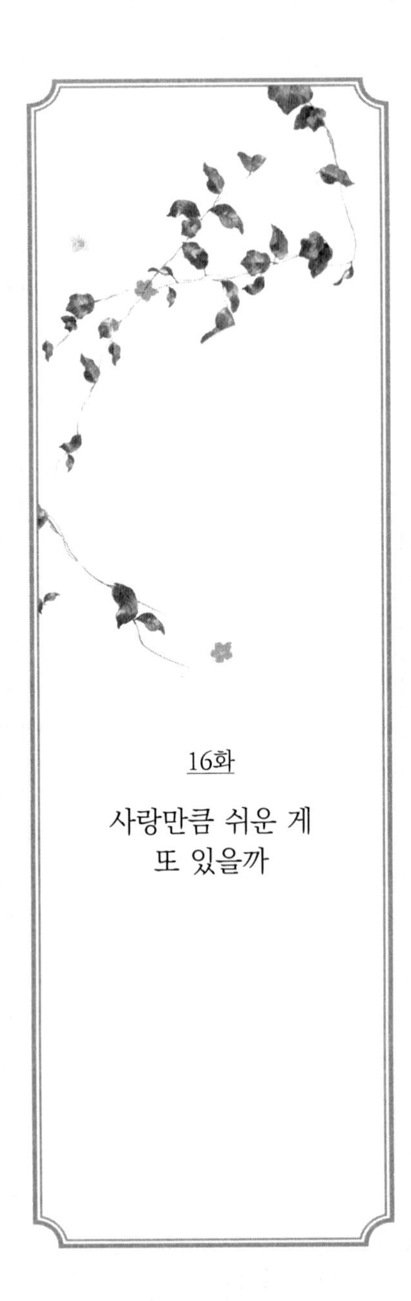

16화

사랑만큼 쉬운 게 또 있을까

실컷 울고 나니 감정 소모가 꽤 컸다. 울다 지친 은하가 고개를 들었다. 아직도 있을 거라고는 생각 못 했는데, 맞은편 소파에 재완이 있었다.

제 상처가 더 아프다고 서로 할퀸 게 방금 전이었는데, 우습게도 가슴에 가득 쌓아 둔 두려움이 사라진 듯했다.

은하가 손등으로 눈물을 박박 닦았다. 화장이 번졌겠지만 확인할 기력도 없었다. 잔뜩 붉어진 눈으로 그를 바라보았다. 재완의 어깨가 들썩이는 게 보였다. 자세히 보니, 콧등을 타고 눈물이 흘러내리고 있었다.

"울어요?"

재완이 울고 있다는 사실에 깜짝 놀란 나머지, 벌떡 몸을 일으켰다. 화가 나서 가 버린 줄 알았던 사람이 눈앞에서 울고 있었다. 그의 눈물에 머릿속이 백지장처럼 하얘졌다.

"진짜 우네……."

당황한 그녀가 혼잣말처럼 중얼거렸다. 조금 전 벌였던 감정 싸움은 까맣게 잊은 채 은하는 그의 옆에 다가가 앉았다. 고개를 숙인 재완은 분명 울고 있었다.

어찌할지 몰라 은하는 그의 어깨를 작게 토닥였다. 우는 남자를 위로해 본 적은 없었기에 서툴고 어색했다.

"아까는 정말 미안해요. 내 잘못이야. 내가 너무 감정적으로 굴었어요. 사과부터 했어야 되는데."

그 말이 촉진제가 되었는지 오히려 재완은 더 눈물을 쏟기 시작했다.

이게 아닌데. 우리 지금 왜 이러고 있는 거야? 은하가 토닥이던 손길을 거두고 그와 눈을 마주치기 위해 고개를 숙였다. 얼굴을 보려는 건데 재완은 피하고 싶은지 고개를 돌렸다.

"그만 울어요."

"……안 웁니다."

목소리가 딱, 울다 들킨 사람의 것이었다.

"거짓말. 울잖아요."

"이런 건 모른 척하셔도 됩니다."

"우는 거 봤는데."

"착각입니다."

"나 착각, 그런 거 잘 안 하는데."

"농담이 나옵니까, 지금?"

그가 드디어 고개를 들어 그녀를 봤다. 눈물로 촉촉해진 눈과 수척해진 얼굴을 바라보며 은하는 살포시 웃었다. 왜 웃음이 났는지 모르겠다. 날카로웠던 분위기가 어쩐지 계속 따듯해지고 있었다.

그에게 바닥을 내보였다. 그게 뭐라고 이렇게 편하고, 후련한 건지.

"왜…… 웃어요."

재완이 뾰로통하게 되물었다. 그도 느낀 것이다. 이 몽글몽글해지는 분위기를. 그래서 헷갈려 한다는 걸 은하는 알 수 있었다.

"좋아서요. 당신이랑 농담하는 거."

가당키나 한 말인가. 사랑하지 않으려고 떠났는데, 좋아한다는 말 한 마디는 막힘없이 할 수 있다는 게.

"꿈만 같고, 또 꿈만 같아서."

미친 여자라고, 이기적이라고 욕을 해도 상관없었다. 왜 저만 생각하느냐고 비난을 해도 할 수 없었다. 그때의 결정은 어쩔 수 없었고, 지금의 결정 또한 어쩔 수 없는 것이었다.

재완이 어이없다는 듯이 웃었다.

"하, 진짜."

"잘못했어요."

"……."

"그러니까 나 한 번만 봐줘요. 응?"

전부 말하고 나니 편해졌다. 이 쉬운 걸 왜 못해서 두 달을 돌아왔나. 이 간단한 걸 왜 못해서 그리워만 했나. 무려 차재완의 옆인데, 왜 용기 내 볼 생각은 못 했을까.

은하는 저를 가만히 바라보기만 할 뿐, 그 어떠한 말도 못 하는 그의 품에 안겼다. 넓은 품에 안기니 마음은 한결 더 가벼워졌다.

지친 그의 한숨 소리가 들려왔다. 지레 겁을 먹고 어깨를 움찔할 뻔했지만, 은하는 그러지 않았다. 두 팔을 뻗어 재완의 허리를 감싸 안았다.

팔에 닿는 딱딱한 배에 고개를 들었다. 촉촉한 그의 눈과 시선이 부딪치자 그녀는 은은한 코랄 색의 입술로 미소를 그렸다.

"운동했어요? 엄청 딱딱하네."

"……덕분입니다."

"막 살 찌우고 싶게."

"……."

"나 안 보고 싶었어요?"

그걸 말이라고. 재완은 한숨을 도로 삼켜 넣으며 고개를 숙였다. 닿은 곳은 그녀의 마른 어깨 위였다. 은하는 따뜻한 손바닥으로 그의 등을 토닥거렸다. 어쩌다 그는 위로를 받게 되고, 그녀는 위로를 하게 됐을까.

눈물 날 것처럼 밉다가도 눈 한번 마주치니 화가 풀리고, 목소리 한 번 들으니 마음이 녹았다. 미안하다, 잘못했다는 말에 그저 안고 싶고, 키스하고 싶었다.

이미 알고 있는 사실이었다. 그녀의 얼굴을 보는 순간, 자신은 화 한 번 제대로 낼 수 없다는 것을.

"힘듭니다, 당신 사랑하는 거."

그의 말에 은하의 얼굴에 잠시 어둠이 번졌다가 사라졌다. 이제 간절함은 그만의 것이 아니었다.

"알아요."

은하는 불안했다. 하지만 재완이 자신을 저버린다면, 이제 그녀가 그를 쫓아갈 것이니 걱정은 없었다. 힘들다는 한마디쯤은 견딜 수 있었다.

"이해할 수도 없어. 당신 선택."

"……그럴 수 있어요."

"그런데."

그가 손을 들었다. 그녀를 안지도, 보듬어 주지도 못했던 손이 위로 올라와 은하의 머리를 쓰다듬었다. 천천히 위로를 하듯.

"힘들었겠어요."

왈칵 눈물이 났다. 고작 손 하나가 전해 주는 온기가 뭐 그리 대단하다고, 뭐 이리 따뜻할까 싶어서.

"아팠겠네."

"……차재완 씨보다는 덜."

울먹이는 목소리를 알아챘을까. 그는 그녀를 힘주어 안았다. 그게 너무 좋아서, 그저 감격스러워서 은하는 입술을 깨물었다.

"이번만 봐주는 겁니다. 한 번만 더 그러면……."

그는 뒤의 말을 잇지 못했다. 그녀가 있는 힘을 다해 껴안았기 때문에.

"안 그래요, 절대."

오늘만큼은 그녀의 다짐이 더욱 빛을 발했다.

✧ ✦ ✧

한적한 바닷가. 파도 소리만 들려오는 이곳에 위치한 펜션은 다행히 주말 내내 숙박객이 없었다.

그에게 안겨 있던 은하는 작게 속삭였다. 같이 있고 싶다고, 떨어지기 싫다고.

유강 호텔을 벗어난 둘은 무작정 제주 바닷길을 달렸다. 베이지 톤의 2층짜리 펜션에 도착하자 재완은 먼저 내려 주인을 만났고, 곧 그녀를 데리러 왔다.

화이트 톤의 인테리어를 감상하던 은하는 곧장 창가로 향했다. 살짝 창문을 열자 파도 소리가 은은하게 들려왔다.

바로 오늘 낮까지만 해도 눈 한번 마주치기 어려웠던 남자와 함께였다. 앞으로 부지런히 사랑해야 했다. 엇갈림에 버려졌던 시간만큼.

"예뻐요."

다가온 그가 은하의 허리에 팔을 둘러 안았다. 등을 껴안은 재완은 창밖을 보고 있는 은하의 어깨 위에 입술을 내렸다.

"아까 좀 화가 나더라고요."

아직 화가 다 안 풀린 걸까. 그럴 수 있다. 한 짓이 있으니. 그녀는 그의 손 위에 제 손을 포개어 올렸다.

"그 자식을 만나겠다고, 이렇게 예쁘게 입었을 줄이야."

화려한 귀걸이에 그의 머리칼이 스쳤다. 은하는 몸을 돌려 그를 마주 보려 했지만 재완은 안은 팔에 힘을 주었다. 그러고는 그녀의 머리를 한쪽으로 쓸어넘기고 입술을 살며시 움직였다. 부드러운 살을 깨물고, 핥고, 또다시 깨물자 금방 자국이 생겼다.

그의 힘이 조금 느슨해졌다 싶을 때 은하가 몸을 돌려 재완을 마주 안았다. 여전히 불안해 보이는 눈, 상처 받은 얼굴. 그녀는 그의 목에 팔을 감은 채 낮게 웃었다.

"걱정하지 말아요."

"……."

"보라는 사람 봤고, 그래서 지금 우리는 여기 있으니까."

"저 보라고 이렇게 입었습니까?"

"효과는 좋은 것 같네."

그 노력에 보답을 하듯 재완은 그녀의 등 뒤로 손을 내렸다. 원피스의 지퍼가 내려가는 은밀한 소리와 뚫어질 듯 닿아 오는 그의 짙은 시선에 은하가 어색하게 웃었다.

"우리, 저녁은요?"

"배고픕니까?"

"살짝."

"저녁 한 끼 정도는 굶어도 됩니다."

이제는 웃음이 났다. 그의 이유 있는 뻔뻔함에.

"나 굶기게요?"

"배고플 새도 없을 겁니다."

그는 단숨에 얼굴을 내려 입술을 부딪쳐 왔다. 벌어진 입술 사이로 들어온 혀가 따듯했다. 그의 열기에 보답하듯 은하 역시 뜻대로 움직였다.

혀를 섞고, 입술을 깨물고, 서로의 진심을 나누는 과정 속에 재완이 그녀를 번쩍 안아 들었다. 놀란 은하가 다시 옅게 웃으며 그의 얼굴을 붙잡았다.

"무거울 텐데."

"짜증 나게 가볍습니다."

말투와 표정이 전혀 다른 남자로 돌변한 그의 입술 위로 은하가 입을 맞췄다. 다시금 키스가 진해지는 틈을 타, 재완은 그녀를 침대에 내려놓았다.

지퍼까지 내린 원피스를 벗기는 건 어렵지 않았다. 허리를 일으킨 은하가 스스로 스타킹을 벗자 그는 단추를 풀어 제 옷을 벗어 던졌다. 잠시간 떨어졌던 입술이 조금을 참지 못하고 다시 겹쳐 왔다.

그녀는 느끼고 싶었다. 차재완이라는 남자를. 그는 가지고 싶었다. 유은하라는 여자를.

맞닿은 모든 피부에서 뜨거움이 일었다.

그녀는 행복했다. 그와 하나가 될 수 있다는 생각에. 지금 이 순간, 더없이 벅찬 행복 아래에서 죽는다면 여한도 없었다. 함께 있는 것 자체가 축복인 남자. 그는 이제 제게 축복이었다.

"하아, 유은하……."

감히 입에 담을 수도 없던 이름을 이제는 자유롭게 부를 수 있음에 재완은 키스를 멈추지 않았다. 입술 위에서 목덜미로, 가슴으로, 배 위를 핥던 입술이 점점 멀어졌다.

어서 하나가 되고 싶어 그녀는 다시 애원했다. 그에게 어서 사랑하자고, 이제 마음껏 사랑하자고.

얼마 전 그녀는 빌었다. 그가 자신을 크게 원망하고, 빨리 잊기를.

이제 다른 것을 빌고 싶었다.

다시는 그의 앞에서 용기 잃은 여자가 되지 않기를. 다시는 그의 앞에서 멀어지지 않기를.

"재완 씨."

남은 시간, 당신과 함께인 이 시간.

"사랑해요."

실컷 연애만 하다, 사랑만 하다 죽어도 부족할 시간이니.

"사랑해."

무조건 사랑만 하겠다고.

✥ ✦ ✥

제주도에 온 뒤로 혼자 서늘한 아침을 맞이하는 게 익숙했다. 그의 집에 있었던 날들이 얼마나 된다고, 이 넓은 침대에서 홀로 일어나 눈을 뜨는 게 유독 끔찍했다.

그런데 오늘은 혼자가 아니었다. 눈을 떠도 여전히 곁에 있는 그의 존재만으로도 아침이 산뜻해졌다.

내내 재완의 팔을 베고 잠들었던 은하는 좀처럼 믿어지지 않는 그의 존재를 실감했다. 손가락 위를 부드럽게 쓸어 보고, 머리카락을 간질이다 콧대를 따라 손을 옮겼다. 벌써 10시가 넘었는데도 재완은 일어날 줄 몰랐다.

지난밤, 그는 저를 굶기겠다는 목표를 착실히 수행했다. 겨우 씻고 잠이 든 새벽녘이었다. 뒤척거리다가 눈이 마주친 은하가 배고프지 않냐고 묻자, 그는 냅다 입술을 부딪쳤다.

또 한 번 침대에서 일을 치르고 나니, 정말 배가 고팠다. 배고파서 잠도 안 올 것 같다는 그녀의 말에 재완은 가까운 편의점까지 차를 몰고 나가 먹을거리를 사 왔다. 핫바에 빵, 바나나 우유를 하나씩 먹다 보니 또 금방 잠이 쏟아졌다.

그는 말도 안 되는 핑계를 댔다. 바로 누우면 체한다는 둥, 역류성 식도염에 걸린다는 둥. 결국 무리한 세 번째 관계를 맺고서 재완은 시체처럼 잠들었다. 바로 지금 아무리 건드려도 깨지 못하는 것을 보면 알 수 있었다.

은하는 조심스레 침실 밖으로 빠져나왔다. 내일까지 펜션을 예약한 터라 체크아웃 시간은 염려 안 해도 되지만, 종일 몸을 썼더니 자꾸만 허기가 졌다.

"……라면밖에 없네."

그나마 이른 아침 재완이 도보 5분 거리에 있는 마트에 다녀온 덕분에 라면은 먹을 수 있었다. 은하는 주인에게 달걀과 대파를 빌려와 라면을 끓이기 시작했다. 끓는 물에 반으로 쪼갠 면을 넣을 때, 잠에서 깬 그가 다가왔다.

"일어났어요?"

단숨에 거리를 좁혀 온 재완이 뒤에서 은하를 안았다.

"옆에 있으라니까."

"배가 고파서. 라면 맛있겠죠?"

끓는 라면 위에 가위로 대파를 숭덩숭덩 잘라 넣으며 그녀가 물었다. 은하의 어깨에 턱을 걸친 채로 내려다보던 재완은 손가락 마디 두 배쯤은 되는 대파를 보며 작게 웃었다.

"대파가 좀 크네요."

"넣으면 시원하대요. 달걀 넣는 거 좋아해요?"

대답도 듣기 전에 이미 냄비 가장자리에 달걀을 톡톡 깨고 있었다. 힘 조절에 실패해 달걀을 반쯤 흘리고 나서야, 냄비 안에 터진 노른자가 무사히 안착했다.

"일부러 세 개 끓였어요. 진짜 아사 직전이야."

그런 것치고는 물이 좀 적은데. 하지만 오랜만에 들떠 있는 은하의 모습이 귀여워 말을 삼켰다.

"찬밥도 빌렸어요. 나, 완전 잘했죠?"

가위로 라면을 휘휘 젓는 그녀를 보며 재완은 마침 옆에 있던 휴지로 흘린 달걀을 닦았다. 그리고 옅게 웃으며 말했다.

"나머지는 제가 하겠습니다."

두 사람은 가까운 마트를 제외하고, 단 한 걸음도 밖으로 나가지 않는 것에 합의했다. 바다는 큰 창문 너머로 보이는 것에 만족했고, 먹을 것은 근처 마트에서 어느 정도 융통이 가능했다.

그저 모든 것을 함께하며 단 한시도 떨어지지 않으려 했다. 떠났던 이나, 버려졌던 이나. 그래서 후회한 이나, 그래서 되찾은 이나.

은하는 그와 재회한 후, 몇 가지 새로운 사실을 깨달았다. 먼저 생각보다 그를 깊게 사랑한다는 것과 화려한 스펙도 주방에서는 무용지물이라는 것을.

"내가 한 거, 되게 맛없었겠다."

매콤하고 달달한 게 먹고 싶다는 은하의 말에 재완은 마트에서 장을 봐 떡볶이를 만들었다. 언젠가 함께 야근 중에 야식을 먹었던 날, 유독 떡볶이를 잘 먹던 모습이 떠올랐기 때문에.

먹음직스럽게 양념이 스며든 떡을 한 입 크게 베어 문 그녀가 만족스러운 듯 고개를 끄덕였다.

"어……. 뭐, 먹을 만했습니다."

"거짓말 되게 못하네요."

은하가 어묵과 떡을 동시에 집어 들며 말했다.

"정직하다는 말은 많이 듣는 편입니다."

"그래요? 대체 누구한테?"

"본부장님 빼고 다 합니다."

자연스레 손을 뻗은 재완이 은하의 입가에 묻힌 빨간 양념을 닦아 줬다. 그의 다정함에 그녀가 살포시 웃다가 갑자기 생각났다는 듯이 물었다.

"월차는? 김 팀장이 뭐라고 안 해요?"

끝나가는 주말이 아쉬웠다. 단둘이서 보낼 수 있는 시간이 얼마 남지 않았다는 사실이 그녀를 초조하게 만들었다. 잠시 고심하던 은하는 그에게 월차를 제안했다.

"제주도에 애인이라도 오냐고, 그래서 그렇다고 했습니다."

애인이라는 말에 웃음부터 났다.

"그럼 우리 뭐 할까요?"

"쉴 수 있어요?"

그녀의 앞 접시에 떡볶이를 가득 덜어 주던 재완은 스스로 묻고, 스스로 어이없어했다. 대체 누구한테 뭘 묻는 거야. 은하는 옅게 웃었다.

"우리 이 비서는 환영해요. 내가 쉬는 거."

"얼마나 안 쉬었으면."

그의 걱정 어린 잔소리가 시작됐지만 그녀는 그것마저도 좋았다. 자신을 향한 깊은 애정이 담겨 있음을 알기에.

설거지를 자처한 은하가 개수대를 정리하는 동안, 재완은 머그컵에 커피를 탔다.

커피 두 잔을 들고 거실 소파로 향하자 그녀가 곧장 뒤따라왔다. 그의 맞은편에 앉은 은하는 따뜻한 커피 한 모금에 나지막이 웃었다. 미소가 끊이지 않았다. 이곳에 온 이후로.

"영화 재밌어요?"

"나쁘지 않습니다."

대답이 마음에 들지 않았는지 심통이 난 그녀가 귀여웠다. 그는 제 손바닥을 만지작거리는 작은 손에 깍지를 껴 잡았다. 입술을 꾹 깨물며 영화에 집중하려고 노력했지만 은하는 좀처럼 재완을 가만두지 않았다. 결국 시선을 견디지 못한 그가 고개를 틀자, 은하는 장난스레 웃으며 입술을 부딪쳐 왔다.

촉, 하고 짧게 입술이 닿았다 떨어졌다. 놀란 재완이 아무 말도 못하자 은하는 기다렸다는 듯 거리를 좁혀 입을 맞췄다. 감정을 드러내고 당당하게 사랑을 요구하는 모습이 예뻐 그의 얼굴엔 미소가 가득했다.

유은하는 달라졌다. 정말 순식간에.

엇갈리고 아파했던 시간만큼 그녀는 부지런히 사랑하려고 노력했다.

맞닿은 입술 사이로 혀가 얽히고, 주변을 감싼 공기는 금세 열기로 달아올랐다. 그렇게 그들은 또다시 사랑을 시작했다. 이제는 정말, 사랑만 남은 사람들처럼.

✦ ✦ ✦

방탕했던 주말이 지나고 다시 월요일이었다. 그들은 여전히 침대 위를 쉽게 벗어나지 못했다.

시리얼과 빵으로 점심을 때우고 침대로 기어들어 간 둘은 짧은 낮잠을 청했다. 그러다 나란히 눈을 떠 서로의 부스스한 얼굴을 보며 사랑스럽다는 듯 웃어 보였다. 두 사람은 발가락을 꼼지락거리며 이런저런 이야기를 나누었다.

"……과수원? 그럼 사과?"

"네. 경주에서 내려가신 게 5년 전쯤."

잠에서 깬 순간부터 그에게 안겨 있던 은하는 이것저것 묻기 시작했다. 재완은 귀찮을 법한데도 이따금씩 그녀의 이마와 정수리 곳곳에 입을 맞추며 차분히 대답했다.

다녔던 학교 이름, 대학 생활, 부모님, 형제 관계 등 뒤늦게나마 그에 대한 정보를 알게 된 그녀는 퍽 만족스러웠다.

"예산이면 가깝네요."

"멀진 않죠. 자주 가진 못합니다, 두 분도 귀찮아하시고."

"좋은 분들일 것 같아요."

난데없는 칭찬에 재완이 눈썹을 삐죽였다. 은하는 몸을 뒤집어 그와 눈을 마주치고서는 씨익 입가에 미소를 그렸다.

"차재완이 좋은 사람이니까."

"유은하도 좋은 사람입니다."

"차재완 덕분이죠."

"그 말, 마음에 쏙 드네요."

"더 듣기 좋은 말, 해 줄까요?"

그가 고개를 살짝 돌려 그녀와 눈을 마주쳤다.

"사랑해요."

또다, 또. 반짝이는 눈을 하고, 달콤한 목소리로 사랑을 속삭였다. 이곳에 온 이후로 몇 번이나, 시도 때도 없이, 생각만 나면.

밀린 빚을 갚으려는 사람처럼 사랑을 고백하는 그녀에게 재완 역시 질 수 없다는 듯 말했다. 내가 더 당신을 사랑한다고.

"이제 무서워지려고 합니다."

"뭐가요?"

"또 병 주려고 잘해 주는 건가 싶어서."

그녀로 인해 웃고 울었던 시간이 있었다. 그렇기에 은하의 사랑 고백은 그를 넘치도록 설레게 만들다가도 한순간에 추락하듯 불안하게 만들었다. 바로 지금처럼.

은하는 웃지도, 울지도 못하는 얼굴로 그를 바라봤다. 재완이 낮게 웃으며 그녀를 잡아당겨 품에 안았다.

"미안하라고 한 말 아닙니다."

"알아요."

"그러니까 그런 표정 짓지 말아요."

재완의 말에 은하가 말없이 고개를 끄덕였다.

"차재완 씨."

"네?"

"우리 아버지 만날래요?"

예상치도 못한 말에 깜짝 놀란 재완을 보며 그녀가 씨익 웃어 보였다. 웃음기를 머금은 얼굴에 장난기는 찾을 수 없었다.

"회장님이요?"

"언제 밥 먹으러 온다고 하셨어요, 오빠들하고."

심지어 오빠들까지. 재완은 마른침을 삼키며 몸을 일으켜 앉았다. 은하가 그를 따라 일어났다.

"많이 당황한 얼굴이네."

"갑……작스럽기는 합니다."

"그냥, 나 이제 괜찮다고 보여 드리고 싶어서."

그녀가 어깨를 으쓱거렸다. 생각 없이 가볍게 내뱉은 말도, 또 거창한 의미를 갖고 한 말도 아니라는 얼굴로.

"당신 같은 사람을 만나 사랑하고 행복해지는 게, 어쩌면 내가 아버지한테 비는 제일 좋은 용서가 될 것 같아서요."

스스로를 망치려는 그녀를 볼 때마다 재완은 생각했다. 유은하는 사랑받을 자격이 충분하다고. 누구보다 행복하고 달콤한 연애만 해야 한다고. 그리고 할 수만 있다면 자신이 곁에서 그렇게 사랑해 주겠노라고.

재완은 마치 당장 눈앞에 동환이 나타날 것만 같은 긴장감을 뒤로하고 그녀의 손을 잡았다.

"그런 말 들으면 안 갈 수가 없는데."

"그러라고 한 말이에요."

그녀가 쿡쿡거리며 웃었다. 그 순간 침대 옆 협탁에 둔 은하의 휴대폰이 울렸다. 가까이 있던 재완이 손을 뻗어 휴대폰을 확인하더니 그녀에게 내밀었다.

"이 비서님입니다."

"무슨 일이지? 쉬는 날엔 절대 연락 안 할 사람인데."

갑작스러운 유나의 전화에 그녀가 눈을 동그랗게 떴다. 재완은 알면 알수록 다양한 은하의 표정이 사랑스러운 듯 볼에 입을 맞추고서는 어깨 위로 입술을 내렸다. 동시에 그녀가 전화를 받았다.

"네, 나예요."

—본부장님. 죄송합니다. 지금 잠시 통화 괜찮으십니까?

"말해요."

간지러운 듯 그녀가 어깨를 움츠리자 재완은 두 팔로 가느다란 허리를 꼼짝 못 하게 붙들었다. 동시에 어깨에 자잘한 키스를 뿌려 대니, 그녀는 겨우 새어 나오려는 웃음을 참으면서 전화에 집중하느라 애를 먹었다.

그만하라는 듯 은하가 몇 번이나 밀어냈지만 그는 요지부동이었다. 재완은 어깨에서 쇄골로, 또다시 목으로, 귓가로 입술을 옮겼다. 결국 포기한 은하가 눈치 없이 나오려는 신음을 억지로 참았다.

—본부장님을 찾아온 손님이 있다는데, 오늘 휴무라고 전해 드려도 계속 기다리겠다고 고집을 부린답니다.

"손님? 나를요?"

—예. 확인 중이긴 합니다만……. 아무래도 흔한 일은 아니다 보니,

본부장님께서 확인해 주셔야 할 것 같습니다. 이름이…….

뭘까. 느낌이 좋지 않았다. 심상치 않은 분위기에 재완은 고개를 들었고, 은하는 안심하라는 듯 그를 바라보았다.

—박기준이라고, 아시는 분입니까?

"……."

—본부장님. 돌려보낼까요?

은하가 입술을 질끈 깨물었다. 무너질 듯 위태로운 얼굴 위로 순식간에 어둠이 그려졌다.

아닌데, 이제 우리는 정말 사랑할 일만 남았는데.

불안해하는 재완을 보며 그녀가 그의 손을 꼭 붙들었다.

그의 불안이 사라지기를. 다시 찾아오지 않기를. 나의 남자를 어둠 따위가 잠식하지 않기를.

어떤 일이 있더라도 꼭 믿어 주기를.

은하의 집무실은 그녀가 업무 외적으로도 많은 시간을 보내는 곳이었다. 그 사실을 안 재완은 절대 기준과 그곳에서는 만나지 않기를 바랐다. 은하는 쉽게 수긍했다. 그럼에도 혼자 만나겠다고 고집을 부렸다. 재완은 처음엔 못마땅해했지만, 그녀의 생각을 존중했기에 고개를 끄덕여 주었다.

"걱정됩니다."

"알아요. 그런데 안 해도 돼요."

"같이 가고 싶은데, 정말 겨우 참고 있는 거 아십니까."

"그것도 알아요. 바로 전화할게요. 오래 안 걸려."

회의실 앞에 도착한 은하는 통으로 된 유리창 너머로 앉아 있는 남자의 실루엣을 확인했다. 재완도 마찬가지였다. 아무도 없는 빈 복도. 주변을 확인한 그는 살짝 은하를 안았다가 놔주며 살며시 손을 잡았다.

"근처에 있을게요."

"응, 알겠어요."

그녀의 웃음기 섞인 대답에도 영 마음이 쓰이는지 그는 좀처럼 걸음을 떼지 못했다. 복도 맞은편에서 직원들의 모습이 보이자 그제야 겨우 발을 움직였다.

재완이 멀어지는 걸 확인한 은하는 웃음기를 거뒀다. 지나가던 직원들이 인사를 건네도 마찬가지였다.

싸늘한 표정으로 회의실에 들어선 은하는 시선을 마주쳐 오는 기준을 외면하고는 건조한 손길로 블라인드를 내렸다.

"잘 지냈어?"

아무 일도 없었다는 듯, 그저 평범한 인사를 건네듯 던진 그의 말에 은하는 아무런 대답도 하지 않았다. 기준은 천천히 앞으로 다가왔다. 그녀의 시선이 자연스럽게 그의 다리로 향했다.

헤어질 때만 해도 기준의 다리는 망가져 있었다. 삶을 잃고, 다리를 잃고, 희망을 잃은 얼굴로 은하에게 헤어짐을 고했다.

"보다시피 제법 좋아졌어. 걱정 많이 했지?"

"그랬었지."

차가운 대답과 함께 시선이 들리고, 몇 년 만에 그의 얼굴을 올려다봤다. 처음에는 분노를 느꼈다. 그리고 원망하고, 저주하고, 또 서럽게 울고는 했다. 불과 몇 달 전까지.

"근데 지금은 아니야."

"……은하야."

"걱정도, 원망도 안 해."

서늘한 표정으로 기준을 지나친 은하는 그와 멀리 떨어진 자리에 앉았다. 기준은 애써 웃는 얼굴로 그녀의 앞에 마주 앉았다.

"서울 갔다가 너 제주도 발령 난 거 알았어."

"……."

"원래 바로 오려고 했는데, 좀 지체됐어."

마치 오래 기다리게 해서 미안하다는 투였다. 은하는 사고 난 직후 수척했던 그의 모습과 눈앞에 보이는 그를 함께 떠올렸다.

뭐랄까, 그때는 없었던 여유가 있었다. 안정적인 분위기와 자신감이 느껴지는 눈빛이.

바로 그녀의 상처를 발판 삼아 만든 기회로 얻게 된 것들이리라.

"왜 왔는데?"

"……보고 싶어서."

한참을 망설인 뒤 내뱉는 대답이 같잖았다.

"너희 아버지, 평생 너한테 말 안 할 줄 알았어. 그리고 난 네가 평생 모르길 바랐어."

내 뒤에서 벌어졌던 온갖 더러운 일들이 모두 아버지 손에서 지워지길 원했다는 건가. 은하는 기가 찼다.

"알아. 이 말이 얼마나 우습게 들릴지."

"아니, 넌 몰라. 알면 이렇게 쉽게 못 오지."

"갚을 생각이었어. 갚고 싶었고."

"……."

"돈이 필요했는데 생각나는 게 너희 아버지밖에 없었어. 아버지는 보증을 잘못 섰고, 집은 경매에 넘어갔어. 수중에 남은 건 작은 빌라 월세 보증금 정도였어."

그럴 거라 어느 정도 짐작은 했다. 하나 더 생각하지는 않았다. 어떤 상황, 어떤 이유. 아무리 구차한 변명거리를 늘어놔도 그녀의 머릿속은 오직 차재완 생각뿐이었다.

"처음에는 어려웠어. 너희 호텔 앞에서 몇 번이나 망설이다가 되돌아갔어. 그런데 너희 아버지, 아무것도 묻지 않으시더라. 헤어지라는 말조차 없었어. 자존심이 상했지만 어쩔 수 없다고 생각했어. 나는 돈이 필요했고, 그 돈만 있으면 다 해결될 테니까."

동환이 무슨 생각으로 그랬는지 은하로서는 알 수 없었다. 다만 딸이 상처 받지 않길 바라는 마음으로 행한 선택이었으리라 짐작할 뿐.

지난 과거사를 읊는 취미는 이제 그만뒀다. 낭비할 시간도, 더는 아플 이유도 없으니까.

"그래서, 처음이 쉬워지니 두 번째는 일도 아니었니? 그럼 세 번째는?"

"……욕심이 났어. 수중에 돈이 생기니까 전에 없던 여유가 생기더라. 내가 조금만 더 뻔뻔해지면 가족들이 고생할 일도 없고, 모두 행복할 것 같았어."

"그런 이유로 나를 이용했어? 너한테 고백한 내 상처가 하찮고 우스워서?"

"잘못한 거 알아. 나도 후회해. 사고 나고 너한테 너무 모질게 한 것 같아서 내내 마음이 쓰였어. 네가 다 알게 되면 어쩌나, 나를 버릴까 무서워서 널 먼저 버렸어. 모질게 내쳐야 할 것 같아서 더 그랬어."

가관이었다. 뒤로는 챙길 것을 전부 챙기고 망가진 다리 하나로 그녀에게 온갖 죄책감과 책임을 씌웠다. 제가 한 행동에 대한 인정, 사과보다 변명이 앞섰다.

은하는 조소를 지으며 테이블 위에 놓인 그의 손으로 시선을 옮겼다. 한눈에 봐도 값비싸 보이는 명품 시계가 손목에 자리하고 있었다.

"시계 좋아 보이네."

그녀의 말에 기준이 얼굴을 일그러뜨리며 소매 깃으로 시계를 가렸다.

"어때, 좋아? 나를 발판 삼아 올라간 그 세계는."

"은하야."

"좋은 집에, 좋은 차에, 유학 가서 이룬 성공에. 넌 지금 달콤할 거야."

서늘하다 못해 차가운 목소리에는 어떠한 감정도 없었다. 모르는 사람이 들으면 진심 어린 걱정과 조언을 하고 있다는 생각마저 들 정도로.

"꿈 같겠지. 네가 얻은 여유에, 상처 받는 사람이 있다는 것도 무시될 만큼."

"……사과하고 싶었어."

"아니, 사과하지 마."

너의 그릇된 사과 따위 필요 없어. 나는 나대로 잘 살아갈 자신이 생겼으니까.

"내내 불안해하면서 살아. 내가 널 언제 무너뜨릴지, 언제 망가뜨릴지. 평생 두려움 속에서 잠들길 바랄게."

지나간 사람에 대한 감정은 사치였다. 현재의 사람에게 온통 쏟아부어도 모자란 시간이었다. 기준을 두고 사치를 부리진 않겠지만, 용서할 빌미 또한 주고 싶지 않았다. 평생 너를 용서하지 않을 것이라는 다짐. 미워할 가치도 없는 널, 평생토록 생각하지 않겠다는 약속.

"……걱정도, 원망도 안 한다 그러지 않았어?"

마치 못 들을 말을 들은 사람처럼 은하가 차갑게 웃었다.

"그래도 네가 잘사는 건 반칙이지."

"은하야."

"그러니까 그냥 죽은 듯이 살아. 내가 수틀리면 널 어떻게 할지, 나도 모르겠거든."

추억은 망가졌고 그녀에게 남은 건 지독한 후회뿐이었다. 그마저도 어떠한 감정의 찌꺼기도 남기고 싶지 않았다. 은하는 미련 없이 몸을 일으켰다.

이를 악문 기준이 어떤 심경일지 신경 쓰고 싶지 않았다. 자기 마음 편하자고 불쑥 눈앞에 나타난 그를 이해할 의무 따위 없었으니까.

"아까 그 남자."

은하가 무심한 시선으로 기준을 돌아봤다.

"사귀는 남자야?"

"응."

"회사 사람?"

"부하 직원. 더 궁금한 거 있어?"

빠른 대답에 그의 미간이 흐트러졌다. 은하는 관심 없다는 얼굴로 회의실 문손잡이를 돌렸다. 그때, 기준이 빠르게 말했다.

"나 여기 며칠 있을 거야."

그러든지, 말든지. 그녀는 대답 없이 회의실을 나섰다. 차재완의 따뜻한 품으로 돌아갈 시간이었다.

✣ ✣ ✣

재완은 휘핑크림을 가득 올린 카페모카 한 잔을 들고 은하의 룸으로 향했다.

지금쯤 회의실에서 나왔으려나. 그 남자와 무슨 얘기를 했을까. 뭐든 막아 주고 싶고, 할 수만 있다면 대신 아팠으면 했다. 더는 그녀 혼자 아프지 않기를.

엘리베이터에서 내린 재완은 그녀의 룸 앞에서 유나와 맞닥뜨렸다. 은하가 호텔로 온다는 소식에 부랴부랴 출근했는지 유나는 약간 생기 있는 얼굴로 그에게 고개를 숙여 인사했다.

"여기 계셨습니까. 본부장님, 안에 계신다고 해서요."
"아."
이렇게 일 잘하는 비서라니. 휴무를 낸 상사를 회사로 불러냈다는 생각에 죄책감이라도 들었는지 굳이 호텔에 출근한 유나를 보며 재완은 옅게 웃었다.
"안 오셔도 되는데요."
"그래도 무슨 일인지 걱정이 돼서요."
"로비에 유은강 상무님 계시던데."
"……예?"
1층 카페에서 은강과 마주치는 순간, 여기가 제주도인지 서울인지 헷갈렸던 재완이 다시 씨익, 짓궂은 미소를 덧그렸다.
유나의 목부터 귀까지 순식간에 붉어졌다. 처음이었다. 제 상사를 따라 늘 철두철미하고, 빈틈 한 점 없을 것 같은 그녀가 이런 모습을 보인 건.
"보면 카페에 있다고 전해 달라 하셨습니다."
"저한테 말입니까?"
"네. 휴무라고 말씀은 드렸는데."
때맞춰 그녀의 휴대폰이 울렸다. 가방에서 급하게 휴대폰을 꺼내 확인하는 유나의 얼굴이 어두웠다. 당황한 기색이 역력한 그녀가 그를 쌩하니 지나쳐 갔다.
알 것 같았다. 왜 은강이 여동생이 아닌, 여동생의 비서를 찾는 건지.
재완은 미리 은하에게서 받은 카드키로 문을 열었다. 그러고는 조심스레 안으로 들어가며 그녀의 온기를 살폈다.
신발을 벗고, 슬리퍼를 신는데 맞은편에서 은하가 걸어 나왔다. 그를 발견하고 웃음을 그리며 다가온 그녀는 망설임 없이 그에게 달려와 안겼다.

"왔어요?"

지난 주말 내내 함께 있는 동안 그녀를 사랑한다고 느꼈고, 당연히 그녀에게 사랑받고 있다고 느꼈다.

그런데 우습다. 왜 지금 이 순간 이토록 강렬하게, 비로소 그녀가 제게 왔다는 확신이 드는 건지.

재완은 환하게 웃으며 한쪽 팔로 그녀의 가느다란 허리를 안았다.

"네, 저 왔습니다."

✣ ✣ ✣

"아, 무음이 아니라 무시였구나."

본사 상무가 떡하니 카페에 앉아 있는데 호들갑 떨지 않을 직원은 없었다. 은강의 방문 소식을 듣고 줄줄이 찾아온 총지배인과 임원들은 그의 옆에 나란히 서서 보필 중이었다.

타이밍 한번 기가 막히네. 유나는 식은땀이 흐를 지경이었다.

"죄송합니다."

"오늘 쉬는 날이라던데."

"본부장님 휴무에 맞춰 저도 쉬게 됐습니다."

"아. 내가 방해했네요."

앉아 있던 은강이 몸을 일으켰다. 말투, 행동, 손짓, 심지어 걸음걸이에도 여유가 넘쳤다. 그는 호텔 카페에 들어선 지 10분도 안 돼서 제 앞에 나타난 임원들을 쭉 바라봤다.

"이만 해산들 하시죠."

"아니, 상무님. 그래도……."

"필요한 보고는 유 본부장한테 받겠습니다."

단호한 목소리에 주변은 죽은 듯이 조용해지고, 눈치를 살피던 임원들은 하나둘 카페를 빠져나갔다. 총지배인까지 돌아가자 혼자 남은 유나는 한 걸음 뒤로 물러섰다. 은강이 그녀를 스쳐 지나가며 말했다.

"이 비서는 따라와요."

왜 하필 나만? 순간 머릿속이 싸해졌다. 아. 어쩌다 이렇게 되었을까. 후회를 하니 한도 끝도 없었다.

그러나 전부 부질없는 짓이었다. 그녀는 일개 직원 나부랭이였고, 상대는 유강의 후계자였다. 부지런히 은강을 따라간 유나는 어느새 그의 차 앞에 다다르자 적잖이 당황했다.

"타요."

"예?"

"물어볼 게 있는데 호텔은 보는 눈이 좀 많아서."

어떻게 보면 동생을 걱정하는 오빠의 모습이라고 볼 수도 있었다. 유나는 또 자신에게 몰래 스파이 노릇이라도 시키려고 그러는 건가 생각하며 차에 올라탔다.

그가 직접 운전하는 차를 탄 건 이번이 처음이었다. 은강은 늘 기사가 모는 차 안에서 적어도 두 가지 이상의 서류를 검토하곤 했었다.

"……제주도에 꽤 자주 오시는 것 같습니다."

혹시나 은하와 관련한 말실수라도 할까 걱정하며 유나가 조심스럽게 입을 열었다. 부드럽게 핸들을 돌려 호텔을 완전히 빠져나가니 바로 바닷길이 보였다. 매끄럽게 도로 위를 달리던 차가 해안 도로에 들어서자 은강이 대답했다.

"여동생이 걱정도 되고, 누가 또 보고 싶기도 하고."

유나는 알 수 있었다. 제 상사를 두고 하는 말실수가 문제가 아니었다. 은강이 로비에 있다고 해서 자신이 내려온 것부터가 실수였다.

"유 본부장은 잘 지내요? 차 대리는 잘 지내는 것 같던데."

차라리 작정하고 스파이 짓을 시키면 훌륭히 수행할 용의도 있었다.

그런데 이건.

"난 둘이 같이 잘 지내라고 보낸 건데. 이 비서 생각은 어때요?"

생각할 틈을 줘야 생각이라는 걸 할 텐데. 유나는 얼어 있었다. 지나치게 평범하고 단조롭다고 생각했던 일상이 흔들리고 있었다.

언제부터지? 제 상사의 뒤통수를 치고, 후계자의 스파이 노릇을 했을 때부터인가?

"놀란 얼굴이네."

여유로운 웃음과 함께 유나를 돌아보던 은강이 툭 내뱉었다. 잔뜩 굳어 있던 유나는 어쩔 줄 몰라 제 손을 붙들었다.

"좀 이르긴 한데 저녁 먹을래요?"

입술이 얼어붙어 제대로 움직이지 않았다.

먹었다고 해? 아니면 점심 먹은 게 체했다고 할까? 변명거리를 떠올리는데 은강이 먼저 선수 쳤다.

"같이 합시다, 저녁."

처음부터 그녀의 의사는 필요 없었다.

17화

그녀 곁에 언제나 그가

최근 들어 매서워진 칼바람에 호텔 실내 부대시설 이용률이 급증했다. 자연스레 시설물 점검을 앞당긴 은하는 매일 바쁜 하루를 보내는 중이었다.

덕분에 재완은 이틀째 그녀와 제대로 보지도 못한 상태였다. 그녀의 룸에 카페모카 한 잔을 배달해야 겨우 얼굴을 볼 수 있는 정도.

책상 위 한쪽에는 그가 언젠가 선물했던 책과 뽑기 기계와 씨름해서 얻은 돼지 인형이 놓여 있었다. 바쁘게 일하면서도 저와의 추억을 곁에 두는 연인이 예뻐 입이라도 맞추고 싶었지만 그녀는 바쁜 사람이었다.

은하를 뒤로 하고 로비로 내려온 재완은 곧장 프런트로 다가갔다. 오늘 저녁은 함께 먹을 수 있을까, 머릿속은 늘 그렇듯 유은하로 가득했다.

"부대시설 컴플레인 목록 받으러 왔습니다."

"아, 네. 전달받았습니다."

프런트 직원이 곧장 알아듣고 준비한 서류를 건넸다. 혹시 잘못된 게 있나, 재완이 먼저 확인하는데 옆에서 작은 소란이 일었다. 지배인과 대면 중인 손님을 발견한 재완의 미간이 좁혀졌다. 익숙한 뒷모습이었다.

"여기 며칠 있을 거래요."

"……그래요?"

"근데 신경 안 쓰려고요. 써서 뭐 해."

그녀가 대수롭지 않게 여기기에 그 역시 그런 척했다. 그러면서도 지나가는 투숙객들을 괜스레 힐끗 쳐다보고, 은하가 혹시 신경 쓰고 있는 건 아닌가 살폈다.

"컴플레인입니까?"

"아, 객실 손님께서 프라이빗 짐 이용을 원하시는 것 같습니다."

프라이빗 짐이라고 하면 VIP를 대상으로 사전 예약제로 운영하는 헬스장이었다. 굳이 VIP가 아니라고 해도 이용료를 내면 언제든 사용은 가능했다. 다만 위치한 곳이 빌라 타운 쪽에 있어, 대상자가 VIP로 자연스럽게 한정됐을 뿐.

"그런데요?"

"예약이 꽉 차 있다고 해도 손님께서 우기셔서요."

재완이 눈썹 사이를 모았다. 프런트에 한쪽 팔을 기대서 있던 기준이 그쪽을 돌아봤다. 시선이 마주치고, 기준의 앞에 서 있던 지배인도 그를 돌아봤다. 손님과의 일은 담당 지배인이 해결할 일이었다. 이만 무시하고 사무실로 돌아갈까 했지만 기준의 시선이 자꾸만 제 발끝을 묶어 두는 느낌이었다.

옷을 가다듬은 채 그들의 앞으로 다가갔다. 기준의 따가운 시선이 끝까지 재완에게 머물렀다.

"불편하신 점 있으십니까, 손님."

"그쪽은 해결해 줄 수 있습니까?"

기준이 날카롭게 반응했다. 재완은 웃는 듯 마는 듯 희미한 미소를 유지했다.

"프라이빗 짐 이용을 원하신다고 들었습니다."

그가 운을 떼자 기다렸다는 듯 지배인이 조곤조곤한 목소리로 덧붙였다.

"프라이빗 짐은 VIP 대상 사전 예약으로 이루어진다고 이미 말씀드렸습니다만, 손님께서……."

"그러니까 VIP가 아니면 쓸 수 없다는 말이네요."

기준이 차가운 시선으로 지배인을 돌아봤다. 그 말이 아니라요, 손님. 늘어지려는 지배인의 앞을 가로막은 재완이 입을 열었다.

"프라이빗 짐이 아니어도 호텔 지하에 이용 가능한 헬스장 부대시설이 있습니다. 프라이빗 짐은 호텔 본관과 떨어져 있어 이용이 불편하실 겁니다."

"제 다리가 눈에 좀 띄어서요."

"그 애가 마지막으로 우리 아버지를 만난 날, 사고가 났어요."

언젠가 쉬지 않고 쏟아 내던 그녀의 아픈 고백을 떠올린 재완은 선불리 대답하지 않았다.

"사고 때문에 수술을 받은 적이 있는데 흉이 큽니다. 비행기에 오래 있어서 그런지 다리가 좀 뻐근해서요. 운동을 안 해 주면 밤에 잠이 안 올 정도라."

기준은 알은척도, 모른 척도 않는 재완을 보며 깨달았다. 그가 자신에 대해 어디까지 알고 있으며, 그가 은하에게 어떤 존재인지를.

"예약자 목록 좀 보겠습니다."

"아, 네."

지배인이 서둘러 카운터 안쪽 사무실로 향했다. 기준은 재완이 호텔 유니폼도 입지 않고, 직원들이 흔히 부착하는 금속 명찰도 갖고 있지 않음을 확인했다.

"백오피스 부서 쪽에 있는 거 아닙니까?"

날 선 반응에 적의가 가득했다. 재완은 그를 돌아보며 엷게 웃었다.

"저도 호텔 직원이니까요."

"……은하랑 만나는 사이라고 들었는데."

그 순간 지배인이 예약자 목록을 가져와 재완에게 건넸다. 기준의 말을 무시하고 당일 예약 내역을 확인한 그가 천천히 명단을 살폈다.

"오후 3시에 예약된 바이 항공 김 상무님, 아마 외출하실 겁니다. 기획팀 미팅 일정 때문에 오신 분이라 저희가 스케줄을 압니다."

"아, 네. 바로 확인해 보겠습니다."

목록을 다시 가져간 지배인이 프런트에서 어디론가 전화를 거는 모습을 확인한 재완이 다시 기준을 돌아봤다. 그는 이 상황이 못내 마음에 들지 않다는 얼굴이었다.

"다행히 이용 가능하실 것 같습니다."

"고맙습니다, 신경 써 줘서."

"프라이빗 짐까지 이동은 프런트에 따로 요청하시면 됩니다. 그럼."

재완이 왔던 곳을 향해 유유히 돌아갔다. 그 뒷모습을 빤히 바라보고만 있던 기준에게 지배인이 다가왔다. 예약 시간에 맞춰 프런트로 오면 이동을 도와주겠다는 말이 길어지고 있었다.

엘리베이터에 오르는 재완의 모습을 보던 기준이 지배인을 돌아봤다. 그리고 물었다. 저를 도와준 사람의 이름을.

"기획팀 차재완 대리님입니다."

기준은 계속해서 곱씹었다. 자신이 놓친 여자의 새로운 연인을.

✣ ✣ ✣

"너무 무리하는 것 같습니다."

걱정 어린 그의 말에 은하가 옅게 웃으며 책상 앞에 선 재완을 올려다봤다. 스페어 카드키를 줬더니 아주 알뜰하게도 이용했다. 마음에 꼭 들게.

"퇴근했어요?"

"예."

"그런데 여기로 왔어요?"

"따뜻한 차도 마실 겸, 저녁도 먹일 겸."

그가 들고 온 도시락을 흔들었다. 은하는 싱긋 웃으며 일어나 그의 손을 잡았다. 소파에 나란히 앉은 둘은 도시락을 펼쳤다. 요 며칠 한 끼 해결하는 것도 시간을 겨우 낼 만큼 바쁜 그녀를 위해 재완은 손수 호텔에서 판매하는 도시락을 배달하곤 했다.

"오늘은 뭐예요?"

"한우 명품 도시락."

그중에서도 제일 비싼 걸 골라온 재완이 어깨를 으쓱거렸다. 은하가 살포시 웃었다.

"내 저녁 책임지느라 등골이 휘겠네."

"다행히 그 정도는 법니다."

그가 텀블러 뚜껑을 열어 차를 따랐다. 오늘은 따뜻한 국화차라며 속이 따뜻해질 거라는 목소리가 유난히 듣기 좋았다. 그녀가 밥을 먹는 동안 재완은 흘러내리는 머리카락을 손수 정리해 줬다. 은하가 열심히 도시락을 비울 때도 그녀를 보느라 바빴다.

며칠째 야근 중인 그녀는 현장이나 외부에 나가는 일이 뜸해졌다.

혹시 누굴 마주치고 싶지 않아 그런 걸까. 반면에 재완은 적어도 하루에 한 번, 이 넓은 호텔에서 기준과 마주치곤 했다. 의도인지 우연인지는 모르겠지만 궁금한 건 딱 하나였다.

당신은 흔들리지 않겠지만, 당신은 올곧이 나를 바라볼 것이라 이제는 믿지만.

"안 먹어요?"

당신의 일상에 그 남자는 정말 아무 영향이 없는 건지.

"먹고 있습니다."

"나만 보는 것 같은데."

"오늘 미팅은 어땠습니까?"

그가 젓가락을 손에 쥐며 화제를 돌렸다. 그녀가 잘 구워진 갈비살을 들어 입에 넣어 줬다.

"뭐, 그냥."

"또 저녁 먹자는 소리는 안 합니까?"

"누가요. 레이가?"

"……."

"당연히 안 하죠."

'레이'라는 친근한 호칭에 불편함 반, 듣고 싶은 대답이 한참 뒤에 나온 것에 대한 서운함 반. 재완이 미간 사이를 구기자 은하가 헤헤 웃으며 그의 입에 계란말이 한 조각을 갖다 댔다. 이런 사소한 행동에 또 다시 애정을 확인한 그는 언제 그랬냐는 듯 불안을 거둬들였다. 아주 간단한 일이었다.

"오늘 옷, 마음에 안 듭니다."

"갑자기? 내 옷이요?"

"너무 짧고, 타이트하고."

"무슨. 무릎도 다 가리는데."

"발목이 예쁘잖아요. 발목도 가려야죠."

"바닥에 질질 끌고 다니라는 소리예요?"

"화장도 너무."

밥 한 숟가락에 젓갈을 올려 크게 한입 먹던 은하가 '너무? 너무 뭐?' 라는 얼굴로 눈을 크게 떴다.

"……곱게 했잖아요."

"풉."

은하는 순간 먹던 것이 입 밖으로 튀어나오는 불상사가 생길 뻔한 걸 겨우 참았다.

"아니, 무슨 그런 말을 그런 표정으로."

"화장 곱다는 말이 이상한 말입니까?"

"태어나서 처음 들어 봤어요."

"칭찬 아닙니다. 별로 마음에 안 든다는 소리지."

"그럼 옷도 펑퍼짐하게 입고, 화장도 하지 말아요?"

"마음은 트레이닝복 입혀 출근시키고 싶죠."

"……."

"좀 예뻐야지, 진짜."

진지한 얼굴로 내뱉는 말이 너무 간지러워 몸이 닳을 지경이었다. 그녀가 참지 못하고 쿡쿡 웃음을 터트렸다.

"누가 보면 우리 주책이라 그러겠다."

"상관없습니다."

도시락을 먹으며 이야기를 나누는 두 사람은 지극히 자연스럽고, 누가 봐도 연인다웠다.

재완은 며칠 전 기준과 맞닥뜨린 일을 굳이 은하에게 말하지 않았다. 그 남자가 언제 체크아웃을 하는지 아느냐고 묻고 싶은 걸 겨우 참았다. 기준이 다리에 큰 흉이 있어 프라이빗 짐을 이용하고 있다는 걸 알고 있을까. 안다면, 그럼 마음이 쓰일까. 차마 말하지 못한 불안감을 매일 밤 홀로 이겨 내고 있었다.

"일은 요즘 어때요? 힘들지 않아요?"

은하가 그의 컵에 국화차를 따라 주며 물었다. 재완은 그저 웃어 보일 뿐이었다. 그때 그의 휴대폰이 울렸다. 모르는 번혼데, 하고 중얼거린 재완이 그녀와 눈을 마주치며 전화를 받았다.

—차재완 대리님 맞으시죠? 저 당직 지배인입니다.

호텔 백오피스 부서에서 근무한 지 3년이 넘도록 객실 컴플레인 일에 불려 간 적이 없었다. 객실 담당 직원도 아니고, 당직 지배인과 총지배인이 버젓이 있는데 일개 기획팀 직원이 해결할 일은 없었으니까.

무슨 일이냐 되묻는 은하에게 별일 아니라 대답한 순간부터 그는 직감했다. 보고 싶지 않은 얼굴을 보게 될 것이라고.

도착한 객실로 들어서자 기준은 소파 정중앙 자리에 앉아 있었고, 그 옆으로 당직 지배인과 총지배인, 그리고 룸메이드 둘이 고개를 숙인 채 서 있었다.

—룸메이드들이 청소하다가 사고를 좀 쳤어요. 객실 손님이 침실에 계셨는데 DND(Do not disturb) 사인을 깜빡하신 모양인지, 손님이랑 맞닥뜨렸는데…….

기준과 재완의 시선이 허공에서 부딪쳤다.

—손님 다리의 흉을 보고 크게 놀라서는 실례를 한 모양입니다. 저랑 총지배인님이 직접 사과드리고 해결하려는데, 자꾸만 차 대리님을 찾아서요. 조용히 넘어가고 싶으면 차재완 대리를 불러달라고……. 혹시 손님하고 아

는 사이십니까?

재완은 정중한 자세로 살짝 고개를 숙여 인사했다. 남자는 화가 나지 않았다. 제 흉을 보고 놀란 메이드들을 보는 심드렁한 표정을 보면 알 수 있었다.

단지 자신을 불러내기 위해 그저 화난 척을 했을 뿐이었다.

왜? 뭘 알고 싶어서?

"정말 죄송합니다, 손님. 저희 직원들이 큰 결례를 범했습니다."

총지배인이 다시 한번 앞으로 나서 사과했다. 기준은 무표정한 얼굴로 직원들을 훑어보다가 다시 재완을 올려다봤다.

"저희 얘기 좀 할게요."

"예?"

"자리 좀 비켜 주시죠."

재완이 희미하게 미간을 좁혔다. '저희'라는 친근한 말로 남자와 한데 묶인 게 기분이 나빴다. 아니, 저 남자와 대면하고 있다는 사실조차.

"괜찮습니다. 제가 있겠습니다."

이걸 어쩌나, 난감한 얼굴로 그를 보던 총지배인을 향해 재완이 말했다. 둘 사이에서 눈치만 보던 직원들이 물러가자, 기준은 맞은편 소파 자리를 손으로 가리켰다.

"일어나 있겠습니다."

"기분 나빴나 봅니다. 내가 이런 식으로 불러내서."

재완은 대답 없이 눈을 마주쳤다. 기준은 옅게 웃으며 어깨를 으쓱거렸다.

"할 수 없잖아요. 객실부 사람이면 어떻게든 불러내겠는데, 기획팀 사람을 무슨 수로."

"손님."

"그러니까 앉아요. 은하 얘기 할 겁니다."

은하, 은하, 은하. 그는 3년을 넘게 망설였던 이름을 남자는 너무나 쉽게 불렀다. 그럴 자격도, 이유도 없는 사람이.

재완이 눈을 치켜세웠다.

"역시, 은하 얘기에 반응하네."

기준이 가볍게 몸을 일으켰다.

"차, 뭐 마셔요? 아니면 커피?"

커피메이트 앞에서 잔을 따르는 기준의 뒷모습을 보며 재완은 큰 숨을 참았다. 그의 인내는 겨우 바닥에 닿고 있었다.

"아니, 왜 객실 컴플레인에 기획팀 사람을 불러 달라는 건지."

한편 엘리베이터에서 내린 당직 지배인이 총지배인을 향해 말했다. 가뜩이나 룸메이드들을 단단히 혼낸 터라 마음이 좋지 않았는데, 객실에 덩그러니 재완을 두고 온 것이 마음에 걸렸다. 총지배인이 생각에 빠진 얼굴로 물었다.

"차 대리에 대해 아는 거 있어?"

"아니요. 전에 프라이빗 짐 때문에 저 손님 도와드린 적은 있죠. 제가 보고 드렸잖아요. 흉터 때문에 지하 헬스장 이용이 어려우시다고."

"아, 그분. 근데 둘이 따로 아는 사이 같던데."

"아무래도 그런 것 같죠? 아무리 그래도 객실 일에 기획팀 직원이 나섰다는 거 알면 사람들이 뭐라 그러겠어요. 객실 팀 능력 없다고 하지, 어? 본부장님."

다시 객실로 가 봐야 하는 건 아닌가 싶어 얘기를 꺼내려던 찰나였다. 코너를 돌기 무섭게 마주친 은하를 보며 지배인이 인사를 했다. 팔짱을 낀 채 코너에 서서 둘의 대화를 듣고 있던 은하가 표정을 굳혔다.

"지금 누구 얘기합니까?"

✦ ✦ ✦

뜨거운 차를 사이에 두고 기준은 노골적인 시선으로 재완을 살폈다. 생김새, 체구, 눈빛, 숨결, 마주 잡은 손까지.

"마셔요."

"괜찮습니다."

"커피 좋아해요?"

"……."

"은하는 단 거 좋아하는데. 아침에는 꼭 아메리카노만 먹고."

기준이 추억을 더듬듯 아련한 얼굴로 말했다. 그녀의 옛 연인에게서 과거 그녀가 어땠는지를 듣고 싶지는 않았다. 그는 오히려 다른 것들이 중요했다. 과거의 그녀보다 현재의 그녀가, 그리고 미래에도 제 사람일 그녀가.

"빈속에 커피 마시면 속 쓰리다고 그렇게 잔소리를 했는데 말을 안 듣더라고요. 아직도 그래요?"

재완은 슬슬 화가 나기 시작했다. 아픈 상처를 말하는 것도 두려워 떠났던 그녀인데, 아무렇지 않게 추억을 되짚는 남자에게서 불쾌감을 느꼈다.

"눈물은 또 많아서 잘 안 울다가도 한 번 터지면 한참을 울고는 했는데."

행복했었다고? 그래서 그리워 찾아온 거야?

과거의 사랑에 젖어 드는 기준이 싫었다. 혼자만 아름다웠다고 생각하는 이기심이 우스웠다. 비겁하게도 제 앞에 찾아와 애써 애틋했던 과거를 보여 주려 하는 치졸함은 더없이 끔찍했다.

"입맛도 소박하잖아요. 떡볶이도 좋아하고, 국밥도 잘 먹고. 아, 언제는 남산에 돈가스를 먹으러 갔는데…….”

“지금 뭐 하자는 겁니까.”

낮은 목소리에 기준이 쓰게 웃었다.

“화났어요?”

“거슬린 겁니다.”

당신의 말투가, 당신의 표정이, 당신의 목소리가. 마치 아직도 유은하를 떠올리고 있는 것 같아서.

“그 입에 담아서는 안 될 사람 아닙니까?”

“왜요. 내가 은하 집에서 돈을 받아서?”

“…….”

“진짜 다 아나 보네. 그 자존심에 쉽게 얘기했을 리 없는데.”

침묵을 긍정으로 받아들인 기준은 씁쓸한 얼굴로, 혼잣말을 하듯 중얼거렸다. 인정하고 싶지 않은 순간이 다가오고 있었다. 낯선 이 남자를, 은하의 남자로 인정해야만 할 것 같은.

“차재완 씨는 그럼 얼마나 자신 있습니까?”

또 무슨 헛소리를 하는 거냐고 묻는 듯 그가 인상을 찌푸렸다.

“흔들리지 않을 자신.”

“…….”

“은하 배경과 그 애가 가진 것들, 은하만 가지면 꽤 많은 걸 손에 쥘 수 있다는 사실에.”

“관심 없습니다.”

가로막힌 말에도 기준은 물끄러미 재완을 바라보았다. 그 어느 때보다 자신 있고, 그 어느 때보다 솔직하고, 그 어느 때보다 화난 얼굴의 재완은 마치 다른 사람 같았다.

“난 그 여자가 탐나서 유강이 망했으면 좋겠다는 생각도 했던 사람이니까.”

"유강 호텔 시가 총액이 얼마나 되는지 압니까? 은하가 가진 지분 가치가 얼마나 되는지 알아요? 그 여자를 만난다는 게 어떤 의미인지 정말 모릅니까?"

"그게 중요합니까?"

"하. 순진한 건지, 멍청한 건지."

제주도까지 와서 뭘 확인받고 싶어 하는 걸까. 자신은 잘못하지 않았다는 사실? 그저 자신이 벌였던 짓은 누구든 저지를 수 있는 일이라는 비겁한 합리화? 재완은 그녀가 얼마나 덧없는 시간을 보냈는지 다시 한번 깨달았다. 생각에 잠겨 있던 기준은 다친 다리를 훑으며 말했다.

"내 다리, 은하한테 책임 있어요. 그래서 우리는 끊어질 수 없죠."

"그렇습니까."

"우리 사이에 당신은 감히 상상도 못 하는 게 있어요. 우리는 그만큼 사랑했고, 서로 아꼈고, 또……."

"그 다리가 면죄부가 될 거라 착각하는 모양인데."

기준의 말을 가로막은 재완이 매섭게 눈을 떴다.

"그 엿 같은 책임으로 그 여자는 당신이 떠난 후에 제대로 된 사랑 하나 못했어. 그렇게 벌 받았어."

뻔뻔한 개자식 같으니. 당신의 상처보다 보이지 않는 그 여자의 상처가 더 아프고 쓰려, 나한텐. 형벌처럼 살았던 그녀의 지난날이 떠올라 재완은 욕이 나올 것만 같았다.

"생각했어야지, 여길 오는 동안. 그리고 돌아갔어야지."

"이봐요."

"불편한 다리로 기웃거리면 당신을 봐줄 거라 생각했습니까? 마음이 약한 여자니까 미안해서라도 그럴 거라고. 설마, 그렇게까지 최악은 아니겠지."

"차재완 씨, 너무 무례한 것 아닙니까?"

"그 다리에 왜 유은하 책임이 있습니까."

기준이 입을 다물었다. 분노가 치밀어 오르는데도 뭐라 말할 수 없고, 자존심에 온갖 흠집을 내는 재완에게 항변할 수도 없었다.

"당신 과오로, 당신이 만든 사고에."

틀리지 않아서. 전부 맞는 말이라.

"왜 내 여자 책임이 있는데."

기준이 크게 숨을 몰아쉬었다. 입술과 손끝이 파르르 떨렸다. 왜 이런 치욕을 받아야 하나, 한스럽고 억울하기까지 했다. 그 모든 것들이 표정으로 드러났다. 재완이 알아챌 만큼.

둘 사이에는 오로지 냉기만이 존재했다. 그때 객실 초인종이 울렸다. 겨우 표정을 갈무리한 기준이 몸을 일으켰다. 재완은 바짝 경직된 어깨에 힘을 풀며 숨을 내뱉었다.

"흥분했네."

뭐 하러. 그럴 가치도 없는 일에.

"……은하야."

당황한 듯한 기준의 목소리가 그녀를 부르고 있었다. 재완이 몸을 일으키며 뒤를 돌아봤다. 붉어진 눈을 크게 뜨고 있던 은하와 정면으로 마주쳤다.

"본부장님."

입술을 꾹 깨물고 있던 은하는 재완에게서 기준으로 시선을 옮겼다. 마치 상처 받은 어린 강아지처럼 입을 다물고 있는 모습이 황당했다.

"그런 게 아니라, 은하야……."

"내 이름 부르지 마."

기준이 다시 한번 이름을 담는 순간 그녀는 손을 들었다. 뺨을 올려붙이는 소리가 들리더니, 고개가 돌아간 기준이 뒷걸음질 치며 물러섰다. 당황한 그가 턱을 매만지는 와중에도 그녀는 멈추지 않았다. 차악. 뭔가 갈라지는 듯한 소리가 들렸다. 이번에 기준은 신음 소리 하나 내지 못했다.

“차라리 그냥 개새끼처럼 굴어. 너 지금 치졸해.”

다시 뺨을 맞은 기준이 황망한 얼굴로 은하를 바라봤다. 그녀는 그를 지나쳐 재완의 손을 잡아당겼다. 당황한 재완은 힘없이 끌려왔고, 은하는 기준을 지나치며 조소했다.

“자존심도 없는 새끼.”

마치 후련하다고 말하는 것처럼.

✦ ✦ ✦

“꼭, 제가 뭐 잘못한 기분입니다.”

“잘한 건 없죠.”

즉각 날아오는 대답에 재완이 마른 입술을 깨물었다. 손목을 잡아끌고 오는 강단을 보여 주길래 괜찮은 줄 알았더니, 단단히 화가 난 모양이었다. 그녀는 쉽게 눈을 마주치지 않았다.

룸에 들어서기 무섭게 뒷모습만 보여 주는 은하를 보며 재완은 가까이 다가갔다. 뒤에서 허리를 껴안자 그녀는 쉽게 비켜서며 앞으로 돌아섰다. 그가 무안할 만큼 빠르게.

“……제가, 사과할까요?”

“누구한테. 설마 그 새끼한테?”

‘새끼’라는 격한 단어가 저 입에 착 붙으니 사랑스럽기 그지없었다. 재완이 날카로운 목소리에 슬그머니 미소를 덧그렸다. 그녀가 입술을 삐죽 내밀며 미간을 좁혔다.

“웃었어요?”

"그 '새끼' 한테 사과할 생각은 없었습니다. 화난 사람 풀어 주려고 하는 게 사과인데, 내가 왜요."

그가 어깨를 으쓱거렸다. 무조건 제 편인 그녀가 예뻤다. 좋았다. 꽉 안아 주고 싶을 만큼. 이대로 죽어도 좋다 싶을 만큼.

"내가 화난 건 알아요?"

"압니다. 화낼 때도 예뻐요. 알아요?"

기가 차고 어이가 없어서. 은하가 헛웃음을 내뱉자 재완은 손을 뻗어 드디어 그녀를 품에 안았다. 팔짱을 낀 채로 힘없이 끌려오더니 그녀는 쉽게 안겼다. 옅은 살내음과 향수 냄새가 섞여 은하의 중독성 강한 체향이 코에 닿았다. 재완은 조금 더 그녀를 힘주어 안았다.

"전에도 마주친 적 있다면서요."

"그냥 컴플레인 해결한 정도죠."

"그걸 재완 씨가 왜 해요. 왜 당해 줘."

"안 당했습니다. 알려 줬을 뿐이지."

종일 붙어 있어도 보고 싶은 사람이고, 지워 낸 과거를 이겨 내 미래를 함께할 사람이고.

"이제 그쪽 여자 아니고, 내 여자라고."

재완은 은하가 제게 미안해하고 있음을 느꼈다. 또 아무것도 몰랐던 자신에게 화가 나 있음을 알았다. 바보 같은 사람. 더는 안 그래도 되는 일인데. 당신만의 일이 아니라, 내 일일 수도 있는 건데.

"어라, 대답이 없네."

그가 몸을 떨어트려 그녀를 내려다봤다. 은하는 샐쭉한 표정으로 고개를 돌렸다.

"맞잖아요. 대답 안 합니까?"

몸을 낮춰 시선을 마주쳐 오는 그를 힐긋 바라보며 은하는 느리게 대답했다.

"……뭐 그런 걸 알려 줘요, 유치하게."

"원래 질투에 눈이 멀면 유치한 줄 알면서도 막 알려 주고 싶어 합니다."

그가 장난스럽게 웃어 보였다. 그녀를 안심시키기 위해. 그녀가 미안해하지 않았으면 해서. 그 마음을 모르지 않기에 은하도 가볍게 표정을 풀었다. 괜히 불필요한 감정 소모를 했을 그에게 고작 이 정도밖에 할 수 없는 서툰 사람임을 깨달으며.

"상대하지 말아요."

"그럴게요. 그 시간 아껴서 유은하 얼굴이나 조금 더 봐야지."

"약속했어요."

"그런 김에 같이 퇴근할까요?"

촉, 하고 다문 입술에 입을 맞춘 재완이 달콤하게 물었다. 그런 걸 뭘 물어. 속으로 생각한 은하는 일하는 공간과 지내는 공간이 분리되지 않는 제 룸을 돌아봤다.

"나는 퇴근, 여기로 하는데요?"

"잘됐네. 그럼 이미 한 거네요, 퇴근?"

재완은 낯간지럽게 웃으며 이제는 제 것인 얇은 귓불에, 유난히 가느다랗고 긴 목에 입을 맞췄다. 조금 전만 해도 기분이 발끝까지 떨어졌던 은하는 스르르 웃음이 새어 나왔다.

연애는 정말 복병이다. 어떻게 기분이 순식간에 풀릴 수가 있는 건지. 정말 알다가도 모르겠다. 사람 감정을 갖고 놀아도 되는 건지.

"혼내 주려고 했더니."

미안해서, 그리고 또 미안해서 하는 말을 재완이 아는지 그녀의 입에 다시 입을 맞췄다. 서로에게 빠져드는 시선이 닿았다.

재완이 속삭였다.

혼내는 것도, 잔소리를 듣는 것도 당신이 하는 거라면 뭐든 좋다고.

✥ ✦ ✥

호텔 오너의 고명딸을 향한 사람들의 관심은 지대했다. 발끝마다 낯선 시선들이 따라다녔고, 입방아에 오르는 건 물론이었다.

한옥 호텔 프로젝트를 성공리에 마치게 되면 그녀의 자리가 서울 지사 상무로 내정됐다는 소문이 돌면서 더욱이 관심은 꺼질 줄 몰랐다. 그녀도 모르지 않았고, 재완도 제주에 도착하자마자 그 분위기를 읽었다. 걸어만 다녀도 눈에 띄는 여자인데 어깨 위에 얹은 로열 패밀리라는 이름이 더더욱 그럴 수밖에 없었다.

하지만 이렇게 쉽게.

"그거 들었어? 1302호 손님."

"아. 본부장하고 그렇고 그런 사이라고?"

"본부장 소문 장난 아니던데. 서울로 발령 난 내 동기는 얘기 듣고 놀라지도 않더라. 한두 번이 아니라는 거지."

"그래서 제주도로 도망치듯이 온 건가?"

체크인과 동시에 1302호 손님이 찾은 이가 유은하 본부장이었다는 말부터 시작해 회의실에서 그들을 목격한 직원, 얼마 전 직접 1302호로 찾아가더라는 지배인의 말까지. 덧붙인 말들이 빠른 속도로 퍼졌다.

체크인한 그 순간부터 지금까지 컴플레인 개수가 무려 스무 개가 넘는 손님을 주의 대상으로 보는 것도 호텔 입장에서는 당연했으니까.

"아니, 왜 자기들 사랑 싸움에 엄한 아랫사람을 들들 볶아? 하루에 서너 개씩 컴플레인 올라오는 거 알아? 이 지배인이 떠들고 다니던데."

"정말 짜증 나겠다. 나 같아도 짜증 나. 심지어 한옥 호텔 오픈식 때문에 기획 맡긴 레이 펠레그린. 그 재미 교포랑도 장난 아니라던데."

"어쩐지. 자꾸 그 재미 교포한테만 시키더라니."

"다른 데서 예산 깎아도 절대 그 페이는 맞춰 주잖아."

"재벌도 별거 없네. 남자 밝히는 건 다 똑같구나."

화장실 가는 길, 우연히 듣게 된 말들에 기가 막혔다. 없는 말까지 덧붙여진 걸 보니, 소문이 어디까지 퍼졌는지 가늠이 안 될 정도였다.

재완은 화장실 앞 복도에 서 있다가 물에 젖은 손을 털며 나오는 직원들과 마주쳤다. 놀란 그들이 눈치를 보며 슬금슬금 그를 피했다.

"맞지? 그 기획실 직원."

"어, 맞아. 뭘까. 1302호에 있었다는데. 차 대리 있다는 거 알고 본부장이 달려갔다며."

몰래 한다고 하는 소리인지, 들으라고 하는 소리인지. 복도 벽에 기대선 재완은 휴대폰을 꺼냈다. 은하의 이름을 띄우고 한참을 내려다봤다.

내가 필요하지는 않나. 달달한 초콜릿이라도 잔뜩 사 줄까. 아니면 당신이 좋아하는 분홍색 텀블러, 그게 그립지는 않을까.

재완은 천천히 메시지를 써 내려갔다.

〈카페모카 안 필요하십니까?〉

당신에게는 내가 있다고, 그러니 혼자 생각하고, 혼자 고민하지 말라고. 업무 중일 텐데도 답장은 금방 왔다.

〈크림 만땅으로.〉

그녀도 아는 모양이었다. 곁에 그가 있다는 것을.

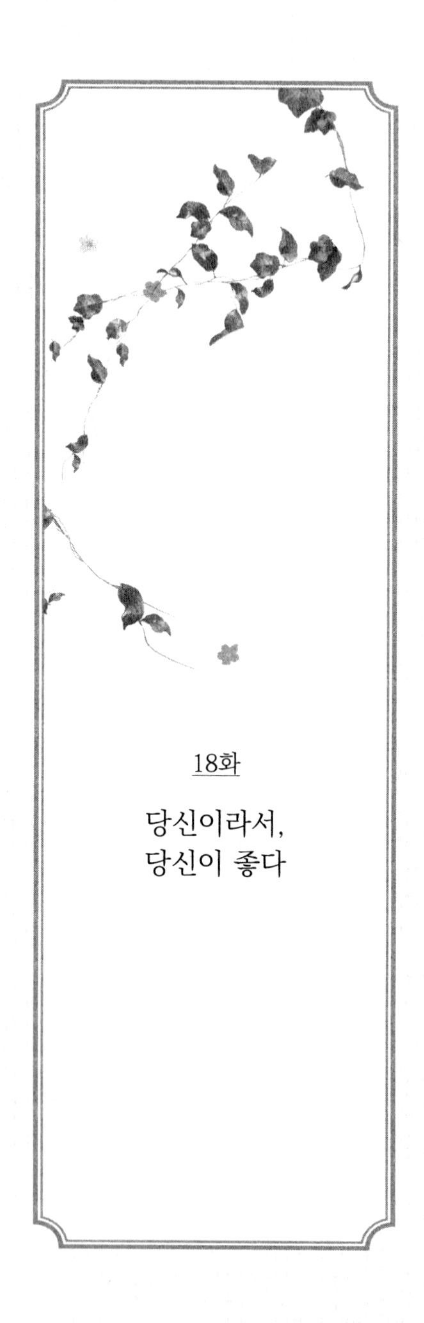

18화

당신이라서,
당신이 좋다

"이상입니다."

유나가 보고한 1302호 한정 컴플레인 목록을 보며 은하는 기가 찬다는 듯 웃었다.

가관이었다. 콘센트 고장, 욕실 수압, 수건 냄새, 침구류의 청소 불성실 등 흔한 컴플레인부터 시작해서 호텔 가구 배치의 어지러움에 없던 알레르기까지 생겼다는 대목에서는 그냥 황당했다.

이 정도면 호텔 측에서도 블랙리스트로 선정해 체크아웃시켜도 무방했다. 애초에 본부장과 엮인 사람이라는 소문만 안 났어도 그녀한테까지 보고가 올라올 일도 아니었다.

"객실 팀 분위기는요."

"1302호 객실 청소 담당은 경력 20년 베테랑들로 배치됐고, 컴플레인은 프런트가 아니라 당직 지배인이 직속으로 처리하고 있습니다."

시위하는 게 분명했다. 유은하를 불러 달라고, 유은하를 봐야겠다고.

"무시하십시오."

자세한 사정은 알지 못하는 유나까지 눈치챌 정도로 노골적인 의도가 느껴졌다. 은하가 고개를 들어 유나를 올려다봤다.

"그게 낫겠죠?"

"지배인들 통해 처리하겠습니다."

"소문 때문에, 내 눈치 보느라 못 그런 것 같은데."

"눈치 있는 직원들이었으면 벌써 내보냈을 겁니다."

유나의 말에 사이다를 들이켜는 듯한 청량감을 느꼈다. 은하가 웃으며 고개를 끄덕거렸다.

"나서고 싶지 않은데. 모양 빠지잖아요, 내 소문 퍼트린 사람 내 손으로 자르는 거."

한숨과 섞어 가며 은하가 말했다. 유나가 쓰게 웃으며 한마디를 덧붙였다.

"그럼 상무님께 보고할까요?"

"이 비서, 우리 오빠랑 많이 친해졌나 봐요."

"아마 기꺼이 나서 주실 겁니다."

"혼도 나겠죠. 그것도 엄청."

창밖을 보며 은하가 중얼거렸다. 소문은 소문이고, 사실은 사실이고. 이런 일이 처음도 아니었다. 오히려 작정하고 소문을 만들고 다닌 적도 있었으니. 직원들 입방아에 오르는 것쯤 낙하산 꼬리표를 달았을 때부터 무섭지 않았다.

"뿌리를 뽑는 것도 나쁘지 않습니다."

"아는데 엉뚱한 데 피해 갈까 봐."

유나는 그녀가 말한 엉뚱한 곳이 재완이라는 것을 의심치 않았다. 은하의 말대로 정말 무시하고, 조용히 흘려보내는 것 또한 나쁘지 않은 선택지였다. 동생 일에 불처럼 반응하는 오빠가 없을 때의 얘기였지만.

5분도 채 되지 않아 룸 초인종이 울렸다. 유나는 깊게 한숨을 쉬는 제 상사를 보다가 문 쪽으로 다가갔다. 문을 열자 기다렸다는 듯 총지배인과 그 뒤에 고개를 숙인, 얼마 전 1302호 근처에서 마주친 당직 지배인이 따라 들어왔다.

은하도 뒤늦게 안 사실이었다. 함부로 입을 놀린 지배인은 제주 유강 호텔에서만 10년을 근무했고 작년에 지배인 직함을 달았다. 소문 중에 가장 크게 부풀려지고 과장된 부분은 그녀의 입에서 나온 것이었다.

알고 보니 기준이 체크인을 하면서 유은하 본부장을 만나고 싶다 말을 전한 이가 이 지배인이었다. 얼마 전 1302호에서 재완을 불러낸 것도 그녀였고.

은하는 물끄러미 나란히 들어선 총지배인과 여자를 올려다봤다. 중후한 나이의 총지배인은 저보다 한참 어린 은하를 보며 깊게 고개를 숙였다.

"부르셨습니까."

분위기가 죽은 듯이 가라앉았다. 은하는 일어선 채 책상 옆으로 다가갔다. 그녀가 다가온다고 생각한 여자가 뒷걸음질 쳤다.

"총지배인이 해 줄 일이 있어서요."

서늘한 목소리에 여자는 푹 고개를 숙인 채 흐느끼기 시작했다. 무거운 분위기에 겁을 먹은 게 분명했다.

직감한 것이다. 자신이 떠들었던 수많은 얘기들이 어떤 결과를 초래했는지.

"이연수 지배인."

이름을 불린 여자가 입술을 부들부들 떨었다. 은하는 제주에 부임하자마자 객실 담당 지배인들과 회의를 가졌던 날을 떠올렸다.

한 명씩 이름을 부르며 눈을 마주치고 얼굴을 익혔다. 여자 역시 아는 얼굴이었다. 인사 기록도 나쁘지 않았다.

하지만 냉정해야 할 때를 잊을 수는 없었다. 확실히 내키지 않는 일이긴 했다. 내 얘기 안 좋게 퍼트린 사람, 유치하게 복수하는 것만 같아서.

은하는 손을 뻗어 쉽게 그녀의 가슴에 달린 명찰을 뺏었다. 여자가 비명을 질렀지만 무시했다.

유나는 그 모습을 조용히 지켜봤다. 직원들에게 꽤 너그러웠던 상사의 냉정한 대처가 마음에 들었고, 동시에 의외라는 생각이 들었다.

"겁도 없고, 무서운 것도 없고."

그래도 마음은.

"개념까지 없는 직원을 내가 고용할 의무가 있습니까?"

충분히 불편하겠지만.

"제가 정리하겠습니다."

눈치 빠른 총지배인이 재빠르게 대답했다. 은하는 소리 없이 한숨을 쉬었다. 굳이 이렇게까지 할 거 있나 싶지만 유나 말대로 뿌리는 뽑아야 했다. 소문의 마지막 피해가 어디로 튈지 너무나 뻔했고.

"빠른 시일 내에 정리하세요. 그리고."

그녀가 힘 있게 말하며 여자를 돌아봤다.

"똑똑히 전하세요. 지배인 자리에 왜 공석이 생겼는지."

"예. 책임지고 해결하겠습니다."

위로해 줄 이 하나 없는 공간에서 서러웠는지 뚝뚝 눈물을 흘리며 잘못했다 말하는 여자를 두고도 은하는 무심했다. 한 번만 봐 달라는 것을 총지배인이 억지로 끌고 나갔다.

손에 쥔 명찰을 바라보다가 쓰레기통에 버린 은하는 급격하게 재완이 필요해졌다. 그의 위로가, 그의 미소가, 또 그의 숨결이.

"저는 비서진 회의가 있어서 가 보겠습니다."

밀린 결재가 쌓여 있었다. 유나가 자리를 비운 다음에도 그녀는 쉴 틈 없이 바빠야 하는 게 맞았다. 하나 한 사람의 일자리를 고의적으로 잃게 했다는 상실감 때문인지 좀처럼 일이 손에 잡히지 않았다.

그 순간 휴대폰이 짧게 울렸다. 그의 메시지였다.

〈카페모카 안 필요하십니까?〉

그녀가 입가에 미소를 덧그리며 답장을 보냈다.

〈크림 만땅으로.〉

그는 제 곁에 있었다. 언제나, 그리고 역시나.

✢ ✢ ✢

은하에게 10년간 지킨 명찰을 뺏기고, 총지배인에게 해고 통보를 당한 여자는 제정신이 아니었다. 잔머리 하나 없이 올린 머리를 푼 연수가 1302호 앞에서 걸음을 멈췄다.

명찰을 뺏긴 자신은 더는 호텔리어가 아니었다. 이제는 호텔리어로 지킬 것이 없었다. 유강 호텔에서 10년을 바쳤다. 그 세월이 한순간에 빼앗겼다. 답답하고 억울해서 미칠 것 같았다. 누구에게라도 이 억울함을 풀고만 싶었다.

아무리 초인종을 눌러도 룸에서는 반응이 없었다. 손등으로 눈물범벅인 뺨을 훔치며 연수는 곧장 로비로 향했다.

"이 지배인님, 얼굴이 왜……."

"1302호 손님 못 봤어요?"

프런트 담당 직원이 연수를 보자마자 당황했다. 날카로운 목소리에 주변 시선들이 날아와 꽂혔다.

"못 봤냐니까요!"

"아, 프라이빗 짐 이용하신다고 차량 요청하셔서 밖에서 대기 중이신데…….”

프런트 직원의 말이 끝나기도 전에 연수가 발걸음을 옮겼다. 높은 하이힐을 신고 대리석 바닥을 거침없이 걷자 곧장 호텔 정문이었다.

“지가 뭔데 VIP들이나 쓰는 헬스장을 써!”

지나가는 직원들의 시선에도 아랑곳하지 않고 연수는 정문 한쪽에 서서 책을 보고 있는 기준을 발견했다. 그녀는 하루아침에 자신을 실직자로 만들어 버린 남자를 향해 빠르게 다가갔다.

“손님.”

책에서 시선을 든 기준이 미간을 찌푸렸다. 눈물 젖은 얼굴에 거친 숨, 저를 노려보는 듯한 눈. 즐겁지 않은 일이 생길 것만 같았다.

“……뭡니까?”

“저, 기억하십니까?”

빠르게 연수의 위아래를 훑은 기준이 고개를 끄덕거렸다.

“처음 프라이빗 짐 문의하실 때도 제게 하셨고, 얼마 전 객실에서도 메이드 실수 때문에 뵀습니다.”

“그런데요?”

“제가 방금 손님 때문에 실직자가 돼서요. 저한테 사과하시죠.”

“예?”

“당신 때문에 이 호텔에서 잘렸어. 당신 잘난 애인이 나 잘랐다고! 그러니까 나한테 사과하라고!”

연수가 버럭 소리를 지르며 다가가자 기준은 그대로 한 걸음 물러섰다. 주변의 이목이 한껏 집중됐다. 그럼에도 연수는 모르는 듯했다. 제가 벌이고 있는 짓을.

“너희들 사랑 놀음에 내가 왜 희생돼야 해? 내가 뭘 그렇게 잘못했는데!”

흥분한 연수가 두 팔을 뻗어 그를 밀쳤다. 밀쳐진 기준이 다리를 삐끗거렸지만 넘어지진 않았다. 그가 고통에 작게 신음하는 것도 모르고 연수는 소리쳤다.

"사과해, 나한테 사과하고 내 10년 물어내! 전부 다……!"

"이 지배인님, 왜 이러세요!"

상황을 목격한 발렛 직원이 뒤에서 연수를 잡아당겼다. 그녀는 있는 힘껏 팔을 뿌리치며 다시 악다구니를 쓰기 시작했다. 사람들은 점점, 더 끊임없이 모여들었다.

"내가 지배인까지 오르려고 지금까지 어떻게 버텨 왔는데, 대체 네가 뭔데 그걸 망치냐고!"

이미 다리를 삐끗한 기준은 또다시 연수의 두 손에 힘없이 밀려났다. 말리던 발렛 직원까지 넘어진 상황에서 두 남자가 한데 엉켰다.

발렛 직원이 얼른 몸을 일으키려던 도중에 실수로 기준의 다리를 밟고 말았다. 놀란 직원이 기준을 부축하려 했지만 이미 상황은 벌어진 다음이었다.

기준의 입에서 날카로운 비명이 튀어나오자, 주변은 죽은 듯이 조용해졌다.

씩씩거리며 화를 참지 못하던 연수는 다리를 부여잡고 쓰러져 있는 기준을 보며 경악했다. 이제야 눈에 들어온 것이다. 자신이 벌인 모든 일들이.

그때 막 현장에 도착한 재완이 기준에게 다가와 그를 일으켰다. 자리에는 은하도 함께였다.

"보, 본부장님……."

은하를 발견하고 잔뜩 겁먹은 연수가 더듬거렸다. 은하는 주변에 모인 사람들과 다리를 절뚝거리는 기준, 또 그를 부축하는 재완을 보다가 연수를 돌아봤다.

"이 비서."

"예, 본부장님."

연수가 벌인 일을 전화로 보고받고, 곧장 은하에게 알려 함께 온 유나가 대답했다.

"이연수 씨, 경찰서로 넘기고."

그녀의 시선이 다시 기준을 향했다. 사고로 다친 다리 쪽을 부여잡은 그가 은하를 마주 봤다.

"의사 불러요, 당장."

✦ ✦ ✦

재완은 은하의 손에 따뜻한 캔 음료를 쥐여 주었다. 침실에서 의사가 나오기만을 기다리고 있던 은하는 재완을 향해 슬며시 미소 지었다.

"경찰서는 이 비서님이 같이 가서 해결한답니다."

"네."

"놀랐죠."

제가 놓아 버린 직원이 난동을 벌였다. 그녀는 당연히 놀랄 수밖에 없었다. 처사가 너무했나 하는 생각도 들었고, 두 번은 더 생각해 봤어야 하는 거 아닌가 잠시 후회도 했다.

결론적으로는 잘했다고 판단했다. 사건을 부풀리고 루머를 만든 연수를 내보내는 게 옳다고. 10년을 바친 직원이라고는 하나, 은하는 자기 결단에 대해 후회하지 않았다.

"괜찮아요. 그냥…… 잠깐이었지만 내가 너무했나 싶더라고요."

"잘하신 겁니다."

"응. 나도 그렇게 생각해요."

"상무님이면 아예 업계 취업까지 막았을 겁니다."

그가 장난을 섞어 가며 우스갯소리로 말했다. 그녀가 긴장이 풀린 듯 웃자 침실 문이 열리고 기준의 다리를 봐주던 의사가 나왔다. 의사는 곧장 은하에게 허리를 숙여 인사하더니 가까이 다가왔다.

"이상이 있는 건 아닙니다. 들어 보니 과한 운동량도 문제고, 얼마 전 장시간 비행 때문에 다리에 무리가 있었던 거라 근육이 좀 놀란 겁니다."

"괜찮다는 거죠?"

"며칠 목발을 짚고 다녀야겠지만 얼음 찜질 위주의 처방이면 될 것 같습니다."

"네. 수고하셨어요."

진통제를 처방한 의사가 룸을 나가고 은하는 한숨을 내쉬며 침실 쪽을 돌아봤다. 재완의 부축을 받고 올라오는 내내 기준은 식은땀을 흘렸다. 얼굴은 하얗게 질려서는 숨을 색색 내쉬는 꼴이 그때의 악몽을 떠올린 게 분명했다.

은하는 정리하고 싶었다. 깔끔하게 끝냈다고 생각했던 이가 제 앞을 서성거려, 늘 옆에 있을 남자와 자신을 불안케 하는 것이 싫었다.

그걸 재완은 이해해 줄까. 은하가 재완을 돌아봤다. 그는 말없이 고개를 끄덕거렸다.

이제 말하지 않아도, 서로의 눈빛만 봐도 통하는 사이가 되었다. 그 사실이 지친 은하를 잠시나마 웃게 했다.

"대신 거실에서 기다릴 거예요."

"……고마워요."

"빨리 오면 다 풀립니다."

어깨를 으쓱거리는 그를 향해 웃어 보인 그녀는 다시 표정을 지우고 침실로 향했다. 문을 살짝 열어 놓고 들어온 은하는 침대에 허리를 세우고 앉은 기준의 옆 의자에 따로 앉았다.

"잠깐 놀란 거니까 괜찮아질 거야. 당분간 목발 짚고 다녀."

"그 지배인, 잘랐어?"

아까 전보다는 혈색이 조금 나아진 기준이 낮게 물었다. 허리를 세우고 앉은 은하가 다문 입술을 열었다.

"응."

"왜?"

"자질이 부족했어. 입이 가볍고, 겁도 없었어."

부족한 설명에도 기준은 아까 여자가 보인 태도를 다시 회상하며 충분히 어떤 일이 있었는지를 가늠했다. 실제로 어제와 오늘, 저를 대하는 호텔 직원들의 눈초리가 변하긴 했으니까. 제가 건 수많은 컴플레인 때문이라고만 생각했다.

"나도 엮인 모양이네. 그래서 지금 애인이 더 곤란해질까 봐 그 지배인부터 자른 거고."

"나가 줬으면 좋겠어. 내 호텔에서."

예상했던 말에 기준은 성급하게 되묻지 않았다. 제 추측에 그녀는 어떤 반응도 없었다. 기준이 물끄러미 은하를 바라봤다.

예뻤다. 사랑했고, 사랑하고, 사랑할 거라 생각했던 지난날의 그녀는.

"밖에 그 사람 있어. 너랑 오래 있는 거, 보여 주고 싶지 않아."

"은하야."

"서울 가. 티켓 끊어 줄게. 가서 너희 집에 가든, 다시 미국을 가든 마음대로 해."

"유은하."

"나 불안해."

이름을 불리는 것도, 네가 나를 보는 것도.

"너 때문에 그 사람 마음이 다칠까 봐."

그래서 힘들까 봐. 그런데도 말 안 하고 버틸까 봐.

"결국에는 나 떠날까 봐."

그리고 또 혼자 곪을까 봐.

기준은 눈가가 벌게진 채 헛웃음을 내뱉었다. 손을 부들부들 떠는 그를 보며 은하는 아무런 표정을 짓지도 않았다. 무심함. 기준을 또 무너뜨리고 마는 외면.

"나도 너를 진심으로 사랑했어. 어쩌다 보니 네 배경을 너와 분리 못 시켰을 뿐이야. 사람은 다 그래. 나만 그런 거 아니야."

"……."

"그 남자는 아닐 것 같아? 너를 순수하게 좋아하고, 사랑하는 것 같아?"

"응. 그 사람은 그래."

더는 불안해하지 않기로 했다. 걱정하지 않기로 했다. 내가 왜. 그 사람이 내가 좋다는데, 내가 그런 것에 왜 흔들려야 해.

단호한 그녀의 대답에 기준은 말문이 막혔다.

"그래, 사람은 다 그래. 너는 그냥 고작 그 정도 사람이고, 난 고작 그 정도 사람을 만날 이유가 없어."

"그 남자는 특별하다?"

"나밖에 없는 사람, 나 하나면 되는 사람, 그래도 넘친다고 해 주는 사람."

조금 떨어져 있는 지금도 너무 보고 싶은 사람.

은하가 마지막 남은 한마디를 위해 힘주어 말했다.

"그게 그 사람이야."

앉은 자리에서 몸을 일으키며 은하는 침대 위에 구부리고 있는 그의 다리를 내려다봤다. 평생 죄책감으로 안고 가리라 생각했던.

그때 너는 뭐에 그렇게 화나서, 그런 식으로 운전했던 걸까. 네 열등감에 스스로를 탓했을까. 자격지심에 나를 잃어 놓고 들뜬 욕망에 울부짖었을까.

"네가 화를 안 내니까. 울지도 않으니까. 원망도 안 하니까!"

기준이 소리쳤다. 그는 자존심이 강했다. 나약하지도 않았고, 힘든 일에 투정 부리는 법도 없었다. 당연히 그의 눈물을 본 적은 없었다.

그런데 지금 기준은 울고 있었다.

"차라리 원망을 해. 저주를 해! 왜 화도 안 내. 왜 욕도 안 하는 건데!"

"그래서, 내가 널 용서해야 하니?"

그녀가 나지막이 물었다. 비명과도 같은 그의 목소리가 멈췄다. 은하는 눈가가 벌게진 기준을 올곧게 내려다봤다.

"아무것도 아닌 사람."

"……은하야."

"너는 이제 내게 그런 존재야."

미안해, 미안해, 미안해.

그는 수도 없이 내뱉었다. 은하는 외면했다. 그의 사과, 그의 참회. 결국은 덧없고 소용없는 것들을 굳이 바라지 않았다.

그녀가 바라는 건, 이제 딱 한 사람이었다.

기준이 서울에 도착해 본가를 갔는지, 다시 미국에 들어갔는지는 보고 받지 않았다. 알고 싶지도 않았을뿐더러 그녀가 룸을 나설 때까지 미안하다 쉼 없이 말하는 기준을 외면했으니, 그 끝도 외면해야 했다.

1302호 객실 체크아웃 후, 청소 중에 흰 봉투가 발견됐다. 수천이 들어 있는 봉투는 곧 본부장실로 올라왔다.

은하는 돌려보내지 않았다. 다시 엮이게 되는 일 따위 만들고 싶지 않았다. 제주도 복지 시설 곳곳에 돈을 기부한 뒤 그녀는 다시 일에 매진했다.

레이 펠레그린과 만나 오픈식 기획에 대한 회의를 끊임없이 이어 나갔고, 하루도 빠짐없이 공사 현장을 시찰했다. 그 와중에 재완과 은하는 느낄 수 있었다. 소문이 점점 더 커지고 있음을.

기준의 일 때처럼 누구 하나가 말을 부풀리고 전한 것이 아니었다. 그저 보이는 것들에 대한 소문과 의심들이 점점 확신으로 변해 가는 순간마다 재완과 그녀가 함께 있었기 때문이었다.

"사내 연애, 괜찮아요?"

재완과 함께 현장에 다녀온 은하는 수군거리며 옆을 지나가는 메이드 무리를 보며 물었다.

"상대가 누구냐에 따르죠."

"그게 나라면?"

"제 로망입니다."

그녀의 룸으로 올라갈 때까지 만나는 직원들은 수도 없었다. 객실팀 직원들, 지배인들, 심지어 엘리베이터에서 마주친 마케팅팀 직원들도 그들을 보는 눈이 심상치 않았다. 여기 사람들은 원래 이런가. 표정을 못 숨겨.

"아무래도 저 때문인 것 같습니다."

엘리베이터에서 내리기 무섭게 따라붙는 시선들을 무시하고 재완이 말했다.

"제가 본부장님 룸 카드키도 갖고 있고, 누가 봤을 수도 있고."

"나 때문이죠. 전에 이연수 지배인 사고 쳤을 때도 1층까지 나랑 같이 갔잖아요."

그녀가 신경 쓰지 말라는 듯이 어깨를 으쓱거렸다. 너무 좋아서, 정말 좋아서, 여기가 회사라는 공적인 장소임에도 불구하고 구애받지 않았다.

이성적 사고나 판단을 할 수 없어 더욱이 그랬다. 좋아 죽을 것 같은데, 이성적 판단은 무슨, 누가 보든 말든 그저 불같이 사랑만 하는 거지.

"어쩌죠?"

"난 괜찮아요. 소문 나쁘게 나 봤자 순진한 연하 부하 직원 유혹한 재벌 되는 건데."

"전 신분 상승하고 싶어서 오너 딸을 건드린 희대의 야망가가 되겠네요."

말을 마친 재완과 은하가 눈을 맞추더니 누가 먼저랄 것 없이 서로 웃음을 터트렸다. 웃을 일이 아닌데도 웃을 수 있다는 건, 그만큼 아픈 일을 많이 겪었기 때문이었다.

은하는 팔짱을 낀 채 슬쩍 재완의 옆구리를 찔렀다.

"이참에 해 보는 것도 나쁘지 않을 텐데. 신분 상승."

"본부장님께서 낮추시는 것도 나쁘지 않습니다."

"아. 나보고 내려와라?"

"제가 올라가는 것보다는 쉽죠."

"그냥 중간에서 만날까요?"

"그럼 본부장님 환갑 때나 가능할걸요."

그가 장난스럽게 입꼬리를 늘리자 그녀는 어이없다는 듯이 웃었다.

"지금 나 연상이라고 구박해요?"

"구박하지 말까요?"

고개를 기울인 재완이 걸음을 멈추고 그녀를 똑바로 마주 봤다. 이제는 눈만 바도 그가 무슨 말을 하려는지 알 수 있었다.

그런데 지금은 아니었다. 헛도는 소문들에 걱정하는 게 싫어서 자꾸만 말장난을 하는 걸까. 뭔가 얘기가 겉돌고 있었다.

"구박하는 거 좋아하는 사람도 있어요?"

"그럼 내가 하자는 거, 딱 한 가지만 해요."

제법 의미심장한 투였다.

"……듣지도 않고?"

"저는 좋습니다, 근데 당신도 좋아할 거란 보장은 없어서."

"그런 게 어디 있어요. 차재완이 좋으면, 나도 좋은 거지."

은하의 말에 재완은 한결 마음이 놓였다. 쉽게 하는 말은 아니었지만, 그렇다고 그녀가 너무 어렵게 받아들이지는 않길 바랐으니까. 거절당해도 상관없었다. 그냥 내 마음이 벌써 거기까지 갔다는 걸 은하에게 알려 줘도 좋겠다고 생각한 것뿐이었다.

그녀가 한 걸음일 때, 매번 다섯 걸음인 그는 지금도 그랬다. 그녀가 다섯 걸음이길 바라지 않고, 늘 앞서서 기다리고 늘 날뛰어서 사랑했다.

"혹시, 우리……."

재완이 조심스럽게 입을 열었다. 그녀는 기다렸고, 그는 은하가 가장 감동할 말을 고르고 골랐다.

"본부장님!"

때마침 그들을 발견한 유나가 빠르게 다가왔다, 단숨에 뛰어온 유나는 둘의 시선을 받으며 말했다.

"지금 당장 가 보셔야겠습니다."

또 무슨 사건, 아니면 사고? 은하가 미간을 좁히자 유나가 숨을 몰아 쉬었다.

"……회장님께서 오셨습니다."

✦ ✦ ✦

"스위트룸으로 곧장 가신답니다. 그리고……."

"……."

"차재완 대리님도 동석하시라고 전하셨습니다."

"미안해요."

언제 또 동환의 귀까지 들어갔는지는 알 수 없었다.

아버지 밑에서 20년을 일했다던 총지배인일 수도 있고, 제주 쪽 임원들일 수도 있다.

분명 호텔 내에 만연한 소문을 듣고 온 게 분명했다. 은하는 스위트룸 앞에서 한숨을 내쉬며 그에게 사과했다. 한껏 불안해하고 초조해하는 그녀와 달리, 재완은 꽤 담담한 얼굴로 고개를 저었다.

"괜찮습니다."

"아버지가 뭐라 하시면……."

"속으로 애국가나 부르고 있죠, 뭐."

그가 여유롭게 대답했다. 정말 괜찮다고? 그녀가 눈으로 되묻자 재완은 옅게 웃으며 은하의 손을 쥐었다.

"전에 뵀을 때 워낙 긴장해서 오늘은 안 그러려고요."

저 대신 뺨까지 얻어맞았던 걸 떠올린 은하가 속으로 한숨을 삼켰다.

이 사람한테 내가 지금 무슨 짓을 하는 거지. 여길 데리고 들어가는 게 맞아? 아무리 그래도 이건 아니지 않아?

"그리고 저 이따 할 말, 있습니다."

"아까 차재완 씨가 하자던 거?"

"네. 안에서 무슨 말을 듣든."

그가 잡은 손에 힘을 주었다. 잡힌 손과 그를 번갈아 보던 은하의 나지막한 숨결이 그에게 닿았다. 재완이 다시 그녀를 돌아보며 다짐하듯이 입을 열었다.

"전 그 말 하겠습니다. 꼭."

자리는 살얼음, 마치 그것과 같았다. 은하는 동환의 옆에 앉은 은강을 노려봤다. 자기는 아무것도 모른다는 얼굴로 어깨를 으쓱이니, 얄밉기 그지없었다.

"하실 말씀 있다고 부르셨잖아요."

은강이 차를 음미하는 동환을 향해 말했다. 자리에 앉혀 두고 가만히 지켜보기를 벌써 10분째. 침묵만 가득한 룸은 공기마저 가라앉았다.

동환은 들고 있던 찻잔을 내려놓고 은하를 한 번, 재완을 한 번 번갈아 보았다.

은하는 동환의 저의를 알 수 없었다. 예전이라면 분명 반대할 작정으로 불렀을 거라고 확언하겠지만 지금은 아니었다. 아버지에 대한 오해를 풀었고, 남은 날들은 용서를 구할 생각이었다.

그렇다면 지금은? 그녀의 불안한 시선이 옆을 따라갔다. 재완이 덤덤한 얼굴로 동환을 마주 보고 있었다.

"너희 둘."

은하는 분위기를 읽어 내려고 노력했다. 행여나 재완이 듣지 않아도 될 말을 듣게 될까 불안했기에.

"내년 봄에 날 잡아."

생각했다. 몇 번이고 되새겼다. 지금 무슨 말을 들었는지.

"……아버지!"

"날 좋고, 따뜻할 때 해. 여름은 너무 덥고 겨울은 거추장스럽고 가을은 오픈식 준비다 뭐다 바쁠 테니."

이 자리에서 진심으로 놀란 건 그녀 하나뿐인 듯했다. 은강은 마치 이미 상의 된 일이라는 듯 반응했고, 재완은 지나치게 담담했다. 놀랍고, 당황하고, 말을 잇지 못하는 건 그저 은하의 몫이었다.

"결혼하고, 서울 올라오면 넌 상무 자리 앉아. 자네는 다시 기획실로 복귀하고. 내 가족, 내 사람 되는 거지만 함부로 자리 앉힐 생각은 없네. 그건 천천히 하지."

"……."

"자네 생각은 어떤가."

동환이 은하 대신 재완에게 질문했다. 두 손을 모은 채 가만히 앉아 있던 재완은 동환과 눈을 똑바로 부딪쳤다.

"그렇게 하겠습니다."

그녀 하나를 얻기 위해서라면 무슨 일이든 할 수 있다는 자신, 그것을 보여 주기 위해 그는 군더더기 없는 말로 표현했다. 그녀를 사랑한다고, 그래서 무엇이든 할 수 있다고.

"은강아."

"예, 아버지."

"혼인 신고하는 대로 차재완 대리 앞으로 양도할 해외 지사 지분 준비하고."

"저는 괜찮습니다."

은하가 얼떨떨한 나머지, 아무 말도 못 하고 있을 때였다. 재완의 대답에 모두의 시선이 그에게 닿았다.

"자리도, 주식도 저는 괜찮습니다. 굳이 저에게 주셔야 한다면 이 사람 주십시오."

"……."

"저는 이 사람만 있으면 됩니다."

멍하니 옆에 앉은 재완에게 시선을 뺏긴 은하는 온전한 상태가 아니었다. 방금 뭔가 굉장한 말을 들은 것 같은데. 어떤 말도 하지 못했고, 어떤 행동도 하지 못했다. 그저 얼어 있었다.

"은하, 얼었는데요. 아버지."

결혼을 허락받아서 얼얼한가, 지금이 꿈만 같아서? 은강이 입꼬리를 올리며 웃자 동환은 그런 딸과 예비 사위를 맞은편에 두고 다시 찻잔을 들었다.

"이제야 임자 만난 게지."

"저도 마음에 들어요."

"가자. 박 회장, 1분도 못 기다리는 양반이야."

제주에 오면서 다른 선약을 잡은 동환이 몸을 일으켰다. 이제야 정신을 차린 은하가 동환을 올려다봤다.

언제고 봤던 아버지의 눈은 이제 달라져 있었다. 사고가 있기 전의 아버지는 저를 걱정하고, 애틋하게 여겼다. 표현은 서툴렀지만 늘 딸을 자랑스럽게 여기던 아버지였다.

사고 후의 아버지는 모르겠다. 눈을 보지 않아서. 제대로 얼굴을 마주하고 얘기란 걸 해 본 적이 없어서. 늘 싸우고, 소리 지르고, 원망만 할 줄 알았다.

"아버지."

다행이다. 다행이야. 동환의 눈이 그렇게 말하고 있었다. 눈가에 차오르는 눈물이 벅찼다.

아버지. 또 한 번 애타게 부르는데 동환이 옅게 웃으며 손을 뻗었다. 그리고 어깨를 토닥거렸다.

대체 얼마 만인가. 아버지의 이런 위로, 이런 애정. 한때의 오해와 치기 어린 반항이 그저 죄스러운데 그는 다 이해한다는 얼굴로 고개를 끄덕였다.

"날짜 잡는 대로 얘기해. 차 대리 집에 인사부터 다녀오고."

죄송하다, 잘못했다 그 흔한 한마디도 듣지 않고 동환은 스쳐 지나갔다. 아버지의 힘 있는 걸음이, 든든한 뒷모습이 얘기해 주고 있었다.

괜찮다고, 이대로 지나가게 두자고, 그러니 너도 그렇게 하라고.

"또 우네."

재완이 손을 뻗어 뺨에 묻은 눈물을 닦아 주며 말했다.

"요즘 자주 울어요, 내 앞에서."

"아니, 아버지가, 막……."

"괜찮아요. 괜찮습니다."

조심스럽게 손을 뻗자, 은하는 그의 품에 쏙 안겨들었다. 재완은 웃으며 그녀의 뒷머리를 쓰다듬었다.

더 울면 안 되는데. 해야 할 말이 있는데.

"저, 할 이야기가 있습니다."

재완이 우는 그녀의 어깨를 부드럽게 밀어냈다. 그대로 밀려난 은하는 촉촉해진 눈으로 그를 올려다봤다.

"저랑 얘기 좀 하죠."

아버지 앞에서는 그렇게 하겠다더니, 마음이 바뀐 걸까. 결혼하기에는 어린 나이긴 하지. 남자 서른 전에 결혼하는 경우가 흔한가.

오픈을 앞둔 동백꽃 정원은 바로 지난주까지 공사 중이었다. 정원 곳곳을 꾸며 놓은 동백꽃을 바라보며 은하는 초조했다.

그의 마음을 확신하면서도 이렇게 불안한 건 정말 사랑이라서. 정말 온 마음을 다해 사랑 중이라서.

"내년 봄, 빠른 거 이해해요."

그렇다고 아무 말도 안 하면서.

"나도 갑작스러운데 당황했겠지."

티 낼 건 또 뭔데.

"안 해도 돼요, 뭐 나도 갑작스러웠고."

이 타이밍에 아니라고 해야 하지 않아?

"나도 빠르다고 생각하고 있고, 우리가 만난 지 얼마나 됐다고……."

아니, 언제까지 나 혼자 떠들게 할 생각인데?

주절주절 혼자 말하려니 두서도 논리도 빠진 말들이 계속 튀어나왔다.

"아버지가 금방 허락하셔서 나도 놀랐던 거지, 좀 더 만나 보겠다 말씀드릴게요."

은하는 빨리 화제를 돌려야 한다고 생각했다. 더 서운해지지 않기 위해.

"아까 하려던 말이나 해요. 차재완 씨가 하자던 거."

그럴 의도가 없었는데도 불구하고 불퉁한 말투가 계속되었다. 이게 아닌데. 티 내면 안 되는데.

아무도 앉은 적 없는 새 벤치에 나란히 앉아 정원을 장식한 동백꽃을 보던 재완이 옆을 돌아봤다. 입술을 살짝 내밀고 불만을 드러내는 그녀가 믿어지지 않았다. 이제는 영원히 그녀의 옆에 머물 수 있다는 사실도.

당신에게 반했다. 그리고 당신을 사랑했다.

상상이나 했을까. 내가 당신에게 이런 말을 하는 순간을.

재완은 가슴팍 주머니에서 작은 상자를 꺼냈다. 어울릴까 수없이 상상하고, 이걸로 될까 수없이 생각하고, 부족하지는 않을까 수없이 걱정했지만.

나를 사랑하는 당신은 좋아하겠지.

바로 지금처럼.

"내 거예요?"

"고르는 데 두 시간 걸렸습니다."

"아니, 난 또……."

긴장했던 마음을 쓸어내리니 그가 웃었다. 웃음이 날까. 사람 마음을 잔뜩 졸여 놓고.

"나랑 결혼 얘기 나오니까 내빼는 줄 알았어요."

"전 원래 내빼는 거 못합니다. 누군 잘하겠지만."

"지금 앞에서 나 까는 거예요?"

"까여도 예쁩니다. 그래서 다행이고."

상자 속에서 반지를 꺼낸 재완은 그녀의 왼손 네 번째 손가락에 반지를 끼웠다. 가느다란 손가락과 잘 어울리는 심플한 반지에 시선을 뺏긴 은하가 활짝 웃었다.

그저 웃음이 났다. 프러포즈 받는 순간이 이토록 평범한데도, 이토록 보통의 시간인데도, 특별할 수 있다는 게 신기했다.

"제가 좋으면 유은하도 좋은 거라고 했죠."

그가 올곧은 시선을 맞춰 오며 물었다. 온도, 분위기, 시선, 목소리, 둘 사이의 좁은 거리. 이 모든 게 그의 마음을 대신 얘기하고 있는 듯했다.

내가 당신을.

"좋아합니다."

그래서 계속해서 마음이 들뜬다. 자꾸만 기대하고, 사랑하고, 그래서 당신 하나만 있을 것 같은 생각이 들게 한다.

은하는 그를 올곧이 바라봤다.

"누구 딸, 누구 동생 이런 것 말고."

그가 말하는 한마디, 한마디.

"그냥, 내 여자로만 와요."

그가 보내는 눈빛, 시선. 그 모든 걸 놓치지 않기 위해.

"나한테."

재완이 속삭였다. 나도 그저 당신 남자로만 갈 테니, 당신도 그저 내 여자로만 와 달라고.

"좋아합니다."

당신이라서, 당신이기에, 당신뿐이라.

당신이 좋다.

이제 우리의 마지막 꿈은, 그대 하나뿐이라는 것도 더없이 좋을 만큼.

당신이 좋다.

마음도 말하고, 눈으로도 말하고, 손길로도 말하는 고백은 달콤하면서도 뜨거웠다.

그녀가 다시 눈물을 쏟았다.

세상에 이런 고백을 받게 될 줄은 몰랐다며, 감동해 우는 건지 기뻐서 우는 건지, 예쁘게도 우는 은하를 보며 그는 웃었다. 안아 달라 손을 뻗는 그녀를 단숨에 품에 안았다.

사랑에는 이유가 없다.

예뻐서, 착해서, 사랑스러워서, 당신이 내 이상형이라서. 무구한 말들은 거추장스러울 뿐 아무런 설득력을 주지 못한다.

내가 당신을 사랑하는 이유.

당신이 나를 사랑하는 이유.

그저 당신이라서.

나를 좋아하는 당신이라서, 또 당신이 나를 좋아하기 때문에.

"사랑해요."

또다시 꿈을 꾼다. 당신과 함께하는 축복만 있는 미래를.

당신과 함께.

에필로그 1

우리는 신혼

"6개월 치 한옥 객실 예약은 벌써 풀입니다. 또 VIP 한옥 빌라 역시 1년 예약이 풀이고, 말씀하신 대로 초과 예약은 받지 않고 있습니다."

오픈식 때문에 정신없었던 한 달이 지나고 벌써 초겨울.

결혼반지가 유독 반짝이는 날이었다. 총지배인의 보고가 끝나고, 은하는 보고서를 확인했다. 만족스러운 결과였다. 웃음이 절로 나는.

아마도 그가 돌아오는 날이라서 더 그렇겠지.

"우리 호텔 적정 초과 예약률이 몇 프로죠?"

"평균 적정 초과 예약률은 10%, 저희 호텔은 8%입니다."

"일반 객실은 초과 예약률을 유지하되, 한옥 객실은 제외하겠습니다."

"예, 알겠습니다."

장기간 달려온 프로젝트가 마무리되는 순간이었다.

은하는 한결 가벼워진 얼굴로 회의에 참석한 지배인 팀과 기획팀을 번갈아 보았다.

"모두 고생하셨습니다. 인센티브는 따로 지급할 예정이니 앞으로도 고생해 주십시오."

제주도에 와서 처음으로 손발을 맞춘 직원들과 이뤄 낸 성과는 나쁘지 않았다. 회식비를 현금으로 전달한 은하는 곧장 회의실을 나섰다.

올해 초, 룸에서 독립한 그녀는 본부장 집무실을 쓰고 호텔 근처 전원주택으로 거처를 옮겼다.

물론, 신혼살림 때문에.

그녀는 머릿속으로 오늘 저녁 일정을 떠올렸다. 일찍 퇴근을 하는 게 좋겠지. 가는 길에 마트에 들러 장을 볼까. 저녁 해 준 지도 벌써 석 달이 넘어가는데, 오늘은 저녁을 직접 해 보고 싶었다.

그래도 우리가 무려 신혼인데.

은하가 급하게 휴대폰을 꺼냈다. 손쉽고 빠르게 할 수 있는데 그럴 듯한 음식이 무엇인지 검색하며 메뉴를 골랐다. 기분이 좋고 마음은 설레고 걸음은 빨라졌다. 조금 있으면 남편을 만난다는 기쁨 때문에.

본부장실에는 이미 손님이 있었다. 굳이 제주 지사 기획팀 직원을 끌고 대만 지사를 방문한 유은강 상무, 아니 전무였다.

그의 손에 들린 보고서는 아마 유나의 작품일 것이다. 은강의 옆에 불편하게 서 있는 유나를 바라보며 은하는 혀를 찼다. 방금 전까지 남편을 볼 생각에 들떠 있었는데.

"보내라는 사람은 안 보내고 오빠가 왜 여기를 와?"

"네 남편이야 너한테 올릴 출장 보고서 작성 중이겠지. 그리고 네가 이런 걸 나한테 보냈는데 내가 안 오고 배겨?"

테이블 위에 올려 둔 서류 한 장을 흔들며 그가 말했다. 은하는 유나에게 턱짓으로 밖을 가리켰다.

본부장실을 나서는 그녀의 뒷모습을 끈질기게 바라보는 은강을 한심하다는 듯 보는 것도 잊지 않았다.

"남의 비서한테 불편한 시선 좀 거두지? 그거 명백한 성희롱이야."

"네 오빠한테 부족한 매력이 뭐라고 생각하냐?"

돌아오는 질문이 뜬금없었다. 은하가 코웃음 치며 들고 온 분홍색 텀블러 뚜껑을 열었다.

남편이 자주 타 주던 커피가 그리운, 아메리카노의 맛이 유독 쓰게 느껴졌다.

"돈이 쓸데없이 많지."

"보통 그건 매력이라고 치지 않냐?"

"무려 상사에."

"뭐야, 너 알고 얘기하는 거야?"

"어. 눈치 빠른 남편이 또 애처가라."

"왜 자꾸 오는 거야, 귀찮게."

"저는 압니다."

"알아요? 오빠가 왜 자꾸 제주에 오는지?"

"보고 싶은 사람이 있으신 것 같은데."

"……응?"

"그래서 저는 찬성입니다. 이 멜로."

"설마?"

걸핏하면 주말마다 제주도를 찾는 은강을 보며 불만을 터트리는데 언젠가 재완이 의미심장한 투로 말했었다. 그리고 은강을 지켜보며 알았다. 그의 시선이 유독 누군가를 좇고 있었기에.

요즘 맞선이 뜸한 이유도 알았고, 결혼 얘기가 쏙 들어간 이유도 알았다. 대체 언제 어디서부터 어떻게 된 건지 알 수는 없지만 지금의 결과가 어떤지는 알았다.

한 명은 도망가고, 한 명은 직진 중이라는 걸. 언젠가 봤던 광경이라

익숙하게 짐작했다.

"아, 체면 구기게."

확실히 좋은 관계로 발전하려면 아직 한참 먼 게 분명했다.

짧은 한숨으로 생각을 정리한 은강은 그녀의 앞으로 서류를 내밀었다. 은하는 보지 못한 척, 분홍색 텀블러를 만지작거렸다.

"그래서, 앞으로 뭐할 건데?"

"글쎄. 내조?"

일 중독이라 불리는 유은하 본부장과는 전혀 어울리지 않는 단어였다. 은강이 미간을 좁혔다.

"서울 안 올 거야? 네 남편은 벌써 서울 발령 났는데?"

은강이 내민 서류 상단에는 이렇게 적혀 있었다. 휴직 신청서. 바로 어제 날짜였다.

"네 상무 선임 승인서 결재해 놓고 보관 중이야. 뭐, 영영 쓰지 말라고?"

"써. 대신 1년만 있다가."

왜 1년? 은강이 미간을 좁히다가 슬쩍 시선을 내렸다. 아랫배로 다가오는 불편한 시선을 느끼며 은하가 텀블러를 탁 소리 나게 테이블에 내려놨다.

"미쳤어?"

"1년이나 쉴 거면 힘 좀 써. 아버지 은근 기다리시던데. 송산 백화점 박 회장님이 그렇게 손주 자랑을 하신다잖아."

"양심 없다. 일은 일대로 부려 놓고."

"그럼 대체 1년을 왜 쉬겠다는 건데. 상무 발령 앞둔 마당에."

번갯불에 콩을 볶아 먹듯 해 버린 결혼 후에도 온전히 일에만 매달려야 하는 상황이었다.

결혼식 준비도 남의 손에, 이사도 남의 손에, 신혼집 살림을 직접 꾸며 보지도 못했다.

둘 다 일이 바쁜 걸 어쩌나, 매번 그래 왔던 지난 세 계절. 앞으로도 이렇게만 보낼 수는 없었다. 초주검이 된 몸으로 퇴근하고, 잠만 자고 일어나 출근하는 일상을 반복하라니.

그래도 일생에 내 일이 아니라 생각했던 결혼을 했는데.

"놀 거야. 탱자탱자. 휴가 받아 내서 여행도 갈 거고."

"누가 준대? 네 남편 휴가?"

"사람 좀 그만 부려 먹어. 그러니까 맨날 차이는 거야."

일침과 함께 몸을 일으킨 은하가 책상 앞으로 향했다.

이제 자유의 몸이 된다는 기쁨 때문일까. 콧노래까지 흥얼거리는 동생을 바라보며 은강이 코웃음을 쳤다.

결혼하면 변한다더니, 알아서 일 무덤으로 기어들어 가던 동생은 변했다. 확실히.

"뭐야. 아직도 거기 있었어?"

책상을 정리하던 은하가 불만이라는 듯이 은강을 발견하고 말했다. 그녀는 턱짓으로 문 쪽을 가리키며 귀찮다는 듯 손사래를 쳤다.

"빨리 가."

손님 대접은커녕 객식구 취급도 못 받은 은강은 곧장 본부장실에서 쫓겨났다. 비어 있는 유나의 자리가 괜히 아쉽고, 저를 쫓아낸 동생이 괘씸한 오만 감정이 섞여들었다.

그래도 이건.

"너무 변한 것 같은데."

✧ ✦ ✧

본사 전무와 직접 다녀온 출장인데 무슨 보고서가 필요하냐며 팀장이 만류하는 바람에 보고서는 바로 은하의 메일로 보냈다.

오랜만에 아내와 저녁을 먹을 수 있다는 생각에 마음은 계속해서 들떠 있었다. 서울 지사 발령을 두고 송별회는 언제 할 거냐는 팀원들의 구박에 다음 주로 날짜를 잡았다.

그녀는 될까. 아마 확인해야겠지.

엘리베이터에서 내려 곧장 본부장실로 향하던 재완은 코너를 돌자마자 몸을 뒤로 감췄다.

핸드백을 걸치고 퇴근 준비를 마친 유나와 그 앞길을 가로막고 있는 건 함께 대만 출장을 다녀온 은강이었다.

어쩐지, 공항 면세점에서 나올 생각을 안 하시더라니. 직접 고르고 산 선물을 거절당하고 있는 은강을 슬쩍 확인한 재완은 망설임 없이 뒤를 돌았다.

유나가 핸드백을 들고 있다는 건 아내도 퇴근했을 가능성이 높다는 뜻이었다. 재완은 둘을 보지 못한 척, 집으로 향했다.

꽃집에 들러 그녀를 닮은 붉은 장미와 안개 꽃다발을 샀다. 오랜만에 함께하는 날인데 분위기를 잡아 볼까 싶어 와인도 샀다. 케이크가 빠지면 또 서운할 것 같아 치즈케이크까지 사니 차에서 내릴 때 짐이 한가득이었다.

결혼과 동시에 이사 온 신혼집은 조용하고 한적한 바닷가 앞 전원주택이었다. 서울에 올라가면 가장 아쉽고 그리울 게 바로 이 집일 것 같다는 재완의 말에 은하는 집을 되팔지 말고 별장으로 쓰자고 했다.

나중에 가족들도 데려와 정원에서 고기를 구워 먹어도 좋고, 가끔 조용한 곳이 그리우면 여행을 와도 좋겠다고.

얼마 전 태광이 제주에 놀러 왔을 때, 가진 것 많은 여자와 사는 기분이 어떠냐고 물었다.

그는 크게 달라진 건 없다고 했다. 사는 집은 좀 커졌고, 회사에서 받는 불편한 대우가 조금 늘었고, 평소 상상도 못 할 금액의 명품 정장이 집에 걸려 있고, 좋은 차를 탄다는 것.

그래도 유은하는 유은하였다.

떡볶이를 잘 먹고, 아이스 카페모카를 좋아하고, 하이힐보다는 낮은 스니커즈가 잘 어울리는 여자.

내 아내, 내 신부.

정원을 지나 집 안으로 들어서니 주방에서 인기척이 났다. 뭔가 음식 냄새 비슷한 것도 났다.

결혼 후 은하는 요리 학원을 다니겠다며 의지를 불태웠다. 재완은 일할 시간도 없는 사람이 그게 무슨 소리냐며 극구 말렸다. 그런 이유로 그녀가 주방에 있는 건 결코 흔한 일이 아니었다.

설마.

재완은 기척 없이 주방 쪽으로 향했다. 불행히도 직감은 맞아떨어졌다.

"어, 왔어요?"

주방은 그야말로.

"아직 저녁 전인데. 씻고 올래요?"

전쟁터였다.

"맛있을지 모르겠어요."

밀푀유 나베. 재완은 차마 그 간단한 요리를 하겠다고 주방을 이렇게 만들었냐고 되묻지 못했다.

일단 보기에는 그럴듯했다. 음식 냄새 비슷했던 것의 정체는 다름 아닌 그녀가 담근 겉절이었다. 알배추로 담근 겉절이는 보기에는 김치의 형태를 지녔으나, 냄새는 전혀 그렇지 못했다.

분위기 있게 와인, 케이크, 그리고 꽃다발까지 있는데.

재완은 어색하게 웃으며 젓가락을 들었다. 기대에 부풀어 있는 아내를 실망시킬 수는 없었다.

먹자. 먹고 죽는 것도 아니고 화장실 몇 번 가면 다 해결되는 건데. 재완은 그런 마음으로 음식을 먹었다.

우리는 신혼이니까. 신혼부부는 다 이런 시행착오를 겪는 거니까.

나베 국물 한 숟가락, 고기와 알배추, 버섯을 크게 싸서 입으로, 그 다음은 보기만 해도 화장실 세 번은 예약해야 할 것 같은 색깔의 겉절이.

"은하, 요리는 잘해?"

출장 때 저녁을 하던 중 은강이 넌지시 물었다. 그는 대답했다. 시간이 없어 둘 다 요리는 못 하지만 그가 우선으로 하려 한다고.

은강은 말했다. 그럼 쓰냐고, 요리도 좀 할 줄 알아야 할 텐데, 하고 걱정도 했다. 그 걱정은 잘못된 것이 아니었다.

겉절이를 씹는 순간.

"쿨럭!"

청양고추 다섯 개는 동시에 씹은 느낌에 그가 기침을 터트렸다. 놀란 은하가 생수를 가져와 따라 주며 괜찮냐고 물었다.

그는 괜찮다고 말했다.

뭐가 괜찮은지, 상상을 초월할 정도의 매운 겉절이가 괜찮은 건지, 데일 것처럼 뜨거운 식도가 괜찮은 건지, 짠 건지 단 건지 모를 나베 국물이 괜찮은 건지, 너무 익혀 식감을 느낄 수 없는 채소가 괜찮은 건지 알 수는 없었지만.

"맛이 이상한가."

재완을 살피던 은하가 젓가락을 들었다. 그는 말려야 했다. 오랜만에 함께하는 아내와의 저녁 식사.

그것을 평화롭게 끝내기 위해.

✣ ✚ ✣

"괜찮습니다. 요리는 내가 하고, 설거지는 당신이 하면 되죠."

500ml 우유 하나를 싹 비워 내면서 하는 소리는 참 신혼인 아내를 대하는 남편다웠다. 은하는 그가 만든 김치볶음밥과 계란국을 먹는 내내 말이 없었다.

일부러 일찍 퇴근해 두 시간이나 공들인 음식은 무슨 맛인지도 모르겠고, 하마터면 오랜만에 만난 남편을 죽일 뻔했다. 요리가 재미는 있으나, 재능이 없다는 걸 다시 깨달은 순간이었다.

"그동안 맛없었겠네요. 내가 한 요리."

일이 바빠 다행이었다. 눈치껏 재완은 외식 권유를 많이 했고, 알아서 주방에 먼저 들어선 적도 많았다.

그간의 경험을 떠올려 그가 일부러 그랬다는 것을 깨달은 은하가 중얼거렸다. 재완은 잘못한 것도 없는데 그 겉절이 한 조각을 먹지 못해 뱉은 것을 한으로 삼았다.

"……그런 것 아닙니다."

"참을 게 없어서 뭐 그런 걸 참아요. 맛없으면 먹지 말지."

뭐라고 해야 하나. 이제 와서 맛있었다고 거짓말을 할 수도 없고.

재완은 토라진 은하의 얼굴을 보면서 생각했다. 이 상황을 현명하게 헤쳐 나갈 방법. 이 상황을 지혜롭게 마무리할 능력.

"음, 찬장에 있는 게 매운 고춧가루라 따로 빼놓은 건데."

내게 있던가?

"굳이 앞에 있는 고춧가루 두고 찬장에 있는 걸 꺼내 쓸 줄은 몰라서……."

아니, 없었다.

"내 잘못이죠. 네임택이라도 붙여 놨어야 하는 건데."

졸지에 매운맛 구별도 못 하는 사람이 된 은하는 말없이 몸을 일으켰다.

이게 아니다. 이게 아니었어.

허겁지겁 그녀를 따라나서니 은하는 주방 한쪽에 서서 요리책을 펼쳐 보고 있었다. 아까 본 레시피와 어떻게 다르게 했는지 확인하는 중이었다.

잦은 실수가 귀엽고, 사랑스러워 미치겠는 재완은 웃었다. 속이 아픈데도 웃음이 났다.

역시 신혼은 이 재미에 사는 건가.

"손에 물 묻히지 마요. 물은 나만 묻힐 테니."

등을 돌리고 선 그녀를 뒤에서 껴안으며 마른 어깨에 얼굴을 묻었다.

언제나 그립고 언제나 맡고 싶은 살내음이 진동한다. 보자마자 이렇게 안았어야 했는데.

"좋다."

"뭐가요?"

"살냄새. 출장 보내기 싫었는데."

서로의 향을 그리워하는 건 비단 혼자만의 일이 아니었던 모양이었다.

재완이 옅게 웃으며 그녀를 안은 팔에 힘을 주었다. 떨어질 수 없다는 듯, 평생 이렇게 있어도 원이 없을 만큼.

토라졌던 얼굴이 조금은 풀어지는 것을 보니 나쁘지 않은 방법이었다.

아, 기분이 별로일 때는 역시 스킨십이 최고지. 그는 다시 한번 신혼의 깨달음을 얻었다.

"저도 가기 싫었습니다."

"다음부터는 강하게 밀고 나가요. 신혼이라 못 간다고."

"서울 발령 나면 제 일이라는데, 어떻게 그럽니까."

"안 되겠어. 내가 힘 좀 써야겠네."

"먹힙니까?"

"큰오빠한테는?"

그녀가 고개를 들어 눈을 맞추려 들자 그는 단숨에 입술을 부딪쳐 왔다. 은하가 활짝 웃으며 입술을 살짝 벌렸다.

결혼식 직후부터 지금까지, 신혼집이 주는 느낌 때문인지 그들은 눈만 마주치면 이렇게 입술을 맞대곤 했다. 그렇게 웃고, 그렇게 즐거워하고, 그렇게 행복해하고.

떨어진 입술이 아쉽다 느껴지기도 전에 재완이 촉촉해진 입술에 다시 촉, 짧은 입맞춤을 남겼다. 고개를 든 은하가 눈을 반짝거리며 그가 했던 행동을 따라 했다.

지금의 분위기. 사랑스럽고, 애틋하고, 미묘하면서도 설레고, 기대되면서도 알은체는 하기 좀 뭐한 지금의 그런 분위기. 그녀도 알고, 그도 아는 것.

그는 머릿속에 지도를 그려 넣었다.

여기서 침실까지 가는 가장 빠른 방법. 출장의 때가 묻어 있을 테니 샤워는 해야겠지. 그렇다면 같이?

그의 상상이 거기까지 뻗쳐 갈 때 은하가 속삭였다. 예쁜 목소리로, 싱그럽게 웃으며.

"……요리 학원 다닐래요."

아, 이런.

재완은 차마 입 밖으로 탄식을 뱉을 수는 없어 어색하게 웃었다.

"일도 바쁘잖아요."

"나 휴직계 냈어요."

"휴직?"

"1년."

그녀가 손가락 하나를 들며 씨익 웃었다.

재완은 좋아했다. 양 볼을 붙잡고 촉촉, 입술 도장을 찍더니 마지막에는 입술에 도장을 찍는 것도 잊지 않았다.

"잘했어요. 당신은 좀 쉬어야 해. 소현 씨도 좀 만나고, 강릉도 한번 다녀와요, 나랑."

"요리나 배울래요."

"……예?"

"유명한 선생님 초빙해서 배우지, 뭐."

그때 기침을 하면 안 되는 거였다. 무슨 수를 써서라도 먹었어야 했다.

재완은 굳어지는 얼굴을 보고 그녀가 또 서운해할까 애써 표정을 감췄다. 입술 끝이 떨리고 있는 게 느껴지긴 하는데, 이게 웃어서 그런 건지 굳어서 그런 건지 알 수는 없다. 어떻게든 그녀의 의지를 꺾고 싶었다.

"요리는 내가 해도 되는데."

"출퇴근하는 사람이 무슨 수로. 내가 배울게요."

"아, 그래도……."

"걱정 마요. 할 수 있어."

그리고 다음 날, 결국 그는 약국에서 위장약을 구매했다.

그녀는 또 걱정하지 말라고 했다.

신혼의 의지를 불태우며 잘 배우겠다는 말이 이토록 무서운 말인 줄 그는 알지 못했다.

에필로그 2

그 여자의 고민

“리스트 뽑아 왔습니다.”

“아, 고마워요.”

어느 정도 정리가 된 본부장실. 내일이면 서울 지사로 발령 나는 자신과 다르게 상사는 휴직계를 냈다. 상무 발령을 앞두고 휴직계를 내다니, 이게 무슨 일인가 싶었는데 어제는 유명한 요리 선생님 리스트를 뽑아 달라는 부탁을 받았다.

내 상사가 요리를 잘했던가?

“흠. 누가 괜찮은 건지 모르겠네.”

“방배동 이소연 선생님은 방송 출연이 활발한 분이고, 원래 따로 개인 레슨은 안 하시는 분입니다. 컨택했을 때는 긍정적인 반응이었습니다.”

“그래요?”

“평창동 김보은 선생님은 주로 4인 이하의 레슨 위주고, 잠실 이세욱 선생님은 요즘 한창 떠오르고 있는 양식 셰프입니다.”

상사에게 요리 선생들의 이력을 보고하게 될 줄은 몰랐던 유나는 막

힘없이 은하가 원하는 대답을 내놓았다.

평생 달걀 한번 제대로 깨 본 적 없던 은하는 입술을 삐죽 내밀었다.

"요즘 동영상 보고 다 따라 할 수 있던데."

"일단 레시피 화가 다양하니까요. 제철에 맞는 재료들로 때에 맞는 요리들을 가르쳐 주실 거고. 동영상보다는 효과가 좋으실 겁니다."

"으음. 그럼 방배동 쪽으로 할까요?"

"예. 일정 잡겠습니다."

"아, 이 비서."

제주도에서의 마지막 업무는 상사의 원활한 신혼 생활을 위한 요리 선생 섭외일 줄 알았는데, 다시 시킬 일이 있는 모양인지 은하가 유나를 불러 세웠다.

반듯하게 자세를 잡고 은하의 다음 말을 기다리는데 그녀가 조금 미안한 얼굴로 입을 열었다.

"이 비서 발령 있잖아요."

"예, 본부장님."

"어떻게 알고 있어요?"

이 무슨 뚱딴지같은 질문일까. 유나가 천천히 대답했다.

"기획실장 직속으로 알고 있습니다."

"원래는 그랬는데……."

상사가 말끝을 흐린다. 좋지 않은 징조였다.

"기획실장 자리가 갑자기 공석이 돼서. 이 비서는 전무실로 발령 날 거예요."

"예……?"

"나도 방금 알아서."

뭔가 난처해하는 상사의 얼굴을 보니 제 주변에서 일어나는 모든 일을 알고 있는 듯했다. 하긴, 주말마다 제주도에 날아오는 오빠를 보면 금방 알 수 있는데.

"괜찮습니다. 본부장님 돌아오실 때 상무실로 발령 내주시려고 배려해 주신 거라 생각합니다."

"그렇다면 다행이고요."

"예. 많이 배우고 오겠습니다."

자신의 휴직 때문에 곤란한 입장에 처한 건 아닌가, 되려 미안해하는 은하를 보며 유나는 괜찮은 척 웃음을 유지한 채 본부장실을 나왔다.

문을 닫고, 은하의 자리처럼 어느 정도 정리를 마친 제 책상을 바라보며 유나는 의자에 털썩 주저앉았다.

"서울 와도 나랑 이렇게 데면데면할 겁니까?"

"상무, 아니 전무님."

"쉽지 않을 텐데."

의심했어야 했다. 분명, 의심하고도 남을 말투와 표정이었다.

"망했다."

유나가 두 손으로 머리를 쥐어 잡을 듯 붙잡았다. 차마 쥐어뜯지는 못했다. 눈앞이 캄캄해서, 차마 할 수 있는 게 아무것도 없었다.

예감이 좋지 않았다. 호랑이 굴로 알아서 기어들어 가게 됐는데 무슨 예감이 좋을까.

연애를 안 하고 산 지 벌써 5년. 연애 세포가 죽다 못해 씨가 마를 지경인데 난데없이 훅 들어와 연애를 거는 남자.

모시는 상사의 연애가 애틋하고 부러울 지경에 이르렀을 때 눈앞에 나타나 남의 속도 모르고 계속해서 웃는 남자.

훈훈한 외모, 187cm을 웃도는 흔하지 않은 키, 자상함과 다정함을 겸비한 성격, 부에서 나오는 여유로움, 사람을 홀리는 웃음.

좋지 않을 리가 없었다. 좋기만 해도 모자랄 남자를, 좋아하지 않을 수 없다. 가만히 있어도 반할까 말까 한 남자가 그러는데 반하지 않을 수 없다.

"대체 나한테 왜 이런 시련이 오는 거야."

1년 만에 서울 유강 호텔을 올려다보는 기분이란 참 아이러니했다. 좋은 건지, 싫은 건지.

오전 7시. 누구보다 이르게 출근을 한 유나는 오랜만에 맡는 서울 공기를 즐길 시간도 없었다.

오늘은 한 주가 시작되는 월요일. 은강이 주도하는 대대적인 호텔 시찰이 있는 날이었다. 준비할 것도 많고, 모르는 것도 많기에 유나는 출근을 서둘렀다. 예상대로 전무실 앞에 비서진 책상은 전부 비어 있었다.

유나는 제 것으로 예상되는 가장 깨끗하고, 전무실과 가까운 책상 위에 가방을 내려놓았다.

그리고 숨을 고르는 것도 잠시.

"일찍 왔네요?"

외투를 벗기도 전에 도착한 은강을 대면하자 유나는 놀라지 않을 수 없었다. 분명 마음의 준비, 그걸 잔뜩 하고 왔는데도 불구하고.

"예, 전무님."

"커피 한잔합시다."

"아, 금방 준비……."

그녀가 도중에 말을 멈췄다. 전무는 커피를 직접 내려서 먹는 사람이다. 몇 번이나 그걸 경험했다. 고로 그녀가 커피를 내릴 일은 없었다. 다만 전무실로 따라 들어가야 하는 게 문제라면 문제였다.

벌써 독대라니. 나 아직 거기까지는 준비가 안 됐는데. 유나가 긴 한숨을 소리 없이 내뱉고선 그를 따라 전무실로 들어갔다. 작년에 있던 상무실보다 크고, 넓었다. 임원 가구들을 빼고 또 인테리어를 새로 한 것인지 모던한 분위기가 주는 편안함과 안정감이 좋았다. 방의 주인이 편하지는 않았지만.

"앉아요. 연하게 내릴게요."

"업무 파악을 먼저 해야 할 것 같습니다."

소파에 앉기도 전에 유나가 대답했다. 그러니 티타임은 혼자만 가져 달라고. 커피 머신의 버튼을 누른 은강이 그녀를 돌아봤다.

"그 업무 파악을 가장 잘 도와줄 사람은, 나 아닙니까?"

틀린 말이 아니기에, 아니 오히려 맞는 말이라 그녀는 더 할 말이 없었다.

그녀가 걱정한 것과 다르게 티타임은 평범했다. 상사와 비서. 그 이상도, 이하도 아니었다. 유나는 받아 적고, 은강은 요즘 진행 중인 프로젝트에 대해서 짤막한 설명과 도움이 될 자료를 첨부했다.

"별로입니까?"

얘기가 어느 정도 마무리되고, 다른 비서들이 출근할 시간이 가까이 오자 유나는 자리에서 일어서려 했다. 그때 별안간 은강이 태블릿으로 주간 뉴스를 확인하며 물어 왔다.

"내가 사 준 구두."

들려오는 대답이 없자 은강은 고개를 들어 말했다. 어정쩡하게 서 있던 그녀는 그의 시선이 닿는 발로 시선을 따라 내렸다. 부끄러운 발목과 평범한 검은 구두가 눈에 들어왔다.

"안 맞나, 사이즈가?"

잘 맞는다. 억울할 정도로 잘 맞는다. 근데 여기서 그렇게 대답해 버리면 신어 본 걸 들키는 꼴이 되잖아.

유나가 허리를 바로 세우며 두 손을 공손하게 모았다.

“다시 돌려드리겠습니다.”

“제주도에서 산 거라 환불은 어려울 텐데.”

“전무님.”

“내일은 신고 와요. 이 비서한테 꽤 잘 어울릴 것 같은데.”

“…….”

“화났어요? 내가 멋대로 발령지 바꿔서?”

전무실 발령을 알았을 때, 아니 은강이 보내는 노골적인 관심을 느꼈을 때부터 다짐했던 사실이 있었다.

흔들리지 말자. 휘말리지 말자. 너는 저 사람의 돈을 받고 노동을 대가로 주면 되는 거고, 저 사람은 너에게 노동의 값을 치르는 것뿐인 관계, 그 이상은 절대 만들지 말자고.

충분히 매력적인 남자가 미친 듯이 다가오기만 하는데, 참을 수 있는 여자는 그리 많지 않을 것이다.

그녀는 또 흔들리고 있었다. 사실은 매번 그랬던 것처럼. 사실은 어제도, 그제도 생각했던 남자에게.

유나가 한숨을 삼켰다.

“먼저 나가 보겠습니다.”

전무실을 나온 유나는 곧장 탕비실로 향했다. 벌컥벌컥 찬물을 들이킨 다음 긴 숨을 내쉬는데 몸에 열이 올랐다. 그가 바라본 발이 부끄럽고, 얼굴이 뜨겁고, 손이 떨렸다.

은강에게 반응하고 있었다. 다짐한 게 있는데도 불구하고. 그녀가 다시 한숨을 내뱉었다.

흔들리지 말자. 휘둘리지 말자.

저 사람은 절대 너와.

"어울릴 수 없는 사람."

아니, 어울리지 않는 사람.

그녀가 손으로 이마를 짚었다. 온몸이 달아오르는 중이었다.

✦ ✦ ✦

"디저트 코스가 좀 부실하네요."

오픈 전 레스토랑을 맨 처음으로.

"조명 채도가 좀 낮네요. 체크하세요."

총지배인을 필두로 한 지배인 팀을 이끌고 로비를 지나.

"수영장 타월은 교체 시기를 지난 것 같은데."

지하 피트니스 클럽과 수영장, 새벽까지 영업한 칵테일 바를 둘러보고 나니 벌써 두 시간이 지나 있었다.

매주 겪는 일이지만 절대 익숙해질 수 없는 일. 받아 적느라 바쁜 비서진들과 지배인 팀, 그리고 전무를 상대하느라 바쁜 총지배인이 식은 땀을 줄줄 흘렸다.

오늘 첫 출근인데도 불구하고 유나는 쉼 없이 바빴다. 비서진들에게도 업무 할당량이 떨어지자 이따 오후에 회의를 통해 업무를 나누기로 했다.

다른 비서들과 제대로 인사할 겨를도 없이 몰아치는 일은 제주도에 있을 때보다는 덜했지만 확실히 쉽지는 않았다. 아니, 저 남자를 상대하는 것부터 어려운데 쉬운 일이 뭐가 있을까.

"라운지 매출이 줄었네요."

"아무래도 연말 전이라……."

"저희가 언제 연말 전후 가리고 매출 따지던가요. 매출 기록표랑 라운지 음료, 디저트 판매량 순위 매겨서 가져오세요."

이대로 호텔 전 층을 돌면 한 달 스케줄 표가 꽉 찰 수도 있겠다는 생각이 들 무렵 드디어 시찰이 끝났다.

유나는 빼곡하게 채워진 제 수첩을 바라보다가 동료들과 어떻게 일을 분담해야 할지 머릿속으로 계산했다. 그 계산이 끝나기도 전에 사람들은 어디론가 흩어졌다. 지배인 팀은 각자의 담당 구역으로, 다른 비서들 또한 기획팀에 받아올 서류, 회의 준비 등의 이유로 뿔뿔이 사라진 뒤였다.

"갑시다."

얼떨결에 또 은강과 단둘인 상황. 유나는 꿀꺽 마른침을 삼킨 채 엘리베이터에 올라탔다. 평소 같았으면 태연하게 점심 메뉴에 대해 묻고 준비한다 대답했을 텐데, 머릿속으로 어떤 질문도 떠오르지 않았다. 행여나 같이 먹자고 할까 봐.

불안인지, 기대인지 모를 감정이 이젠 일도 망치려 들고 있었다.

"박 비서는 대표 비서 회의가 있고, 김 비서는 내일 임원 회의 준비 때문에 바쁠 겁니다."

"아, 네."

"오후에 항공사랑 미팅 있는데 수행은 이 비서가 해요."

"알겠습니다."

"미팅 끝나고."

태블릿으로 짬을 내 또다시 그래프와 숫자가 가득한 보고서를 읽고 있던 은강이 시선을 들어 옆을 돌아봤다. 대답만 할 줄 아는 로봇처럼 굴었던 유나가 또다시 업무 지시인가, 하는 생각에 수첩을 꺼냈다.

"영화 봅시다."

"……예?"

"먹고 싶은 거 생각해 놔요."

대체 이 남자의 직진은.

"오늘은 고백까지 할 생각이니까."

왜 멈추지 않는 걸까.

유나가 멍하니 선 채로 대답도 못 하고 있을 때, 그는 엘리베이터에서 내려 곧장 사무실로 사라졌다. 평소에는 할 말도 잘하고, 어디 가서 말 못 한다는 소리를 들어 본 적 없던 그녀는 자신이 낯설었다.

설마, 거절하기 싫어서? 너 진짜 그래?

유나는 천천히 책상 앞으로 다가가 앉았다. 머릿속이 백지 상태인 것처럼 창백했다. 거절을 했어야 했다. 저녁에 일이 있다고 둘러대야 했다.

지금이라도 들어가서 말해? 저녁에 바쁜 일 있다고?

지난 1년, 늘 고백 비슷한 것들을 했던 남자다. 그런 남자가 정식으로 고백을 하겠다니? 아니, 대체 누가 그런 걸 예고하고 하는데? 그런 고백을 통보받는데 어떤 여자가 제정신일 수 있겠어?

"이러니까 홀리지."

가까이해서는 안 될 남자는 더욱 가까워지고, 흔들리지 않아야 하는 마음은 자꾸만 휘둘린다. 얼굴은 뜨겁고 마음은 들뜬다. 그러지 않기로 했으면서 서울에 돌아오자마자, 얼굴을 보기 무섭게.

비서 생활을 시작하면서 상사를 절대로 남자로 대하지 않기로 다짐했었다. 그건 그녀의 비서 생활 제1원칙이나 마찬가지였다.

그걸 너무나 쉽게 무너뜨리는 남자. 그 선을 너무 쉽게 넘어오는 남자.

유은강.

왜 하필, 왜 하필.

그녀가 옅은 한숨을 내쉬었다.

자신이 없었다. 또다시 그가 주는 설렘에, 그가 주는 온기에 기대지 않을 자신이. 버텨 낼 자신이. 이젠 정말 항복이었다.

✦ ✦ ✦

"도망갈 줄 알았는데."

여우 같은 남자. 홀릴 줄만 알지, 물러설 줄은 모르는 남자.

당신도 알고 있었던 거야. 내가 당신한테 홀리는 중인걸. 그러니까 이렇게 자신만만하지.

유나는 도전 정신이 깃든 얼굴로 은강을 똑바로 올려다봤다.

"조건이 있습니다."

영화관 한복판에서 조건을 얘기하는 그녀의 다음 말이 기다려져 은강은 느긋하게 웃었다. 유나는 마치 준비된 대사를 외우는 것처럼 머릿속에 둥둥 떠다니는 말들을 떠올렸다.

"사내에서는 비밀이어야 합니다."

"물론이죠."

"유은하 본부장님께도 마찬가지입니다."

"원한다면."

"결혼이 급하신 건 알지만, 저는 결혼이 급하지 않습니다."

"강요 안 합니다."

"저는 제 커리어에 자부심이 있습니다. 비서실장까지 가는 게 제 목표입니다."

"막을 이유 없죠."

이렇게 술술 대답을 해 버리니 또 물러설 수가 없다. 유나는 한결 편해진 얼굴로 숨을 내뱉었다. 은강이 과연 약속을 얼마나 잘 지킬지는 모르지만 일단 시작해 버렸다. 해 버리고 말았다.

이게 잘하는 짓인지 못하는 짓인지 구분이 안 되면서도 마음만은 편해졌다. 어쩌면 눈앞의 이 남자를 마음에 두고 있었다는 증거일지도 모른다.

"근무지도 바꿔 주십시오. 전무실은 안 됩니다."

"아예 회장 비서실은 어떻습니까? 우리 아버지한테 미리 눈도장 찍어 놓는 것도 괜찮은 방법일 것 같은데."

깜빡 잊을 뻔했다. 그녀가 반한 남자는, 작은 기회도 놓치지 않는 수완 좋은 사업가라는 것을.

"별로 좋은 생각은 아닌 것 같습니다."

"하하, 대답이 재미있네요."

어쨌든 시작을 했다. 시작이 있으면 끝도 있는 법. 그 끝이 어떻게 될지는 아무도 모르나, 그 끝을 고민해서 지난 1년을 끌었으면 됐다.

"팝콘 먹을래요?"

통제 없는 고백에 속수무책으로 당하는 것도 이제 지겨우니.

"……제가 사겠습니다."

나도 직진을 해 볼 수밖에.

—*Fin*

작가 후기

1년 2개월 만의 글이네요.

부지런히 달려오고자 했던 글인데, 이렇게 더디게 찾아뵙게 됐습니다.

사랑에는 수만 가지 이유가 존재할 듯하지만, 돌이켜보면 그게 이유가 되나? 싶을 정도로 허무하고, 또 낭만적이고, 우습고, 당연한 것들뿐이죠.

그런 수만 가지의 이유들 대신에 살면서 내가, 그저 나여서 좋다는 사람을 만나는 건 정말 행운이지 않나 싶습니다.

그 특별한 행운을 상상하는 마음으로 썼습니다.

멋스러운 말도 없고, 꾸밈도 없이 '그냥' 내가 좋다는 사람.

내가, 나이기 때문에 좋다는 사람.

올해 여름, 모두 그런 사람 만나 사랑하세요.

〈당신이라서, 당신이 좋다〉 출간에 힘써 주신 모든 분들께 감사 인사드립니다.

—2020년 6월,

문수진 올림.